MYLES (SFOA)

BLUE TEAM – STAHLHARTE BESCHÜTZER
BUCH DREI

RILEY EDWARDS
OPERATION ALPHA

Besuchen Sie Riley im Netz!
www.rileyedwardsromance.com
facebook.com/Novelist.Riley.Edwards
instagram.com/rileyedwardsromance
youtube.com/channel
tiktok.com/@rileyedwardsromance
twitter.com/rileyedwardsrom
E-Mail: riley@rileysrebels.com

WILLKOMMEN

Liebe Leserinnen und Leser,

willkommen in der Fan-Fiction-Welt von *Special Forces: Operation Alpha*!

Falls Sie diese Welt zum ersten Mal betreten, sollten Sie wissen, dass die Autorin in ihrer Erzählung einen oder mehrere meiner Charaktere verwendet. Manchmal spielt die Figur dabei eine wichtige Rolle in der Geschichte, und zuweilen wird sie nur kurz erwähnt. Das ist völlig legal und erlaubt, da der Roman von Aces Press, LLC veröffentlicht wird.

Dieses Buch ist vollständig das Werk der Autorin. Zwar habe ich beim Brainstorming geholfen und Ideen eingebracht, wenn es darum ging, welche meiner Figuren in der Erzählung erwähnt werden würden, aber ich hatte weder Einfluss auf den Schreibprozess noch auf die Bearbeitung der Geschichte.

Ich bin stolz und begeistert, dass meine Figuren so viel Anklang finden und viele Autorinnen und Autoren ihnen in ihren eigenen Erzählungen Platz schaffen. Vielen Dank, dass Sie sie und mich unterstützen!

Viel Spaß beim Lesen!
Susan Stoker xoxo

BÜCHER VON RILEY EDWARDS

<u>Blue Team – Stahlharte Beschützer:</u>

Owen (5 Aug)

Gabe (2 Sept)

Myles (7 Okt)

Kevin (4 Nov)

Cooper (2 Dez)

Garrett (6 Jan)

<u>Gold Team – Stahlharte Beschützer:</u>

Brooks

Thaddeus

Kyle

Maximus

Declan

<u>Red Team – Stahlharte Beschützer:</u>

Jasmins Erinnerung

Schutz für Olivia

Vergebung für Violet

Erlösung für Ivy

Die Rettung von Erin

<u>Die Gemini-Gruppe:</u>

Nixons Versprechen

Jamesons Erlösung

Westons Schatz

Alecs Traum

Chasins Kapitulation

Holdens Erwachen

Jonnys Befreiung

Eliteteam 707:

Shanes Auferstehung

Jaspers Freiheit

Levis Erkenntnis

Nolans Zwiespalt

KAPITEL EINS

Wo bist du?

Ich löste den Blick von dem Foto von Delilah Watts und betrachtete die Karte, wobei ich der gelb markierten Route folgte, die ich von San Diego nach Los Mochis in Mexiko genommen hatte. Wie bei den unzähligen Malen zuvor erhielt ich auch jetzt keine Antwort.

Wo zum Teufel bist du?

Fünf Wochen lang hatte ich mich mit Hilfe von Tex, Garrett, Kevin, Linc, Colin, Jaxon und Leo an Tamir Cohens Fersen geheftet. Irgendwann waren wir in eine Sackgasse geraten, und nachdem wir zwei Wochen lang keine neuen Hinweise gefunden hatten, waren die Jungs nach Hause zurückgekehrt.

Ich nicht.

Meine Mission war noch nicht beendet. Ich würde sie erst abschließen können, wenn ich Delilah gefunden hatte. Aber um Delilah zu finden, musste ich den Mann aufspüren, der sie entführt hatte – Tamir Cohen, den ehemaligen Kommandosoldaten der israelischen Streitkräfte.

Er hatte Brotkrumen gestreut.

Unscheinbare Hinweise, die nur jemand mit einer speziellen Ausbildung als solche erkennen konnte.

Tamir hatte Jahre in der hoch angesehenen Schajetet 13 der israelischen Verteidigungsstreitkräfte gedient, bevor er um eine Versetzung in die Jamam-Einheit seines verstorbenen Bruders gebeten hatte. Die Schajetet 13 war unter anderem auf Aufklärung, Spionage, Geiselbefreiung und Sabotage spezialisiert. Die Jamam war eine gut ausgebildete Antiterroreinheit. Wenn Tamir nicht gefunden werden wollte, dann würde ihn niemand aufspüren können. Er würde spurlos verschwinden, und niemand würde ihn oder Delilah jemals wiedersehen.

Die Kommandosoldaten der Schajetet 13 machten keine Fehler. Tamir hatte uns absichtlich eine Spur hinterlassen, die jedoch irgendwann geendet hatte. Und nun saß ich seit zwei Wochen in Los Mochis fest.

Mein Handy vibrierte neben der Karte auf dem Tisch. Unwillkürlich ballte ich die Hände zu Fäusten, als der Name meines Chefs, Zane Lewis, auf dem Display erschien. Ein Anruf von Zane um drei Uhr Ortszeit verhieß nichts Gutes. Wenn er seine Drohung, nach Mexiko zu kommen, um mich zurück nach Hause zu zerren, nicht wahr gemacht hatte, befand er sich in Annapolis. Und dort war es fünf Uhr.

»Was gibt's?«, fragte ich.

»Tex ist in der Leitung«, brummte Zane unwirsch.

»Tamir Cohen hat mich angerufen. Er hat Delilah in einem Haus zweieinhalb Stunden südlich von deinem Standort versteckt. Die Stadt heißt Laguna Colorado und liegt etwas außerhalb von Culiacán«, erklärte Tex.

Ich überflog die Karte und fand den Ort.

»Verstanden. Hat er dir die Koordinaten gegeben?«

»Ich schicke sie dir gerade«, antwortete Tex. Im nächsten Moment vibrierte mein Handy, als eine Nachricht einging. »Er hat uns außerdem gewarnt.«

Ich biss die Zähne zusammen. Eine Warnung von einem Kommandosoldaten der israelischen Streitkräfte jagte mir einen Schauer über den Rücken.

»Wovor hat er uns gewarnt?«, fragte ich.

»Dass Aviv Abrams Delilah tot sehen will. Wir müssen sie so lange wie möglich verstecken.«

»Das wussten wir bereits«, erinnerte ich Tex. »Hat Tamir erklärt, warum er sie nicht getötet hat? Er arbeitet für Abrams. Aviv wird nicht glücklich sein, wenn sein Sicherheitschef nach monatelanger Abwesenheit ohne eine Trophäe zurückkommt. Und wenn Tamir glaubt, er kann Aviv weismachen, er habe Delilah nicht finden können, wird das nicht funktionieren.«

»Tamir hat mir nicht erklärt, welche Strategie er verfolgt, Myles. Er hat mir nur den Standort mitgeteilt und mich gewarnt.«

Einen Moment lang herrschte Stille, während ich die Möglichkeiten abwog. Ich konnte allein losziehen und riskieren, in eine Falle zu laufen. Oder ich konnte warten, bis Zane ein Team nach Mexiko entsandte, um mir bei der Befreiung von Delilah zu helfen.

»Ich schicke …«

»Keine Zeit«, fiel ich ihm ins Wort. »Ich bin weniger als drei Stunden entfernt. Wenn ich sofort losfahre, kann ich sie noch vor Sonnenaufgang dort rausholen.«

»Es könnte sich um eine Falle handeln«, warnte Zane.

»Mag sein. Aber er hat die ganze Zeit über eine Spur gelegt, um mich zu ihr zu führen.«

»Auch das könnte eine Falle sein.«

»Das haben wir doch bereits besprochen, Z. Tamir wusste, dass wir ihm folgten. Er hätte uns jederzeit angreifen können, hat es aber nicht getan. Stattdessen hat er Abstand gehalten. Er hat sie seit zwei Monaten in seiner Gewalt und vor zwei Wochen war sie noch am Leben. Entweder hat er sie getötet und will, dass ich ihre Leiche finde, oder er will mich in eine Falle locken, um mich zu töten. Beides ergibt keinen Sinn. Ich bin seit Wochen in Los Mochis. Er weiß, dass ich hier bin, denn ich habe mich absichtlich gezeigt, um ihn aus der Reserve zu locken. Wenn er mich ins Jenseits befördern wollte, hätte er es längst versucht.«

Ich schluckte die Galle hinunter, die bei dem Gedanken an Delilahs leblosen Körper, der mich möglicherweise in dem Haus erwartete, in mir aufstieg.

»Jetzt glaubst du also, dass Tamir Cohen zu den Guten gehört?«, fragte Zane höhnisch.

»Ich denke, dass du die ganze Zeit über recht hattest. Irgendetwas ist faul an der Geschichte. Der Mann fühlte sich seinem Land und seiner Familienehre verpflichtet. Obwohl er in den Vereinigten Staaten geboren und aufgewachsen ist, ging er in die Heimat seines Vaters, um dort den Streitkräften zu dienen. Und plötzlich verwandelt dieser Mann sich in einen seelenlosen Mörder. Da kann etwas nicht stimmen.«

»Das habe ich nicht gesagt«, korrigierte Zane. »Ich glaube, dass Aviv etwas hatte, was Tamir wollte. Oder er hatte etwas gegen ihn in der Hand, um ihn dazu zu bringen, die Fronten zu wechseln. Aber du kannst nicht leugnen, dass er auf der falschen Seite steht.«

»Der Krieg verändert einen Menschen«, warf Tex ein. »Wenn wir nicht vorsichtig sind, saugt er uns das Gute förmlich aus dem Leib.«

»Hat er denn die Seiten gewechselt?«

Darüber hatte ich lange nachgedacht. Wenn Tamir Delilah tot sehen wollte, wäre sie nicht mehr am Leben. Er hätte sie sofort umgebracht und wäre weitergezogen. Auf keinen Fall wäre er fast eintausendvierhundert Kilometer mit ihr nach Mexiko gefahren, um die Tat zu begehen. Eine Geisel zu halten war riskant. Und wenn es nicht nötig gewesen wäre, wäre Tamir das Risiko nicht einmal für eine Stunde eingegangen, geschweige denn für zwei Monate.

»Bist du bereit, dein Leben auf diese Vermutung zu setzen?«, fragte Zane.

»Ja.«

»Dann mach dich auf den Weg«, warf Tex ein. »Ich versuche, die betreffenden Satellitenbilder zu bekommen.«

»Danke. Ich breche in fünf Minuten auf.«

»Lass dich nicht umbringen.«

Mit diesen Worten beendete Zane das Gespräch. Ich faltete das Bild der schönen lächelnden Frau wieder zusammen und steckte es zurück in meine Brieftasche.

Halte durch, Baby. Ich komme dich holen.

Fünf Minuten später trat ich durch die Tür.

KAPITEL ZWEI

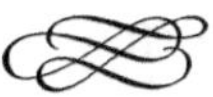

Mir war kalt.

So kalt, dass meine Zähne klapperten und ich am ganzen Leib unkontrolliert zitterte.

Jede Nacht war es dasselbe.

Tagsüber versuchte ich, eine Möglichkeit zu finden, mich zu befreien, bis ich völlig verschwitzt war. Wenn dann die Nacht hereinbrach, waren meine Kleider immer noch feucht und ich zitterte so heftig, dass meine Muskeln schmerzten.

Aber es hätte schlimmer sein können, nicht wahr? Tamir Cohen hätte mich verletzen können. Und das nicht nur, weil er ein Hüne war. Ich wusste, dass er bei den israelischen Streitkräften gedient hatte, denn ich hatte ihn überprüft. Als Aviv ihn überredet hatte, als Sicherheitschef für Abrams zu arbeiten, hatte ich die Unterlagen für seine Versicherung zusammengetragen. Letztere hatte nicht viele Informationen benötigt und die Dokumente hatten nicht einmal einen Bruchteil seiner wahren Identität widergespiegelt. Aber ich hatte tiefer gegraben und herausgefunden, wer er wirklich war. Ja, Tamir Cohen hätte mich auf hundert verschiedene Arten umbringen können, aber er hatte es nicht getan.

Dafür war ich dankbar.

Ich war dankbar genug, um den Hunger zu ignorieren und nicht daran zu denken, dass mein Mund völlig ausgetrocknet war und ich mich so fühlte, als würde ich Glas und Dreck schlucken.

Aber ich war nicht dankbar genug, um keine Angst zu haben. Ich fürchtete mich ständig. Seit Monaten waren wir nun schon unterwegs und hatten nie zwei Nächte hintereinander am selben Ort verbracht. Während der gesamten Zeit hatte Tamir kein Wort mit mir gewechselt. Kein einziges. Er hatte mir nicht einmal verboten, den Mund aufzumachen. Er fragte mich nicht, ob ich Hunger hatte oder auf die Toilette musste. Stattdessen stellte er mir hin und wieder etwas zu essen hin und hielt alle paar Stunden an, damit ich auf die Toilette gehen konnte. Manchmal nur am Straßenrand.

Er hatte mich nicht geschlagen. Tatsächlich hatte er mich nicht einmal angefasst, seit er mich aus dem Hotelzimmer entführt hatte, in dem ich mich versteckt hatte. Als ich ihn das letzte Mal hatte sprechen hören, hatte er den Anruf von Evette angenommen, den ich arrangiert hatte.

Da er schwieg, schwieg ich ebenfalls.

Die Stille machte mir Angst, aber ich fürchtete mich zu sehr, um das Schweigen zu brechen. Ich wollte Tamir nicht verärgern. Ich hatte gewartet in der Hoffnung, irgendwann fliehen zu können. Doch ich hatte zu lange gezögert und nun steckte ich wirklich in der Klemme.

Ich hatte meine Entscheidung viel zu spät getroffen.

Ich hätte das Angebot von Zane Lewis annehmen und mir von ihm helfen lassen sollen.

Ich hätte meine Angst beiseiteschieben und Tamir Fragen stellen sollen. Vor allem aber hätte ich viel früher versuchen sollen zu fliehen.

Jetzt befand ich mich in einem Haus ohne Strom und ohne Möbel. Die Küche war völlig leer, die Fenster waren mit Gitterstäben versehen und die Tür mit zwei Riegeln gesichert. Und da es in dem Haus buchstäblich nichts zu stehlen gab, dienten sie nicht als Schutz gegen Diebe, sondern dazu, mich einzuschließen.

Auch das machte mir Angst.

Ich war gefangen.

Ich hatte eine Toilette und einen Wasserhahn, aus dem eine trübe Brühe tropfte.

Und Tamir war verschwunden. Seit Tagen schon.

Doch die Tatsache, dass mein Entführer mich zurückgelassen hatte, verschaffte mir keine Erleichterung.

Er war wochenlang ziellos durch Mexiko gefahren, ohne ein Wort zu sagen, und hatte mir damit fast den Verstand geraubt. Dann hatte er mich in diesem Haus abgeladen und war verschwunden. Das Schlimmste daran war, dass ich dummerweise in mein eigenes Grab gegangen war. Ich würde hier sterben.

Allein.

Mit klappernden Zähnen.

Mit leerem Magen.

Mit kratzender Kehle.

Ich hatte keine Hoffnung mehr.

Nun gehörte ich offiziell zu den Frauen, die zu dumm waren, um lebensfähig zu sein. Wahrscheinlich hatte ich es verdient, in diesem baufälligen Haus mitten im Nirgendwo zu sterben. Ich betete, dass Evette London in Sicherheit war. Und ich hoffte, dass sie alle nötigen Informationen hatte, um Aviv Abrams zu Fall zu bringen und seinen kranken Experimenten Einhalt zu gebieten. Der Mann war verrückt. Sein Plan war verrückt. Wenn sie ihn würde aufhalten können, wäre es mein Opfer wert gewesen.

Dieser Gedanke ging mir durch den Kopf, während ich zwischen Wachen und Schlaf hin und her glitt.

Kalt und allein.

Ich wachte auf, als ich eine behandschuhte Hand auf meinem Mund spürte und vom Boden hochgehoben wurde. Die Angst schnürte mir die Kehle so fest zu, dass ich schon glaubte, ersticken zu müssen.

Tamir war zurück.

Nicht schon wieder.

Nie wieder.

Als Tamir mich entführt hatte, war ich vor Angst wie gelähmt gewesen. Ich kannte seine Vergangenheit und seinen Ruf und ich wusste, was er für meinen Chef getan hatte. Er hatte mich von hinten gepackt, eine Hand um meine Taille geschlungen und die andere auf meinen Mund gepresst. Eine ruckartige Drehung meines Kopfes hätte genügt, um mir das Genick zu brechen. Also hatte ich mich nicht gewehrt.

So dumm. Ich hätte kämpfen sollen. Mir war bewusst, dass Aviv ihn geschickt hatte, um mich zu töten. Hätte ich gegen ihn aufbegehrt, hätte er mich sicher sofort erledigt. Dann wäre es zumindest schnell vorbei gewesen, und ich hätte nicht zwei Monate lang mit ihm durch die Gegend fahren müssen, während ich auf mein unvermeidliches Ende wartete.

Diesmal würde ich ihm die Augen auskratzen. Ich wollte nicht zu den Frauen gehören, die sich wimmernd und bettelnd ihrem Schicksal ergaben. Wenn ich schon sterben musste, dann würde ich zumindest nicht kampflos aus dem Leben scheiden.

Angespornt von einer Mischung aus Zorn und Angst trat und schlug ich um mich, während ich versuchte, mich aus seinem Griff zu winden. Unser beider Grunzen und Keuchen hallte durch den Raum. Doch ich fühlte keinen Schmerz. Er schlug nicht zurück.

»Beruhigen Sie sich, Delilah.« Eine tiefe, raue Stimme durchdrang den Nebel meiner Angst. »Ich bin hier, um Sie nach Hause zu bringen.«

Nach Hause.

Ich hatte kein Zuhause mehr.

Aviv würde mich niemals am Leben lassen, ich wusste zu viel.

Ich tat mein Bestes, um den Mann von mir zu stoßen, aber meine Kräfte schwanden. Obwohl ich wild um mich schlug, fixierte er mühelos meine Arme und drehte mich mit dem Rücken zu ihm. Ich war erschöpft und er war größer und bedeutend stärker als ich. Aber eine Möglichkeit blieb mir noch, und die würde ich nicht ungenutzt lassen. Ich wartete, bis sein Arm auf meiner Brust ruhte, dann neigte ich den Kopf vor und versenkte meine Zähne in seinem Unterarm. Er fluchte und festigte seinen Griff um mich, doch ich ließ nicht von ihm ab und biss noch fester zu, bis ich Blut schmeckte. Schließlich gab ich auf. Ich war am Ende. Aviv hatte einen anderen Mann geschickt, um mich zu erledigen. Vielleicht würde dieser Kerl kurzen Prozess machen, hier in dem heruntergekommenen Haus mitten im Nirgendwo in der mexikanischen Einöde.

Ich sackte in seinen Armen zusammen und fand mich mit meiner Realität ab.

»Sind Sie fertig?«, knurrte er.

»Nein!« Aber ich machte keine Anstalten, mich zu wehren.

»Evette hat mich geschickt«, begann der Mann. »Ich arbeite …«

»Sie lebt?«

»Ja.«

»*Gott sei Dank. Gott sei Dank. Gott sei Dank*«, stammelte ich.

Der Mann lockerte seinen Griff. »Werden Sie weiter gegen mich ankämpfen, wenn ich Sie loslasse?«

»Ja.«

Er seufzte.

»Sind Sie verletzt?«

Lediglich meine Würde hat etwas abbekommen.

Aber das behielt ich für mich. Ich sagte gar nichts. Ich kannte diesen Mann nicht und mit einiger Verspätung kam mir die Lektion in den Sinn, die ich während der letzten sechs Monate gelernt hatte – ich konnte niemandem vertrauen. Natürlich hatte ich gehofft, dass Evette London noch am Leben war, aber ehrlich gesagt hätte es mich nicht überrascht, wenn sie tot gewesen wäre. Ich wäre traurig gewesen und hätte mich für den Rest meines Lebens schuldig gefühlt, aber überrascht wäre ich nicht gewesen.

Aviv Abrams war ein geisteskranker Irrer. Evette London war über Dokumente gestolpert, die sie niemals hätte finden dürfen. Nicht einmal ich hätte jemals Zugang dazu haben dürfen. Leider war ich so naiv zu glauben, in Evette eine Verbündete gefunden zu haben, mit der ich Abrams gemeinsam entlarven könnte. Doch dann kamen mir in der Firma Gerüchte über eine Sicherheitslücke zu Ohren. Angeblich hatte Aviv eine Crew losgeschickt, um die Sache zu bereinigen. Ich versuchte, Evette zu warnen und sie davon abzuhalten, ihre Recherchen fortzusetzen. Leider hörte sie nicht auf mich und grub weiter. Zum Glück scheiterte der erste Attentäter bei dem Versuch, Evette zu töten. Als Abrams daraufhin Tamir Cohen schickte, wusste ich, dass sowohl meine als auch Evettes Zeit abgelaufen war.

Tamir war kein Anfänger und würde den Job erledigen. Zunächst schaltete er den Mann aus, den Aviv angeheuert hatte, und entsorgte seine Leiche auf einer Mülldeponie. Dann schnappte er mich und verschleppte mich in dieses heruntergekommene Haus, in dem mich nun ein anderer Mann festhielt.

»Wir müssen von hier verschwinden, aber zuerst muss ich wissen, ob Sie verletzt sind.«

Wieder schwieg ich.

»Ich arbeite für Zane Lewis«, erklärte er voller Ungeduld und Verärgerung. »Wir haben Sie kontaktiert und Ihnen unseren Schutz angeboten. Sie haben zugestimmt, mit uns zu reden. Als ich in Riverton ankam und Evette anrief, war es bereits zu spät. Tamir hatte Sie entführt. Dann haben wir Ihren Standort in Dulzura ausgemacht. Doch ich kam wieder ein paar Stunden zu spät, denn er war bereits mit Ihnen weitergezogen.«

»Der Rancher«, flüsterte ich. »Wir blieben nur für kurze Zeit in dem Haus. Tamir schob mich ins Badezimmer und drückte mir ein Handtuch in die Hand. Mir blieb gerade genügend Zeit, um zu duschen. Sobald ich fertig war, fuhren wir weiter.«

»Wir nehmen an, dass er sich aus dem Staub machen wollte, nachdem der Rancher anfing, Fragen zu stellen. Zum Glück hatte der Rancher Wildtierkameras auf seinem Grundstück installiert. Wir konnten Tamir Cohen als den Fahrer identifizieren und bestätigen, dass Sie noch am Leben waren.«

Das alles schien eine halbe Ewigkeit zurückzuliegen.

»Evette ist wirklich noch am Leben?«

»Ja. Sie können sie anrufen, sobald wir unterwegs sind.«

Ich kannte Evette nicht persönlich. Wir waren nicht befreundet und ich hatte sie noch nie getroffen. Tatsächlich hatte ich noch nicht einmal mit ihr gesprochen. Ich hatte nur kurz ihre Stimme gehört, nachdem ich zugestimmt hatte, mir von Zane Lewis und seinem Unternehmen Z Corps helfen zu lassen. Leider hatte ich zu lange gewartet, denn Tamir hatte mich gefunden und den Anruf entgegengenommen. Aber aus irgendeinem Grund hatte ich das Bedürfnis, mit Evette zu sprechen, denn ich brauchte die Bestätigung, dass sie lebte. Auch wenn es für mich selbst keine Hoffnung mehr gab, nahm ich mein Opfer bereitwillig in Kauf, solange

Evette die nötigen Informationen hatte, um Abrams zu Fall zu bringen.

Jemand musste Aviv aufhalten.

»Ich bin nicht verletzt. Tamir hat mich nicht angerührt. Er hat wochenlang geschwiegen und kein einziges Wort mit mir gewechselt. Es war geradezu unheimlich«, gestand ich.

Der Kerl ließ mich los und drehte mich behutsam zu sich um. Zum ersten Mal konnte ich einen Blick auf den Mann erhaschen, der sich entweder als mein Retter oder als mein Totengräber erweisen würde. *Mein Gott, ich hoffe inständig, dass er Ersteres ist.* Im Raum war es zwar nicht stockdunkel, aber er war nur spärlich beleuchtet. Die Dämmerung hatte bereits eingesetzt und warf ein wenig Licht durchs Fenster. Ich konnte seine Gesichtszüge nicht erkennen, aber allein seine Größe jagte mir Angst ein. Er überragte sogar Tamir, und der war nicht gerade klein. Zudem trug er eine komplette Kampfausrüstung, zumindest nahm ich an, dass es eine war. In den Taschen seiner zweifellos kugelsicheren schwarzen Weste waren mehrere Munitionsmagazine verstaut, in einem Holster steckte eine Handfeuerwaffe. Quer über seiner Brust hing ein Sturmgewehr, das an einem Gurt über seiner Schulter befestigt war.

Tamir hatte ebenfalls Waffen getragen. Zwar hatte er keine davon je auf mich gerichtet, aber er hatte auch keinen Hehl daraus gemacht, dass er sie hatte. Aber ich hatte weniger Angst vor dem Mann, der jetzt vor mir stand. Vielleicht hätte ich mich etwas mehr fürchten sollen, schließlich kannte ich den Kerl nicht einmal. Nachdem ich herausgefunden hatte, dass die letzten Jahre meines beruflichen Lebens eine einzige große Lüge gewesen waren, wäre es dumm gewesen, zu vertrauensselig zu sein. Denn das hätte meinen Tod bedeuten können.

Aber in einem Haus ohne Nahrungsmittel und mit nur einem

Rinnsal schmutzigen Wassers eingesperrt zu sein bedeutete ebenfalls den Tod. Und zwar einen langsamen, qualvollen Tod.

»Hier.« Er fischte ein Handy aus seiner Tasche und reichte es mir. Als ich es entgegennahm, fuhr er fort: »Wir müssen den Wagen erreichen, bevor die Sonne aufgeht. Bleiben Sie dicht hinter mir. Falls etwas passiert, laufen Sie weg und bringen Sie sich in Sicherheit. Dann rufen Sie die letzte gewählte Nummer auf diesem Handy an. Es handelt sich um Zanes Privatnummer. Falls ich keine Möglichkeit habe, zu Ihnen zu gelangen, wird er ein Team schicken, um Sie abzuholen.«

Ich wollte nicht darüber nachdenken, was passieren könnte, aber ich musste trotzdem wissen, was er mit seinen Worten gemeint hatte.

»Warum sollten Sie nicht zu mir gelangen können?«

»Ich erkläre es Ihnen im Wagen. Die Sonne geht bald auf. Wir müssen von hier verschwinden, und zwar *sofort*.«

Wenn er mir erst eine Antwort geben wollte, wenn wir im Wagen saßen, machte das meine Frage im Grunde hinfällig. Aber seine Stimme hatte einen dringlichen Unterton angenommen, den ich einfach nicht ignorieren konnte.

»In Ordnung. Ich bleibe dicht hinter Ihnen und laufe weg, falls etwas passiert.«

Obwohl ich ihn nicht klar erkennen konnte, bemerkte ich, wie er vor Erleichterung die Schultern hängen ließ. Die Geste erinnerte mich daran, dass ich nicht sicher war, nicht einmal in Begleitung eines großen Mannes, der von sich behauptete, zu den Guten zu gehören.

KAPITEL DREI

»Bleiben Sie dicht hinter mir. Ich muss spüren, dass Sie noch in meiner Nähe sind.«

Delilah griff weder nach meiner Weste noch nach meiner Gürtelschlaufe. Stattdessen schob sie ihre Finger in den Bund meiner Cargohose und hielt sich daran fest, während ich um die Ecke des Hauses schlich und mit dem Blick die Umgebung absuchte.

Es herrschte Stille.

Das Haus, in dem Tamir Delilah versteckt hatte, lag mitten im Nirgendwo. Es war weder von der Schnellstraße noch von der Schotterpiste, die sich den Hang hinaufschlängelte, noch von der unbefestigten Straße, die ins Tal führte, zu sehen. Dort ging das karge Gelände mit wenigen Büschen in dichtes Grün über.

Hier gab es zu viele mögliche Verstecke. Der Hügel konnte zwar nicht als Berg bezeichnet werden, aber selbst der schlechteste Scharfschütze hätte von dort aus einen Vorteil gehabt.

»Wow«, flüsterte Delilah hinter mir. »Ich hatte keine

Ahnung, wie die Gegend aussieht. Die Büsche und Ranken verdeckten fast alle Fenster.«

Die vergitterten Fenster, die sie gefangen gehalten hatten.

»Haben Sie das Haus bei Ihrer Ankunft nicht von außen gesehen?«

»Es war dunkel und Tamir hatte die Scheinwerfer ausgeschaltet, als wir von der Schnellstraße abgefahren sind. Ich konnte nichts erkennen.«

Das war interessant. Tamir war also mit der Route so vertraut, dass er keine Scheinwerfer gebraucht hatte, um das Haus zu finden.

»Wir sind fast da«, sagte ich.

Ich hatte den Wagen nicht weit von hier geparkt. Er stand nahe genug, sodass ich Delilah hätte tragen können, falls sie nicht selbst hätte gehen können. Zugleich war er weit genug vom Haus entfernt, sodass Tamir mich nicht bemerkt hätte, falls er noch drin gewesen wäre.

»Das ist der reinste Dschungel hier.«

Die Ehrfurcht in ihrer Stimme brachte mich fast zum Lächeln. Der Hang war dicht bewachsen mit Bäumen und Gestrüpp, aber die Vegetation kam nicht einmal annähernd einem Dschungel gleich. Glücklicherweise versteckten sich im Gras oder in den Ästen über uns auch keine großen Reptilien oder andere Tiere, die uns hätten beißen, stechen oder töten können.

Es gab nichts Schlimmeres, als auf Patrouille durch das Dickicht zu streifen und plötzlich eine Schlange vor sich baumeln zu sehen. Lieber würde ich gegen einen bewaffneten Rebellen kämpfen, als auf die gespaltene Zunge eines Reptils zu starren, die nur Zentimeter vor meinem Auge hing.

Ich hörte das unverkennbare Trappeln von Hufen in der Ferne und blieb abrupt stehen.

Mit der linken Hand griff ich hinter mich, um Delilah

näher an mich zu ziehen, während ich mit der rechten Hand mein Gewehr anhob.

»Nicht bewegen.«

Ich ließ Delilah los, legte die linke Hand an den Lauf meines Gewehrs und zielte auf die Lichtung vor mir. Dann lauschte ich. Es schien sich um ein einzelnes Tier zu handeln, und dem Rhythmus nach zu urteilen tippte ich auf ein schnell galoppierendes Pferd.

»Greifen Sie an meine Vorderseite und ziehen Sie die Glock aus dem Holster.« Ich spürte, wie Delilah sich rührte und die Waffe an sich nahm. »Ohne den Finger auf den Abzug zu legen, drehen Sie mir den Rücken zu. Erschießen Sie jeden, der sich uns nähert.«

»Ich soll ihn erschießen?«

»Eine Glock hat keine Sicherung«, erklärte ich ihr. »In der Kammer ist eine Kugel. Das heißt, die Waffe ist schussbereit. Sie müssen nur zielen und den Abzug drücken.«

»Ich soll ihn erschießen«, wiederholte sie mit zittriger Stimme.

Das Hufgetrappel kam näher. Uns lief die Zeit davon.

»Ja, Delilah, erschießen Sie ihn.«

»In Ordnung.«

Ihre Stimme klang jetzt noch gebrochener, was womöglich daran lag, dass sie am ganzen Körper bebte.

»Alles wird gut.«

»Da kommt jemand.«

»Um den kümmere ich mich. Sie müssen nur aufpassen, dass uns niemand von hinten überrascht.«

»Ich kann niemanden sehen.«

»Gut. Bleiben Sie ruhig. Und wenn ich es Ihnen sage, laufen Sie weg. Sie haben eine Waffe und ein Telefon. Alles wird gut.«

Ein Pferd trabte über die Lichtung auf uns zu. Ich zielte auf die Stirn des Reiters und legte den Finger an den Abzug.

Im nächsten Moment hielt ich jedoch inne, als der Mann mit einer Hand an den Zügeln riss und die andere Hand in die Luft streckte.

»Ich komme in Frieden«, rief er mit starkem Akzent. »Nicht schießen.«

Was zum Teufel?

»Nachricht. Ich habe nur eine Nachricht. Er sagte, ich soll kommen und Ihnen eine Nachricht geben.«

»Steigen Sie ab«, befahl ich.

Ohne zu zögern, tat der Mann wie geheißen und hob kapitulierend die Hände.

»Keine Waffe, nur eine Nachricht. Nicht schießen.«

»Wie lautet die Nachricht?«, fragte ich. Der Mann ließ seine rechte Hand sinken, doch ich rief: »Nein, lassen Sie beide Hände dort, wo ich sie sehen kann.«

»Nachricht. In der Hose.«

»Was für eine Nachricht?«

»In der Hose.«

»Sprechen Sie Spanisch?«, fragte ich Delilah.

»Nein.«

Ich beherrschte die Sprache leider auch nicht, doch das alles wäre viel schneller gegangen, wenn ich mich klar hätte verständigen können.

»Nicht schießen. Nachricht in der Hose.«

Als der Mann erneut die Hand sinken ließ, hielt ich ihn nicht auf. Er griff in seine Tasche, zog langsam ein gefaltetes Stück weißes Papier heraus und hielt es hoch.

»Nachricht in der Hose.« Er lächelte. »Nicht schießen.«

»Ich werde Sie nicht erschießen. Legen Sie das Papier auf den Boden.«

Ohne die Zügel seines Pferdes loszulassen, beugte er sich leicht vor und ließ das Papier neben seinen Füßen zu Boden gleiten.

»Wer hat Ihnen den Zettel gegeben?«

»Der Mann.«

»Welcher Mann?«

»Der Mann. Er sagte, ich soll Ihnen Nachricht geben. Den ganzen Morgen habe ich gewartet. Er sagte, ich soll Ihnen die Nachricht geben und die Arbeiter fernhalten, bis Sie kommen. Das habe ich getan.«

»Tamir? Hat Tamir Ihnen das gegeben?«

»Ja, der Mann.«

Um Himmels willen. Es war erbärmlich, doch im Moment wünschte ich mir, ich befände mich im Nahen Osten, wo ich mich mit der einheimischen Bevölkerung in einem ihrer vielen Dialekte verständigen konnte.

»Wo sind die Arbeiter?«

»Sie kommen erst, wenn Sie weg sind.«

Ich spürte, wie Delilah hinter mir erstarrte. Ich lehnte mich an sie in der Hoffnung, der Körperkontakt würde sie beruhigen.

»Sehen Sie da hinten jemanden, Delilah?«

»Werden Sie ihn erschießen?«, flüsterte sie.

Ich ignorierte das Ziehen, das sich bei ihren Worten in meiner Brust ausbreitete. Offenbar hielt sich mich für einen eiskalten Killer. »Nein«, antwortete ich.

Ich spürte, wie sie in sich zusammensank, doch auch das ignorierte ich.

»*Gracias, amigo*«, sagte ich.

»*De nada. Date prisa y vete. Es seguro*«, antwortete der Mann mit einem Lächeln.

Da ich keine Ahnung hatte, was er gesagt hatte, erwiderte ich sein Lächeln.

Der Mann schwang sich wieder auf sein Pferd und bedeutete uns, ihm zu folgen.

»Kommen Sie!«, rief er glücklicherweise wieder auf Englisch. »Es ist sicher.«

An unserer Situation war zwar rein gar nichts sicher, aber

es wäre dumm gewesen, noch länger hier herumzustehen, wo wir für jeden, der sich uns näherte, ein leichtes Ziel waren.

»Delilah, haben Sie den Finger vom Abzug genommen?«

»Ja.«

»Gut. Dann drehen Sie sich um, halten sich an mir fest und richten die Waffe auf den Boden.« Ich spürte, wie sie sich hinter mir bewegte und ihre Finger wieder in den Bund meiner Hose schob. »Da liegt ein Zettel auf dem Boden. Wenn wir die Stelle erreichen, müssen Sie ihn aufheben.«

»Ich kann ihn sehen.«

»Sind Sie bereit?«

»Ja.«

Die Frau zitterte so heftig, dass ich nicht sicher war, ob sie überhaupt würde gehen können.

»Delilah?«

»Ja?«

»Atmen Sie tief durch. Ich werde nicht zulassen, dass Ihnen etwas zustößt.«

»Okay.«

»Tun Sie, was ich sage. Atmen Sie langsam ein und aus.«

Ich konnte zwar nicht hören, wie sie Luft holte, doch ich spürte ihren Atem an meinem Arm.

»Es geht mir gut«, murmelte sie.

»Sie machen das großartig.«

Ich warf einen Blick auf die Sonne, die hinter dem Hügel hervorlugte, dann betrachtete ich das Pferd am Rand der Lichtung. Wir mussten so schnell wie möglich von hier verschwinden, doch ich stand wie angewurzelt da, als ich Delilahs leises Lachen hörte.

»Sicher, ich mache das großartig. Wenn Sie damit meinen, dass meine Beine so wackelig sind wie Pudding, mein Magen sich verkrampft und ich mir selbst ein chronisches Herzleiden zugefügt habe.«

»Ich werde nicht zulassen, dass Sie fallen.«

»Danke.«

Vielleicht war es die Aufrichtigkeit in ihrer Stimme oder die Tatsache, dass sie mir ein wenig Vertrauen entgegenbrachte. Möglicherweise lag es daran, dass sie trotz ihrer Angst gelacht hatte, aber ich hielt mein Gewehr mit einer Hand, um die andere an ihre Hüfte zu legen und zuzudrücken.

»Lassen Sie uns gehen.«

»Ich folge Ihnen«, sagte sie.

Ich ging voran und blieb kurz stehen, damit sie das Papier aufheben konnte. Als der Wagen in Sicht kam, gab der Mann seinem Pferd die Sporen und galoppierte davon, ohne sich noch einmal umzublicken.

»Wo zum Teufel haben Sie den denn aufgetrieben?«, fragte Delilah, als ich ihr die Beifahrertür öffnete. »Auf dem Friedhof für Geländewagen?«

Sie hatte nicht unrecht. Der alte Mitsubishi Montero hatte schon bessere Tage gesehen. Die burgunderrote Lackierung war größtenteils weggerostet, aber der Motor lief einwandfrei.

»Das ist ein Klassiker«, antwortete ich scherzhaft.

»Ein klassischer Schrotthaufen«, erwiderte sie. Plötzlich erstarb ihr Lächeln und sie schlug sich eine Hand vor den Mund. »Es tut mir leid. Ich wollte nicht …«

»Schon gut«, unterbrach ich sie. »Steigen Sie ein und schnallen Sie sich an.«

Sie tat wie geheißen. Ich schlug die Tür zu und ging um die Vorderseite des Wagens herum, wobei ich meine Umgebung im Auge behielt.

Ich startete den Motor und schenkte Delilah ein Lächeln, als der alte Montero beim ersten Versuch ansprang.

»Sehen Sie, ein Klassiker.«

»Was soll ich damit machen?«

Sie hielt die Glock in die Höhe, wobei sie den Finger weit vom Abzug wegspreizte. Für einen Moment wog ich meine Antwort ab.

»Fühlen Sie sich sicherer mit einer Waffe?«

»Nicht wirklich.«

»Dann legen Sie sie ins Handschuhfach. Fall Sie sie brauchen, wissen Sie, wo Sie sie finden.«

Delilah musterte mich von Kopf bis Fuß und zuckte zusammen, als würde sie meiner zum ersten Mal ansichtig werden.

Ich wusste, was sie sah. Ich war alles andere als klein, aber im Vergleich zu ihrer zierlichen Statur war ich ein Riese. Außerdem trug ich meine Ausrüstung und hatte mir mein Sturmgewehr um den Oberkörper geschnallt. Auf dem Weg hierher hatte sie wahrscheinlich keine Zeit gehabt, um darüber nachzudenken, aber nach allem, was sie durchgemacht hatte, war es für sie sicher unangenehm, mit einem Fremden im Wagen zu sitzen.

»Bei mir sind Sie absolut sicher.«

Delilah blinzelte und begegnete meinem Blick. Ihre haselnussbraunen Augen, die ich bisher nur von den Fotos gekannt hatte, leuchteten auf. Die Bilder wurden weder ihren Augen noch dem Rest von ihr gerecht. Obwohl sie blass, viel zu dünn und schmutzig war, war sie trotzdem eine wunderschöne Frau.

»Ihr Arm blutet«, keuchte sie.

Ich warf einen Blick auf die Wunde. Auf meiner Haut zeichnete sich ein dunkelroter Zahnabdruck ab. Es waren zwar einige wenige Blutstropfen zu sehen, aber das meiste Blut war verschmiert und getrocknet.

»Sie haben ganz schöne Hauer.« Ich wusste, dass mein Versuch, die Stimmung aufzulockern, gescheitert war, als ich ein Wimmern hörte. Ich wandte mich Delilah zu und sah, dass sie immer noch auf meinen Arm starrte. Inzwischen hatte sie Tränen in den Augen, die ihr über die Wangen zu kullern drohten.

»Hey, sehen Sie mich an.« Ich wartete, bis sie meinen Blick erwiderte. Da bemerkte ich den Ausdruck in ihren Augen – die Niedergeschlagenheit, die Angst und die Scham.

Die Angst konnte ich verstehen, genauso wie die Niedergeschlagenheit. Aber die Scham verstand ich nicht. Sie zerriss mich innerlich. Und aus irgendeinem mir unerklärlichen Grund schwor ich mir genau in diesem Moment, während die Sonne sich hinter dem Horizont erhob und ich in dieser ramponierten Schrottkarre saß, dass ich ihr helfen würde, diese Scham zu überwinden.

Ich unterdrückte das überwältigende Verlangen, nach ihrer Hand zu greifen und sie zu halten. Stattdessen versuchte ich, sie mit Worten zu beruhigen. Ich wusste, dass diese bedeutungslos sein würden, bis ich ihr beweisen konnte, dass ich sie ernst meinte.

»Es tut mir leid, dass ich Sie erschreckt habe. Ich habe mein Bestes getan, um sowohl das umliegende Gelände als auch das Innere des Hauses zu sichern, bevor ich Sie geholt habe. Aber ich konnte nicht riskieren, dass Sie schreien und das ganze Tal aufwecken. Da ich ganz allein bin, hätte es mir meine Arbeit erheblich erschwert, wenn plötzlich eine Armee aufgetaucht wäre. Es war meine eigene Schuld. Sie haben nichts falsch gemacht.«

»Ich habe Sie gebissen wie ein wildes Tier.«

»Nein, Sie haben mich gebissen wie eine Frau, die sich zur Wehr gesetzt hat. Sie haben alles richtig gemacht. Aber an Ihrem rechten Haken müssen Sie noch arbeiten. Wenn Sie wollen, zeige ich Ihnen, wie man es richtig macht, sobald wir wieder in den Staaten sind.«

»Wenn ich nicht so geschwächt gewesen wäre, hätte ich Ihnen vielleicht in den Hintern treten können. Aber ich habe seit Tagen nichts gegessen und bin geschwächt.«

Mir war klar, dass sie nun versuchte, die Stimmung aufzulockern, doch ich runzelte nur die Stirn.

»Er hat Ihnen nichts zu essen gegeben?« Delilah wich ein Stück zurück, und ich gab mir Mühe, meinen Ton zu mildern. Aber ich wusste, dass ich damit keinen Erfolg hatte, als sie erneut zusammenzuckte. »Und Wasser? Hat er Ihnen Wasser dagelassen?«

Sie schüttelte den Kopf, und ich platzte heraus: »Dieser Scheißkerl. Sobald wir auf der Schnellstraße sind, können Sie auf den Rücksitz klettern und meinen Rucksack durchsuchen. Darin befinden sich Proteinriegel und Wasser. Aber jetzt müssen Sie sich erst einmal anschnallen. Können Sie noch zehn Minuten warten?«

»Ja«, flüsterte sie.

Scheiße. Das wenige Vertrauen, das sie gerade zu mir aufgebaut hatte, hatte ich wieder zunichtegemacht. Sie hatte immer noch Angst vor mir. Doch nun hatte ich einen Vorgeschmack darauf bekommen, wie es war, wenn sie sich mir öffnete. Deshalb drehte sich mir der Magen um bei dem Gedanken, dass sie in mir erneut einen Feind sah.

KAPITEL VIER

»Wie heißen Sie?«

Der Mann warf mir einen flüchtigen Blick zu und schenkte mir ein Lächeln.

Endlich hatte ich den Mut aufgebracht, etwas zu sagen. Wir waren seit ein paar Minuten unterwegs und hatten kaum ein Wort miteinander gewechselt. Ich hatte nicht direkt Angst vor ihm und wusste, dass er nicht wütend *auf mich* war, aber er war trotzdem aufgebracht. Und er war ein Fremder.

»Myles. Und ich denke, dass wir in Anbetracht der Umstände auf die Förmlichkeiten verzichten können.«

»Myles«, wiederholte ich. »Danke, dass du mich aus dem Haus gerettet hast.«

Ein Lächeln umspielte seine Lippen, doch es blieb zaghaft.

»Im Ernst, ich bin wirklich dankbar, dass du mich befreit hast. Ich war mir sicher, dass ich dort sterben würde.«

»Ich weiß, dass du deine Worte ernst meinst. Und ich weiß auch, dass du nicht mitkommen wolltest, weil du dachtest, ich würde dich töten, sobald ich dich aus dem Haus gebracht habe.«

Ich spürte, wie mir die Hitze ins Gesicht stieg, und senkte den Blick auf meinen Schoß.

»Meine Güte, du redest wohl nicht um den heißen Brei herum, nicht wahr?«, murmelte ich.

»Nein. Ich sehe keinen Sinn darin, Zeit mit Lügen zu verschwenden. Die Wahrheit ist die Wahrheit. Es ist immer einfacher, direkt auszusprechen, was man denkt.«

Myles fuhr weiter, während ich meine schmutzigen Hände betrachtete. Während der letzten Monate hatte ich nur ein paarmal geduscht. Manchmal hatte ich Seife zur Verfügung, manchmal nicht. Seit Tamir mich entführt hatte, hatte ich mich nicht mehr rasiert, kein Deodorant benutzt, meine Zähne nicht geputzt und keine Haarspülung verwendet.

Ich war schmutzig.

Ich wusste, dass ich stank, aber da ich mich an meinen eigenen Körpergeruch gewöhnt hatte, nahm ich ihn nicht mehr wahr. Es hätte mir wahrscheinlich peinlich sein müssen, aber das war es nicht. Ich konnte weder die Energie dafür aufbringen, noch die Emotionen heraufbeschwören. Ich war einfach nur froh, am Leben zu sein. Und ich war dankbar, nicht mehr in diesem Haus festzusitzen und Tamir entkommen zu sein.

»Ich muss mich bei meinem Chef melden«, brach Myles das Schweigen. »Könntest du für mich anrufen und das Telefon auf Lautsprecher stellen?«

Für einen Moment fragte ich mich, was er meinte. Dann fiel mir ein, dass er mir sein Handy gegeben hatte.

Zudem hatte er mir eine Waffe in die Hand gedrückt.

Hätte er mir beide Gegenstände ausgehändigt, wenn er mich töten wollte? Hätte er mir eine Waffe überlassen?

Ich verlagerte mein Gewicht, sodass ich sein Handy aus

meiner Gesäßtasche ziehen konnte.

»Wie lautet die Nummer?«

»Drück einfach die letzte Nummer auf der Anrufliste.«

Zane Lewis.

Myles hatte gesagt, ich solle einen Mann namens Lewis anrufen, falls wir getrennt würden. Plötzlich überkam mich Angst. Am liebsten hätte ich das Handy aus dem Fenster geworfen, damit Myles den Anruf nicht tätigen konnte. Was hatte er mit mir vor? Würde er mich in ein Flugzeug setzen? Mich an einer Bushaltestelle absetzen? Oder mich in einem Hotel zurücklassen? Ich hatte nichts, weder Geld noch einen Ausweis noch eine Möglichkeit, in die Vereinigten Staaten zu gelangen. Aber ich wollte gar nicht dorthin zurück. Ich musste mich verstecken. Aviv durfte niemals erfahren, dass Tamir mich nicht getötet hatte. Vielleicht hatte Tamir es Aviv bereits erzählt und Letzterer hatte bereits einen anderen Auftragskiller auf mich angesetzt.

»Hey, Delilah, hey. Beruhige dich, Süße.«

»Du darfst Zane nicht anrufen!«

»Warum nicht?«

»Wo willst du mich zurücklassen?«

»Dich zurücklassen?« Myles streckte eine Hand nach mir aus und packte mich am Arm.

»Hey!« Ich entzog mich seinem Griff und rutschte von ihm weg. »Fass mich nicht an, ich bin widerlich.«

Myles sah mich an. Er hatte die Augen zu dünnen Schlitzen verengt. »Du bist widerlich?«, fragte er ungläubig.

Aus einem mir unerklärlichen Grund traf seine Frage mich mitten ins Herz. Plötzlich brach alles über mich herein. Das Trauma, die Erleichterung, meine ungewisse Zukunft. Mein Magen verkrampfte sich und mir wurde übel.

»Ja«, zischte ich. »Ich bin widerlich. Er hat mich in diesem Haus eingesperrt, in dem ich kaum einen Tropfen Wasser hatte. Ich habe den ganzen Tag über geschwitzt und die ganze Nacht gefroren. Es ist Monate her, seit ich zuletzt wirklich *sauber* war.«

»Was noch?«

Was noch?

Reichte ihm das nicht?

»Er hat mir keine Zahnbürste gegeben. Du solltest dich gegen Tetanus impfen lassen, bevor dein Arm sich entzündet.«

»Mein Arm wird schon wieder. Sonst noch was?«

»Ich stinke und bin gedemütigt, und du willst noch mehr hören?«

»Ja, Delilah. Ich will alles hören. Lasse es raus, erzähle es mir, brülle es dir von der Seele, wenn es sein muss, aber halte dich nicht zurück. Andernfalls frisst es dich von Innen auf. Dieser Scheißkerl hat dich entführt, dich gegen deinen Willen festgehalten, dir nicht genug zu essen gegeben und dir kaum die Gelegenheit gegeben, dich zu waschen. Was hat er dir sonst noch angetan?«

»Nichts.«

»Nichts?«

»Er hat mir *nichts* weiter angetan. Er hat mich weder angerührt noch hat er mit mir gesprochen. Tatsächlich hat er sich nicht einmal die Mühe gemacht, mir mit seiner Waffe zu drohen, weil er wusste, dass ich zu verängstigt war, um die Flucht zu ergreifen. Ich hatte solche Angst, dass ich mich nicht einmal gewehrt habe.«

Wir fuhren über einen Hügelkamm und die Straße folgte einer langen Geraden. Die Vegetation lichtete sich und in der Ferne waren braune Flecke kargen Lands erkennbar.

»Ich habe mich nicht gewehrt«, flüsterte ich.

»Weißt du, wer Tamir Cohen ist?«

»Ja.«

»Dann weißt du auch, dass du gut daran getan hast, dich nicht zu wehren. Wahrscheinlich hat es dir das Leben gerettet. Wer weiß, was passiert wäre, wenn du ihn provoziert hättest oder versucht hättest zu fliehen. Wenn du während einer eurer Toilettenpausen einen Aufstand gemacht hättest, hätte er jeden ausschalten können, der versucht hätte, dir zu helfen. Und dann hätte er dich getötet. Es gibt Zeiten, in denen man kämpfen muss, und Zeiten, in denen man besser Geduld beweisen und abwarten sollte.«

Damit hatte er vielleicht recht, aber ich hatte nicht geduldig gewartet, sondern war vor Angst wie gelähmt gewesen.

Das Telefon in meiner Hand vibrierte. Vor Schreck fiel es mir aus der Hand.

»Scheiße. Entschuldigung.«

Das Herz schlug mir bis zum Hals. Ich beugte mich vor, hob es auf und sah Zanes Namen auf dem Display. Mein Puls beschleunigte sich und meine Hände zitterten. Der Moment der Wahrheit war gekommen. Jetzt würde ich erfahren, wie ungewiss meine Zukunft war. Mein Leben lag wieder einmal in der Hand eines anderen Menschen.

»Es ist Zane, soll ich rangehen?«

»Ja. Andernfalls wird er nur weiter anrufen. Wenn er mich nicht erreichen kann, wird er ein Team schicken, um uns aufzuspüren.«

Ich nahm das Gespräch an und hielt das Telefon zwischen Myles und mir in die Höhe.

»Ich habe das Paket«, sagte Myles.

»Gab es Probleme?«, dröhnte eine männliche Stimme.

»Auf dem Weg zum Wagen haben wir einen Mann getroffen. Er wusste, dass ich hier sein würde, und wollte mir eine Nachricht übergeben.«

»Wer hat ihn geschickt?«

»Keine Ahnung, die Verständigung war schwierig, da er kaum Englisch sprach. Er hat mir einen Zettel mit der Nachricht hinterlassen und sagte, er solle dafür sorgen, dass mir keine Arbeiter im Weg sind. Jetzt befinde ich mich auf der Schnellstraße und habe bisher kein weiteres Fahrzeug gesehen.«

»Wie lautet die Nachricht?«

»Keine Ahnung. Ich habe sie noch nicht gelesen.«

Es folgte eine so lange Stille, dass ich schon glaubte, die Verbindung sei unterbrochen worden.

»Wie gesichert bist du?«, fragte Zane.

»Du bist auf Lautsprecher«, erwiderte Myles.

»Wir unterhalten uns weiter, sobald du im Hotel bist. Ich schicke dir eine Adresse in Loma. Du hältst dort an und holst eure neuen Papiere ab. Ivy hat für euch ein Hotelzimmer gebucht. Ich habe ihr gedroht, die Kosten von ihrem Gehalt abzuziehen, aber sie hat mir ins Gesicht gelacht. Zweifellos kannst du dich auf eine Suite mit Meerblick freuen.«

»Wohin fahren wir?«

»Nach Mazatlán.«

Zane klang verärgert, aber Myles stieß ein leises Lachen aus.

»Muss ich einen Arzt für euch finden?«

Myles' Blick fiel auf mich und seine Belustigung erstarb augenblicklich. Er musterte mich mit so ausdrucksloser Miene, dass ich ihn für einen Moment nur anstarren konnte. Noch nie hatte ich ein so emotionsloses Gesicht gesehen. Er runzelte weder die Stirn noch zog er eine Grimasse. Er zuckte nicht einmal mit der Wimper.

Schließlich schüttelte ich den Kopf und Myles verlieh meiner Antwort Ausdruck.

»Negativ.«

»Melde dich wieder.«

»Bevor du auflegst«, begann Myles, »will ich dich bitten, einen Anruf mit Evette zu vereinbaren.«

»Ausgeschlossen«, bellte Zane.

»Das hier ist keine Einbahnstraße, Z.«

»Im Moment ist es eine Einbahnstraße mit einem Stopp-schild, das weißt du verdammt gut. Pass auf dich auf.«

Damit beendete er das Gespräch, und ich war verwirrt.

»Was hat das zu bedeuten?«, wollte ich wissen.

»Wir sollten dir etwas zu essen besorgen und zum Hotel fahren. Dort erkläre ich dir alles.«

Das Hotel.

»Wirst du mich dort zurücklassen?«

»Nein.«

Leider half seine knappe Antwort nicht, meine Angst zu lindern.

»Erklärst du mir, wie es weitergeht?«

»Zuerst holen wir unsere neuen Ausweise und etwas Bargeld ab. Dann checken wir in ein Hotel ein. Wie Zane gesagt hat, liegt es wahrscheinlich direkt am Meer und wir bewohnen die teuerste Suite in Mazatlán. Dort kannst du etwas essen, duschen und dich entspannen. Später reden wir über Abrams, Tamir, Evette und was in den zwei Monaten passiert ist, in denen du verschwunden warst.«

Ich fragte mich zwar, warum er glaubte, wir würden die teuerste Suite bewohnen, doch ich schob den Gedanken beiseite. Stattdessen konzentrierte ich mich auf Abrams, Tamir und Evette.

»Geht es Evette gut? Haben sie sie gefunden?«

»Das erzähle ich dir im Hotel«, antwortete Myles mit fester, entschlossener Stimme, in der ein verbitterter Unterton mitschwang.

Schuldgefühle nagten an mir. Ich hätte eine andere Möglichkeit finden müssen, um Abrams, Dr. Ramon Gates und seine widerlichen Experimente zu entlarven. Gleich nachdem ich den Bericht von Dr. Alejandro Arias gelesen hatte, hätte ich zur Polizei gehen sollen. Das Problem dabei war jedoch, dass man mich für verrückt gehalten und niemand meine Geschichte geglaubt hätte. Darin war alles geboten, was einen Science-Fiction-Thriller ausmacht. Ein Bösewicht, der die Welt erobern wollte, und sein Vertrauter, der für ihn entführte und mordete. Ein verrückter Wissenschaftler, der Experimente an Schweinegehirnen durchführte. Künstliche Intelligenz und Supersoldaten. Und natürlich die unscheinbare Frau, die den Plan des Bösewichts hätte vereiteln können und deshalb sterben musste.

Ja, niemand würde mir glauben. Weder Zane noch Myles noch die Behörden.

Meine einzige Hoffnung war Evette gewesen. Sie hatte nur den ersten Hinweis gefunden und erst begonnen, Aviv Abrams' Komplott aufzudecken. Aber seine Pläne waren so abwegig und unglaublich, dass sie sie wahrscheinlich als das Geschwätz eines Verrückten abgetan hätte, wenn sie schließlich dahintergekommen wäre. Doch Aviv Abrams erging sich nicht nur in irgendwelchen kranken Fantasien. Er experimentierte, und zwar schon seit Jahren.

Wenn ich Myles und den anderen erzählen würde, was ich wusste, würden sie mich für verrückt erklären und mich fallen lassen. Dann wäre ich so gut wie tot. Aviv wusste, was ich herausgefunden hatte.

Ich wusste entschieden zu viel.

Ich wusste alles.

Und dieses Wissen war mein Todesurteil.

KAPITEL FÜNF

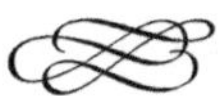

Während der Fahrt hatte ich Delilahs äußere Erscheinung erfolgreich ignoriert.

Ich hatte einfach die Augen vor ihrer hageren Gestalt, der schmutzigen Kleidung, ihrem verfilzten, ungewaschenen Haar und ihrer blassen Haut verschlossen. Und ich hatte so getan, als bemerkte ich den Gestank der Angst nicht, der ihr anhaftete, als sie auf dem Weg nach Loma auf dem Rücksitz geschlafen hatte. Sie hatte sich nicht einmal gerührt, als ein Mann zu unserem Wagen kam, mir wortlos einen dicken Umschlag reichte und davonging.

Doch bei unserer Ankunft im Hotel konnte ich es nicht länger ignorieren – weil Delilah es nicht ignorieren konnte. Am liebsten hätte ich jeden Mistkerl verprügelt, der sie anstarrte. Ich hätte meinem Chef ebenfalls gern eine Abreibung verpasst, weil er uns in einem Luxusresort untergebracht hatte. Delilah hatte sich geweigert, mit mir ins Hotel zu gehen, um einzuchecken. Doch ich hatte ihre Einwände nicht gelten lassen und hatte sie nicht allein im Wagen zurücklassen wollen. Sie war stinksauer gewesen, doch um sie zu überzeugen, hatte ich sie daran erinnert, dass sowohl

Tamir als auch Aviv Abrams noch auf freiem Fuß waren und ich der Einzige war, der zwischen ihr und dem Tod stand.

Mir entging der Blick nicht, den der Rezeptionist ihr zuwarf. Und ihr auch nicht. Wenn es überhaupt möglich war, wurde Delilahs ohnehin schon fahle Gesichtsfarbe noch blasser. Ich musste mich zusammenreißen, um dem Arsch meine Faust nicht ins Gesicht zu rammen. Damit hätte ich nur Aufmerksamkeit auf mich gezogen.

Als wir den Aufzug erreichten, zitterte Delilah sichtbar, und ich konnte meine Wut nicht mehr unterdrücken.

Ich war machtlos und völlig unfähig, Delilah in irgendeiner Weise zu helfen. Leider hatte ich kein Recht, sie an mich zu ziehen und sie mit meinem Körper vor den Blicken der anderen Hotelgäste zu schützen. Alles, was ich ihr hätte sagen können, hätte entweder reumütig oder herablassend geklungen.

»Scheiß auf sie«, presste ich zwischen zusammengebissenen Zähnen hervor.

Delilah zuckte zusammen und wandte sich mir zu. Schmutzige Schlieren bedeckten ihren Hals, die sich bis zu ihrem Ohr und ihrem Kinn hinaufzogen.

Sie sah furchtbar aus.

Aber sie war eine Überlebenskünstlerin.

Und trotz ihrer äußeren Erscheinung war sie verdammt schön. Der Anblick berührte etwas tief in meinem Inneren.

»Hast du gehört, was ich gesagt habe, Delilah? Scheiß auf sie alle. Keine dieser Schlampen, die dich in der Eingangshalle schief angesehen haben, hätte auch nur einen Tag überlebt. Und diese versnobten Weicheier hätten sich in die Hose gemacht. Aber du hast durchgehalten und bist nicht zusammengebrochen. Du bist am Leben. Also scheiß auf sie und ihre verurteilenden Blicke. Sie haben keine Ahnung, was du durchgemacht hast.«

Sie starrte mich an, schien aber nicht überzeugt zu sein.

»Du hast recht, sie wissen nicht, was ich durchgemacht habe. Trotzdem bin ich entsetzt.«

»Weißt du, was der Unterschied zwischen dir und ihnen ist?«, fragte ich und trat einen Schritt auf sie zu.

Und als wollte sie meinen nächsten Worten Nachdruck verleihen, blieb Delilah stehen und straffte die Schultern.

Bravo, Mädchen.

»In dreißig Minuten wirst du all den Dreck abgewaschen haben und diese Klamotten werden im Müll landen. Aber du wirst nach wie vor du selbst sein. Eine verdammt mutige Frau. Und diese Arschlöcher da unten werden immer noch rückgratlose, angeberische Idioten sein.«

Die Aufzugtüren öffneten sich. Delilah blieb stehen und spähte in den Flur hinaus. Als sie sah, dass er leer war, entspannte sie sich und folgte mir.

Ich führte sie in die Suite, die in der Tat der Inbegriff von Luxus und Klasse war. Ivy Lewis genoss es, ihren Mann auf die Palme zu bringen. Sie war der einzige Mensch, der das Biest in ihm wecken konnte, ohne dessen Krallen zu spüren. Also reizte sie ihn, indem sie Luxussuiten für tausend Dollar pro Nacht buchte. Normalerweise fand ich es lustig, doch im Moment war mir nicht zum Lachen zumute.

Die Flitterwochen-Suite.

Delilahs Reaktion war alles andere als amüsant.

Sie starrte auf die weiße Leinencouch vor dem Gaskamin. Vielleicht fragte sie sich, genauso wie ich, warum ein Zimmer in einem Strandresort einen Kamin benötigte. Möglicherweise war ihr auch aufgefallen, dass alles in Weiß, Cremeweiß und Elfenbein gehalten war. Die langweilige Farbgebung wurde durch türkisgrüne Akzente aufgelockert, aber das reichte bei Weitem nicht aus, um die fade Einrichtung aufzupeppen.

»Was ist los?«

»Ich traue mich nicht weiterzugehen.«

Die Frau würde mich noch ins Grab bringen. Ich war mir nicht sicher, ob ihre Worte mich wütend machten oder mir das Herz brachen.

»Geh duschen!«, sagte ich knapp. Mir war bewusst, wie unhöflich das war, und es war mir scheißegal, dass sie mich anstarrte, als sei ich ein Riesenarschloch.

Ihr Blick fiel auf den cremefarbenen Teppich und sie ließ die Schultern hängen.

Das brachte mich noch mehr in Rage.

»Es tut mir …«

»Du musst dich nicht bei mir entschuldigen. Ich kann nicht behaupten, dass ich weiß, was in deinem Kopf vorgeht, aber ich habe Wochen im Einsatz verbracht. Ich weiß, wie es sich anfühlt, wenn man überall mit Dreck und Schleim bedeckt ist, und das sogar an den unangenehmsten Stellen. Nach der Dusche wirst du dich besser fühlen. Nimm dir so viel Zeit, wie du brauchst. Ich bestelle uns beim Zimmerservice etwas zu essen, damit du eine ordentliche Mahlzeit in den Magen bekommst. Auch das wird helfen.«

»Ich habe nichts Sauberes zum Anziehen.«

Endlich konnte ich ihr etwas bieten, das ihr helfen würde, sich wieder wie ein Mensch zu fühlen. Ich zog meinen Rucksack ab und ging zur Couch. Im Gegensatz zu Delilah war es mir völlig egal, ob mein staubiger Rucksack einen Abdruck auf dem Polster hinterließ. Vielleicht hätte ich Skrupel gehabt, wenn das Arschloch, das uns eingecheckt hatte, nicht beim Anblick von Delilah angewidert die Lippen verzogen hätte. Oder wenn der Hotelpage nicht zurückgewichen wäre. Die Couch konnte gereinigt werden, aber die Erinnerung daran, wie diese Leute sich vor ihr geekelt hatten, würde Delilah nicht aus ihrem Gedächtnis löschen können. Also konnten sie mich alle mal.

Ich öffnete den Rucksack und zog ein Sommerkleid heraus, das ich ihr in Los Mochis gekauft hatte. Obwohl es seltsam war, hatte ich ihr zudem Unterwäsche besorgt. Sie war praktisch und unscheinbar, wobei das Oberteil aus einem Bandeau-Top bestand. Ich konnte in Windeseile und mit verbundenen Augen jede Waffe zerlegen und wieder zusammensetzen, aber ich war nicht in der Lage, die BH-Größe einer Frau zu schätzen, der ich noch nie begegnet war. Ich fischte das T-Shirt und die Baumwollshorts heraus, die ich ebenfalls gekauft hatte, und legte alles auf das Sofa.

»Wirst du etwas davon tragen können, bis wir einkaufen gehen und dir etwas Passendes besorgen können?«

Ich trat zur Seite, damit sie einen besseren Blick auf die Sachen werfen konnte. Als sie mir nach einigen Sekunden immer noch nicht geantwortet hatte, wandte ich mich ihr zu.

Sie stand immer noch an derselben Stelle und hatte die Arme um ihre Taille geschlungen, als wollte sie sich selbst festhalten. Ich wusste nicht, wie lang ihr Haar war, weil es zu einem Knoten auf ihrem Kopf zusammengebunden war. Möglicherweise war irgendwo ein Gummiband darin verborgen, aber ich konnte nur verfilzte Klumpen erkennen. Von ihrem Foto wusste ich, dass ihre Naturhaarfarbe dunkelblond war und dass ihr die Haare normalerweise in gesunden, glänzenden Strähnen über die Schultern fielen. Im Moment schienen diese jedoch eher bräunlich zu sein. Delilah war außerdem viel zu dünn und ihre Wangen waren leicht eingefallen. Und in ihren grünbraunen Augen lag so viel Schmerz, dass ich sie am liebsten unter die Dusche getragen hätte, um ihr zu helfen, den Albtraum von ihrer Haut zu waschen.

Trotz allem war sie wunderschön.

»Du bringst mich noch um, Schätzchen. Sag doch etwas.«

»Danke.« Ich schüttelte den Kopf, um etwas zu erwidern, doch sie kam mir zuvor. »Danke, dass du an etwas zum Anziehen für mich gedacht hast. Das war sehr aufmerksam von dir, Myles. Du sollst wissen, dass ich dir für alles dankbar bin, was du bisher für mich getan hast. Ich werde eine Möglichkeit finden, mich bei dir zu revanchieren.«

»Du kannst dich bei mir revanchieren, indem du hierherkommst und dir deine Kleider abholst. Dann kannst du mir danken, indem du das ganze heiße Wasser in diesem Schuppen verbrauchst und indem du die Mahlzeiten isst, die ich dir in den kommenden Tagen vorsetzen werde. Wenn du das alles getan hast, sind wir quitt.«

Endlich schenkte sie mir ein Lächeln.

Bei dem Anblick zog sich mir der Magen zusammen und mein Herz setzte einen Schlag aus. In diesem Moment wusste ich, dass ich ihr hundert weitere Kleider kaufen würde, nur um dieses Lächeln zu sehen.

»Ich bin mir nicht sicher, ob man in einem Hotel wie diesem das ganze heiße Wasser verbrauchen kann, aber ich werde es auf jeden Fall versuchen.«

Ich beobachtete, wie sie mit hocherhobenem Kopf über den cremefarbenen Teppich zur Couch ging, sich bückte, die Kleider aufhob und sich wieder aufrichtete. Sie war gerade zwei Schritte in Richtung Badezimmer gegangen, als sie stehen blieb und sagte: »Der Zettel ist in meiner Gesäßtasche. Könntest du ihn bitte herausziehen?« Sie hielt die Kleider mit ausgestreckten Armen vor sich, damit sie nicht in Kontakt mit ihrem verdreckten Oberteil kamen. »Ich will die sauberen Kleider nicht beschmutzen.«

Mein Blick fiel auf ihren Hintern. Eine Ecke des Zettels ragte aus der Tasche heraus. Ich bemühte mich, nicht zu lange darauf zu starren, was gar nicht so einfach war. Schnell zog ich das Stück Papier heraus.

Delilah schenkte mir ein weiteres zögerliches Lächeln, verschwand im Schlafzimmer und schloss die Tür. Wie erwartet, verriegelte sie sie.

Braves Mädchen.

Ich faltete das zerknitterte Papier auseinander.

Verstecke sie und sorge dafür, dass niemand sie findet. Du wirst wissen, wann sie sicher nach Hause zurückkehren kann.

Zwei Sätze. Das war alles.

Die Nachricht war in ordentlicher Schrift und in Großbuchstaben verfasst. Keine Anrede, keine Unterschrift. Aber man musste kein Genie sein, um zu erraten, wer sie geschickt hatte.

Tamir Cohen.

Er lieferte mir keine Erklärung, warum er Tex angerufen hatte. Und er ließ mich auch nicht wissen, warum er Delilah entführt hatte. Obwohl er nicht gerade freundlich zu ihr gewesen war, hatte er ihr körperlich nicht wehgetan.

Mehr Fragen als Antworten.

Ich fischte mein Handy aus der Tasche und rief Zane an.

»Bist du im Hotel?«

»Ja, und ich muss dir sagen, dass ich die Possen deiner Frau normalerweise genieße. Aber es war weniger lustig, uns in einem derart schicken Hotel unterzubringen. Ich hatte keine andere Wahl, als die Frau, die aussieht und riecht, als sei sie aus einem Abwasserkanal gekrochen, durch die Empfangshalle zu schleifen. Die Leute haben sie angestarrt und sind vor Ekel zurückgewichen.«

Ich hörte, wie jemand am anderen Ende der Leitung nach Luft schnappte, und schloss die Augen.

»Es tut mir so leid, Myles«, keuchte Ivy. »Daran habe ich nicht gedacht. Scheiße, ich habe überhaupt nicht nachgedacht. Geht es ihr gut?«

»Du hättest mir ruhig sagen können, dass du das Telefon auf Lautsprecher gestellt hast, Bruder. Dann hätte ich es etwas schonender formuliert.«

»Es ist nicht nötig, dass du irgendetwas schonender formulierst«, erwiderte Ivy gereizt. »Ich habe Mist gebaut und habe nicht daran gedacht, dass du ganz allein mit ihr dort bist. Sind die Leute wirklich vor ihr zurückgewichen?«

Ich trat an das raumhohe Fenster, von dem aus man einen Blick auf das kristallblaue Meer hatte, und atmete tief durch.

»Ja. Es war nicht schön. Aber sobald wir im Zimmer ankamen, schien es ihr besser zu gehen.«

»Nein, es ging ihr nicht besser«, erwiderte Ivy, die offenbar wusste, dass ich log.

Verdammt.

»Du hast recht, es ging ihr nicht besser. Aber nachdem sie sich frisch gemacht und etwas ausgeruht hat, wird sie sich besser fühlen.«

Ich warf einen Blick auf meine Armbanduhr und konnte mich kaum entsinnen, wie viele Stunden ich bereits auf den Beinen war. Es war ein eindeutiger Beweis dafür, wie Schlafmangel den Verstand beeinträchtigte. Selbst die einfachste Rechenaufgabe bereitete mir Probleme.

»Wir werden den Rest des Tages hierbleiben«, erklärte ich und wandte mich von der wunderschönen Aussicht ab. »Aber bevor ich auflege, will ich dir noch Tamirs Nachricht vorlesen.«

Ich gab die Zeilen wieder und hörte Zane am anderen Ende der Leitung grunzen.

»Ich hasse Rätsel. Was ist bloß aus der guten alten direkten Kommunikation geworden? Sag, was du meinst, und meine, was du sagst. Soll das eine Drohung sein? Was passiert, wenn wir sie nicht verstecken? Wird er sie umbringen? Oder uns eine weitere Nachricht schicken? Ich vermisse die alten Zeiten, als die Attentäter ihre Zielpersonen ermordeten und sie nicht auf eine zweimonatige Spritztour mitnahmen. Und woher zum Teufel sollen wir wissen, wann sie sicher nach Hause zurückkehren kann? Wird der Mistkerl seinen Batman-Suchscheinwerfer am Nachthimmel tanzen lassen in der Hoffnung, dass ich ihn sehe? Oder will er ein Rauchzeichen oder eine E-Mail senden? Und seit wann bin ich der König der Ausgestoßenen?«

Herrgott.

Ich war zu müde, um mir Zanes Tiraden anzuhören. Der Mann wäre imstande gewesen, stundenlang weiter zu schimpfen.

»Du bist auf jeden Fall ein König, Zane Lewis«, blaffte Ivy.

»Wenn du noch eine Katze nach Hause bringst, bin ich der König der Muschis«, entgegnete er. »Keine verdammten Katzen mehr. Ich besorge meinem Sohn einen Hund. Und zwar einen großen.«

»Tut mir leid, Z, der Spitzname ist schon vergeben«, warf Gabe ein.

»Wer ist sonst noch bei euch?«, wollte ich wissen.

»Nur wir drei. Wir sind in Zanes Büro«, antwortete Gabe. »Evette ist unten. Sie wollte hier sein, falls es etwas Neues von Delilah gibt.«

Vor ein paar Monaten war ein Wunder geschehen. Gabe Harris war ein Herz gewachsen. Genauer gesagt hatte er eine Frau gefunden, die ihn dazu gebracht hatte, ihr sein Herz zu öffnen. Der arme Trottel hatte keine Chance gehabt. Evette London war bei Z Corps aufgetaucht, weil sie Hilfe gebraucht hatte, und bevor Gabe wusste, wie ihm geschah, hatte sie ihn um den kleinen Finger gewickelt.

»Delilah will mit ihr reden.«

»Habe ich denn jegliche Kontrolle verloren?«, knurrte Zane.

»Hatte er jemals die Kontrolle?«, spottete Ivy.

»Die Antwort lautet nein.« Dann verlieh Zane seinen Worten Nachdruck, indem er hinzufügte: »Nicht, bevor wir Tamir und die Situation im Griff haben. Ich habe eine Vereinbarung mit Abrams getroffen, um Evettes Sicherheit zu gewährleisten. Da wir nun Delilah in Gewahrsam haben, wird Aviv zu Recht annehmen, dass ich gegen diese Vereinbarung verstoßen habe. Myles ist allein in Mexiko mit einer

Frau, die wir nicht kennen und nicht überprüft haben. Ich gehe kein Risiko ein. Delilah und Evette können sich näherkommen oder tun, was auch immer Frauen tun, *nachdem* wir Tamir und Aviv unschädlich gemacht haben.«

Ich hatte keine Gelegenheit, Zane zu fragen, was er mit *Gewahrsam* meinte, bevor Ivy wieder das Wort ergriff.

»Ich verstehe nicht, was daran so schlimm ist, Delilah mit Evette sprechen zu lassen. Es würde helfen, Vertrauen aufzubauen.«

Sofort verfiel Zane wieder in seine gewohnt sarkastische Art.

»Du weißt doch, dass ich ein kluger Mann bin, nicht wahr?«

»Nein, ich *weiß*, dass du herrisch, stur und misstrauisch bist. Allem voran herrisch. Ein kluger, weniger nervtötender Mann würde verstehen, dass es für uns nur von Vorteil wäre, wenn wir die beiden Frauen miteinander in Kontakt bringen. Je mehr Delilah uns vertraut, desto mehr wird sie uns über Abrams erzählen.«

»Im Laufe der Jahre habe ich eine Lektion gelernt, die ich bereits hätte befolgen sollen, als Leo Olivia in unsere Familie aufgenommen hat. Ich hätte die Frauen voneinander trennen sollen. In einer Situation wie dieser ist es besser, zu teilen und zu herrschen. Ihr Frauen seid gefährlich. Jede einzelne von euch ist schon bedrohlich, aber zusammen seid ihr verdammt beängstigend. Ihr manipuliert und intrigiert und bereitet euch darauf vor, die Weltherrschaft an euch zu reißen. Auf keinen Fall werde ich zulassen, dass Evette und Delilah einen Plan aushecken, um einen israelischen Rüstungsunternehmer zu Fall zu bringen, der Millionen von Dollar in verschiedene Projekte investiert hat. Diese Millionen will Aviv Abrams nicht verlieren. Er wird sowohl das Geld als auch die Verträge schützen, indem er ein Sicherheitsteam schickt, das aus einigen der besten Kommandosoldaten der Welt besteht.

Sobald Evette involviert ist, wird Anaya sich ebenfalls einmischen, was dazu führen wird, dass Kyle den Verstand verliert. Tatiana, Emerson und Eva werden Anaya zurückholen, und ich habe drei weitere Männer am Hals, die eine Stinkwut auf mich haben werden. Und dann bist da noch du, meine liebe Frau. Du wirst dich auf die Sache stürzen und Violet, Olivia, Erin und Jasmin mit hineinziehen. Sobald das passiert, wird ein Krieg ausbrechen. Um die Situation unter Kontrolle zu halten, bevor es zu Blutvergießen kommt, verhänge ich ein Kommunikationsverbot. Myles wird die nötigen Informationen von Delilah erhalten und Gabe wird dafür sorgen, dass Evette sich von Delilah fernhält.«

Zane lag mit seiner Einschätzung goldrichtig. Die Frauen würden sich zusammenschließen und es würde Ärger geben. Vor allem wenn Jasmin Parker mit von der Partie wäre. Sie war die einzige weibliche Angestellte von Z Corps, die zu einem der Einsatztrupps gehörte. Lange bevor sie dem Red Team beigetreten war oder Zanes Bruder Lincoln geheiratet hatte, hatte sie bereits mit Zane zusammengearbeitet. Dabei waren sie von einer Gruppe Russen gefangen genommen und gefoltert worden. Aus dieser Erfahrung hatten sich gegenseitiger Respekt und Loyalität entwickelt. Jasmin würde unter allen Umständen mitmischen wollen – und dann würde die Hölle losbrechen.

»Ich werde nicht …«

»Du hast recht, Ivy, das wirst du nicht«, unterbrach Zane seine Frau.

»Sei kein Arschloch«, warnte Ivy leise.

»Du weißt, dass ich dich liebe. Aus tiefstem Herzen. Und du verstehst sicher, dass ich versuche, meine Männer davon abzuhalten, auf eigene Faust zu handeln. Sobald ihre Frauen sich einmischen, wird ein *Krieg* vom Zaun brechen. Wenn du zwischen die Fronten gerätst, werde ich alles um mich herum vernichten. Ich habe dir im Laufe der Jahre tausendmal gesagt, dass mein Leben ohne dich nicht lebenswert ist. Wenn Aviv Abrams auch nur einen Fuß in die Nähe von dir oder meinem Sohn setzt, werde ich ihn und alle um ihn herum in Grund und Boden stampfen. Es wird keine Abrams mehr geben, aber es wird auch kein Z Corps mehr geben. Ich werde alle meine Schulden eintreiben, jeden Cent ausgeben, den ich habe, und meine Männer zu schrecklichen Taten zwingen, und du weißt, dass sie dafür ihre Seelen verkaufen werden. Also bitte, Ivy, tu mir diesen einen Gefallen – halte die Füße still.«

»In Ordnung, Zane, ich werde nichts unternehmen.«

Als ich hörte, wie Ivy ohne viel Aufhebens nachgab, machte etwas in mir klick. Sie ging ohne Umschweife auf die Forderung ihres Mannes ein, weil sie ihn kannte – und zwar auf eine so innige und intime Weise, wie keiner von uns ihn jemals kennen würde. Die beiden verband eine instinktive und tief verwurzelte Vertrautheit. Ivy war stark genug, um es mit einem Mann wie Zane aufzunehmen; sie wusste, wann sie ihn unter Druck setzen und sich behaupten musste und wann etwas für Zane so wichtig war, dass sie ihn gewähren lassen musste.

Als meine Kameraden die Frau fürs Leben gefunden hatten, hatte ich keinen Funken Eifersucht verspürt. Ich war nicht neidisch, als meine Freunde aus dem Gold Team mir ihre besseren Hälften vorgestellt hatten. Eigentlich hatte ich mir über Beziehungen im Allgemeinen nie viele Gedanken gemacht. *Wenn es passiert, dann passiert es*, war immer meine Devise gewesen. Ich sträubte mich nicht dagegen, aber ich kannte mich gut genug, um zu wissen, dass ich mich niemals häuslich niederlassen würde.

Aber in diesem Moment, in dem ich dem Gespräch zwischen Zane und Ivy lauschte, war ich voller Neid. Ihre

Verbindung war so stark, dass ich sogar über Tausende von Kilometern die Liebe spüren konnte, die mein Chef für seine Frau empfand.

Genau das wollte ich auch.

Deshalb hatte ich mich bisher noch nicht an jemanden gebunden.

Denn für mich galt das Motto *ganz oder gar nicht*.

»Was willst du als Nächstes tun?«, fragte Gabe und bezog mich wieder in die Unterhaltung mit ein.

»Ich werde Delilah dazu bringen, mir zu vertrauen.«

»Das sollte nicht schwer sein«, vermutete er, doch ich wusste, dass er sich irrte.

»Es wird so gut wie unmöglich sein«, entgegnete ich. »Die Firma, für die sie gearbeitet hat, steckt bis zum Hals in zwielichtigen Geschäften. Sie haben einen Mann angestellt, der sie entführt und zwei Monate lang als Geisel gehalten hat. Dann komme ich, jage ihr eine Heidenangst ein und zerre sie aus dem Haus. Und jetzt halte ich sie im Grunde ebenfalls als Geisel.«

»Das tust du nicht«, widersprach Gabe.

Ich betrachtete Delilahs Zahnabdrücke an meinem Arm, die seine Worte Lügen straften.

»Glaub mir, Gabe. In ihren Augen halte ich sie gefangen. Dieser Frau wurde ihre Macht genommen. Tamir hat sie zwar nicht körperlich verletzt, aber er wusste genau, was er tat, als er sie zwei Monate lang mit Schweigen strafte. Ich glaube, er hat ihr damit mehr Angst eingejagt, als wenn er sie jeden Tag bedroht hätte. Sie vertraut mir nicht, und die wenigen Informationen, die sie mir gegeben hat, werden uns nicht weiterhelfen.«

»Du wirst sie schon umstimmen«, meinte mein Kumpel zuversichtlich.

Aber ich wollte Delilah nicht einfach nur umstimmen. Ich wollte, dass sie mir vertraute, weil ich mir ihr Vertrauen verdient hatte, nicht weil ich ihr irgendwelche Lügen auftischte, um an die Informationen zu gelangen.

»Ich muss etwas zu essen bestellen, bevor Delilah aus der Dusche kommt. Ich melde mich wieder.«

»Ich werde ein paar Sachen für sie auf euer Zimmer bringen lassen«, warf Ivy hastig ein, bevor ich auflegen konnte.

»Was für Sachen?«

»Frauensachen.«

Ich würde nicht weiter nachhaken, denn das würde eine zehnminütige Erklärung über Dinge nach sich ziehen, die mich nicht interessierten.

»Danke, Ivy.«

»Das ist das Mindeste, was ich nach meinem Fehltritt tun kann. Ich werde das Nötigste besorgen und schicken lassen, aber frag sie bitte, ob sie noch etwas Bestimmtes möchte.«

»Sehe ich aus, als betreibe ich einen Wellness-Salon? Das Nötigste wird reichen«, brummte Zane.

»Du siehst aus wie jemand, der so viele gute Taten wie möglich vollbringen muss, bevor er das Zeitliche segnet, damit er nicht im Schattenreich landet.«

»Im Schattenreich?«

»In der Hölle, Zane«, blaffte Ivy.

»Ist das dein Ernst? Das allein reicht, um …«

»Ich lege auf«, unterbrach ich Zane, bevor er weiter schimpfen konnte.

»Ist es zu früh, um …«

»Ja!«

Damit beendete ich das Gespräch.

Ich wollte mir nicht von ihm sagen lassen, dass ich »verhüten« oder »ein Gummi benutzen« solle. Schließlich war ich keine fünfzehn mehr und konnte sowohl meine körperlichen Bedürfnisse als auch meine Emotionen kontrollieren.

Berühmte letzte Worte.

KAPITEL SECHS

Ich war mir nicht sicher, wie ich in der Badewanne gelandet war. Aber ich saß auf meinem Hintern, während das Wasser aus dem Duschkopf auf mich herabprasselte. Ich hatte meine Haut geschrubbt, bis von dem winzigen Stück Hotelseife nur noch ein nutzloser Rest übrig war. Und ich hatte beide Flaschen Shampoo und Spülung aus dem kleinen Korb auf dem Waschbecken verbraucht.

Aber ich war immer noch schmutzig und der Waschlappen, der neben meinen Füßen lag, war braun verfärbt.

Ich war schon eine ganze Weile im Bad. Das Wasser war zwar noch nicht kalt, aber mit meinen Gedanken war ich längst woanders. Immerzu ließ ich die letzten sechs Monate meines Lebens Revue passieren. Hätte ich nur in einem einzigen Punkt anders gehandelt, wäre ich jetzt nicht in Mexiko. Ich würde nicht in der Badewanne eines teuren Hotels sitzen und mich fragen, wie ich alles verloren hatte und ob mein Vermieter meine Sachen verkauft oder weggeworfen hatte.

Ich überlegte auch, was mit meinem Wagen passiert war

und wann ich zu einem Arbeitstier geworden war. Zuletzt hatte ich so viel gearbeitet, dass ich alle meine Freunde verloren hatte. Niemand rief mich mehr an, niemand lud mich zum Essen ein oder wollte einfach nur mit mir plaudern. Und niemand hatte die Polizei alarmiert, als ich verschwunden war.

Ich musste mich jedoch nicht fragen, ob meine Mutter mich vermisste. Sie war ein Miststück, das sich nur um sich selbst kümmerte und sich lediglich für den nächstbesten Mann interessierte, den sie in ihre Fänge bekommen konnte. Sie hätte eine Vermisstenanzeige mit meinem Gesicht darauf sehen können. Wenn nicht das Wort »Belohnung« darauf vermerkt gewesen wäre, wäre sie einfach daran vorbeigegangen. Ihre letzten drei Ehemänner hatten mich allerdings gemocht, also hätte vielleicht einer von ihnen mein Verschwinden gemeldet. Doch meine Mutter hatte sie längst gegen reichere Modelle eingetauscht.

Hätte ich nur in einem Punkt anders entschieden.

Hätte ich damals nicht diese verdammte Datei geöffnet, hätte ich jetzt an meinem Schreibtisch gesessen und nichts von den kranken Recherchen meines Chefs gewusst.

Dann würden noch mehr Menschen sterben, du egoistische Idiotin.

Nachdem ich heimlich Kontakt zu der Journalistin Evette London aufgenommen hatte, schickte ich ihr sämtliche Informationen. Sie hatte sich mit den Landpachtverträgen in Timor-Leste auseinandergesetzt. Ich hatte die Bilder von den Gräueltaten gesehen, die die Rebellen in dem Dorf und dem Waisenhaus begangen hatten, nachdem Abrams sie dafür bezahlt hatte. Als ich erfuhr, dass Evettes Freundinnen unter den Mitarbeitern des Friedenskorps waren, die ebenfalls betroffen waren, wusste ich, dass sie versuchen würde, Abrams zu entlarven.

Insbesondere nach allem, was Evettes Freundin Kalee

Solberg durchgemacht hatte. Sie war in dieser Grube voller toter Mädchen zurückgelassen worden.

So war Evette schnell zu meiner einzigen Verbündeten geworden.

Oder zu meinem Sündenbock?

Nein! Ich hatte Evette sorgfältig überprüft. Sie war eine angesehene Journalistin bei einer renommierten Nachrichtenagentur. Die Leute würden ihr Glauben schenken, auch wenn die Geschichte an sich unglaublich war.

Es klopfte an der Tür und ich sprang auf. Ich rutschte auf dem dämlichen Waschlappen aus und landete auf meiner Hüfte und meinem Ellbogen. Dabei verdrehte sich eines meiner Beine in einem seltsamen Winkel und ich hätte mir fast mit dem Knie gegen das Kinn getreten.

Ich hatte mich gerade aufgerichtet, als Myles rief: »Alles okay da drin?«

»Alles war bestens, bis du mich zu Tode erschreckt hast«, platzte ich heraus.

»Entschuldige, du bist schon viel länger im Bad, als ich angenommen hatte. Ich wollte mich nur vergewissern, dass alles in Ordnung ist.«

»Du hast mir doch gesagt, ich soll das ganze warme Wasser verbrauchen.«

Ich hörte sein tiefes, raues Lachen durch die Tür und schloss die Augen. Der Laut löste ein seltsames Gefühl in mir aus, und ich war mir nicht sicher, ob das gut war. Abgesehen von der Tatsache, dass ich niemandem vertrauen konnte, hatte ich noch etwas anderes gelernt: Ich konnte meinem eigenen Urteilsvermögen nicht trauen. Ich hatte so viele Fehler gemacht, dass ich langsam glaubte, mir fehlte das Gen, das Menschen dabei half, gute Entscheidungen zu treffen.

Diesen Mangel hatte ich wahrscheinlich von meiner Mutter geerbt.

Da ich jedoch nicht wusste, wer mein Vater war, hätte er

genauso gut dafür verantwortlich sein können. Allerdings deutete alles darauf hin, dass er das Selbstschutzgen besaß. Er hatte sich aus dem Staub gemacht, bevor ich geboren wurde. Schade, dass er damit nicht gewartet hatte, bis Marla mich zur Welt gebracht hatte.

»Ich hätte nicht gedacht, dass du es fertigbringen würdest, so viel Wasser zu verschwenden.«

Obwohl ich wusste, dass Myles mich nicht sehen konnte, wandte ich mich der Tür zu und bedachte ihn mit einem bösen Blick.

»Willst du damit etwa sagen, dass ich eine Umweltsünderin bin?«

»Nein. Ich wollte nur sichergehen, dass dir keine Schwimmhäute gewachsen sind.«

Er lachte weiter, während ich meine schrumpeligen Finger betrachtete.

»Ich komme raus«, rief ich.

Ich war mir nicht ganz sicher, warum ich die Worte fast schrie, aber ich wollte wohl dafür sorgen, dass er das Zimmer verließ, bevor ich das Wasser abdrehte.

Einen Moment mal.

»Wie bist du ins Schlafzimmer gekommen? Ich habe die Tür abgeschlossen.«

»Ich habe das Schloss geknackt«, antwortete er beiläufig. »Beeil dich, Namora, das Essen ist da.«

»Namora?«

»Sobald du rauskommst, erzähle ich dir von ihr. Ich schließe die Tür hinter mir ab.«

Ich wartete noch einen Augenblick, bevor ich aufstand und das Wasser abstellte. Ich schnappte mir ein frisches weißes Handtuch und vergrub mein Gesicht darin.

Weichspüler.

Ich atmete tief ein und genoss den sauberen Duft. Als ich das Handtuch wegzog, war ich froh zu sehen, dass es im

Gegensatz zu dem Waschlappen noch weiß war. Ich stieg aus der Wanne und drehte mich mit dem Rücken zum Spiegel, denn ich war noch nicht bereit, mich zu betrachten. In der Empfangshalle hatte ich einen flüchtigen Blick auf mein Antlitz erhascht und wäre vor Scham fast im Boden versunken. Ich trocknete meine Beine ab und ignorierte die Haare, die acht Wochen lang ungehindert gewachsen waren. Hastig trocknete ich auch den Rest meines Körpers ab und wollte gar nicht darüber nachdenken, warum meine Achselbehaarung der eines Mannes glich. Ich machte mir nicht die Mühe, mein struppiges Haupthaar mit den Fingern durchzukämmen, sondern wickelte einfach ein Handtuch um den Kopf, bevor ich ein zweites um meinen Körper schlang. Wenn ich innegehalten und darüber nachgedacht hätte, *warum* ich keinen Zugang zu einem Rasierer hatte oder *warum* meine Haare verknotet waren, wäre ich zusammengebrochen.

Doch für einen Nervenzusammenbruch hatte ich keine Zeit. Ich musste mich zusammenreißen und mir überlegen, was ich als Nächstes tun sollte. Falls sich herausstellte, dass Myles nicht der Held war, der mich gerettet hatte, sondern einfach nur ein weiterer Geiselnehmer, dann wollte ich vorbereitet sein. Ich musste wachsam bleiben. Bevor Tamir mich entführt hatte, hatte ich mithilfe von Evette mit Zane Lewis sprechen und meine Optionen abwägen wollen. Er hatte mir Schutz und einen sicheren Unterschlupf angeboten. Aber konnte ich wissen, ob ich dort wirklich in Sicherheit wäre? Alles, was ich über Z Corps wusste, hatte ich im Netz gelesen, und leider hatte ich auf die harte Tour erfahren müssen, dass das Internet oftmals log.

Ich öffnete die Tür und spähte hinaus.

Myles war nirgends zu sehen und die Schlafzimmertür war geschlossen. Eiligen Schrittes durchquerte ich den Raum und drehte am Knauf.

Verschlossen.

Ich schnappte mir die Unterwäsche, die Myles für mich gekauft hatte, und riss die Verpackung auf. Dann erstarrte ich. Ich war mir nicht sicher, was ich erwartet hatte, aber es war definitiv nicht das, was ich in Händen hielt. Verdammt, ich wusste nicht einmal, *was* genau es war. Das Höschen sah aus, als sei es in den Vierzigerjahren zuletzt in Mode gewesen. Der Slip bedeckte nicht nur den gesamten Hintern, er war zudem hellblau und glänzte. Ja, der Stoff glänzte. Ich hatte nicht einmal gewusst, dass derart glänzende Unterwäsche überhaupt erhältlich war. Und ich konnte mich glücklich schätzen, denn es waren gleich drei Stück in der Packung. Ich drehte das Kleidungsstück um und mir entfuhr unwillkürlich ein Lachen. Es platzte aus mir heraus und ich konnte nicht mehr an mich halten. Die Mittelnaht war gerafft, und als ob dieses kleine Detail noch nicht genug war, waren die Seitennähte mit Spitze besetzt. Um den Look zu vervollständigen, war das Hinterteil mit Rüschen versehen.

Ich schlüpfte hinein und zog den Bund hoch … und weiter hoch … und noch höher, bis der Gummizug meinen Bauchnabel bedeckte.

Wunderbar! Hoch taillierte, glänzende Höschen mit Rüschen am Hintern und geraffter Poritze.

Die Unterhose bedeckte so viel von meiner Haut, dass ich auf die Shorts hätte verzichten können. Doch das würde ich natürlich nicht tun. Ich durchforstete den Rest der Kleidung und fand ein Bandeau-Top, das Myles zweifellos als BH für mich gekauft hatte. So dankbar ich auch war, dass er nicht versucht hatte, meine Größe zu erraten, war ich doch ein wenig enttäuscht, dass er keinen dieser BHs mit spitzen Cups gefunden hatte, die zu meinem glänzenden Höschen gepasst hätten.

Ich zog das T-Shirt und die Baumwollshorts an. Beide waren zu groß. Ich musste den Bund der Shorts umschlagen, damit sie nicht rutschten, wobei ich allerdings die oberen fünf Zentimeter des Höschens entblößte. Zum Glück wurden diese von dem T-Shirt verdeckt, das mir bis zur Mitte der Oberschenkel reichte. Mit meinen Haaren immer noch ins Handtuch gewickelt ging ich zur Tür.

Ich wollte sie öffnen, doch dann hörte ich Myles etwas sagen. Im nächsten Moment ertönte eine zweite Männerstimme.

Mein Puls raste und trotz der kühlen Luft im Zimmer wurde mir ganz heiß. Ich spürte, wie mir der Schweiß auf die Stirn trat. Hastig ließ ich den Blick auf der Suche nach einer möglichen Waffe durchs Zimmer schweifen, doch ich fand nichts. Der Fernseher war zu groß, um ihn hochzuheben, die Lampen waren an der Wand befestigt und auf der Kommode lagen lediglich drei Stifte. Ich hätte auf den Balkon klettern können, aber was dann? Wir befanden uns in der obersten Etage, ich konnte nicht springen – zumindest nicht, ohne mir dabei das Genick zu brechen. Ich suchte weiter den Raum ab in der Hoffnung, dass sich auf magische Weise eine Waffe materialisieren würde, als Myles' tiefe Stimme an mein Ohr drang.

»Für Ihre Mühe.«

Für einen Moment herrschte Stille, dann sagte der andere Mann: »Danke, Mr. Barron.«

Akzentfreies Englisch.

Das war seltsam.

Und geradezu beängstigend.

Ich hörte, wie eine Tür ins Schloss fiel, dann herrschte Stille.

War Myles gegangen? War der andere Mann hier, um mich zu holen?

Was ist gerade passiert?

Es klopfte an der Schlafzimmertür. Im letzten Moment schlug ich mir die Hand vor den Mund, um einen Schrei zu unterdrücken, doch ein dumpfes Stöhnen war trotzdem noch zu hören. Wie gelähmt stand ich da. Genau wie vor zwei Monaten, als Tamir mich in meinem Hotelzimmer in Kalifornien überrascht hatte. Eine kluge Frau hätte *irgendetwas* unternommen. Aber ich war vor Angst wie erstarrt gewesen und hatte nicht gewusst, was ich tun sollte. Ich war so dumm gewesen.

»Delilah?«

Das war Myles' Stimme.

Ich antwortete nicht. Ich brachte keinen Ton heraus. Was, wenn der andere Mann noch da draußen war und nur darauf wartete, mich zu schnappen? Was, wenn Myles den Kerl hereingelassen hatte und er die Tür beim Eintreten ins Schloss hatte fallen lassen. Was, wenn …

»Ist alles in Ordnung?«

Er klang besorgt.

Du darfst ihm nicht vertrauen.

»Schätzchen, wenn du mir in zwei Sekunden immer noch nicht geantwortet hast, komme ich rein.«

Er klang sogar überaus besorgt.

Aber ich traute ihm immer noch nicht.

»Bleib draußen.«

»In Ordnung, ich werde hier warten. Was ist los?«

Meine Güte, er klingt wirklich, als würde er sich Sorgen machen.

»Ich … äh …« Ich starrte auf die Tür und suchte verzweifelt nach einer Ausrede.

»Hier ist niemand außer mir, Delilah. Hast du die Tür gehört? Hast du dich deshalb erschreckt?«

Großartig. Im Geiste führte ich eine Liste über all die Eigenschaften, die ich Myles zuschreiben konnte. Nun konnte ich auch »scharfsinnig« hinzufügen. Ganz oben stand »unglaublich gut aussehend«. Ich wollte nicht daran denken, aber ich konnte nichts dagegen tun. Selbst in meinem völlig verängstigten Zustand war mir aufgefallen, wie sexy er war.

Mir wäre es lieber gewesen, er hätte ausgesehen wie ein Oger statt wie ein Filmstar, aber er war alles andere als hässlich. Zudem war er muskulös und groß, hatte breite Schultern und kräftige Arme, die den Stoff seines T-Shirts spannten.

»Delilah?«, rief er erneut.

»Ja, ich habe gehört, dass du mit jemandem gesprochen hast.«

Er fluchte leise, wobei ich mich fragte, ob das gut oder schlecht war. War er wütend, weil ich seinen Plan durchkreuzt hatte? Würden sie sich auf mich stürzen, sobald ich das Wohnzimmer betrat?

»Ivy hat ein paar Sachen für dich geschickt. Ich habe die Tüte nicht durchforstet, aber ich habe eine Haarbürste und Zahnpasta gesehen.«

Auf der anderen Seite der Tür war ein Rascheln zu hören. »Dann sind da noch Flaschen mit Haarzeug, Deodorant, eine Zahnbürste …«

Bei dem Wort Zahnbürste horchte ich auf.

»Wer ist Ivy?«

»Ivy Lewis, Zanes Frau.«

Das war seltsam. Weshalb sollte mir eine Frau, der ich noch nie begegnet war, Hygieneartikel besorgen?

»Warum hat sie mir Sachen geschickt?«

»Warum?«

»Ja, warum? Sie kennt mich doch gar nicht.«

»Weil sie wusste, dass du sie brauchst, und weil sie ein netter Mensch ist. Außerdem hatte sie ein schlechtes Gewissen, da sie uns ein Zimmer in diesem Hotel gebucht hat, ohne zu bedenken, in welchem Zustand du sein würdest. Zum Glück bist du unverletzt, aber sie hätte es besser wissen müssen. Und ich hätte bei unserer Ankunft im Büro anrufen und Zane bitten sollen, uns eine andere Unterkunft zu suchen. Das habe ich nicht getan. Stattdessen habe ich dich zu etwas gezwungen, was dir unangenehm war, und dafür entschuldige ich mich.«

Meine Hand lag bereits am Türknauf, ich musste ihn nur noch drehen. Ich wollte es tun. Er klang aufrichtig, als würde es ihn interessieren, dass ich entsetzt war, als die Leute mich angestarrt hatten. Und ich sehnte mich danach, mir die Zähne zu putzen.

Würde ich wirklich meine Sicherheit für saubere Zähne riskieren?

Ja! Ja, das würde ich.

Langsam öffnete ich die Tür. Myles trat zwei große Schritte zurück und streckte mir eine weiße Plastiktüte mit dem Logo des Hotels entgegen. Sie war mittelgroß und prall gefüllt.

Ich sah auf und begegnete seinem Blick. Er starrte mich durchdringend, aber mit einem sanften Ausdruck in den Augen an. Ich war mir nicht sicher, wie ich aussah, aber ich vermutete, dass ich genauso erschrocken dreinblickte, wie ich mich fühlte.

Mein Atem ging stoßweise. Zu gern wäre ich zurückgewichen und hätte weggesehen, doch ich war einfach nicht imstande, den Blick von ihm abzuwenden.

»Sag mir, wie ich dir helfen kann«, forderte er mich auf.

»Wie bitte?«

»Ich will nicht, dass du Angst vor mir hast. Was kann ich für dich tun, Delilah?«

»Ich weiß es nicht.«

Sobald mir die Worte über die Lippen kamen, wünschte ich, ich könnte sie zurücknehmen.

»Ich stelle die Tüte auf den Tisch und gehe auf die andere Seite des Zimmers. Hilft das?«

»Wie bitte?«

»Schätzchen, du stehst in der Tür und siehst mich an, als hättest du eine Heidenangst vor mir. Ich verstehe warum, aber es gefällt mir nicht. Ich will dir gern helfen, aber du musst mir sagen wie.«

Ich war nicht verängstigt, sondern hatte fasziniert beobachtet, wie seine hellbraunen Augen sich in dem Moment erweicht hatten, in dem er meinem Blick begegnet war. *Es ist wohl besser, ihn glauben zu lassen, ich hätte Angst vor ihm.*

»Ich habe mich nur erschrocken, als ich die andere Stimme gehört habe. Schließlich hatte ich keine Ahnung, was hier vor sich ging.«

Ein Muskel in Myles' Wange zuckte und ich fragte mich, ob er ahnte, dass ich befürchtet hatte, er hätte mich verlassen. Oder wusste er, dass ich ihn verdächtigt hatte, jemanden ins Zimmer gelassen zu haben, der mir wehtun könnte? Er wandte sich ab, um die Tüte auf den Tisch zu stellen, doch zuvor sah ich noch, wie der sanfte Ausdruck in seinen Augen verblasste. Er erlosch in dem Moment, in dem ich zugab, mich erschrocken zu haben. Seine Miene verhärtete sich, fast so, als sei er von mir enttäuscht. Der Gedanke versetzte mir einen Stich im Herzen.

Und nicht nur das, mein Magen zog sich schmerzhaft zusammen. Aber ich wollte nicht darüber nachdenken, warum seine Reaktion mich so tief berührte.

Na und? Dann wusste er eben, dass ich ihm nicht vertraute. Tatsächlich *sollte* ich ihm nicht vertrauen und er sollte mir nicht vertrauen.

Myles trat vom Tisch zurück und ging tiefer in den Raum, gerade weit genug, sodass ich mir die Tüte schnappen konnte.

»Danke«, murmelte ich und eilte zurück ins Schlafzimmer.

Ich kippte den Inhalt auf das Bett und durchforstete die Toilettenartikel, bis ich die Zahnbürste und die Zahnpasta gefunden hatte. Dann hastete ich ins Badezimmer und putzte mir die Zähne. Ich spülte, spuckte und wiederholte den Vorgang.

Ganze dreimal putzte ich mir die Zähne.

Dabei schaute ich kein einziges Mal in den Spiegel.

Ich war nicht bereit, die Frau zu sehen, die mir dort entgegenstarren würde.

KAPITEL SIEBEN

Obwohl ich keinen Grund hatte, aufgebracht zu sein, kochte ich vor Wut.

Nicht nur vertraute Delilah mir nicht, sie schien mich auch für einen Dreckskerl zu halten, der sie den Wölfen zum Fraß vorwerfen würde. Sie hatte es zwar nicht ausgesprochen, aber ich hatte es ihr deutlich angesehen. Diese Frau glaubte tatsächlich, ich würde jemanden in unser Zimmer lassen, der ihr etwas antun würde. Ich hätte meine gesamten Ersparnisse darauf verwettet, dass sie in diesem verdammten Schlafzimmer gestanden und gedacht hatte, ich würde sie in eine Falle locken, während ich dem Lieferjungen ein Trinkgeld gab.

Gabe hatte sich geirrt. Delilah würde mir auch in Zukunft nicht vertrauen. Nur mit Worten würde ich ihr nicht beweisen können, dass ich ihr nicht wehtun wollte, sondern auf ihrer Seite stand und sie beschützen wollte.

Ich wandte mich vom Fenster ab und warf einen Blick auf die Schlafzimmertür, als Delilah sie aufzog und aus dem Schlafzimmer marschierte. In ihrer Eile schloss sie die Tür nicht wieder, aber ich wusste, dass es lediglich eine Unachtsamkeit ihrerseits war und ich nicht mehr hineininterpretieren sollte.

»Fühlst du dich besser?«, fragte ich.

»Viel besser.«

Sie klang, als meinte sie es ernst.

»Gut. Hast du Hunger?«

»Ja. Aber bevor wir essen, kann ich dich um einen Gefallen bitten?«

Am liebsten hätte ich ihr geantwortet, dass sie mich um alles bitten könne. Ich würde ihr jeden Wunsch erfüllen, solange sie mir versprach, mich nie wieder mit diesem gequälten Ausdruck in den Augen anzusehen und mir stattdessen ein hübsches Lächeln zu schenken.

Doch das behielt ich für mich. Stattdessen sagte ich: »Natürlich.«

»Ich habe versucht, die Knoten aus meinen zerzausten Haaren zu kämmen«, begann sie schüchtern, »aber am Hinterkopf sind immer noch ein paar. Würdest du mir helfen?«

»Du willst, dass ich dir die Haare bürste?«

Ich warf einen Blick auf das Handtuch auf ihrem Kopf und sie zuckte zusammen. Dann senkte sie den Blick in Richtung Boden. »Mir ist klar, dass es eine seltsame Bitte ist. Es tut mir leid. Ich hätte nicht fragen sollen.«

Diese Frau wird mich noch ins Grab bringen.

»Würdest du mich bitte ansehen?«

Ganz langsam hob sie den Blick.

»Ich bürste dir die Haare. Aber ich weiß nicht, wie lange ich das noch aushalte, Delilah.«

»Was meinst du?«

»Du siehst mich immerzu an, als erwartest du, dass ich mich jeden Moment auf dich stürzen könnte. Ich werde dir weder wehtun noch werde ich dich verlassen oder dich an Aviv oder Tamir oder sonst irgendjemanden ausliefern. Ich bin hier, um dich zu beschützen. Mir ist klar, dass du keinen Grund hast, mir zu vertrauen, aber ich bitte dich, mir zu sagen, was ich tun muss, damit wir das ändern können.«

»Warum vertraust du *mir*?«

»Wie bitte?«

»Du hast mir eine Waffe gegeben. Ich hätte dir in den Rücken schießen und weglaufen können.« Unwillkürlich verzog ich die Lippen zu einem Lächeln, doch ein Lachen konnte ich zum Glück unterdrücken. »Warum lächelst du?«

»Schätzchen, du hast am ganzen Leiben gezittert. Ich bezweifle, dass du die Waffe ruhig genug hättest halten können, um mich zu treffen.«

»Warum hast du sie mir dann gegeben?«

»Wir waren auf uns allein gestellt und wussten nicht, was uns erwartet, als jemand auf uns zukam. Ich musste sicherstellen, dass du in der Lage sein würdest, dich selbst zu schützen, falls mir etwas zugestoßen wäre.«

Mir entging nicht, dass sie mit den Kiefermuskeln zuckte und die Schultern hängen ließ.

»Wie du gesagt hast, ich habe so stark gezittert, dass die Waffe nutzlos gewesen wäre.«

»Ich glaube, wenn ich blutend oder tot auf dem Boden gelegen hätte, hättest du die Kraft aufgebracht, dich zu verteidigen. Außerdem hattest du ein Handy«, erinnerte ich sie.

»Du irrst dich. Ich bin nicht diese Art von Frau.«

Was zum Teufel sollte das bedeuten?

»Nicht welche Art von Frau?«, wollte ich wissen.

»Wenn eine Situation brenzlig wird, bin ich wie gelähmt. Ich bin weder stark noch mutig und kämpfe nicht …«

»Ich habe deine Zahnabdrücke auf meinem Arm, die das Gegenteil beweisen.« Sie ließ den Blick zu dem Verband an meinem Unterarm huschen, aber ich fuhr fort, bevor sie etwas erwidern konnte. »Und wenn du von Tamir sprichst, darüber haben wir bereits geredet. Cohen hätte dich auf hundert verschiedene Arten töten können, von denen einige ziemlich schmerzhaft gewesen wären. Die Tatsache, dass du mir jetzt gegenüberstehst, ist der Beweis dafür, dass du das Richtige getan hast. Ich glaube, er hat mit sich gerungen und war sich nicht sicher, was er mit dir machen sollte. Wenn du dich ihm widersetzt hättest, hättest du ihm die Entscheidung leicht gemacht. Er hätte keine andere Wahl gehabt, als dich zu töten. Aber indem du dich ruhig verhalten hast und gehorsam warst, hast du ihm die Möglichkeit gegeben, dich an einem Ort zu verstecken, den er als sicher erachtete.«

»Warum denkst du das?«

»Willst du dich vor die Couch auf den Boden setzen oder auf einen Stuhl, während ich dir die Haare bürste?«

Als ich abrupt das Thema wechselte, blinzelte sie mich an. Dann warf sie einen Blick auf die Stühle am Küchentisch.

»Ich setze mich lieber auf einen Stuhl. Meine Haare sind ziemlich lang. Ich glaube nicht, dass du sie bürsten kannst, wenn ich auf dem Boden hocke.«

Das Foto, das ich von ihr hatte, stammte von Abrams' Webseite und schien schon ein paar Jahre alt zu sein. Darauf waren ihre Haare hinter die Schultern gekämmt, sodass ich ihre Länge nicht erkennen konnte. Aus irgendeinem verrückten Grund wollte ich unbedingt sehen, wie lang sie waren. Noch verrückter war, dass ich ihre Strähnen zwischen meinen Fingern spüren wollte.

Ich ging auf sie zu. »Warum hast du keine Konten in den sozialen Medien?«

»Weil ich in der IT-Abteilung arbeite und weiß, wie einfach es ist, alle möglichen persönlichen Informationen über jemanden zu finden. Warum sollte ich es einem Perversen, der im Internet sein nächstes Opfer sucht, also leicht machen?«

Klug.

Sie hatte recht. Garrett, unser hauseigener IT-Spezialist, musste nur ein paar Tasten drücken, und schon hatte er sämtliche Informationen zusammengetragen, die es über einen Menschen zu wissen gab.

»Was habt ihr über mich herausgefunden?«, fragte sie.

Ich zog den Stuhl zurück und bedeutete ihr, Platz zu nehmen. Sie drehte den Stuhl jedoch um und setzte sich rittlings darauf.

»Vertrau mir, es ist ziemlich lang«, flüsterte sie.

Vertrauen.

Da war dieses verdammte Wort wieder.

Delilah reichte mir die knallpinke Bürste und neigte den Kopf nach vorn, um das Handtuch abzuwickeln. Dann warf sie ihr Haar zurück und ich beäugte schockiert die verfilzten Strähnen, die bis zur Sitzfläche hinunterreichten.

»Heilige Scheiße.«

»Ich habe es dir ja gesagt. Das passiert, wenn man arbeitssüchtig und zu faul ist, um sich die Haare zu stylen.«

»Ich kann dir nicht folgen«, erwiderte ich und starrte immer noch auf ihre Haare, während ich mich fragte, wie zum Teufel ich das Chaos auf ihrem Kopf in den Griff bekommen sollte.

»Ich arbeite viel und nehme mir nicht die Zeit, um zum Friseur zu gehen. Außerdem brauchen kurze Haare viel Pflege, und dafür bin ich viel zu faul.«

Ihr Tonfall verriet mir, dass sie mir nicht die ganze Wahrheit sagte, aber ich hakte nicht weiter nach. Stattdessen konzentrierte ich mich auf die vor mir liegende Aufgabe.

»Vielleicht sollte ich dir gleich sagen, dass ich noch nie einer Frau die Haare gebürstet habe.«

»Noch nie?«

»Noch nie«, bestätigte ich.

»Du fängst unten an …«

Sie erklärte mir, wie ich ihr Haar unterteilen sollte, weil

es so dicht war. Dann sollte ich meine Faust um die Strähnen schließen und zuerst ihre Spitzen bürsten, damit es nicht ziepte. Als sie mit ihrer Ausführung fertig war, war ich ziemlich zuversichtlich, dass ich meine Mission würde erfüllen können.

Mit einer Hand umfasste ich eine Haarsträhne und hielt in der anderen die Bürste. »Sagt dir der Name Garrett etwas?«, fragte ich sie.

»Ja. Er hat mir eine E-Mail geschickt. Ist das sein richtiger Name?«

»Ja, das ist er. Er ist unser IT-Spezialist.« Ich fuhr mit den Borsten durch ihr Haar. Als sie weder murrte noch zurückzuckte, bürstete ich weiter und beantwortete die Frage, die sie mir zuvor gestellt hatte.

»Als Evette zu uns kam und um Schutz bat, fiel sogleich dein Name und Garrett begann zu recherchieren. Ich habe eine vollständige Akte über dein Leben, die Informationen über deine Ausbildung, deinen beruflichen Werdegang, deine Finanzen, deine Familie und deine Freunde enthält. Darin steht so ziemlich alles, was er finden konnte. Und du solltest wissen, dass Garrett sehr gründlich ist.«

Anfangs bemerkte ich es nicht, doch plötzlich stockte Delilah der Atem und Stille lag in der Luft. Doch die Ruhe war trügerisch, denn innerlich war sie zweifellos aufgewühlt. Das wunderte mich nicht, denn gerade hatte ich zugegeben, dass Garrett ihr Privatleben durchkämmt hatte. Sie konnte jedoch nicht wissen, wie tief er gegraben hatte, obwohl ich bereits angedeutet hatte, dass er keine halben Sachen machte.

Delilah hatte zwar keine Leichen im Keller vergraben, aber ihre Familie schon. Vor allem ihre Mutter – diese Schlampe. Die Frau wechselte ihre Männer wie andere ihre Unterwäsche.

»Danke, dass du so ehrlich zu mir bist«, flüsterte sie voller Dankbarkeit.

Ich fühlte mich, als hätte sie mir ein Messer ins Herz gerammt. Eigentlich hätte ich es dabei belassen sollen, doch sie hatte mir für meine Aufrichtigkeit gedankt, also würde ich ihr alles erzählen.

»Bevor du uns die Informationen über den Kerl geschickt hast, der Evette umbringen wollte, und wir herausgefunden haben, dass du in Kalifornien warst, sind wir zu deiner Mutter gefahren und haben mit ihr gesprochen.«

»Wo wohnt sie jetzt?«, fragte Delilah mit einem traurigen Unterton in der Stimme.

Ich konnte hören, dass sie sich vergeblich um Gleichgültigkeit bemühte.

»In North Carolina.«

»Also nicht weit von meinem Wohnort ... oder besser gesagt meinem ehemaligen Wohnort. Ich glaube nicht, dass ich noch ein Zuhause habe.«

Ich hatte keine Ahnung, was aus ihrer Wohnung geworden war. Als mein Teamkamerad Kevin und ich zu Delilahs Wohnung in Virginia gefahren waren, hatten wir sie verwüstet vorgefunden. Es gab nicht viele Sachen, die man noch hätte retten können, aber ich nahm mir vor, Zane zu fragen, was ihr Vermieter damit gemacht hatte.

»Sie sagte, sie hätte seit ein paar Jahren nichts mehr von dir gehört.«

»Sicher, wenn sie mit ›ein paar Jahren‹ fünf gemeint hat. Hat sie dir gesagt warum?«

»Nein, und wir haben sie nicht danach gefragt. Garrett hat ihre Finanzen überprüft und keine großen Geldbeträge gefunden, die von ihren Konten oder denen ihres Mannes abgehoben wurden. Eine Untersuchung ihrer Kreditkartenabrechnungen hat auch nichts ergeben, was darauf hingedeutet hätte, dass sie dir geholfen haben. Also haben wir nichts weiter unternommen.«

»Du sagst immer ›wir‹. Warst du nicht allein dort?«

»Nein. Kevin, ein Mitglied meines Teams, war dabei. Er ist außerdem ein guter Freund und war bis vor zwei Wochen bei mir. Als wir die Bestätigung bekamen, dass Tamir dich entführt hat, hat Zane das Red Team und Garrett zur Verstärkung geschickt.«

»Das Red Team?«

Ich bürstete weiter ihr Haar. Die unteren sieben bis zehn Zentimeter waren nicht allzu sehr zerzaust, aber direkt unterhalb ihrer Schulterblätter waren einige Haarbüschel verfilzt, sodass ich die Strähne vorsichtig auseinanderziehen musste.

»Bei Z Corps sind die Einsatztrupps in Farben unterteilt. Rot, Gold und Blau. Jedes Team übernimmt bestimmte Spezialgebiete.«

»In welchem Team bist du?«

»Blau.«

Die Bürste verfing sich in einer Haarsträhne und Delilah zuckte zur Seite.

»Scheiße, tut mir leid«, murmelte ich.

»Wie schlimm ist es?«

Ich wusste nicht, wie ich darauf antworten sollte. Es fühlte sich an wie eine dieser Fangfragen, bei denen die Frau von dem Mann wissen wollte, ob ihr Hintern in der Jeans dick aussieht. Ganz gleich, wie er reagierte, er war auf jeden Fall geliefert.

Ich wollte sie schon anlügen.

Doch stattdessen wich ich der Frage aus.

»Ich entwirre nur ein paar Knoten.«

Sie verfiel wieder in Schweigen. Ich entwirrte weiter ihr Haar und bewunderte dessen Fülle. Je länger die Stille andauerte, desto mehr schweiften meine Gedanken ab. Irgendwann konnte ich nur noch daran denken, wie gern ich meine Finger unter anderen, lustvolleren Umständen mit ihren Strähnen verwoben hätte.

»Erzähl mir von deinem Team.«

Ich war dankbar für die Ablenkung und folgte ihrer Aufforderung.

»Meine Kameraden sind Owen, Gabe, Kevin und Cooper. Bevor Owen angefangen hat, für Zane zu arbeiten, war er bei der Navy. Er ist ein guter Kerl und sehr zuverlässig. Seine Verlobte heißt Natalie. Die Frau ist unglaublich mutig. Sie ist in einer Mafiafamilie aufgewachsen, doch sie hasste das Leben und wollte nichts mit den Machenschaften ihrer Verwandten zu tun haben. Irgendwann wurde ihr Onkel nervös und befürchtete, sie könnte ihn bei den Behörden anschwärzen. Also verkaufte er sie an einen Menschenhändlerring. Wir haben sie während einer Mission aufgegabelt. Sie hatte kein Zuhause und niemanden, an den sie sich hätte wenden können, also hat Owen sie bei sich aufgenommen. Seitdem sind die beiden ein Paar. Kevin war ebenfalls bei der Navy. Gabe übrigens auch. Kevin ist der Lustigste von uns allen, aber sein Humor ist gewöhnungsbedürftig. Der Mann hat keine Hemmungen, also entweder man versteht ihn und findet ihn lustig oder man hasst ihn. Nichtsdestotrotz kann man immer auf ihn zählen und er hat immer Zeit für seine Freunde. Cooper ist das neueste Mitglied des Teams. Sein Bruder Jaxon gehört dem Red Team an. Coop hat früher in Kalifornien gelebt und in der SWAT-Einheit der Polizei von Los Angeles gearbeitet. Ich weiß nicht genau, was passiert ist, aber er hat gekündigt, nachdem bei einem Einsatz etwas schiefgelaufen war.«

»Und Gabe?«

Natürlich war Delilah nicht entgangen, dass ich ihn absichtlich übergangen hatte.

»Gabe ist kompliziert – oder besser gesagt seine Vergangenheit. Er und seine Mutter waren eine Zeit lang obdachlos, und im Zuge dessen hatte er mit vielen Problemen zu kämpfen. Lange Zeit glaubte ich, dass er sie nie überwinden würde, doch letztendlich hat er es geschafft. Während Kevin großzügig seine Zeit für andere opfert, ist Gabe finanziell sehr freigiebig. Er spendet eine Menge Geld an Obdachlosenunterkünfte und Tafeln, sowie für verschiedene Initiativen, die Menschen dabei helfen, wieder auf eigenen Füßen zu stehen. Er denkt, wir wüssten nichts davon, und wir lassen ihn in dem Glauben, weil keiner von uns ihn in Verlegenheit bringen will. Aber wir wissen sogar, dass er ehrenamtlich in Obdachlosenheimen aushilft.«

»Was ist mit dir?«

Normalerweise redete ich nicht gern über mich selbst, aber ich würde ihr alles erzählen, was sie wissen wollte, solange ich nicht weiter über Gabe sprechen musste.

»Ich bin in Colorado aufgewachsen. Direkt nach der Highschool verpflichtete ich mich bei der Armee. Ich tat meinen Dienst und als es Zeit war auszuscheiden, habe ich bei Zane angeheuert.«

»Warum bist du ausgeschieden?«

Scheiße.

Ich warf einen Blick auf die Tätowierung an meinem Arm. Die Erinnerung war in meine Haut eingebrannt, damit ich sie nie vergessen würde. Es verging kein Tag, an dem ich nicht an meinen Fehler dachte und an den Mann, der deswegen sein Leben verloren hatte. Falschinformationen hatten dazu geführt, dass die Mission scheiterte, doch ich war derjenige, der die Warnsignale übersehen hatte.

»Ich war nicht mehr einsatzfähig.«

»Das glaube ich dir nicht. Aber ich kann an deinem Tonfall erkennen, dass du nicht darüber reden willst, also werde ich dich nicht dazu drängen. Ist Owen der Einzige von euch, der in einer Beziehung ist?«

Herrje.

Ich dachte daran, ihr doch von Jeremy zu berichten. Es würde mich zwar innerlich zerreißen, wenn ich ihr gegenüber zugab, warum ich die Armee verlassen hatte, aber ich hatte keine Ahnung, wie sie reagieren würde, wenn ich ihr von Gabe und Evette erzählte. Oder vielmehr von der Tortur, die die beiden hatten durchmachen müssen, nachdem Abrams' Konkurrent, BZ Systems, sie entführt hatte. Die Kerle hatten Gabe in Evettes Beisein gefoltert, um Informationen über Delilahs Aufenthaltsort aus ihnen herauszupressen. Und das wollte ich ihr beim besten Willen nicht sagen.

»Gabe ist mit Evette London zusammen.«

»Wirklich?«, hauchte sie.

So weit, so gut.

»Sie sind kurz nach ihrer Ankunft in Maryland zusammengekommen. Damit meine ich, dass die beiden einander schon verliebte Blicke zugeworfen haben, bevor Kevin und ich aufgebrochen sind, um nach dir zu suchen. Das war etwa fünfzehn Minuten, nachdem sie uns die Informationen über Abrams gegeben hatte. Ich war seitdem nicht mehr in Maryland, daher kann ich nicht behaupten, Evette zu kennen. Aber soweit ich gehört habe, ist Gabe bis über beide Ohren in sie verliebt. Das ist auch gut so, denn er hat um ihre Hand angehalten.«

Delilah straffte die Schultern und erneut breitete sich eine unangenehme Stille zwischen uns aus. Ich hatte das Gefühl, ein Minenfeld zu durchschreiten, während Delilah eine tickende Zeitbombe war – ein falsches Wort, und sie würde explodieren.

»Wohnst du in Maryland?«

»Ja.«

»Und du warst nicht zu Hause, seit du dich auf die Suche nach mir begeben hast?«

Ich hielt inne und wartete darauf, dass sie fortfuhr. Als sie jedoch schwieg, sagte ich: »Ich kann schlecht nach dir suchen, wenn ich in Maryland herumsitze.«

Delilah beugte sich vor und flüsterte: »Du weißt von meinem Leben.«

Verdammt. Es wurde immer schwieriger, das Minenfeld zu navigieren.

»Ja, ich weiß Bescheid.«

»Dann weißt du auch, dass in meiner Geburtsurkunde kein Vater vermerkt ist, weil ich nie einen hatte. Er ist nicht einmal lange genug geblieben, um mir seinen Nachnamen zu geben. Seitdem ist meine Mutter von einem Mann zum nächsten gezogen. Sie war so oft verheiratet und hatte so viele verschiedene Nachnamen, dass ich den Überblick verloren habe. Ich trage zwar ihren Mädchennamen, aber viel mehr hat sie mir nicht zuteilwerden lassen. Im Grunde war ich Luft für sie. Ich war Delilah Watts, Venessas vergessene Tochter.«

Ich hatte keine Ahnung, was das alles damit zu tun hatte, dass ich in Maryland lebte oder mich auf die Suche nach ihr begeben hatte. Aber ich wusste mit Sicherheit, dass ich die Traurigkeit in ihrer Stimme hasste. Und Delilah hatte nicht übertrieben. Ihre Mutter war zwölfmal verheiratet gewesen. Alle ihre Ehen hatte in Scheidung geendet, zehn davon mit einer guten Abfindung. Venessa Hudson hatte ausschließlich reiche Männer geheiratet, die ihr das Geld förmlich hinterhergeworfen hatten, damit sie aus ihrem Leben verschwand. Und jedes Mal hatte sie sich sofort wieder auf die Jagd begeben und sich einen neuen Trottel geangelt.

»Danke«, sagte Delilah so leise, dass ich sie fast nicht hören konnte.

»Ich bin mir nicht sicher, warum du mir dankst.«

»Niemand hat jemals nach mir gesucht. Ich wurde zwar vorher noch nie vermisst, aber niemand hat sich je die Mühe gemacht, nach mir zu sehen. Ich war niemandem wichtig genug. Also danke, dass du dich an meine Fersen geheftet hast, auch wenn du nur deinen Job gemacht hast.«

Schließlich explodierte doch eine Mine. Allerdings war ich nicht selbst darauf getreten, sondern Delilah hatte sie in die Luft gejagt. Ich spannte mich am ganzen Körper an und war nicht mehr in der Lage, mich gegen den Schmerz zu wappnen, der mich durchströmte. Es war ihr Schmerz. Kein Kind sollte jemals das Gefühl haben, vergessen zu werden.

»Da wir gerade ehrlich sind. Du solltest wissen, dass Evette London unsere Klientin war, nicht du. Anfangs hielt sie die E-Mails und Bilder, die du ihr geschickt hast, für Drohungen. Deshalb hat Zane Kevin und mich geschickt, um dich festzunehmen. Es hat eine Weile gedauert, bis wir erkannt haben, welche Rolle du in dieser Sache spielst und dass du in Schwierigkeiten steckst. Sobald Evette in Sicherheit war und die Gelegenheit hatte, alles mit anderen Augen zu betrachten, verstand sie, dass du ihr nur helfen wolltest. Sie hat sich Sorgen um dich gemacht und sich für dich eingesetzt. Der Rest von uns war noch unentschlossen. Als du ihr die Informationen geschickt hast, warst du nachlässig. Wir konnten nicht sicher sein, ob du ihr eine Falle stellen wolltest, ob dich jemand als Sündenbock benutzen wollte oder ob du ehrlich warst und versucht hast, Abrams zu Fall zu bringen.«

Ich war froh, dass Delilah mir den Rücken zugewandt hatte. Es war einfacher, unangenehme Wahrheiten auszusprechen, wenn man dem anderen dabei nicht in die Augen blicken musste.

Ebenso dankbar war ich, dass ich den Schmerz in ihrem Gesicht nicht sehen konnte, denn ihre Stimme traf mich bis ins Mark.

»Du dachtest, ich wollte Evette etwas antun?«

»Ja.«

»Glaubst du das immer noch?«

»Nein. Wenn es so wäre, hätte ich nicht weiter nach dir gesucht. Als wir vor zwei Wochen keine brauchbaren Spuren mehr finden konnten, hat Zane das Team nach Maryland zurückbeordert. Er wollte, dass alle zurück ins Büro kommen, um sich neu zu formieren. Die anderen sind gegangen, aber ich bin geblieben.«

»Warum?«

»Weil ich dich auf keinen Fall im Stich lassen wollte.«

Ich hörte, wie sie nach Luft schnappte, und auch das tat verdammt weh.

Ich hatte Delilah nicht erzählt, dass ich den bitteren Geschmack des Versagens kannte und nie wieder zulassen würde, dass er mich erstickte. Nie wieder würde ich blind einen Befehl befolgen. Im Gegensatz zu meinen Vorgesetzten bei der Armee wusste Zane, wie wichtig der Instinkt eines Mannes war. Zwar hatte er seinen Missmut zum Ausdruck gebracht, als ich nicht nach Maryland zurückgekehrt war, aber letztendlich hatte er mir die Freiheit gelassen, meiner Intuition zu folgen.

Er hatte mir geglaubt, als ich ihm gesagt hatte, dass Delilah ganz in der Nähe war. Und er hatte nicht gelacht, als ich ihm erklärt hatte, dass ich sie spüren konnte.

Es war seltsam. Jedes Mal wenn ich mich einem Ort genähert hatte, an dem sie gefangen gehalten wurde, hatte ich sie fühlen können. Ich wusste nicht, was es damit auf sich hatte, aber ich konnte nicht leugnen, dass zwischen uns eine Verbindung bestand.

Ich hatte sie einfach gespürt.

KAPITEL ACHT

Ich weinte lautlos. Es war ein nutzloses Talent, das ich mir als Kind angeeignet hatte. Ich war zwar nicht in der Lage, die Tränen zurückzuhalten, aber ich konnte die Klagelaute unterdrücken. Reglos saß ich da und ließ den aufgestauten Schmerz leise aus mir herausströmen. Meine Mutter hatte es immer vorgezogen, wenn ich still war. Und ihre Männer hatten mich geduldet, solange ich keinen Ärger machte. Also verhielt ich mich ruhig, redete kaum und lernte, im Stillen zu weinen.

Das Problem war nur, dass ich im Moment nicht wusste, woher mein Schmerz rührte. War ich verletzt, weil Evette mich anfangs verdächtigt hatte, hinter den Anschlägen auf sie zu stecken, weil Myles gedacht hatte, dass ich zu so etwas überhaupt fähig sei, oder weil ich nicht bemerkt hatte, dass jemand bei Abrams mich beobachtet hatte? Oder war ich so aufgewühlt, weil Myles nicht aufgegeben hatte? Obwohl sich alle Spuren verlaufen hatten, hatte er weiter nach mir gesucht und war deshalb schon seit einer Weile nicht mehr zu Hause gewesen. Ich war eine Fremde für ihn, und doch hatte er mich nicht im Stich lassen wollen. Derweil hatte meine eigene Mutter nicht einmal gewusst, dass ich verschwunden war, und laut Myles hatte sie sich auch nicht dafür interessiert.

»Delilah?«

Mein Gott, ich liebe es, meinen Namen aus seinem Mund zu hören.

»Ich wollte Evette nicht schaden«, sagte ich. »Und ich war nicht nachlässig. Damals wusste ich nicht, dass das Programm deaktiviert worden war, mit dem ich meine IP-Adresse und meinen E-Mail-Server verschleiert hatte. Ich hatte nicht geahnt, dass jemand mich beobachtete.«

»Wann hast du es herausgefunden?«

»Als Garrett auf eine E-Mail antwortete, die ich Evette geschickt hatte. Ich hatte eine E-Mail-Adresse eingerichtet, über die ich Nachrichten versenden, aber nicht empfangen konnte. Seine Nachricht tauchte jedoch im Postfach meines Arbeitskontos auf. Ich öffnete den Quellcode der Kopfzeile und sah, dass die ursprüngliche E-Mail, die ich an Evette geschickt hatte, über den Server von Abrams gelaufen war. Also überprüfte ich auch die restlichen Nachrichten und musste feststellen, dass sie alle denselben Weg genommen hatten. Offenbar war ich wohl doch nachlässig gewesen, denn ich hatte meinen Rechner nicht sorgfältig genug unter die Lupe genommen. Andernfalls hätte ich die Software gefunden. Wer auch immer sie installiert hatte, er war gut. Er hatte das Programm tief vergraben und ich ahnte nicht, dass meine gesamte Korrespondenz protokolliert wurde.«

»Warum hast du Evette nicht einfach gesagt, was los war?«

Es war eine einfache Frage, doch die Antwort war kompliziert. Wahrscheinlich würde ich ein wenig verrückt klingen, wenn ich es ihm erklärte. Denn dann würde ich ihm erzählen müssen, was Abrams wirklich im Schilde führte, und das wollte ich nicht tun.

»Wie kommst du voran? Schaffst du es, meine Haare zu entwirren?«

Myles hatte schon vor einer Weile mit dem Bürsten aufgehört, aber ich war mir sicher, dass er noch lange nicht fertig war.

Er stieß einen enttäuschten Seufzer aus. Im nächsten Moment spürte ich, wie er mein Haar anhob. Ich ignorierte das Kribbeln, das seine Berührung in mir auslöste, und wappnete mich. Ganz sicher würde er wissen wollen, warum ich so abrupt das Thema wechseln wollte.

Aber Myles ließ mich vom Haken.

»Zugegeben, ich kann verstehen, warum du dir nicht in die Karten schauen lassen willst, aber ich kann dir nicht helfen, wenn du mir nicht entgegenkommst, Delilah.«

»Ich bin mir nicht sicher, ob ich überhaupt will, dass mir jemand hilft«, gestand ich.

»Aber du hast Evette um Hilfe gebeten.«

»Und sieh nur, wohin das geführt hat! Sie ist nur am Leben, weil Aviv einen Trottel statt einen seiner Kommando-soldaten geschickt hat, um sie auszuschalten. Andernfalls wäre sie jetzt tot und ich wäre schuld. Ich habe ohnehin schon genügend Mist gebaut. Es ist besser, wenn ich nicht noch jemanden in die Sache hineinziehe. Derjenige könnte sonst verletzt werden.«

»Also willst du nur dein eigenes Leben riskieren.«

»Richtig.«

»Aha«, murmelte er.

Ich musste ihn nicht ansehen, um zu wissen, dass er wütend war. Sein Tonfall war unmissverständlich. Aber auch das ignorierte ich. Inzwischen war ich ziemlich gut darin, die Reaktionen anderer einfach zu übersehen.

Eine weitere nutzlose Fähigkeit.

»Ich sage es dir nur ungern, aber ich glaube nicht, dass ich die Knoten ausbürsten kann.«

»Verdammt.«

»Wenn du willst, versuche ich es weiter«, fügte er mit sanfter Stimme hinzu, »aber dein Haar ist an zwei Stellen so sehr zerzaust, dass die Strähnen fast wie Dreadlocks aussehen.«

»Kannst du es abschneiden?«

»Was soll ich abschneiden?«

Trotz der trostlosen Gedanken, die mir durch den Kopf schossen, und des erbärmlichen Zustands meiner Haare musste ich lächeln, als ich seinen ungläubigen Tonfall hörte.

»Meine Haare.«

»Du willst, dass ich dir die Haare schneide?«

Ein hysterisches Lachen stieg in mir auf, als ich mir mit einem Mal der Absurdität meiner Situation bewusst wurde. Ich befand mich in einem Hotelzimmer mit einem völlig Fremden, der mir glänzende, hoch taillierte Höschen mit Rüschen gekauft hatte, die an meiner Poritze gerafft waren. Sie waren so hässlich, dass ich tatsächlich darüber nachgedacht hatte, meine Shorts herunterzuziehen, um ihm die grässliche Unterwäsche zu zeigen. Ich kannte diesen Mann nicht, aber er hatte monatelang nach mir gesucht, mich schließlich gerettet und mir fast eine Stunde lang die Haare gebürstet. Vor Kurzem hatte er einen Mann, ohne mit der Wimper zu zucken, mit einer Waffe bedroht, doch nun bat ich ihn, mir die Haare abzuschneiden, und seine Stimme brach wie die eines pubertierenden Teenagers.

»Ja, Myles, ich möchte, dass du mir die Haare schneidest. Direkt oberhalb der verknoteten Stellen.«

»Ich kann dir nicht die Haare schneiden.«

»Weißt du nicht, wie man eine Schere benutzt?«

»Sei nicht albern. Wir vereinbaren einen Termin beim Barbier.«

Schließlich konnte ich mich nicht mehr zurückhalten und lachte so heftig, dass mein ganzer Körper bebte. Eigentlich hatte ich keinen Grund zur Belustigung, doch als der Damm erst einmal gebrochen war, sprudelte es nur so aus mir heraus. Es war, als würden die Frustration und der Schmerz der letzten fünfunddreißig Jahre aus mir herausströmen.

Es ergab keinen Sinn und war absolut lächerlich. Aber ich konnte nichts dagegen tun. Und nun konnte ich es nicht mehr aufhalten. Mein ganzes Leben lang war ich vom Pech verfolgt. Es hatte damit begonnen, dass eine Frau mich zur Welt gebracht hatte, die sich nicht um mich scherte. Von da an ging es nur noch bergab. Ich hatte mir nie die Mühe gemacht, mir etwas zu wünschen, weil ich wusste, dass ich es nie bekommen würde. Ich bat niemanden um Hilfe, weil ich wusste, dass mir die Hilfe verwehrt bleiben würde. Vor allem lernte ich, dass Menschen austauschbar waren, also hatte ich nicht einmal den Versuch unternommen, eine Beziehung zu jemandem aufzubauen. Nichts davon war lustig, aber ich lachte aus vollem Halse. Meine Haare mussten abgeschnitten werden und mein Leben war scheiße, aber ich lachte trotzdem.

»Ein Barbier?«, stammelte ich. »Du verbringst nicht viel Zeit in Gesellschaft von Frauen, nicht wahr?«

»Vermutlich nicht.«

In Myles' Stimme schwang kein Funken Humor mit. Ich reckte den Hals und warf einen Blick über die Schulter. Und das bereute ich sofort. Ich hätte mich nicht umdrehen sollen, aber aus irgendeinem verrückten Grund wollte ich ihm zu verstehen geben, dass er mit mir lachen durfte.

Es war offensichtlich, dass er nicht so belustigt war wie ich. Nicht nur das, er wirkte, als sei er in Gedanken versunken. Als unsere Blicke sich jedoch trafen, wich seine nachdenkliche Miene einem geradezu grüblerischen Ausdruck. Der Unterschied war zwar minimal, aber deutlich zu erkennen.

»Was ist los?«

»Mir ist nur gerade klar geworden, dass ich dich jetzt schon dreimal habe lachen hören. Aber *gesehen* habe ich es noch nie. Trotzdem war es jedes Mal ein gutes Gefühl.«

Was um alles in der Welt hat das zu bedeuten?

Ich war nicht mutig genug, um ihn zu fragen.

Ich war ein Feigling.

Also platzte ich heraus: »Du hast mir glänzende Höschen mit Rüschenbesatz am Hintern gekauft.«

Myles blinzelte langsam. Ich starrte ihn an und beobachtete, wie seine Augen förmlich tanzten, als er die Lider wieder öffnete.

»Was hast du gesagt?«

»Du hast mir Unterhosen gekauft«, wiederholte ich.

»Ja.«

»Sie sind hellblau und der Bund reicht mir bis über den Bauchnabel. Wie bei diesen altmodischen Unterhosen, nur höher. Außerdem sind sie am Hintern mit Rüschen besetzt. Darüber habe ich im Schlafzimmer gelacht. Ich bin dankbar für saubere Unterwäsche, aber diese Dinger sind … nun ja, sie sind … ich weiß nicht, was sie sind. Aber wenn wir uns besser kennen würden, würde ich meine Shorts runterlassen und sie dir zeigen.«

Ich beobachtete fasziniert, wie Myles erneut blinzelte. Jetzt verzog er seine vollen Lippen sogar zu einem Grinsen. Es gefiel mir, wie er mich anlächelte.

»Und gerade eben musste ich daran denken, wie entsetzt du geklungen hast, als ich dich gebeten habe, mir die Haare zu schneiden. Du kannst gut mit einer Waffe umgehen, aber vor einer Schere schreckst du offensichtlich zurück, denn deine Stimme hat fast versagt.«

Sein Lächeln verblasste, und aus einem mir unerklärlichen Grund hatte ich das Gefühl, etwas zu verlieren, das mir lieb war.

»Es sind nur Haare, Myles.«

»Nein, Baby, es sind deine Haare. *Deine!* Und du solltest sie verdammt noch mal nicht schneiden müssen.«

Sein Tonfall klang rau und verärgert. Aber er war nicht wütend *auf* mich, sondern um meinetwillen.

Meine Güte!

Und hat er mich gerade »Baby« genannt? Was hat das zu bedeuten?

»Du hast recht. Ich sollte mir die Haare nicht abschneiden müssen. Aber weißt du, was noch schlimmer wäre? Wenn ich all die verfilzten Strähnen spüren müsste, die mich ständig daran erinnern würden, warum mein Haar in diesem Zustand ist. Mir wäre es lieber, wenn du einfach kurzen Prozess machst, damit ich nicht mehr darüber nachdenken muss.«

Wortlos drehte Myles sich um, ging quer durch den Raum zu seinem Rucksack und öffnete ihn. Während er darin herumkramte, rutschte sein Hemd ein Stück nach oben und entblößte das Holster an seiner Hüfte. Ich war noch nie ein Fan von Waffen gewesen. Vor allem nicht, als Tamir mich als Geisel gehalten hatte, denn ich hatte gewusst, dass er seine Pistole jederzeit auf mich hätte richten können. Im Gegensatz dazu war es beruhigend, Myles mit einer Waffe zu sehen, denn in seinem Fall symbolisierte sie Schutz.

Myles richtete sich auf und ging zurück in die Küche. Auf den Tisch legte er die kleinste Schere, die ich je gesehen hatte.

»Du hast die Wahl«, erklärte er. »Diese hier.« Er zeigte auf die Schere. »Oder das hier.« Er griff in seine Tasche. Mit einer fließenden Bewegung zog er ein Messer heraus und klappte es auf.

Ich betrachtete zuerst die lange Stahlklinge, dann die winzige Schere, und traf, ohne zu zögern, eine Entscheidung.

»Das Messer.«

»Bist du sicher?«

»Natürlich bin ich sicher. Mit dieser winzigen Schere würdest du ein Jahr brauchen …«

»Das habe ich nicht gemeint, Schätzchen. Bist du dir sicher, dass ich dir die Haare schneiden soll? Wir können morgen eine … eine Haarschneidefrau aufsuchen.«

»Eine Haarschneidefrau«, wiederholte ich mit einem Lächeln.

Myles zuckte mit den Schultern und erwiderte mein Lächeln. Allerdings erreichte es nicht seine Augen. Aber es war immer noch besser als der finstere Blick, mit dem er mich zuvor noch betrachtet hatte.

»Nur zu.« Um meinen Worten Nachdruck zu verleihen, drehte ich ihm den Rücken zu und blickte aus dem Fenster. »Bist du sicher, dass das Messer scharf genug ist?«

Ein Kribbeln breitete sich auf meiner Kopfhaut aus, als Myles seine Faust um meine Strähnen schloss. Ich ignorierte das angenehme Gefühl, indem ich mich daran erinnerte, dass mein Leben in Trümmern lag, ich zum Tode verurteilt war und Myles nicht hier war, um mich zu vernaschen.

Ich unterdrückte mein Lachen, denn ich wusste, dass Myles Fragen stellen würde, wenn er es hören konnte. Dann würde ich mir eine Ausrede einfallen lassen müssen, um ihm meine kindischen Gedanken zu überspielen.

Statt meine Frage zu beantworten, umklammerte Myles mein Haar noch fester. Einen Moment später spürte ich das Ziehen nicht mehr. Es ging alles so blitzschnell, dass ich es nicht einmal gehört hatte.

Er überraschte mich, indem er leise fragte: »Willst du es sehen?«

»Nein.«

Ich sah zwar nicht, wie er sich abwandte, aber ich konnte spüren, dass er sich entfernte. Mit gesenktem Kopf saß ich da.

Es waren nur Haare, sie würden nachwachsen. Ich hing

zwar nicht unbedingt an meinen langen Haaren, aber es schmerzte trotzdem. Es tat weh, weil ich keine andere Wahl gehabt hatte, als es abschneiden zu lassen. Entweder von Myles, von einem Friseur oder von mir selbst. Seltsamerweise war ich froh, dass Myles es getan hatte.

Ich hatte mich noch nicht ganz von dem Schock erholt, als ich spürte, wie er zurückkam und mir die Hände auf die Schultern legte. »Heb den Kopf«, forderte er mich auf.

Sobald ich gehorchte, bürstete er weiter meine Haare, während ich wieder auf den Ozean hinausstarrte.

»Wer ist Namora?«, wollte ich wissen.

»Richtig, Namora, sie lebt unter Wasser und gehört zu den ursprünglichen Marvel-Superhelden. Sie ist eine Mutantin, halb Mensch, halb Atlanter mit übermenschlichen Kräften und Schwimmfähigkeiten. Sie hat außerdem Flügel an den Knöcheln und kann fliegen. Alle hielten sie für tot, aber sie wurde nur in einen Winterschlaf versetzt. Sie ist knallhart und wurde deshalb sogar geklont.«

Ein Schauer lief mir über den Rücken.

»Warum nennst du mich Namora?«

»Weil sie noch zäher ist als Aquawoman und du ziemlich lange unter der Dusche standest. Spontan ist mir kein besserer Spitzname eingefallen. Du weißt schon, Wasser … Superheldin …«

Myles verstummte und ich war bemüht, meinen Herzschlag wieder unter Kontrolle zu bringen. Niemand hatte mir je einen Spitznamen gegeben, nicht einmal eine Verniedlichungsform meines Namens. Nichts. In der Grundschule wurde ich gehänselt, aber meine Mitschüler hatten meinen Namen nicht einmal verunstaltet, um mich zu ärgern. Ich war einfach nur da gewesen und hatte unbemerkt im Hintergrund existiert.

»Es war albern …«, begann Myles.

Doch ich fiel ihm ins Wort. »Nein, war es nicht.«

Für einen Moment herrschte Stille, dann fragte er leise: »Hast du Hunger?«

Ich verzog die Lippen zu einem Lächeln. Myles überspielte die unangenehme Situation, indem er einfach nicht weiter darauf einging.

»Ich bin ich am Verhungern.«

»Dann haben die Snacks, die ich dir vorhin gegeben habe, dich also nicht satt gemacht?«

Jetzt machte er sogar Scherze.

»Vorhin haben sie himmlisch geschmeckt. Ich habe das Gefühl, du weißt, wovon ich rede.«

»Ja. Wenn ich auf Mission war, haben nach fünf oder sechs Tagen sogar die Feldrationen mit Thunfisch angefangen, gut zu schmecken. Nach zwei Wochen beschwerte sich niemand mehr über das Hähnchen in der seltsamen Soße.«

»Das hätte ich vielleicht anders gesehen. Wenn du mir gefriergetrocknetes Hähnchen angeboten hättest, das mit Wasser wieder zum Leben erweckt wurde, wäre ich dir zwar dankbar gewesen, aber ich hätte abgelehnt.«

Myles hielt inne. »Deshalb haben wir diese Mahlzeiten immer erst gegessen, wenn wir keine andere Wahl mehr hatten. Sie sind wirklich widerlich. Du hast Glück, dass heute kein Hähnchen auf dem Speiseplan steht.«

Sofort fragte ich mich, was er zu essen besorgt hatte. Und ich wollte noch mehr über seine Zeit bei der Armee erfahren.

Myles stellte einen Teller vor mir auf den Tisch, der mit einer silbernen Speiseglocke bedeckt war. Er hob sie an und brachte eine riesige Schüssel mit frischem Obst zum Vorschein. Darin lagen Erdbeeren, Trauben und Blaubeeren und einige Stücke Canataloupe-Melone.

»Ich wusste nicht, was du gern isst«, murmelte Myles, als würde es ihm missfallen, meine Vorlieben nicht zu kennen.

»Ich bin nicht wählerisch«, erwiderte ich, fügte aber schnell hinzu: »Solange es kein Fertiggericht ist.«

»Gut zu wissen.«

Er stellte noch mehr Speisen auf den Tisch. Zuerst einen Teller mit Pasta. Der köstliche Duft von Knoblauch und Basilikum stieg mir in die Nase und ich stöhnte genüsslich.

»Wow. Das riecht hervorragend.«

Dann folgte ein Truthahnsandwich mit Reis.

»Keine Pommes?«, fragte ich mit gespielter Empörung.

»Es wird ein paar Tage dauern, bis dein Magen das Fett verdauen kann.«

»Natürlich«, murmelte ich.

»Hey, in ein paar Tagen können wir essen gehen, wo du willst. Dann kannst du dir so viel Fett und Süßigkeiten einverleiben, wie dein Herz begehrt. Versprochen.«

Das bedeutete, dass er in ein paar Tagen noch da sein würde.

»Bekomme ich einen Burger zu meinem Fett?«

»Ja.«

»Und einen Eisbecher mit Nüssen und zwei Kirschen?«

»Wenn es dich glücklich macht, sogar drei. Jetzt iss.«

Myles legte ein in eine Serviette gerolltes Besteckset vor mir auf den Tisch und nahm mir gegenüber Platz. Er blickte zu mir auf und schnaubte lachend.

»Willst du rittlings auf dem Stuhl sitzen bleiben?«

»Würde dich das stören?«

»Nein.«

Vielleicht war es unhöflich, in der Position zu verharren, aber ich fühlte mich wohl.

»Wie sollen wir das anstellen? Die Speisen portionsweise auf kleine Teller löffeln oder sollen wir einfach von einem Teller essen?«

»Wie du willst.«

Ich rollte mein Besteck aus, nahm meine Gabel und spießte eine Erdbeere auf.

»Gute Idee«, sagte Myles mit einem Lachen und tat es mir gleich.

Fünf Minuten später hatte ich fünf saftige, unglaublich köstliche Erdbeeren verspeist und drei Bissen von einem Truthahnsandwich gegessen und war satt.

»Das ist schade. Ich würde gern weiteressen, aber mein Magen fühlt sich an, als würde er jeden Moment explodieren.«

»Du solltest es nicht übertreiben, sonst wird dir noch schlecht. In zehn Minuten hast du sicher wieder Hunger. Und wenn nicht, stellen wir alles in den Minikühlschrank«, erklärte Myles, nachdem er einen Bissen Pasta hinuntergeschluckt hatte.

»Iss nicht die ganzen Nudeln auf. Die habe ich noch nicht probiert.«

»Die sind widerlich und schmecken dir sicher nicht.« Er grinste und schaufelte sich einen weiteren Bissen in den Mund.

»Ich glaube, das Obst ist faul. Du solltest es lieber nicht probieren«, stimmte ich mit ein.

»Ich dachte mir schon, dass es seltsam riecht.«

Myles verzog die Lippen zu einem strahlenden Lächeln, das sein ganzes Gesicht erhellte. Der Anblick war umwerfend, und für einen Moment war ich sprachlos.

Verdammt.

»Dein Nachname ist also Barron, nicht wahr?«

»Nein. Simms.«

»Aber der Mann, der vorhin hier war, hat dich Mr. Barron genannt.«

»Das ist richtig. Unter diesem Namen habe ich uns eingecheckt. Als ich unsere neuen Papiere abgeholt habe, hast du auf dem Rücksitz geschlafen.«

Heilige Scheiße. Ich konnte nicht glauben, dass ich das

verpasst hatte. Tatsächlich hätte ich gar nicht schlafen dürfen; es war viel zu gefährlich und dumm.

Myles verengte die Augen, als wüsste er, was in meinem Kopf vorging, aber er sprach mich nicht darauf an.

»Willst du deinen Namen wissen?«, fragte er stattdessen.

»Sicher.«

»Irene Flora Barron.«

»Machst du Witze?«

»Nein. Und ich bin Cornelis Archer Barron.«

Er wirkte todernst. Das lag daran, dass er die Wahrheit sagte. Wir waren nun Cornelis und Irene Barron. Da wir denselben Nachnamen trugen, nahm ich an, dass wir uns als verheiratetes Paar ausgaben.

Ich führte eine Scheinehe.

Unwillkürlich bebte ich am ganzen Körper und prustete los, dann brach ich in schallendes Gelächter aus. Ich lachte und lachte, während Myles mich nur mit einem Lächeln beobachtete. Offensichtlich fand er die Situation nicht ganz so erheiternd wie ich.

»Es ist besser, als ich dachte.«

»Wovon redest du?«

»Dich lachen zu sehen.«

Ich schnappte nach Luft. Seine raunende Stimme bescherte mir eine Gänsehaut, die ich nun nicht mehr ignorieren konnte.

KAPITEL NEUN

Das schrille Klingeln meines Handys riss mich aus dem Schlaf. Ich rollte mich auf die Seite, nahm es vom Couchtisch und stellte entnervt fest, wie viel Uhr es war.

»Ist dir klar, dass es erst fünf Uhr ist?«, fuhr ich meinen Chef an.

»Störe ich etwa?«, fragte Zane.

»Ja, beim Schlafen.«

»Es sind zwei Tage.«

Er hatte recht. Es war zwei Tage her, seit ich Delilah aus dem Haus befreit hatte, in dem Tamir sie zurückgelassen hatte. Aber mit Zane hatte ich zuletzt vor weniger als zwölf Stunden gesprochen.

»Und?«

»Du musst sie drängen, uns mehr Informationen zu geben.«

»Nein.«

»Muss ich Ivy bitten, dir das neue Handbuch zuzuschicken? Darin steht schwarz auf weiß, dass ich für alle Frauen verantwortlich bin, bis das Paarungsritual abgeschlossen ist. Ab diesem Zeitpunkt übernimmt der Mann die gesamte finanzielle Verantwortung. Erst dann ist er befugt, Entscheidungen zu treffen, die mit ihr zu tun haben.«

»Ich hoffe, das ist ein Witz und du hast deine Frau nicht gebeten, das tatsächlich zu tippen.«

»Hältst du mich für dämlich? Ich habe Garrett gebeten, die Änderungen vorzunehmen. Ich möchte meine Eier gern dort hängen lassen, wo Gott sie angebracht hat, statt sie auf meinem Kaminsims vorzufinden, wo meine Frau sie wahrscheinlich ausstellen würde.«

»Erstens hast du keinen Kaminsims in deinem Penthouse. Zweitens werde ich dir liebend gern deine Eier und auch gleich deinen Schwanz abschneiden, wenn dieser Anruf nicht wichtig ist.«

»Da ist aber jemand reizbar«, murmelte Zane mit einem leisen Lachen.

»Ich habe mich gestern Abend klar ausgedrückt. Ich werde sie nicht nach Informationen ausquetschen. Die Frau hat schon genug durchgemacht. Sie wird dir erzählen, was sie weiß, wenn sie dazu bereit ist. Oder sie wird schweigen. Offensichtlich führt Cohen etwas im Schilde. Wir sollten abwarten, was er tut, und dementsprechend handeln.«

»Dein kleiner Urlaub in Mexiko verschlingt den prophylaktischen Fonds. Wenn du das ganze Geld aufbrauchst, wird nichts mehr übrig sein, wenn Kevin und Cooper an der Reihe sind.«

Sarkastischer Mistkerl.

»Weißt du, es macht wirklich viel mehr Spaß, wenn ich als Außenstehender zusehen kann, wie du die anderen Jungs piesackst.«

»Das glaube ich dir gern. Mir bereitet es immer Freude.«

»Sicher. Allerdings ist es Abrams' Geld, das unseren Aufenthalt in Mexiko finanziert. Damit du aufhörst zu meckern, schick mir eine Rechnung, ich bezahle das persönlich.«

»Du hast das Paarungsritual also schon …«

»Im Ernst. Die Sonne ist noch nicht einmal aufgegangen und du gehst mir bereits gehörig auf die Nerven.«

»Weißt du, was dagegen helfen würde?«

»Wenn ich auflege?«

»Nein, wenn du mit Delilah sprichst.«

In den letzten achtundvierzig Stunden hatte ich im Grunde nichts anderes getan, als mit Delilah zu reden. Sie hatte mir von den ersten zehn Ehemännern ihrer Mutter erzählt und ich ihr von den letzten beiden, die sie nicht kennengelernt hatte. Während dieser Unterhaltung wirkte sie distanziert, als würde sie das Leben einer anderen Person schildern. Ich hatte ihr von meiner Kindheit in Colorado und von meinen Eltern erzählt und dabei erwähnt, dass ich als Einzelkind aufgewachsen war. Wir hatten kurz meinen Militärdienst angeschnitten, aber sie schien zu spüren, wann ich mich unwohl fühlte, und wechselte geschickt das Thema. Es fiel mir leicht, mit ihr zu reden, ihr zuzuhören und sie anzusehen – sie war schlichtweg unkompliziert. Und das machte mir langsam Sorgen, immerhin hatte es etwa vierundzwanzig Stunden gedauert, bis sich zum ersten Mal ein Lächeln auf ihren Lippen abgezeichnet hatte. Je entspannter sie war, desto mehr von ihrer Schutzmauer ließ sie fallen, und es schien, als sei sie kurz davor, mir ihr wahres Ich zu zeigen. Wir aßen zusammen, lachten, schauten uns scheußliche Reality-TV-Sendungen an (ihre Idee) und redeten viel.

Nur nicht über das, was Zane hören wollte.

»Du weißt, dass ich dich liebe, deshalb sage ich das mit allem Respekt: Halte dich verdammt noch mal zurück. Sie hat genug durchgemacht – und dabei rede ich nicht nur von Abrams und Tamir. Sie hat Jahre ihres Lebens diesem Job gewidmet, und dann wird ihre Treue belohnt, indem sie entführt und in einem verlassenen Haus zum Sterben zurückgelassen wird. Sie braucht Zeit, um das zu verarbeiten, und die werde ich ihr gewähren. Wenn dir das nicht passt, dann stell mir unseren Aufenthalt in Rechnung und beurlaube mich unbezahlt.«

»Für was für ein Arschloch hältst du mich eigentlich?« Zanes Stimme hatte einen harten Unterton angenommen. »Ich will, dass du mit ihr redest, damit wir endlich einen Schlussstrich unter diese Sache ziehen können, sowohl für sie, als auch für Evette und Gabe. Wenn du darauf wartest, bis Tamir seinen nächsten Zug macht, bist du verwundbar. Entweder du redest mit ihr, ich schicke ein Team nach Mexiko, das dir den Rücken freihält, oder du bringst sie zurück in die Staaten. Wir haben mehrere Möglichkeiten. Abe hat sich bereit erklärt, uns seine Hütte zur Verfügung zu stellen. Dann ist da noch Fish oder Rhode in Idaho. Beide haben Häuser, die wir ebenfalls nutzen können. Texas wäre auch eine Option, denn Ghost und sein Team sind immer bereit zu helfen. Oder wir bringen sie in *Die Zuflucht*, das Resort in New Mexico. Chaos hat die Zügel dort fest in der Hand, dort wäre sie sicher.«

Verdammt, er hatte recht. Die Sache musste ein Ende haben. Christopher »Abe« Powers war ein ehemaliger SEAL und seine Hütte verfügte über ein erstklassiges Sicherheitssystem. Letzteres hatte Zane installieren lassen, nachdem Olivia und Leo vor Jahren dort einen unglücklichen Zwischenfall erlebt hatten. Ich kannte Keane »Ghost« Bryson und sein Delta-Team aus meiner Zeit bei der Armee. Sie alle waren anständige, zuverlässige Männer, die sich gut um Delilah kümmern würden. Zwar kannte ich die Mitarbeiter der *Zuflucht* nicht persönlich, aber ich hatte von Chaos und seinem Anwesen in New Mexico gehört. Zane vertraute ihm, und das genügte mir.

Nachdem Evette ins Kreuzfeuer geraten war, hatte Zane eine Vereinbarung mit Aviv Abrams getroffen und sichergestellt, dass Letzterer Evette nicht mehr behelligen würde.

Zane hatte Aviv außerdem eine halbe Million Dollar abgeluchst als Entschädigung dafür, dass er Gabes und Evettes Leben gefährdet hatte. Die Vereinbarung galt jedoch nicht für Delilah. Tatsächlich hatte Zane Abrams versichert, dass Delilah ihn nichts anging und dass Z Corps sich nicht in Avivs Pläne einmischen würde. Zane hatte jedoch nie die Absicht gehabt, seinen Teil der Abmachung einzuhalten. Das bedeutete, dass Evette und Delilah immer noch in Gefahr waren.

»Ich werde sie fragen, was sie bevorzugt.«

»Myles …«

»Keine Sorge, ich werde sie fragen. Aber ich habe dir bereits gesagt, dass sie mir immer noch nicht vertraut. Ich habe es jedoch geschafft, ihr zumindest ansatzweise ein Gefühl von Sicherheit zu vermitteln, und das werde ich nicht zunichtemachen, indem ich sie dazu dränge, mit mir zu reden.«

Eine Sekunde lang herrschte Stille, dann geschah ein wahrhaftiges Wunder. Zane Lewis gab nach.

»Tu, was immer du für richtig hältst. Ich stehe hinter dir.«

Ich blinzelte und fragte mich, ob ich halluzinierte. Doch im nächsten Moment war er wieder ganz der Alte. Wie immer musste er das letzte Wort haben.

»Sei kein Dummi, benutze ein Gummi.«

Unreifer Idiot.

Damit beendete Zane das Gespräch. Ich warf mein Handy auf den Tisch und ließ mich zurück auf die Couch sinken.

»Herrgott«, murmelte ich.

»So schlimm?«

Ich wandte den Kopf in Richtung Schlafzimmertür. Delilah hatte sich gegen die Wand gelehnt und die Arme vor der Brust verschränkt. Mit ihrer vom Schlaf zerknitterten Kleidung sah sie bezaubernd aus. Vielleicht wäre ein sicherer

Unterschlupf doch die beste Lösung. Ich kam ihr jetzt schon viel zu nahe.

»Tut mir leid, dass ich dich geweckt habe.«

»Du hast mich nicht geweckt, sondern Zane. Mit ihm hast du doch gesprochen, nicht wahr?«

»Ja. In Maryland ist es jetzt sieben Uhr. Offenbar hat er beschlossen, etwas von seinem Sonnenschein in Mexiko zu verbreiten.«

Delilah erkannte den Sarkasmus, der in meinen Worten mitschwang, und antwortete ebenso spöttisch: »Das war aber nett von ihm.«

»So ist er eben. Durch und durch *nett*.«

Der ironische Unterton wich aus ihrer Stimme, als sie fragte: »Aber du magst ihn?«

»Wenn du damit meinst, dass ich ihm mein Leben sowohl anvertrauen als auch für ihn opfern würde, dann ja. Aber wenn du wissen willst, ob ich ihn am liebsten knebeln würde, damit er endlich den Mund hält, dann lautet die Antwort ebenfalls ja.«

»Und er will, dass du mich etwas fragst? Worum geht es?«

»Geh wieder ins Bett, Baby. Wir reden später.«

Delilah folgte meiner Aufforderung nicht. Stattdessen kam sie auf mich zu, blieb vor der Couch stehen und ließ sich kurzerhand neben mich fallen.

»Ich bin hellwach. Und wenn du glaubst, ich kann wieder einschlafen, solange du vor dich hin grübelst, dann bist du verrückt.«

»Ich grüble nicht«, leugnete ich.

Delilah versetzte mir einen Stoß mit der Schulter. »Wie würdest du es denn sonst nennen, wenn du mit diesem finsteren Blick im Dunkeln herumsitzt?«

»Ich denke nach.«

Ihr leises, heiseres Lachen hallte durch den Raum. Unwillkürlich schnellte mein Puls in die Höhe und ich war unfähig, die Erregung zu unterdrücken, die durch meine Adern strömte.

Nur wegen ihres Lachens, ihres Lächelns, ihres sanften Blicks.

Je mehr Delilah sich in meiner Nähe entspannte, desto mehr öffnete sie sich mir. Je wohler sie sich fühlte, desto häufiger berührte sie mich, indem sie mir einen Schubs versetzte oder mich streifte. Plötzlich saß sie dicht neben mir.

»Und worüber denkst du nach?«

Ich dachte daran, dass Delilah umso schneller in Sicherheit sein würde, je eher das hier vorbei war. Sobald wir sie von Abrams befreit hatten, würde ich meinen Zug machen können. Da erst zwei Tage vergangen waren und es mir stündlich schwerer fiel, die Finger von ihr zu lassen, musste ich sie irgendwo verstecken, damit ich mich auf die Jagd begeben konnte.

»Zane hat mich gebeten, mit dir über die Möglichkeit zu reden, dich in einem sicheren Unterschlupf unterzubringen.«

Delilah zog die Knie an, stützte ihre Fersen an der Sofakante ab und schlang die Arme um die Beine.

Sie rollt sich zusammen, um sich zu schützen.

»Du willst mich loswerden«, flüsterte sie.

»Auf keinen Fall!«

Ohne nachzudenken, legte ich meine Hand an ihren Hals und strich mit meinem Daumen über ihr Kinn. Das hatte ich schon seit Tagen tun wollen. Jedes Mal wenn sie mir ein strahlendes Lächeln schenkte, wollte ich sie auf diese Weise liebkosen. Ich hatte wissen wollen, ob ihre Haut so geschmeidig war, wie sie aussah. Bisher hatte ich mir nur erlaubt, an ihren Hals, ihr Kinn, ihre Ohrmuschel, ihre Wangen und an ihre Lippen zu denken. Es wäre zu gefährlich gewesen, über all die Stellen ihres Körpers unterhalb ihrer Schultern zu fantasieren.

»Ich will, dass du in Sicherheit bist und ich die Gewissheit habe, dass dir niemand etwas antun kann. Zane hat angeboten, ein paar Männer zu schicken, die uns den Rücken freihalten. Aber sie waren bereits wochenlang von ihren Familien getrennt, als sie mir während der Suche nach dir beigestanden haben. Sie wussten, dass ich dich nicht aufgeben würde, und sind geblieben. Ich kann ihnen nicht zumuten, mir noch einmal zu helfen, ohne zu wissen, wie lange das hier dauern wird.«

»Wie hast du mich gefunden?«

»Tamir hat einen Mann namens Tex kontaktiert und ihm deinen Aufenthaltsort genannt. Davor hat er uns ständig irgendwelche Hinweise hinterlassen. Zum Beispiel hat er dafür gesorgt, dass sein Gesicht auf einer Überwachungskamera zu erkennen war, hat seine Kreditkarte benutzt oder E-Mails verschickt. Er wusste, dass wir der Spur folgen würden. Doch nachdem ihr Los Mochis verlassen hattet, herrschte Funkstille. Bis er Tex angerufen und ihn aufgefordert hat, dich so lange wie möglich zu verstecken. Die Nachricht, die er mir hinterlassen hat, besagt im Grunde dasselbe: Ich soll dich in Sicherheit bringen und wir würden wissen, wann du sicher nach Hause zurückkehren kannst. Offensichtlich führt Tamir irgendetwas im Schilde und ich will nicht, dass du in die Sache hineingerätst. Aber wir können nicht ewig in diesem Hotel bleiben. Außerdem hat Zane recht. Bis wir Abrams zur Strecke gebracht haben, seid du und Evette noch in Gefahr.«

Selbst im Dunkeln konnte ich sehen, wie Delilah die Augen aufriss. »Du hast doch gesagt, Evette ginge es gut.«

»Ich habe dir gesagt, dass sie lebt, glücklich ist und beschützt wird. Aber der Handel, auf den Zane sich mit Aviv eingelassen hat, ist nur ein Garant für Evettes Sicherheit, wenn wir uns nicht in seine Angelegenheiten einmischen. Allerdings haben wir uns mehr als eingemischt, indem wir dich gerettet haben …«

Mehr brachte ich nicht heraus, denn im nächsten Moment versuchte Delilah, sich loszureißen.

»Lass mich gehen, Myles.«

»Nein.«

»Doch, du musst mich gehen lassen.«

»Nein.«

Um meiner Aussage Nachdruck zu verleihen, schlang ich meine Finger um ihren Nacken und zog sie an mich, bis ihr Gesicht nur wenige Zentimeter von meinem entfernt war.

»Myles.«

»Hör mir gut zu, Delilah. Ich werde dich unter keinen Umständen gehen lassen. Nichts, was du sagst oder tust, wird meine Meinung ändern. Entweder wir bleiben hier und warten ab, oder ich bringe dich in einen sicheren Unterschlupf. Wenn du dich für Letzteres entscheidest, werde ich bei dir bleiben, aber ich werde dich auf keinen Fall gehen lassen.«

»Warum nicht?«

»Warum ich dich nicht gehen lasse?«

»Du solltest es tun. Aviv wird nicht ruhen, bis er mich getötet hat. Ich weiß nicht, warum Tamir es nicht getan hat, aber Aviv wird darüber nicht glücklich sein. Entweder wird er jemand anderen schicken oder mich eigenhändig ausschalten. Er kann mich nicht am Leben lassen. Du musst von hier verschwinden und vergessen, dass du mich gefunden hast. Vergiss, dass du mich kennst. Wenn nicht um deiner Sicherheit willen, dann um Evettes willen. Ich hätte sie nie in diese Sache hineinziehen dürfen. Das war egoistisch und rücksichtslos. Meinetwegen ist sie immer noch in Gefahr.«

Ich hatte einen Verdacht, warum Tamir Delilah nicht

getötet hatte, aber bisher war es nur eine Vermutung. Wenn man bedachte, wie viel Respekt die Cohens in Israel genossen, nachdem sie einen ehrenvollen Dienst an ihrem Land geleistet hatten, lag ich wahrscheinlich nicht falsch. Jener achtbare Soldat stand in krassem Widerspruch zu dem Tamir Cohen, der für Aviv Abrams arbeitete. Es stimmte zwar, dass der Krieg einen Menschen veränderte und die tägliche Konfrontation mit dem Tod und der Zerstörung zu Persönlichkeitsveränderungen führen konnte, aber irgendetwas war hier faul. Wenn Tamir die Seiten gewechselt hätte, hätte er Delilah, ohne zu zögern, die Kehle durchgeschnitten und ihre Leiche in Riverton zurückgelassen. Er hätte nicht mit der Wimper gezuckt und ihr keinen Funken Anstand entgegengebracht. Vielmehr hätte er sie so lange gefoltert, bis sie ihm gesagt hätte, was sie wusste, und sie dann getötet. Und wenn er nicht gewollt hätte, dass ich Delilah finde, dann hätte er sein Gesicht nicht zweimal in eine Überwachungskamera gehalten, damit die Gesichtserkennung ihn identifizieren konnte.

»Evette ist in Sicherheit, mein Team passt auf sie auf. Auch aus diesem Grund will ich nicht, dass Zane die Männer hierherschickt. Das Red Team wurde nach Übersee entsandt, weil das Gold Team gerade an einem Fall arbeitet. Und mein Team ist mit Evette beschäftigt. Zane braucht alle Leute für die Aufträge, die unsere Gehälter bezahlen.«

Ich wusste, dass ich Mist gebaut hatte, als Delilah sich versteifte.

»So habe ich es nicht gemeint«, sagte ich hastig.

Bevor ich noch etwas hinzufügen konnte, warf Delilah ein: »Ich habe gehört, wie du Zane am Telefon gesagt hast, er solle dir das Zimmer in Rechnung stellen und dich unbezahlt beurlauben.«

»Hör mir gut zu.« Ich umfasste ihr Gesicht mit beiden Händen, um mich zu vergewissern, dass ich ihre ungeteilte

Aufmerksamkeit hatte. Das Problem war nur, dass sie mir dabei unglaublich nahe war. Und als sie einatmete, hatte ich das Gefühl, als würde sie mir die Luft aus der Lunge saugen.

»Myles.«

Ihre Stimme war kaum mehr als ein Flüstern.

Meine Entschlossenheit bekam erste Risse.

Verdammte Scheiße.

»Ich werde dich nicht schutzlos irgendwo zurücklassen. Du musst mir glauben, dass ich auf dich aufpassen werde.«

»Okay.«

Mein Gott. Das war zu einfach.

»Okay?«

»Ich glaube dir. Aber ich will wissen, was du vor mir verbirgst.«

Ja. Es war tatsächlich zu einfach.

»Delilah …«

»Du hast mir gesagt, dass du keine Zeit mit Lügen verschwendest und dass die Wahrheit die Wahrheit ist. Du hast mich gebeten, dir zu vertrauen, jetzt will ich die Wahrheit hören.«

Raffiniert. Sie hat mich überrumpelt.

In diesem Moment fällte ich eine Entscheidung, die wahrscheinlich überaus dumm war und zugleich die klügste, die ich je getroffen hatte. Ich löste meine Hände von ihren Wangen und stand auf. Dann zog ich sie auf die Füße und ging mit ihr ins Schlafzimmer.

»Was wird das?«

»Ich werde dir die Wahrheit erzählen.«

»Und dafür müssen wir ins Schlafzimmer gehen?«

»Ja. Leg dich hin.«

Delilah tat wie geheißen, und ich streckte mich neben ihr auf der Matratze aus. Da ich nun schon dabei war, fragwürdige Entscheidungen zu treffen, fuhr ich damit fort, indem ich Delilah an mich zog, sodass ihr Kopf auf meiner Brust ruhte und ihr Arm über meinem Bauch drapiert war.

»Myles …«

»Wappne dich, Baby.« Als ich hörte, wie sie nach Luft schnappte, begann ich: »Gabe und Evette wurden entführt. Nicht von Abrams, sondern von zwei Männern, die für BZ Systems arbeiten. Evette blieb unverletzt, doch Gabe wurde so brutal zusammengeschlagen, dass er im Koma lag. Die Entführer heißen Jacko Yaffe und Mario Newman. Sie wurden verhaftet und haben falsche Geständnisse abgelegt. Die Polizei glaubt, dass sie die beiden entführt haben, um Lösegeld zu erpressen. Wir haben diese Geschichte nicht widerlegt, obwohl wir wussten, dass Bryan Zaslow die Männer geschickt hat, weil er dich sucht.«

»Mich?«

»Ja. Gabe und Evette wurden verhört. Die Kerle wollten nur von ihnen wissen, wo du bist.«

Delilah erstarrte und ich schlang meinen Arm noch fester um sie.

»Was Gabe und Evette passiert ist, ist nicht deine Schuld.«

»Wie kannst du so etwas nur behaupten, wenn sie meinetwegen verhört wurden?«

»Weil du sie nicht entführt hast. Du hast Gabe nicht zusammengeschlagen und Evette zu Tode erschreckt. Das weiß ich, weil du zu dem Zeitpunkt bereits von Tamir als Geisel gehalten wurdest und deinen eigenen Albtraum durchlebt hast. Einzig und allein Bryan Zaslow und Aviv Abrams und der beschissene Krieg, den sie gegeneinander führen, sind dafür verantwortlich.«

»BZ ist der direkte Konkurrent von Abrams«, erklärte Delilah.

»Das weiß ich, Baby.«

»Abrams hat sich gegen BZ Systems durchgesetzt, als er

die letzten fünf großen Rüstungsaufträge des Verteidigungsministeriums erhalten hat.«

»Auch das weiß ich.«

»Einer davon war das neue Cognitive-Radar-Programm, das Abrams weit vor BZ katapultiert hätte. So weit, dass BZ den Rückstand vielleicht nie hätte aufholen können. Aber bei der Produktion kam es aufgrund eines Siliziummangels zu Verzögerungen. Deshalb wollte Abrams ein Grundstück in Timor-Leste pachten, auf dem auch das Dorf stand, in dem Evettes Freundinnen für das Friedenskorps tätig waren. Der Premierminister war mit dem Pachtvertrag einverstanden und bereit, die Mitarbeiter des Friedenskorps aus dem Land zu werfen. Die Dorfbewohner hätten keine andere Wahl gehabt, als ihre Sachen zu packen und wegzuziehen. In der Gegend war zudem ein Waisenhaus angesiedelt. Der Premierminister schlug vor, alle Kinder in die Stadt zu bringen. Aber der Präsident schaltete sich ein und blockierte den Handel. Da schickte Aviv Tamir nach Timor-Leste. Ein paar Wochen nach Tamirs Rückkehr stellten das Dorf, die Waisenkinder und die Angestellten des Friedenskorps kein Problem mehr für Abrams dar, da sie von Rebellen angegriffen wurden.«

Verdammte Scheiße.

»Abrams hat versucht, auch in El Salvador und Kroatien Verträge abzuschließen«, erinnerte ich sie, obwohl ich genau wusste, dass sie selbst die Informationen an Evette geschickt hatte.

»In El Salvador war Aviv nicht an Land interessiert, sondern an dem Wissenschaftler, der dort lebte.«

Ich dachte daran, was Tex ausgegraben hatte, und kramte in meinem Gedächtnis nach dem Namen des toten Wissenschaftlers. »Alejandro Arias. Er hat einen neuen Weg gefunden, Gehirnzellen zu manipulieren, indem er Hautzellen zu Stammzellen umprogrammiert hat.«

»Aviv wollte Alejandro Arias und Dr. Ramon Gates gemeinsam an einem KI-Projekt arbeiten lassen. Er nannte die beiden sein *Traumteam*. Aviv hat ein Vermögen für eine Einrichtung in Kroatien ausgegeben.«

»Delilah, woher weißt du das alles?«

Sie antwortete nicht. Je länger sie schwieg, desto mehr wuchs meine Frustration. Ich hatte mir geschworen, sie nicht zu drängen, doch ich konnte nicht leugnen, wie enttäuschend es war, dass sie mir nicht vertraute.

»Ich will nicht, dass du mich für verrückt hältst«, flüsterte sie.

»Warum sollte ich dich für verrückt halten?«

»Weil sowohl Avivs Machenschaften als auch seine Pläne vollkommen *irrsinnig* sind. Ich habe Angst, dass du mir nicht glauben wirst.« Sie vergrub ihr Gesicht an meiner Brust und fuhr murmelnd fort: »Ich will, dass du mir glaubst, aber die Geschichte ist so absonderlich, dass ich dir keinen Vorwurf machen würde, wenn du mich für eine Spinnerin hieltest.«

In diesem Moment erreichte meine Dummheit eine ganze neue Ebene, denn ich ließ meine Hand an ihrem Arm hinaufgleiten. Dann tat ich etwas, wonach ich mich schon sehnte, seit ich zum ersten Mal ihr Haar berührt hatte. Ich ließ meine Finger durch ihre nun kürzeren, entknoteten und seidigen Strähnen gleiten.

Sie waren dicht und weich.

Diese Art von Haar wollte ein Mann an seiner Brust spüren, wenn die Spitzen seine Haut kitzelten. Er wollte es neben sich auf dem Kissen liegen sehen oder es bewundern, während sie seinen Schwanz mit ihren Lippen umschloss.

»Ich werde dir alles glauben, was du mir erzählst.«

»Versprochen?«

»Du hast mein Wort.«

Delilah schmiegte sich dicht an mich und entspannte sich fühlbar.

»Ich glaube, Aviv experimentiert an den Gehirnen von Soldaten.«

Offenbar hatte ich mich verhört.

»Wie war das?«

»Ich glaube, er führt diese Experimente schon durch, seit er in der israelischen Armee gedient hat. Zumindest hatte er damals bereits mit Leuten zu tun, die darin verwickelt waren.«

Herrgott.

KAPITEL ZEHN

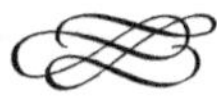

Heiliger Bimbam, ich habe die Worte tatsächlich laut ausgesprochen.

»Das musst du mir schon näher erklären.«

»Kann ich dir noch ein Versprechen abnehmen?«, bat ich.

»Sicher.«

»Du musst mir versprechen, dass ich dir vertrauen kann.«

Im nächsten Moment lag ich nicht mehr an Myles' Brust, denn er hatte mich auf die Seite gerollt und sich auf einen Ellbogen gestützt, während er auf mich herabblickte.

Er sah mir direkt in die Augen.

Seine andere Hand legte er an meine Wange. Er ließ sie nach oben gleiten, schob seine Finger in mein Haar und strich mir mit dem Daumen über die Schläfe.

Oh Mann.

Wärme durchströmte meinen Unterleib und strahlte in meinen ganzen Körper aus. Ich wurde von einer noch nie da gewesenen Mischung aus Erregung und Aufgeregtheit erfasst. Möglicherweise war dieses erregende Gefühl auch einfach nur aufregend. Ich wusste es nicht, weil ich es noch nie zuvor in diesem Maße verspürt hatte. Eine elektrisierende Spannung schien jede Nervenzelle in mir zum Leben zu erwecken. Meine Brustwarzen verhärteten sich und ein lustvolles Kribbeln breitete sich zwischen meinen Schenkeln aus.

Myles starrte mir auch weiterhin in die Augen. »Ich schwöre es. Du kannst mir vertrauen.«

Meine Brust hob sich, als ich verzweifelt versuchte, Luft zu holen. Das Herz schlug mir bis zum Hals und wurde von einem Gefühl tiefer Sehnsucht erfüllt. Ich presste meine Schenkel zusammen in der Hoffnung, so das schmerzende Verlangen unterdrücken zu können.

»Baby, du kannst mir vertrauen«, wiederholte er.

Ich brachte kein Wort heraus, also nickte ich nur.

Myles' Gesicht begann, vor meinen Augen zu verschwimmen, und ich spürte noch mehr von seinem Gewicht auf mir, als er sich zu mir vorbeugte.

»Atme, Delilah.«

Ich war nicht in der Lage zu atmen.

»Atme, Baby.«

Die Worte erfüllten ihren Zweck und ich ließ die Luft aus meiner Lunge strömen. Als Myles seine Lippen über meine gleiten ließ, raubte er mir jedoch erneut den Atem.

»Ich werde dich jetzt küssen.«

Ich konnte die Vibration seiner Worte an meinem Mund spüren, bevor sie in meinen Unterleib schoss und das Pochen zwischen meinen Schenkeln verstärkte.

Zum Glück erwartete Myles keine Antwort, sondern ließ seinen Worten Taten folgen – er küsste mich.

Die elektrisierende Spannung wurde noch stärker, als er seine Zunge über meine Unterlippe gleiten ließ. Instinktiv öffnete ich den Mund und leckte mir über die Lippe, um seinen Geschmack in mich aufzunehmen. Unwillkürlich entfuhr mir ein Stöhnen.

»Mehr?«, fragte er.

Ich nickte erneut.

Er festigte seinen Griff um mein Haar und meine Kopfhaut begann zu kribbeln, genau wie meine Brüste und meine Brustwarzen. Mein Unterleib hingegen spannte sich an.

»Bist du sicher?«

»Ja«, presste ich hervor.

Danach sagte er nichts mehr und begann zu nehmen. Zuerst beraubte er mich meiner Fähigkeit, einen klaren Gedanken zu fassen. Meine Hände, die ich zuvor um die Bettdecke geballt hatte, schienen sich wie von selbst zu bewegen. Als hätten sie ihren eigenen Willen, wanderte eine an seinen Nacken, während die andere seinen straffen Hintern umfasste. Ich konnte spüren, wie er die Muskeln unter meinen Händen anspannte, als er den Kuss vertiefte.

Danach nahm er mir meine Hemmungen. Sie schienen gänzlich zu verfliegen. Begierig hob ich die Hüfte an und vergrub zugleich meine Finger an seinem Hintern, um ihn an mich zu drücken. Myles verlagerte sein Gewicht und legte sich auf mich. Augenblicklich spreizte ich die Schenkel, woraufhin er seine Erektion an meinem Geschlecht rieb.

Schließlich nahm er sich Zeit. Er hatte es nicht eilig, als er seine Zunge mit meiner tanzen ließ. Er zeigte mir, was er mochte, und lernte gleichzeitig meine Vorlieben. Jedes Mal wenn er seine Hüften bewegte, stöhnte ich auf, damit er es noch einmal tat. Als ich mich aufbäumte und das Becken kreisen ließ, knurrte er, also machte ich weiter.

Von Myles geküsst zu werden, von seinem Duft umgeben zu sein, sein Gewicht auf mir zu spüren, seine Hand in meinem Haar – es war unglaublich. Es war sogar so gut, dass ich mich in ihm verlor und immer tiefer zu versinken schien.

Ich konnte es kaum erwarten, mehr von ihm zu spüren, doch dann geschah das Unvorstellbare – sein Handy klingelte.

Myles versteifte sich und zog abrupt den Kopf zurück.

»Scheiße«, brummte er. »Ich muss da rangehen.«

»Okay«, erwiderte ich benommen.

»Glaub mir, wenn ich das Gespräch nicht unbedingt annehmen müsste, würde ich es klingeln lassen.«

»Okay«, wiederholte ich.

Es gab nichts weiter zu sagen. Selbst wenn es so gewesen wäre, hätte ich keinen klaren Satz herausgebracht.

»Mein Gott, du bist so schön.«

Er zog seine Hand aus meinem Haar und strich mit den Fingerspitzen federleicht und fast ehrfürchtig über meine Wange. Dann stützte er sich mit der Hand neben meinem Kopf ab.

Das Telefon klingelte weiter, aber er machte keine Anstalten aufzustehen. Er musterte eindringlich mein Gesicht, dann begegnete er meinem Blick. Myles hatte mir in den letzten Minuten einiges genommen, doch während er neben mir kniete und auf mich herabstarrte, wurde mir klar, dass er noch nicht fertig war.

»Das war mit Abstand der beste Kuss, den ich je bekommen habe.«

Und mit diesen Worten verließ er das Schlafzimmer und nahm auch noch mein Herz mit sich.

Ein Lächeln umspielte meine Lippen und ich begann, die Mundwinkel nach oben zu ziehen, doch dann hörte ich, wie Myles ein wütendes Knurren ausstieß.

»Was zum Teufel?«

Ich sprang vom Bett auf und eilte ins Wohnzimmer, als ich ihn sagen hörte: »Das soll wohl ein Witz sein.«

Als er mich erblickte, starrte er mich durchdringend an. Ich beobachtete, wie er zweimal tief durchatmete, bevor seine Miene sich leicht erweichte. »Alles klar. Wie geht es Violet?« Es folgte eine Pause, dann murmelte er: »Das glaube ich dir. Owen hat mir gesagt, dass er sich der Sache angenommen und Informationen über Bronson Williams gefunden hat. Hat Garrett noch etwas ausgegraben?« Wieder hielt er inne. »Okay. Wenn du damit fertig bist, sollten wir uns zusammensetzen und Tex anrufen.«

Während Myles dem Anrufer lauschte, wurde mir klar, dass er weder seine Gefühle noch das Telefongespräch vor mir verbarg. Ich hatte erlebt, wie Myles seine Emotionen unterdrückte. Er konnte sie so gut verbergen, dass es fast unheimlich war. Aber seit wir im Hotel angekommen waren, hatte er alles in seiner Macht Stehende getan, um mir ein Gefühl der Sicherheit zu vermitteln. Wir hatten über vieles gesprochen, aber bis vor Kurzem hatte er mich nicht gefragt, was ich über Aviv Abrams wusste, woher ich es wusste oder warum ich geflohen war. Er hatte mir ein wenig von Evette erzählt und zugegeben, dass sie anfangs alle – einschließlich ihm – davon ausgegangen waren, ich hätte sie bedroht. Statt mir dieses Detail einfach zu verschweigen, war er ehrlich gewesen.

»Ja, wir werden dort sein.«

Myles beendete das Gespräch, während er mich weiterhin anstarrte. Im Folgenden bewies er mir, wie sehr er mir vertraute, und als er fertig war, hatte ich keinerlei Bedenken mehr.

»Das war Zane. Vor einiger Zeit, als mein Team und ich gerade in Idaho waren, ist einiges in Maryland vorgefallen. Zum einen ist in der Tiefgarage von Z Corps eine Rohrbombe explodiert.«

»Wurde jemand verletzt?«

»Nein. Es ist nicht einmal ein nennenswerter Schaden entstanden. Zane war zwar stinksauer, aber das eigentliche Problem war, dass die Häuser von zwei unserer Kameraden angegriffen wurden. Jemand hat Steine durch ihre Fenster geworfen.

Leo aus dem Red Team konnte den Kerl schnappen. Der Täter war ein zwanzigjähriger junger Mann. Keine

Vorstrafen, keine Probleme in der Vergangenheit. Der Junge gab vor, sich nur einen Streich erlaubt zu haben, entschuldigte sich und zahlte sowohl eine Geldstrafe als auch Schadenersatz. Doch alle Vorfälle fanden zeitgleich statt. Der dritte war der Angriff auf Thads Haus. Er arbeitet für das Gold Team. Leider hat er den Täter nicht gesehen und auch die Überwachungskameras haben ihn nicht erfasst. Die Kameras in der Tiefgarage haben den Rohrbomber gefilmt, allerdings trug er eine Maske. Zane bekommt eine Menge Drohungen und nimmt sie ernst, wenn er sie für glaubwürdig hält. Vor einer Weile hat er einen Brief erhalten, in dem stand: ›Die Steine, die du wirfst, werden eines Tages auf dich zurückfallen.‹ Er hat ihn in einer Schublade verstaut und ihm keine weitere Beachtung geschenkt.«

»Aber als tatsächlich Steine auf seine Mitarbeiter geworfen wurden, wurde er hellhörig«, vermutete ich.

»Genau.«

»Und ist sonst noch etwas passiert?«

»Jaxon, einer der Jungs aus dem Red Team, ist mit einer Frau namens Violet verheiratet. Gestern war Vi im Einkaufszentrum und als sie herauskam, war ihre Scheibe eingeschlagen und auf dem Fahrersitz lag ein Stein.«

»Heilige Scheiße. Geht es ihr gut?«

»Ja, Violet ist wohlauf, aber Jaxon kocht vor Wut. Sein Bruder Cooper ist Mitglied in meinem Team, und er ist ebenfalls stinksauer. Zane hat also im Moment alle Hände voll zu tun. Er ruft in einer Stunde wieder an, dann können wir mit ihm darüber reden, was du mir über Aviv erzählt hast.«

Ein unangenehmes Gefühl überkam mich. Ich kannte Zane Lewis nicht. Außerdem hatte er Myles in aller Herrgottsfrühe angerufen und ihn aufgebracht.

»Vertrau mir, alles wird gut, Baby.«

Ich nahm all meinen Mut zusammen und sprach das aus, was mir auf der Seele lag. »Was, wenn er mir nicht glaubt?«

»Zane kann rein gar nichts schockieren. Er wird dir glauben.«

»Was, wenn …«

»Vertrau *mir*.«

Myles schien es wichtig zu sein, dass ich zustimmte. Aber genauso wichtig war es mir, dass Zane, Evette und Myles mich nicht für völlig verrückt hielten, wenn ich ihnen erzählte, was ich herausgefunden hatte. Ich vertraute Myles, denn bisher schien er mir zu glauben. Aber ich war mir nicht sicher, ob die anderen es auch tun würden.

»Baby, ich würde dich nicht bloßstellen. Niemand wird dich verurteilen.«

Die Sonne war noch nicht aufgegangen, aber aus der Küche drang ein sanftes Licht. Es war hell genug, damit ich die Entschlossenheit in Myles' Gesicht sehen konnte. Er hatte mir versprochen, mich zu beschützen, und ich nahm an, dass er damit auch meine Gefühle gemeint hatte.

»Ich vertraue dir.« Als Myles nichts erwiderte, fügte ich hinzu: »Ich gehe duschen, bevor Zane wieder anruft.«

Ich sah, wie Myles ein Lächeln unterdrückte, doch als er wieder das Wort ergriff, konnte ich den belustigten Unterton in seiner Stimme hören. »Die erste von fünf.«

Er wollte mich aufziehen.

»Gestern habe ich nur drei gebraucht«, erinnerte ich ihn.

»Baby, ich musste die Rezeption anrufen und um mehr Shampoo bitten.«

Er hatte mir zudem mehr Haarspülung und Seife besorgt, und das, ohne zu murren. Mein Waschzwang war geradezu lächerlich, aber das war mir egal. Wenn ich in einem Monat immer noch das Bedürfnis haben würde, dreimal am Tag zu duschen, würde ich mir Gedanken darüber machen müssen. Aber im Moment wollte ich mir etwas Gutes tun und so oft wie nötig unter die Dusche springen, bis ich mich endlich sauber fühlte.

»Apropos duschen, du hast nicht zufällig eine Lotion in deiner Tasche?«

»Nein. Aber ich werde den Zimmerservice bitten, dir welche zu bringen …« Myles verstummte und schüttelte den Kopf. »Vergiss es, ich lasse dir welche liefern.«

»Die Fläschchen aus dem Hotel sind in Ordnung«, warf ich widerwillig ein.

»Mir ist nicht entgangen, wie du die Nase gerümpft hast, als ich gesagt habe, dass ich den Zimmerservice rufe.«

»Nun ja, die Toilettenartikel hier riechen nach Kokos, und ich hasse diesen Duft.«

»Verstanden.«

Jetzt hatte ich ein schlechtes Gewissen.

»Mach dir keine Mühe. Die Hotelprodukte sind in Ordnung. Ich sollte mich nicht beschweren.«

Myles kam auf mich zu, schlang eine Hand um meinen Nacken und legte die andere an meine Hüfte.

»Es ist völlig in Ordnung, wenn dir etwas nicht gefällt. Du darfst deine Abneigung ohne Weiteres zum Ausdruck bringen. Wenn du etwas möchtest, solltest du darum bitten. Es behagt mir jedoch nicht, dass du jedes Mal, wenn du eine Bitte äußerst, aussiehst, als würdest du dich für einen Tritt in die Magengrube wappnen.«

Er hatte unrecht. Ich durfte meine Abneigungen nicht äußern, und auf keinen Fall sollte ich mich beschweren. Vielmehr sollte ich das, was mir gegeben wurde, lächelnd entgegennehmen. Ich hatte gelernt, nie mehr zu verlangen.

»Jetzt siehst du mich schon wieder so an. Aber diesmal ist es noch schlimmer, denn jetzt erweckst du den Eindruck, als hätte ich dir diesen Tritt verpasst.«

Scheiße.

Myles drückte meine Hüfte und schenkte mir ein sanftes

Lächeln. »Ich will dich nur wissen lassen, dass ich für dich da bin und dir zuhören werde, wenn du bereit bist, mir zu erklären, warum du glaubst, das alles nicht verdient zu haben.«

Verdammt, er bot mir einen Ausweg an. Er hielt sich zurück und drängte mich nicht, aber er gab mir trotzdem zu verstehen, dass es ihn interessierte. Allein deshalb hatte er eine Antwort verdient.

Ich wollte ihn wissen lassen, dass er nichts getan oder gesagt hatte, was mich verärgert hatte. »Meine Mutter hatte viele Ehemänner.« *Die Untertreibung des Jahrhunderts.* »Aber die Männer, die sie geheiratet hatte, waren nicht die einzigen in ihrem Leben. Sie sagte mir immer, dass Männer keine Heulsusen mögen, also durfte ich nicht weinen oder jammern. Als ich älter wurde, ermahnte sie mich, dass Männer keine fordernden Mädchen mögen und ich mit dem zufrieden sein solle, was ich hatte. Sie gab mir außerdem zu verstehen, dass Männer keinen Ballast wollten. Für sie war ich jedoch nichts anderes als eine Bürde, also verlangte sie von mir, still zu sein und mich unsichtbar zu machen. Ich blieb im Hintergrund, stellte keine Fragen und beschwerte mich nie.«

Bei dem Wort »Heulsusen« drückte Myles meine Hüfte noch fester, und als ich das Wort »Ballast« aussprach, wurde sein Griff fast schmerzhaft.

Es war ein wunderbarer Schmerz, wie ich ihn *noch nie* zuvor empfunden hatte, denn er verriet mir, dass Myles wütend um meinetwillen war. Und weil das Gefühl so wunderschön war, verschwieg ich ihm, wie weh es tat, und genoss es stattdessen. Währenddessen durchbohrte er mich förmlich mit seinem Blick.

»Deine Mutter hat dich als Ballast gesehen?«

Oh ja, er war wütend.

»Ja.«

»Ja?«

»Ich weiß nicht, was du von mir hören willst. Die Antwort lautet ja. Sie hat mich als Ballast bezeichnet. Mehr gibt es dazu nicht zu sagen.«

Myles presste die Lippen zu einer dünnen weißen Linien zusammen. Offenbar war er nicht glücklich darüber, dass ich die Sache einfach so abtat.

»Es ist schon lange her.«

»Hör auf, Baby. Du willst es nur herunterspielen, damit es nicht wehtut.«

Verdammt, er hatte recht.

Ich spürte ein unangenehmes Flattern in der Magengegend, das sich immer einstellte, wenn ich an meine Mutter dachte. Während ich versuchte, das Gefühl zu verarbeiten, beugte Myles sich vor und kam mir näher.

»Deine Mutter hat dich belogen«, sagte Myles mit einem unnachgiebigen Tonfall, der mich wie ein Schlag ins Gesicht traf. »Sie hat dich verdammt noch mal angelogen. Weißt du, was Männer nicht mögen? Raffsüchtige, geldgierige Schlampen, die den Hals nicht vollkriegen können. Und weißt du, was noch? Frauen, die ihre Töchter wie Dreck behandeln. Ein echter Mann würde sich mit so einer Frau nicht einlassen, denn er weiß, dass sie seine Tochter genauso behandeln würde, sollte er mit ihr Kinder bekommen. Kinder sind kein Ballast, sondern ein Geschenk, das man lieben sollte. Es gibt einen Grund, warum diese Männer nicht lange geblieben sind und warum keiner von ihnen mit ihr eine Familie gründen wollte. Nachdem sie diese Kerle an sich gebunden hatte, haben sie nicht nur gesehen, was für eine habgierige Schlampe deine Mutter ist, sondern auch, wie schlecht sie dich behandelt hat. Männer sind nicht dumm, Baby. Wir bemerken eine ganze Menge. Zweifellos haben sie alle mitbekommen, dass du kein glückliches Kind warst. Ein glückliches, zufriedenes und geliebtes

Kind äußert Wünsche, jammert, weint, bekommt Wutanfälle und widerspricht. Das ist völlig normal. Glückliche Kinder, die wissen, dass sie geliebt werden, verstecken sich nicht und schweigen nicht. Ich wette, diese Männer haben das Elend so lange wie möglich ertragen und sich dann von ihr getrennt.«

Als Myles fertig war, rang ich nach Atem. Er hatte in allen Punkten recht. Einige der Männer, die meine Mutter geheiratet hatte, waren gute Kerle gewesen und länger geblieben als die anderen. Ehemann Nummer zwei hatte versucht, mir ein Vater zu sein, was meine Mutter gehasst hatte, weil er ihr dadurch weniger Aufmerksamkeit geschenkt hatte. Und Ehemann Nummer fünf war wirklich nett zu mir gewesen. Er hatte sich bemüht, mich aus meinem Schneckenhaus zu locken, und unternahm viel mit mir. Das hatte meine Mutter noch mehr verabscheut. Jedes Mal wenn ich von einem Ausflug mit Harold nach Hause kam, warf sie mir einen vernichtenden Blick zu, woraufhin ich mich in mein Zimmer zurückzog.

Myles lag außerdem richtig mit seiner Vermutung, dass sie den Männern vor der Hochzeit nie ihr wahres Ich gezeigt hatte. Während sie auf der Jagd nach ihrem nächsten Opfer war und mich zum ersten Mal ihrem neuen Freund vorstellte, war sie überaus nett zu mir. Und ich hatte diese Scharade geglaubt, da ich mich nach der Liebe und Zuneigung meiner Mutter gesehnt hatte. Törichterweise hatte ich mir Hoffnungen gemacht und gedacht, sie würde mich wirklich lieben. Doch nachdem sie geheiratet hatte, erstarb ihre Zuneigung zu mir jedes Mal. Alles war wieder beim Alten und sie wollte, dass ich unsichtbar wurde und den Mund hielt.

»Du hast recht«, gab ich schließlich zu. Mehr sagte ich jedoch nicht.

Myles musterte mich eingehend und ich tat so, als hätte

ich den enttäuschten Ausdruck in seinen Augen nicht bemerkt.

»Welche Lotion hättest du gern?«, fragte er.

Der Teil von mir, der gelernt hatte, niemals jemandem zur Last zu fallen, schrie mich förmlich an, mich mit der Lotion aus dem Hotel zufriedenzugeben. Doch der andere unscheinbare Teil in meinem Inneren, der die Oberfläche durchbrechen und nach Dingen greifen wollte, kämpfte darum, sich zu befreien.

Frag einfach.

Sei mutig.

Ich atmete tief durch, und Myles' sauberer, frischer Duft stieg mir in die Nase. Da wagte ich den Sprung.

»Ich würde mich freuen, wenn du etwas liefern lassen könntest, das nicht nach Kokosnuss riecht. Im Grunde habe ich eine Abneigung gegen alle Shampoos und Lotionen, die nach Essbarem duften.«

»Nach Essbarem?«, fragte Myles mit einem Lächeln.

»Ja, wie Kürbis, Apfelkuchen, Orange, Pfirsich. Allerdings mag ich den Duft von Vanille. Ich bin mir nicht sicher, ob das als Lebensmittel gilt, aber nur für den Fall, dass es in die Kategorie ›essbar‹ fällt, kannst du Vanille auf der Liste meiner Favoriten vermerken.«

Myles' Lächeln wurde noch breiter, bis er mich fast damit blendete.

»Also gut. Du magst also blumige Düfte … und Vanille.«

»Ja.«

»Verstanden. Ich bestelle eine Lotion. Sonst noch etwas?«

Mir kamen die Sachen in den Sinn, die Ivy mir geschickt hatte. Bis auf das Shampoo, die Spülung und die Seife waren mehr als genug Toilettenartikel in der Tüte gewesen. Tatsächlich hätten sowohl das Shampoo als auch die Spülung ausgereicht, wenn ich nicht die Hälfte der Flaschen verbraucht hätte, nachdem Myles mir die Haare geschnitten hatte. Aber ich hatte den restlichen Schmutz und Dreck von meiner Kopfhaut waschen müssen.

Dann dachte ich daran, wie Myles mich anlächelte, und ich wusste zweifellos, dass er mir jeden Wunsch erfüllen würde. Ich musste mich nicht für eine mögliche Enttäuschung wappnen oder mich vor dem Schmerz schützen, den eine Ablehnung nach sich ziehen würde. Myles war nicht Venessa.

»Ich würde mich über ein Packung Kaugummi mit Zimtgeschmack, einen Snickers-Riegel und eine Tüte Chips mit Essig und Salz freuen. Und vielleicht ein paar Waffeln zum Frühstück.«

»Kein Problem, Delilah.«

Er beugte sich vor und küsste mich. Als ich mich ihm öffnete und über seine Lippen leckte, drang er mit der Zunge in meinen Mund ein und übernahm die Führung. Zwei Sekunden später neigte er den Kopf und vertiefte den Kuss. Es war fantastisch. Fast so gut wie beim ersten Mal. Der erste Kuss war nur besser gewesen, weil ich dabei seinen Hintern umfasst und seine Erektion zwischen meinen Schenkeln gespürt hatte.

Myles zog den Kopf zurück, drückte seine Stirn an meine und befahl mir mit rauer Stimme: »Geh duschen.«

Ich rührte mich nicht von der Stelle und stand wie angewurzelt da. In mir tobte ein Sturm der Emotionen. Es war wirklich albern, aber meine einfache Bitte um ein Kaugummi und Myles' unumwundene Bereitschaft, ihn mir zu holen, hatte ein Gefühlschaos in meinem Inneren ausgelöst.

»Delilah?«, rief er und zog den Kopf zurück.

»Danke.«

»Du brichst mir das Herz.«

»Und du bist dabei, meines wieder zusammenzufügen.«

Heilige Mutter Gottes, habe ich das wirklich laut gesagt?

»Äh …«, stammelte ich.

»Komm nicht auf die Idee, die Worte zurückzunehmen«, knurrte er. »Du hast sie ausgesprochen, also gehören sie jetzt mir. Aber ich will dir etwas zuteilwerden lassen, indem ich dir sage, dass ich mir das Herz aus der Brust reißen und es dir geben würde, wenn ich damit jede Lüge zunichtemachen könnte, die sie dir jemals erzählt hat.«

Als ich die Aufrichtigkeit in seinen Augen sah, wurden meine Knie weich und ich ließ meinen Kopf auf seine Brust sinken.

Schmerz durchzuckte mich, dann folgte Angst.

»Was ist das zwischen uns?«, fragte ich.

Myles antwortete nicht direkt auf meine Frage, sondern forderte: »Leg deine Arme um mich.«

Ich tat wie geheißen und er hielt mich fest.

»Wie fühlt sich das an?«

»Sicher«, platzte ich heraus. Es war das Erste, was mir in den Sinn kam.

»Bei mir bist du immer sicher. Was sonst noch?«

»Es fühlt sich gut an.«

»Ja, das tut es. Sogar verdammt gut. Und wie fühlt es sich an, wenn ich dich küsse?«

Es war so unglaublich gut, dass meine Brustwarzen kribbelten und ich feucht wurde.

Aber das wollte ich ihm gegenüber nicht zugeben, also entschied ich mich für »fantastisch« und fügte noch »umwerfend, aufregend, wunderbar und großartig« hinzu.

»Willst du wissen, was ich fühle, wenn ich dich küsse?«

Einerseits wollte ich es unbedingt erfahren, doch falls er nicht dasselbe empfand wie ich, wollte ich es nicht hören.

»Ja.«

»Wie ehrlich soll ich sein?«

»Äh … ich verstehe die Frage nicht.«

Myles drückte mich kurz und erklärte: »Ich werde dir die Wahrheit sagen, aber wenn du willst, dass ich es dir schonend beibringe, erfülle ich dir den Wunsch. Oder ich kann ich selbst sein und ganz direkt sein. So oder so wirst du die Wahrheit hören.«

Ich wollte nicht, dass Myles etwas beschönigte. Er akzeptierte mich so, wie ich war, und setzte alles daran, mein Vertrauen zu gewinnen, also wollte ich nicht, dass er sich verstellte.

»Ich kann damit umgehen, wenn du direkt bist«, erklärte ich.

Er ließ mich nicht warten.

Er war ehrlich.

»Im Ernst, Baby, du kannst verdammt gut küssen. Wie ich schon sagte, es war der beste Kuss meines Lebens. Es wird dich also nicht überraschen, wenn ich dir zustimme. Es war fantastisch. Wahrscheinlich war es gut, dass Zane uns unterbrochen hat, denn ich war drauf und dran herauszufinden, welche sexy Laute du von dir geben würdest, wenn ich dich mehr als nur meine Zunge spüren lasse.«

Zu gern hätte ich ihn daran erinnert, dass ich tatsächlich mehr gespürt hatte als seine Zunge, denn er hatte seine Erektion an meinen Unterleib gepresst, während ich mit einer Hand seinen umwerfenden Hintern umfasst hatte. Doch ich war sprachlos und brachte keinen Ton heraus.

»Wenn ich so darüber nachdenke«, fuhr er fort, »war es besser als fantastisch, und das nicht nur, weil dein Mund verdammt verführerisch ist. Ich freue mich schon darauf herauszufinden, was du sonst noch so mit deinen Lippen anstellen kannst. Vor allem hat es sich jedoch *richtig* angefühlt.«

Was ich sonst noch mit meinen Lippen anstellen konnte?

Du lieber Himmel!

»Es hat sich richtig angefühlt?«

»Auf jeden Fall. Durch und durch. Und nicht nur heute, sondern bereits von dem Moment an, in dem ich dich in dieser heruntergekommenen Bruchbude gefunden habe. Seit du dich gegen mich gewehrt und mich in den Arm gebissen hast. Seit du mir in der Wüste den Rücken freigehalten hast. Ich wusste, dass du eine Heidenangst hattest, denn deine Beine haben gezittert und dein Atem ging nur stoßweise, aber du hast es trotzdem getan. Und auf der Fahrt hierher hast du deine Schutzmauern hochgezogen und dich geweigert, mir zu vertrauen. Wahrscheinlich hast du in Gedanken all die Gründe aufgezählt, warum du nie wieder jemandem vertrauen solltest. Trotzdem bist du auf den Rücksitz geklettert, hast meinen Rucksack nach etwas zu essen durchforstet und bist eingeschlafen.«

Erkenntnis trat in seine Augen. »Ich will, dass du mir vertraust, das verstehst du doch, nicht wahr? Wenn ich zurückdenke, hast du mir dein Vertrauen bereits eine halbe Stunde nach unserer ersten Begegnung geschenkt. Wenn du nicht tief im Inneren gewusst hättest, dass du mir vertrauen kannst, wärst du nicht eingeschlafen, während ich mit dir im Wagen saß.« Myles hielt inne und ließ seine Hände an meinem Rücken hinaufwandern. Mit der einen umfasste er meinen Nacken, während er die andere über meine Schulter bis zu meinem Kinn wandern ließ. Er neigte meinen Kopf nach hinten und wartete, bis ich seinen Blick erwiderte, dann fuhr er fort: »Ich habe keine Ahnung, was das zwischen uns ist. Ich weiß nur, dass du bei mir sicher bist und dass du mir vertrauen kannst. Wir werden dich aus diesem Schlamassel befreien und dich nach Hause bringen. Aber was immer zwischen uns ist, es fühlt sich gut und richtig an.«

Myles war verdammt scharfsichtig, und das zerrte an meinen Nerven.

»Beantwortet das deine Frage?«, flüsterte er.

Nein, nicht einmal annähernd.

Ich war verwirrter als zuvor, durch und durch erregt und hatte keine Ahnung, wie wir an diesen Punkt gelangt waren.

Wir hatten nur zwei Tage miteinander verbracht und uns bereits zweimal geküsst. Ich konnte mir nicht erklären, wie ich in Myles' Armen gelandet war, obwohl wir uns nach wie vor in einer, gelinde ausgedrückt, heiklen und gefährlichen Situation befanden. Aber ich stimmte ihm zu. Nicht im Hinblick auf meinen verführerischen Mund, aber auf die Tatsache, dass es sich richtig anfühlte.

Und das machte mir aus vielerlei Gründen Angst. Zum einen war da das Problem, dass ich gelernt hatte, niemals meine Wünsche zu äußern, aber ich wollte mehr von Myles. Außerdem machte ich mir Sorgen um meine Zukunft und wollte nicht mit einem gebrochenen Herzen enden.

»Absolut«, antwortete ich.

Myles lächelte. Seine Nähe machte es mir schwer, ruhig zu atmen. Er sah einfach so verdammt gut aus und sobald der Argwohn aus seinem Gesicht wich, war er wunderschön. Auch das machte mir Angst, denn meiner Erfahrung nach gaben sich derart umwerfende Männer nicht mit durch-schnittlichen Frauen wie mir ab.

»Du bist eine schlechte Lügnerin, Baby. Aber wir haben nicht mehr viel Zeit, bevor Zane zurückruft, und ich muss noch einen Anruf tätigen, um dir das Kaugummi, den Scho-koriegel und die Lotion zu besorgen.« Er hielt kurz inne und fügte dann hinzu: »Und deine Chips.«

Ich leugnete nicht einmal, dass meine Antwort nicht der Wahrheit entsprach. Hätte ich es getan, hätte ich meine Dusche verschoben und mit ihm wahrscheinlich ein weiteres Gespräch führen müssen, das mich entweder noch mehr erregen oder noch mehr erschrecken würde.

»Gut, dass du die Chips nicht vergessen hast«, scherzte ich. »Soweit ich mich erinnere, hast du mir ein fettiges Essen versprochen. Da ich dieses jedoch noch nicht genießen durfte, werde ich mich wohl mit den Chips begnügen müssen.«

Myles lächelte noch breiter. Dann strich er mit den Fingerspitzen über mein Kinn und streichelte mit dem Daumen meine Unterlippe.

»Geh duschen, Delilah«, befahl er.

Ich beschloss, seiner Aufforderung nachzukommen, nicht nur weil seine Stimme verführerisch rau klang, sondern vor allem meiner geistigen Gesundheit zuliebe.

Ich löste mich aus seiner Umarmung und ging zurück ins Schlafzimmer. An der Tür hielt ich kurz inne, dann entschied ich mich, sie offen zu lassen. Ich schnappte mir das Kleid, das ich gestern getragen hatte, und ging ins Badezimmer. Dort schloss ich zwar die Tür, aber ich verriegelte sie nicht.

KAPITEL ELF

Es war so weit.

Ich hätte es schon vor zwei Tagen tun sollen, denn diese Sache musste ein Ende haben. Doch dann fiel mein Blick auf Delilah. Sie stand mit dem Rücken zu mir vor dem hohen Fenster und starrte auf den Ozean, wobei sie mir einen ungehinderten Blick auf das verpfuschte Werk bot, das ich beim Schneiden ihrer Haare angerichtet hatte. Am liebsten hätte ich sie in den alten Mitsubishi gesetzt, der unten auf dem Parkplatz stand, und mit ihr das Weite gesucht. Zumindest bis Zane entschieden hatte, wie er mit Abrams und BZ Systems verfahren wollte. Eines musste ich ihr lassen. Sie bemühte sich, ihr Zittern zu verbergen, doch leider ohne Erfolg. Offensichtlich war ihr sehr wohl bewusst, dass ihr Leben immer noch in Gefahr war.

Ich konnte den Blick einfach nicht von den ungleichmäßig geschnittenen Strähnen abwenden. Sie waren eine Erinnerung an das, was Tamir ihr angetan hatte. Natürlich würde es wieder nachwachsen, aber es machte mich trotzdem wütend, dass sie keine andere Möglichkeit hatte, als die Knoten aus ihren Haaren herauszuschneiden.

Das Handy klingelte. Als Delilah zusammenzuckte, spannte ich unwillkürlich die Kiefermuskeln an.

»Delilah?«

»Geh ran.«

»Sieh mich an.«

Sie rührte sich nicht. Das Telefon klingelte weiter, und ich biss die Zähne zusammen.

»Bitte geh einfach ran.«

»Nicht, bevor du mich ansiehst.«

Langsam drehte sie sich um. Das Klingeln verstummte und ich entspannte mich ein wenig, nur um im nächsten Moment zu spüren, wie mein Wangenmuskel zu zucken begann.

Unverhohlene Angst spiegelte sich in ihren Augen wider. Es war der gleiche verzweifelte Blick, den sie mir auch zugeworfen hatte, als ich sie in dem verlassenen Haus gefunden hatte.

»So geht das nicht«, sagte ich, als mein Telefon erneut klingelte.

»Was geht nicht?«

»Du brauchst mehr Zeit. Mindestens ein paar Tage. Vielleicht sogar mehr.«

»Wovon redest du?«

»Ich habe dir versprochen, dass ich dich beschützen werde. Und zwar alles von dir, einschließlich deiner geistigen Verfassung. Du brauchst noch etwas Zeit, um das Geschehene zu verarbeiten.«

Delilah ließ den Blick durch den Raum schweifen und fixierte schließlich den überfüllten Couchtisch. Darauf lagen eine leere Chipstüte und eine Schokoriegelverpackung, sowie zwei volle Tüten Chips und drei zusätzliche Schokoriegel. Als sie geliefert worden waren, hatte Delilah sich sofort darüber hergemacht und strahlend die Tüte aufgerissen. Bei jedem Bissen hatte sie genüsslich gestöhnt. Jetzt starrte sie die Überreste auf eine Weise an, die in mir Unbehagen auslöste.

»Ich vertraue dir und weiß, dass du mich beschützen wirst«, erklärte sie, während sie den Blick weiterhin auf den Tisch gerichtet hatte. »Aber du musst mir auch vertrauen, Myles. Bitte geh ans Telefon, damit ich diese Sache endlich hinter mich bringen kann.«

Als sie meinem Blick begegnete, lag ein flehender Ausdruck in ihren Augen. Sie wollte das alles zu Ende bringen.

Scheiße.

Ich hob die Hand, in der ich das Telefon hielt, warf einen Blick auf das Display und nahm den Anruf entgegen.

»Du bist auf Lautsprecher.«

»Ist bei euch alles in Ordnung?«, dröhnte Zanes Stimme, in der ein besorgter Unterton mitschwang.

»Ja. Wer ist bei dir?«

»Garrett. Und Tex ist auf der anderen Leitung.«

John »Tex« Keegan. Der Mann, der auf alles eine Antwort hatte.

Wir konnten von Glück reden, dass der ehemalige SEAL auf unserer Seite stand.

»Tex, danke, dass du dir Zeit für uns genommen hast.«

»Ich habe immer Zeit«, brummte Tex.

Das war gelogen. Tex war ein vielbeschäftigter Mann.

»Was hast du für uns?«, warf Garrett ein.

»Delilah hat bestätigt, was wir über den Pachtvertrag in Timor-Leste wussten. Abrams wollte dort Silizium abbauen. Aber wir hatten keine Ahnung, dass Aviv Tamir nach Timor-Leste geschickt hat, während der Premierminister und der Präsident sich über das Grundstück stritten.«

»Hat Tamir die Fotos geschossen, die Delilah an Evette geschickt hat?«

»Die von dem Dorf, ja«, antwortete Delilah. »Aber nicht

die … die … äh … nicht die von Kalee in dem …« Delilah verstummte und zuckte zusammen.«

Auf den fraglichen Fotos waren Kyles Frau Anaya, Kalee Solberg und Piper Morgan zu sehen. Die Bilder waren kurz vor dem Angriff der Rebellen auf das Dorf aufgenommen worden. Das zweite Foto zeigte Kalees reglosen Körper in einem Massengrab, der auf den ermordeten jungen Mädchen aus dem Waisenhaus lag.

»War Tamir während des Angriffs vor Ort?«, fragte Tex.

Der Mann sprach mit ruhigem, neutralem Tonfall, doch ich wusste, dass er alles andere als gelassen war. Tex war eng mit Beckett »Ace« Morgan befreundet, der mit Piper verheiratet war. Ihre drei Töchter waren zum Zeitpunkt des Überfalls im Waisenhaus gewesen. Piper hatte den Mädchen das Leben gerettet, und Ace und Piper hatten sie später adoptiert. Tex hatte eine wichtige Rolle bei dem Transport der Mädchen in die USA gespielt. Ein weiterer guter Freund von ihm war Forest »Phantom« Dalton, der sowohl sein Leben als auch seine Karriere bei der Navy riskiert hatte, um Kalee zu retten.

Wegen Kalee war Z Corps in diese Verwicklungen hineingezogen worden. Anaya und Evette waren mit Piper und Kalee befreundet. Aufgrund dieser Freundschaft hatte Evette sich auf einen Rachefeldzug begeben, der sie fast das Leben gekostet hätte. Schließlich war Delilah Watts ins Spiel gekommen. Jetzt steckten wir alle bis zum Hals in einer Sache, die uns nichts anging.

Deshalb war Delilahs Antwort für Tex von großer Bedeutung.

»Nein. Der Überfall geschah ein paar Wochen, nachdem er nach Virginia zurückgekehrt war.«

»Und die anderen Pachtverträge?«, fragte Garrett.

»Aviv war in El Salvador ausschließlich an Alejandro

Arias interessiert. Und in Kroatien …« Wieder hielt Delilah inne und sie wurde blass.

»Was ist in Kroatien?«, hakte Garrett nach.

»In Kroatien führt er seine Experimente durch«, flüsterte sie.

»Dr. Gates und seine Forschung an Schweinehirnen«, bemerkte Garrett.

»Sie wissen davon?«

Delilah wippte auf den Fersen zurück und mir wurde bewusst, dass wir immer noch mitten im Raum standen.

»Baby, wir sollten uns setzen.«

»Nein, ich will stehen bleiben.«

Ich hörte Zane stöhnen, bevor er mit vor Sarkasmus triefender Stimme sagte: »Und so nimmt es seinen Anfang. Übrigens, Delilah, wir sind hier alle per Du.«

»Zane«, warnte ich ihn.

»Und ich habe mir schon Sorgen gemacht, dass du es in die Länge ziehen würdest«, erwiderte er.

»Ja, wir haben Dr. Gates' Unterlagen über die Wiederherstellung der Durchblutung und Funktion des Gehirns bei enthaupteten Schweinen gefunden«, bestätigte Tex.

»Und Myles hat mir erzählt, dass ihr auch wisst, dass Alejandro Arias einen neuen Weg gefunden hat, Gehirnzellen zu manipulieren, indem er Hautzellen zu Stammzellen umprogrammiert«, warf Delilah ein.

»Verdammte Scheiße«, knurrte Zane.

»Abrams unterhält zwei Forschungsprogramme gleichzeitig. Sie laufen getrennt voneinander, hängen aber miteinander zusammen. Der Auftrag für das kognitive Radar, den Abrams erhalten hat, dient lediglich dazu, Avivs wahre Obsession zu finanzieren.« Delilah begegnete meinem Blick.

»Nur zu, Delilah«, ermutigte ich sie.

»Aviv ist besessen von künstlicher Intelligenz. Er glaubt, dass darin die Zukunft liegt.«

»Damit hat er recht«, warf Garrett ein. »Militärische KI hat heutzutage einen Marktwert von etwa sechs Milliarden Dollar. In fünf Jahren wird die Industrie elf Milliarden Dollar schwer sein. Die Royal Navy verfügt über eines der fortschrittlichsten KI-basierten Bedrohungserkennungssysteme, die je entwickelt wurden. Die Anwendung überwacht Luftaufnahmen und kann innerhalb von Millisekunden eine Bedrohungsanalyse erstellen. Unsere Luftwaffe hat beim Kongress bereits mehrfach mehr Mittel für ihr Luftüberwachungssystem beantragt. Die KI stellt einen Wendepunkt in der Verteidigungstechnik dar.«

»Dem stimme ich zu«, sagte Delilah knapp. »Das Militär rekrutiert eine ganz neue Generation von Soldaten. Diese Männer und Frauen sind mit Videospielen aufgewachsen. Warum sollte man ihnen also nicht Werkzeuge in die Hand geben, die ihren üblichen Spielkonsolen ähneln? Das Schlachtfeld befindet sich jetzt auf einem Bildschirm. Für die Soldaten wirkt es wie ein Spiel, was eine emotionale Abkopplung zur Folge hat. Kein Adrenalin, keine Gefühle, keine moralische Verantwortung für das Ziel. Und das Problem mit dem Finanzierungspaket für das erweiterte Gefechtsführungssystem der Luftwaffe ist die Tatsache, dass es die Bewaffnung von Satelliten enthält.«

»Ja, es gibt zweifellos einige Nachteile«, stimmte Garrett zu, »aber es ist nicht zu leugnen, dass KI die Informationsanalyse beschleunigt. Dank ihr können Soldaten auf dem Schlachtfeld fundierte Entscheidungen treffen. Ich habe selbst schon Feuerunterstützungstechnologie eingesetzt. Damals steckte sie noch in den Kinderschuhen, aber sie hat funktioniert. Auch ohne Aufklärer war ich in der Lage, meine Aufgabe auszuführen.«

Ich konnte die Frustration in Delilahs Gesicht deutlich sehen. Irgendetwas hielt sie zurück. Sie hatte zwar die Experimente erwähnt, aber es steckte noch mehr dahinter.

»Delilah?« Sie wandte sich mir zu und runzelte die Stirn. »Baby, sprich einfach aus, was du uns sagen willst.«

Am anderen Ende der Leitung ertönte ein Grunzen. Vermutlich kam es von Zane, aber er hielt klugerweise den Mund.

»Aber *du* hast den Abzug gedrückt«, fauchte Delilah. »Aviv baut unbemannte Systeme. Wenn Drohnen die Luft erobern können, will er Roboter am Boden einsetzen. Er hat vor, Spezialeinheiten komplett durch verbesserte Soldaten und Robotik zu ersetzen.«

»Aviv kann das von mir aus wollen, aber dazu wird es niemals kommen«, entgegnete Zane. »Und selbst wenn, würde das Kommando für die Entwicklung der Kampfkapazitäten der Armee niemals zulassen, dass die zivile Industrie diese Technologie besitzt. DEVCOM, das Kommando zur Entwicklung von Kampffähigkeiten der US-Armee, unterhält bereits ein Programm namens *Internet der Schlachtfelder*. Wenn ihr mich fragt, ist das ein alberner Name für ein Forschungs- und Entwicklungsprogramm, das nichts weiter als theoretischer Blödsinn ist.«

»Das ist kein Blödsinn«, flüsterte Delilah. »Es wird bereits umgesetzt, zumindest teilweise. Das Militär arbeitet mit autonomen Systemen, prädiktiver Verarbeitung und zielorientierter Entscheidungsfindung. Genau darin liegt das Problem, denn diese Systeme berauben den Menschen seiner Menschlichkeit. Sie nehmen dem Schlachtfeld die Moral. Genau das will Aviv. Er hat vor, eine hybride Armee zu erschaffen, die aus KI-Robotik und menschlichen Supersoldaten besteht. Dafür braucht er Dr. Gates und Alejandro Arias.«

»Um Gehirnfunktionen wiederherzustellen und Gehirnzellen zu manipulieren«, fügte Tex hinzu.

Delilah zitterte am ganzen Leib und sah aus, als wollte sie jeden Moment Reißaus nehmen. Und nun, da wir der Wahrheit immer näher kamen, verstand ich auch warum. Sie wusste noch mehr und musste uns erklären, was es mit Avivs Experimenten an Soldaten auf sich hatte. Aber ich brachte es nicht übers Herz, sie zu drängen. Verdammt, am liebsten hätte ich die Verbindung getrennt, wäre mit ihr verschwunden und hätte von ihr verlangt, alles zu vergessen. Leider war das nicht möglich.

»Was genau meinst du mit Supersoldaten?«, wollte Garrett wissen.

Delilah kam nicht dazu, die Frage zu beantworten, denn Zane fiel ihr ins Wort.

»Das bedeutet, dass Aviv Abrams entweder an einem Programm der israelischen Armee namens ›Fear‹ beteiligt war oder von dem Programm erfahren hat. Wenn dem so ist, hat er sich nicht darum geschert, dass es wissenschaftlich widerlegt wurde, und glaubte, dass Gates und Arias die Antworten parat hielten. Liege ich damit richtig, Delilah?«, knurrte Zane. »Manipuliert Abrams die Gehirne von Soldaten, um ihnen ihre Angstreaktion zu nehmen?«

»Ja«, antwortete Delilah mit schriller Stimme.

»Verdammte Scheiße«, bellte Zane. »Garrett, besorg mir alle Informationen, die du über das Programm finden kannst. Es wurde 2012 eingestellt – zumindest angeblich. Damals haben zehn Männer sich einer Gehirnoperation unterzogen, wobei ihre Amygdala entfernt wurde. Zwei starben auf dem Operationstisch und acht erholten sich. Doch der Eingriff hatte nicht den gewünschten Erfolg.«

Delilah ließ den Kopf und die Schultern hängen. Ihr Zittern hatte sich zu einem heftigen Beben ausgeweitet und sie rang mit den Händen.

Scheiße. Da war noch mehr.

»Baby, was verschweigst du uns noch?«

Ohne aufzublicken, murmelte sie: »Die Operationen haben zwar nicht die erhofften Resultate erbracht, aber sie waren auch kein völliger Reinfall. Die Entfernung der Amygdala hat die Probanden nicht davon abgehalten, Angst zu empfinden, aber sie hat die Bereitschaft zur Gefahrenvermeidung erheblich gedämpft. Die Probanden berichteten, dass die Kampf- oder Fluchtreaktion bei ihnen nicht mehr vorhanden war. Ihnen fehlte sozusagen das Bauchgefühl, das man bei drohender Gefahr verspürt. Dadurch steigerte sich wiederum ihre Risikotoleranz. Darüber hinaus reagierten sie langsamer und weniger ausgeprägt auf schmerzhafte Reize. Aviv ist inzwischen einen Schritt weiter und versucht, das Gehirn neu zu vernetzen, mit dem Ziel, die Angstreaktion komplett auszuschalten.«

»Herrgott«, brüllte Zane.

Delilah zuckte zusammen und hob den Kopf. Als unsere Blicke sich trafen, konnte ich die Verwirrung und die Angst in ihrem Gesicht sehen.

»Baby, er ist nicht wütend auf dich.«

»Wirklich nicht?«, blaffte Zane. »Im Moment bin ich ziemlich wütend. Nein, mehr noch, ich bin stinksauer. Seit wann weißt du das alles, Delilah?«

»Seit Alejandro Arias Aviv eine ungesicherte E-Mail mit seinen Forschungsergebnissen und seiner Kündigung geschickt hat. Das war etwa drei Monate, bevor ich Evette dabei ertappte, wie sei bei Abrams herumschnüffelte.«

In Delilahs Tonfall schwangen Empörung und Zorn mit, aber der Argwohn stand ihr weiterhin ins Gesicht geschrieben.

»Apropos Evette, ich bin neugierig zu erfahren, wie du sie entlarvt hast«, warf Garrett ein.

Er wusste genau, wie Delilah Evette auf die Schliche gekommen war.

»Den ersten Verdacht hegte ich, als ihre IP-Adresse über Wochen mehrmals täglich von der Abrams-Webseite registriert wurde. Sie hat jede Seite durchforstet, jeden externen

Link angeklickt und jeden Artikel in der Sparte ›Neuigkeiten und Veranstaltungen‹ gelesen. Ihr Name war problemlos zu finden. Danach war es ein Leichtes, sie über die sozialen Medien und ihre Profile in beruflichen Netzwerken mit Anaya, Kalee und Piper in Verbindung zu bringen. Da wurde mir klar, warum Evette herumschnüffelte, und ich hoffte, in ihr eine Verbündete gefunden zu haben, die noch dazu Journalistin war und die Möglichkeit hatte, Abrams in der Öffentlichkeit bloßzustellen.«

»Wann hast du bemerkt, dass jemand eine Tracking-Software auf deinem Computer installiert hat?«, fragte Garrett.

»Woher weißt du, dass ich auf diese Weise ertappt wurde?«, fragte Delilah.

»Weil ich nicht glauben konnte, dass jemand mit deinen Fähigkeiten so unvorsichtig sein würde.«

Delilah seufzte und schien sich ein klein wenig zu entspannen, doch dann versteifte sie sich sofort wieder und verengte die Augen.

»Ich dachte, ihr glaubt alle, ich hätte Evette eine Falle gestellt.«

»Davon sind wir anfangs ausgegangen«, warf Zane ein. »Garrett ist ein technisches Genie. Seiner Meinung nach tendiere ich dazu, andere Technikfreaks zu unterschätzen. Aus diesem Grund hat niemand auf Garrett gehört, als er behauptete, du hättest unmöglich einen Fehler begehen können, indem du Evette Informationen über deine Geschäfts-E-Mail geschickt hast. Aber ich hatte recht. Du hast es, indem du ihr Informationen über dein E-Mail-Konto bei Abrams hast zukommen lassen. Evette hat ein weiches Herz, zumindest wenn sie nicht gerade versucht, mich zu erschießen. Sie hat sich für dich eingesetzt, falls dir das ein Trost ist.«

»Ich glaube, ich mag Evette«, murmelte Delilah.

Garrett brach in schallendes Gelächter aus und bevor ich

michs versah, lachte ich ebenfalls. Das war ein Fehler, denn ich erntete dafür ein verschmitztes Lächeln und ein kesses Augenzwinkern von Delilah.

Dieses Lächeln unterschied sich völlig von denen, die sie mir bisher geschenkt hatte.

Bevor ich mich davon erholen konnte, ergriff Tex wieder das Wort.

»Wie viel davon kannst du beweisen?«

»Alles, wenn ihr mir helft, Alejandro Arias zu finden«, antwortete Delilah.

Verdammte Scheiße.

»Arias ist tot«, bemerkte Zane.

»Nein, ist er nicht.«

»Doch, das ist er«, warf ich mit sanfter Stimme ein. »Er ist bei einem Autounfall ums Leben gekommen.«

Sie lächelte immer noch, als sie stolz verkündete: »Nein, Myles, Alejandro ist nicht bei einem Autounfall ums Leben gekommen. Ich habe ihm geholfen, seinen Tod vorzutäuschen. Er lebt und hat sämtliche Informationen, die wir brauchen, um Aviv zu Fall zu bringen.«

»Wie ist das passiert?«, verlangte Zane schroff.

»Nur aus Neugier, klingst du eigentlich immer wie ein Arschloch, Zane?«, entgegnete Delilah.

Für einen Moment herrschte Stille, dann antwortete mein Chef aufrichtig: »Nein, manchmal klinge ich auch wie ein Riesenarschloch.«

»Nun, das erklärt immerhin, warum Evette versucht hat, dich zu erschießen«, murmelte Delilah.

Ich verzog die Lippen zu einem Grinsen, als Tex fragte: »Wer weiß noch, dass Arias lebt?«

»Niemand.«

»Bist du sicher?«, warf ich ein, und Delilahs Lächeln verblasste.

»Wir waren vorsichtig und haben alles sorgfältig geplant.

Zuerst glaubte Aviv, Alejandro sei geflohen, und schickte mehrere Männer, um nach ihm zu suchen. Als diese in Santa Ana ankamen, fanden sie heraus, dass er bei einem Autounfall ums Leben gekommen war. Wir arrangierten eine Beerdigung und einen Grabstein. Seine Tante und seine Großmutter trauerten um ihn.«

»Verdammt, das ist hart«, murmelte Garrett. »Ist er in El Salvador geblieben?«

»Der Plan sah vor, dass er sich nach Jalapa in Guatemala absetzt.«

»Wie wolltest du Kontakt zu ihm aufnehmen?« wollte Garrett wissen, als Tex zeitgleich fragte: »Hat er die Beweise mitgenommen oder sind sie noch in El Salvador?«

»Interessiert hier eigentlich niemanden, dass ich ebenfalls eine Frage gestellt habe?«, murrte Zane.

Meine Güte, die Fragen prasseln geradezu auf Delilah ein.

Sie wurde unruhig und senkte unsicher den Blick zu Boden. Doch ich glaubte nicht, dass ihre Reaktion auf Zane zurückzuführen war, der nun tatsächlich wie ein Riesenarschloch klang.

»Lasst sie einen Moment durchatmen.«

»Eigentlich«, warf Tex mit sanftem Tonfall ein, »denke ich, dass wir schon genug gehört haben, um mit unseren Recherchen zu beginnen. Aber eine Sache noch, Delilah. Kannst du mir helfen, Arias zu finden? Weißt du, welchen Decknamen er verwenden wollte?«

»Juan Lopez.«

»Lass mich raten: Juan Lopez ist der häufigste Name in Guatemala.«

»Ja.«

»Eine Herausforderung«, erwiderte Tex. »Myles, ich melde mich wieder.«

»Danke für deine Hilfe.«

Tex antwortete nicht, sondern legte einfach auf.

»Wie lange wird es wohl dauern, bis Tex Zanes Anrufe ignorieren wird?«

Garretts Frage war an mich gerichtet.

»Ich bin überrascht, dass er überhaupt noch rangeht«, erwiderte ich.

»Das hat er nur Ivy zu verdanken, weil sie sowohl Melody als auch seinen Töchtern Geschenke zu Weihnachten schickt.«

»Meine Frau ist verdammt klug«, warf Zane ein. »Sie weiß, wie der Hase läuft. Nachdem Brooks mit Tatiana zusammengekommen war und klar war, dass keiner von euch Arschlöchern auf mich hören würde, hat sie angefangen, ihnen auch Geburtstagsgeschenke zu senden.«

Garrett scherzte natürlich nur. Tex half uns nicht, weil Ivy seine Frau und seine Kinder beschenkte. Möglicherweise beschwichtigte es ihn ein wenig in Bezug darauf, dass er Zanes Gezeter lauschen musste. Aber nach all den Jahren hatte Tex wahrscheinlich gelernt, es auszublenden.

»Niemand hört auf dich, weil deine Ratschläge scheiße sind«, gab ich zu bedenken.

Am anderen Ende der Leitung war ein Rascheln zu hören, dann stieß Zane eine Reihe von Schimpfwörtern aus. Delilah riss schockiert die Augen auf.

»Verdammt, ich muss Schluss machen. Wenn ich diesen Mistkerl finde, reiße ich ihm die Eier ab, indem ich sie durch sein Arschloch ziehe. Ich melde mich später wieder.«

Zane beendete das Gespräch und Delilah starrte auf mein Handy.

»Er macht nur Witze«, log ich.

»Das klang aber nicht nach einem Witz.«

Das war es auch nicht, aber das würde ich Delilah nicht sagen. Zane war ruppig, zuweilen unhöflich, meistens sarkastisch und er beschützte die Menschen, die ihm am Herzen lagen, mit allen Mitteln. Entweder man liebte ihn oder man hasste ihn, und ihm war es scheißegal, zu welcher Kategorie man gehörte. Wenn er dich mochte, konntest du dir ein Leben lang seiner Treue gewiss sein. Wenn er dich nicht mochte, schenkte er dir keine weitere Beachtung. Aber wenn du ihm in die Quere kamst, riss er dir die Eier aus dem Arsch, ohne mit der Wimper zu zucken.

So war Zane.

Aber er war auch extrem freigiebig. Er würde sein Leben für dich opfern und die Familien seiner Männer beschützen und für sie sorgen.

Delilah ließ den Blick durch den Raum schweifen und wandte sich schließlich wieder dem Fenster zu.

Seit zwei Tagen waren wir in diesem Hotelzimmer. Davor war sie tagelang in einem heruntergekommenen Haus eingesperrt gewesen, nachdem sie monatelang als Geisel gehalten wurde und auf der Flucht gewesen war. Sie brauchte frische Luft und eine Auszeit.

»Wie fühlst du dich?«

Ohne den Blick vom Ozean abzuwenden, sagte sie: »Ich weiß nicht, was ich darauf antworten soll.«

»Es gibt keine richtige oder falsche Antwort.«

Sie rührte sich immer noch nicht von der Stelle. »In gewisser Weise geht es mir jetzt besser, nachdem ich mir alles von der Seele geredet habe. Gleichzeitig fühle ich mich verletzlich und verunsichert. Dein Chef macht mir Angst, und wenn ich mit ihm gesprochen hätte, als ich noch in Kalifornien war, hätte ich ihm nicht vertraut. Ich will, dass Aviv das Handwerk gelegt wird, aber ich fürchte mich davor, wie die Sache enden wird. Der Gedanke, dass ich vielleicht kein Zuhause mehr habe, zu dem ich zurückkehren kann, ist beunruhigend. Mir graut davor, was Aviv vielleicht noch vorhat. Und ich habe Angst vor Tamir und frage mich, ob er zurückkommen wird, um mich zu holen. Ich mache mir Sorgen um Alejandro und hoffe, dass es ihm gut geht.«

Als Delilah schließlich innehielt, nutzte ich die Gelegenheit, um einiges klarzustellen.

»Ich verstehe, dass du dir Sorgen wegen Tamir und Aviv machst, aber ich habe dir versprochen, dich zu beschützen. Du musst dir also nicht den Kopf darüber zerbrechen, was sie vorhaben könnten. Keiner von beiden wird dir zu nahe kommen. Wie auch immer die Sache enden wird, du wirst davon nichts spüren. Nichts davon ist deine Schuld, Delilah. Aviv hat sein Schicksal selbst besiegelt. Entweder sein Leben findet ein jähes Ende oder er wird hinter Gittern landen. Und was Zane angeht, so ist sein Umgangston zwar nicht gerade warmherzig und freundlich, aber er reißt sich jeden Tag den Arsch für die Menschen auf, die ihm wichtig sind. Er lebt nach einem Glaubenssatz, an dem die meisten Leute Anstoß nehmen würden.«

Sie wandte sich mir zu und fragte: »Anstoß?«

»Sicherheit hat ihren Preis und Zane ist bereit, ihn, ohne zu zögern, zu bezahlen. Er trägt die Last seiner Entscheidungen auf den Schultern und bleibt trotzdem stark. Er bellt und zetert und ist verdammt neugierig. Er denkt nicht, bevor er spricht, weshalb er manchmal wie ein unausstehlicher Idiot klingt. Aber glaub mir, er würde dich mit seinem Leben beschützen.«

Sie runzelte die Stirn, und ich wünschte, ich könnte die Falten auf ihrer Stirn glätten und ihre Sorgen vertreiben.

»Ich verstehe nicht ganz.«

Das wunderte mich nicht. Sie war bei einer Mutter aufgewachsen, die einen Mann nach dem anderen in ihr Leben gebracht hatte. Aus diesem Grund war ihr die Vorstellung fremd, dass jemand ihr Sicherheit und Schutz bieten wollte. Sie wusste nicht, wie sie Hilfe von anderen annehmen sollte, obwohl sie selbst einem Wissenschaftler aus El Salvador geholfen und versucht hatte, einer Frau beizustehen, die die

Entführung und Folterung ihrer Freundin durchleuchtet hatte.

Ich fragte mich, warum ich immer noch auf der anderen Seite des Raumes stand, und ging zu ihr. Als sie sich an mich schmiegte, ihren Kopf an meine Brust legte und ihre Arme um meine Taille schlang, hatte ich meine Antwort.

Eine Antwort auf eine Frage, die ich mir nicht einmal bewusst gestellt hatte. Sie wusste weder, dass sie sie gerade beantwortet hatte, noch verstand sie die Tragweite ihrer Antwort. Sie konnte unmöglich ahnen, was ich unterdrückt und zurückgehalten hatte. Aber als sie sich an mich schmiegte, zweifelte ich nicht mehr an den Gefühlen, die ich bereits wenige Stunden nach unserer ersten Begegnung empfunden hatte.

Nein, das war gelogen. Das Gefühl hatte mit einem Foto begonnen. Mehrere Male am Tag hatte ich das Bild von ihr betrachtet und war von ihren Augen magisch angezogen worden. Damals hatte ich nicht gewusst, woher ihr Schmerz rührte. Ich hatte nur die Traurigkeit hinter ihrem Lächeln gesehen.

Ich konnte nur daran denken, was Delilah alles entbehren musste. Vor fünf Jahren – nein, sogar vor zwei Jahren – hätte ich bei diesen Gedanken Reißaus genommen. Aber nun sah ich, wie meine Kameraden einer nach dem anderen die Frau fürs Leben fanden, und wusste, wie viel Schönheit in einer so innigen Verbindung lag. Statt wegzulaufen hatte ich nun den Wunsch, Delilahs Leben mit all den Dingen zu füllen, die sie hätte haben sollen.

Ich erwiderte jedoch nichts auf ihre Worte, da ich es ihr nicht erklären konnte. Um es zu verstehen, musste sie es erleben und fühlen. Also fragte ich stattdessen: »Was ist los?«

»Ich weiß es nicht«, flüsterte sie und kuschelte sich noch enger an mich.

In diesem Moment wurde mir klar, warum sie sich so fest

an mich klammerte. Sie suchte nach etwas, was ihr wahrscheinlich niemand im Leben je zuteilwerden ließ.

Zuneigung.

»Etwas später gehen wir nach draußen, machen einen Spaziergang am Strand und besorgen dir eine Portion fettige Pommes. Aber zuerst ruhen wir uns aus. Couch oder Bett?«

»Ist es denn sicher, das Hotelzimmer zu verlassen?«

Es war nicht sicher, aber ich würde sie beschützen, damit sie etwas Sonne und frische Luft tanken konnte.

»Natürlich. Couch oder Bett?«

»Bett.«

Sie zögerte nicht.

Und traf eine gute Wahl.

Delilah hatte immer noch ihren Arm um mich geschlungen, als ich sie ins Schlafzimmer führte. Als wir durch die Tür traten, löste sie sich von mir, um aufs Bett zu klettern und sich in die Mitte der Matratze zu legen. Sobald ich mich neben ihr ausgestreckt hatte, rollte sie sich halb auf mich und drückte mich auf die Matratze.

Es fühlte sich fantastisch an, sie auf mir zu spüren, aber etwas daran war beunruhigend. Bisher hatte ich sie zweimal geküsst, wobei ich einmal auf ihr gelegen hatte. Ich hatte keinen Hehl daraus gemacht, dass mein Schwanz hart wie Stahl war, während Delilah mir nicht verheimlicht hatte, wie erregt sie gewesen war. Aber in diesem Moment ging es um etwas anderes.

»Baby?«

»Hm?«

»Was ist los?«

Es folgte Stille. Je länger sie andauerte, desto mehr versteifte Delilah sich. Und je mehr sie sich versteifte, desto unbehaglicher wurde mir zumute.

»Ent-Entschuldige. Ich hätte nicht …«

Ich rollte sie auf den Rücken, legte mich auf sie und stützte mich auf den Ellbogen ab.

»Schling deine Beine um mich.« In ihren Augen blitzte ein begieriger Ausdruck auf. Offenbar hatte sie die Situation falsch interpretiert. »Ich will, dass du mich festhältst, das ist alles, Baby.«

Ich wartete, bis sie ihre Beine um meine Taille geschlungen und ihre Knöchel hinter meinem Rücken verschränkt hatte. »Und jetzt verrate mir, was dir durch den Kopf geht.«

»Ich weiß es nicht.«

»Was weißt du nicht?«

Sie begegnete meinem Blick, und ich hatte das Gefühl, in einen Abgrund der Verzweiflung zu schauen.

»Ich habe keine Ahnung, was in mir vorgeht und warum ich so handle. Ich wollte … ich brauchte nur …« Ihre Worte klangen hohl. Gebrochen. Unzusammenhängend. »Ich fühle mich … seltsam.«

Delilah hielt inne und schüttelte den Kopf.

Sie hatte im Leben so wenig Zuneigung erfahren, dass sie nun nicht in der Lage war, ihre Emotionen zu begründen. Sie war fünfunddreißig Jahre alt, doch ihr war nicht bewusst, dass sie nach diesem anstrengenden Morgen, all dem Stress und der Angst, die sie ausgestanden hatte, einfach nur eine *Umarmung* brauchte.

Eine verdammte Umarmung.

Menschliche Nähe. Eine Berührung. Freundlichkeit.

Sie hatte sich an mich gekuschelt und mich festgehalten, weil sie die Verbindung spüren musste.

Verdammt, ihre Mutter war ein Miststück.

»Ich weiß, was du brauchst«, sagte ich und löste mich von ihr.

Ihre Beine fielen auf die Matratze und sie stieß ein protestierendes Wimmern aus. Ich ignorierte den Laut, rollte sie auf die Seite und schmiegte mich mit der Brust an ihren Rücken. Dann umfasste ich ihre Hand, verschränkte unsere Finger ineinander und drückte sie an ihre Brust.

»Es ist noch früh am Morgen und alles ein bisschen viel auf einmal«, murmelte ich.

Delilah nickte, also fuhr ich fort.

»Du hast all diese Informationen mit dir herumgeschleppt. Das war sicher eine große Last. Aber damit ist jetzt Schluss, Delilah. Du hast es dir von der Seele geredet. Wir werden uns jetzt darum kümmern. Ich nehme an, dass da noch mehr ist. Und wenn du bereit bist, es uns zu erzählen, werden wir auch damit fertig.«

Ich spürte, wie sie sich nach und nach entspannte, aber sie umklammerte meine Finger weiterhin mit festem Griff.

»Vertrau mir auch weiterhin, Baby. Ich verspreche dir, du wirst es nicht bereuen.«

»Ich weiß, dass ich dir vertrauen kann.«

Ich ließ diese Worte auf mich wirken, vergrub mein Gesicht in ihrem Haar und atmete tief ein. Der Duft von Blumen durchdrang meine Sinne.

Seltsam.

Es war Tage her, seit ich sie gefunden hatte, und Stunden, seit ich sie zum ersten Mal geküsst hatte. Aber als ich nun mit ihr in diesem Bett lag und sie festhielt, kam es mir viel länger vor – um Jahre länger.

Da ich nicht dumm war, wusste ich, dass es völlig egal war, wie lange ich sie schon kannte. Was zählte, war einzig und allein das Gefühl der Richtigkeit, das ich bis tief in mein Innerstes spürte.

KAPITEL ZWÖLF

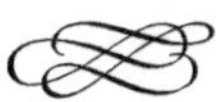

Das warme Wasser des Pazifiks umspülte meine Knöchel, die Sonne schien auf mein Gesicht und der Duft von Sand und Salz umgab mich.

Es war einfach himmlisch.

Genau das, was ich gebraucht hatte.

Obwohl es noch früh am Tag war, war der Strand bereits überfüllt. Soweit das Auge reichte, sah man Sonnenschirme, Liegestühle, Kühlboxen und Handtücher. Überall waren Leute – im Wasser, am Ufer, auf den Liegen.

Es war traumhaft, doch die wahre Schönheit ging von dem Mann aus, der neben mir stand und meine Hand hielt. Er strahlte die Art von Schönheit aus, die nicht verloren ging, wenn Wolken aufzogen und Sturmwellen ans Ufer brandeten. Diese Schönheit leuchtete sogar noch heller, wenn man sich inmitten eines Unwetters wiederfand und drohte unter die Oberfläche gezerrt zu werden. Ich wusste, wovon ich sprach, denn ich war von einer heftigen Böe überrascht worden und wäre beinahe untergegangen, doch Myles hatte mich hindurchgezogen.

Er hatte mich festgehalten, bis das Gefühl der Hilflosigkeit nachgelassen hatte. Ich hatte nichts weiter gebraucht als seine Präsenz, die mich umhüllt hatte, und schon war die Angst verebbt. Noch nie in meinem Leben hatte ich mich so seltsam gefühlt, nicht einmal, als Tamir mich gefangen gehalten und ich geglaubt hatte, mein letztes Stündlein hätte geschlagen. Ich konnte es nicht in Worte fassen und Myles erklären, was los war. Ich verspürte keine Angst, sondern eine tief sitzende Unruhe, ein Unbehagen, das mir ein Gefühl von Verletzlichkeit und Schutzlosigkeit gab. Ohne nachzudenken und aus einem Impuls heraus hatte ich Trost bei Myles gesucht.

Aber als ich meine Arme um ihn schlang und er mich, ohne zu zögern, an sich drückte, wurde mir etwas klar. Nicht ein Impuls hatte mich in seine Arme getrieben, sondern mein Instinkt. In diesem Moment war ich genau dort, wo ich sein sollte.

Ich war dort, wo ich sein *musste*.

»Hast du jetzt Lust, einen Burger mit Pommes zu essen?«, fragte Myles.

»Ja.«

Myles hatte wieder einmal recht behalten. Erst seit dem Vorabend war mein Magen wieder in der Lage, Mahlzeiten richtig zu verdauen. Zuvor hatte ich ständig Hunger gehabt, war jedoch jedes Mal nach einigen Bissen satt und nach einer Stunde wieder hungrig gewesen. Doch gestern hatte Myles Fisch-Tacos bestellt und ich hatte meinen Teller leer gegessen. Es war zwar kein Drei-Gänge-Menü gewesen, aber ich hatte alles verspeist, einschließlich der Tomaten, Champignons und Gurken, die Myles aus seinem Salat herausgepickt hatte. Er hatte sich mit den Salatblättern, den Croutons und dem Blauschimmelkäse-Dressing begnügt. Ich war dankbar, dass er das Gemüse beiseitegelegt hatte, bevor er die Soße über den Rest gegeben hatte, denn ich hasste Blauschimmelkäse.

»*Joe's Hamburger Shoppe* oder *Carl's Jr.*?«

Ich rückte den Rucksack zurecht, den Myles mir aufgedrängt hatte. Er hatte mir zudem eine Baseballkappe aufgesetzt. Die Krempe verdeckte mir die Sicht, also legte ich den Kopf in den Nacken, um zu ihm aufsehen zu können.

»Hier gibt es ein *Carl's*?«

»Ja. Und einen *Burger King* etwa eineinhalb Kilometer entfernt von hier, falls du Lust auf einen Spaziergang hast.«

»Wir können doch in Mazatlán kein amerikanisches Fast Food essen.«

Myles' Lippen umspielte ein Lächeln, als er mit belustigtem Tonfall fragte: »Ach, wirklich nicht?«

»Auf keinen Fall. Das ist die goldene Regel beim Reisen. Warum sollte man einen unbekannten und aufregenden Ort besuchen und dort etwas essen, das man auch zu Hause bekommen kann? Das ist, als würde man ein Paar Nike Turnschuhe als Souvenir kaufen. Warum sollte man so etwas tun, wenn man sie auch im Einkaufszentrum um die Ecke bekommen kann?«

»Keine Ahnung.«

»Ganz genau. Weil es albern ist. Souvenirs sind eben Souvenirs und sollen dich daran erinnern, wo du gewesen bist.«

»Also dann, auf zu *Joe's Burger Shoppe*«, erklärte Myles.

* * *

Es geschah, nachdem ich den letzten Bissen meines fettigen, köstlichen Hamburgers verspeist hatte. Ich spritzte gerade etwas Ketchup auf meinen Teller, als Myles meinen Namen aussprach.

In dem Moment, in dem ich den Kopf hob und seinem Blick begegnete, wappnete ich mich.

»Hör mir gut zu und tu genau das, was ich dir sage.«

Sowohl Myles' Tonfall als auch sein Gesichtsausdruck und seine Körperhaltung duldeten keine Widerrede. Er wartete nicht auf meine Bestätigung, sondern gab mir in besonnenem Tonfall die nächste Anweisung.

»Ich lege ein paar Scheine auf den Tisch, dann stehen wir auf, nehmen unsere Sachen und verlassen in aller Ruhe das Restaurant. Bleib ganz locker, Baby. Wir dürfen keine Aufmerksamkeit erregen. Wir sind nur zwei Touristen, die gerade zu Mittag gegessen haben. Schau dich nicht um und vermeide jeglichen Augenkontakt mit anderen Leuten. Hast du das verstanden?«

Ich gab mein Bestes, um seinen Anweisungen zu folgen, setzte eine neutrale Miene auf und nickte.

»Gut. Sobald wir draußen sind, biegen wir rechts ab. Einen Häuserblock weiter befindet sich ein Parkhaus. Dorthin gehen wir. Jetzt kommt das Wichtigste, Delilah: In deinem Rucksack ist eine Waffe, sowie dein neuer Pass und ein Handy. Wenn ich dir sage, dass du weglaufen sollst, dann suchst du das Weite. Du zögerst nicht und stellst keine Fragen. Gehe an einen belebten Ort, an dem du sicher bist, und ruf Zane an. Er wird dir sagen, was du zu tun hast und wohin du dich wenden sollst, verstanden?«

»Was ist mit …«

»Wir haben keine Zeit für Fragen. Hast du alles verstanden, was ich dir gesagt habe?«

»Ja.«

»In Ordnung. Dann los. Ganz ruhig, Baby. Keine Eile. Wir sind zwei Touristen, die das Restaurant verlassen und zurück zum Strand gehen.«

Es fiel mir extrem schwer, meine Bewegungen zu kontrollieren, denn ich wäre am liebsten zur Tür geeilt. Allerdings hatte ich keine Ahnung, wovor ich auf der Flucht war. Wie angekündigt zog Myles ein paar Geldscheine aus seiner Brieftasche und warf sie auf den Tisch, während ich mir unbeholfen meinen Rucksack über die Schulter schob.

Wir standen gleichzeitig auf, wobei Myles meine Hand ergriff und daran zog, um mir zu verstehen zu geben, dass ich innehalten sollte. Er beugte sich zu mir vor und presste seine Lippen auf meine. Dann zog er sich ein Stück zurück und murmelte: »Ich habe alles unter Kontrolle, Delilah. Bleib ganz ruhig.«

»Ich weiß, dass du alles im Griff hast.«

Seine Hand in meiner zuckte, dann richtete er sich auf.

Ich hatte nicht geahnt, wie schwer es sein würde, mich beim Verlassen des Restaurants nicht umzusehen, vor allem da Myles mich ermahnt hatte, es nicht zu tun. Ich wusste nicht, wohin ich meinen Blick richten sollte, also tat ich so, als würde ich die Riemen meines Rucksacks richten. Dadurch musste ich mich jedoch darauf verlassen, dass Myles mich sicher hinausführte. Meines Erachtens war es jedoch immer noch besser, als aus Versehen einen Fehler zu machen.

Draußen bogen wir nach rechts ab und Myles beschleunigte seine Schritte. Mit seiner freien Hand griff er in seine Tasche und fischte sein Handy heraus. Er tippte mit dem Daumen auf das Display und führte das Telefon an sein Ohr.

»Garrett, lass alles stehen und liegen und orte mich. Wir werden verfolgt.« Er hielt kurz inne und lauschte, dann sagte er: »Richtig, nördlich der Calle Rio. Dort gibt es ein Parkhaus namens *Rico's*, das kameraüberwacht ist. Wir werden reingehen. Der Kerl ist männlich, braune Haare, braune Augen, um die vierzig. Ich weiß nicht, wie groß er ist, da er saß, aber er ist ziemlich kräftig und wiegt leicht über hundert Kilo. Er war allein am Tisch, ich habe niemanden sonst gesehen, aber er hat Fotos geschossen.« Es folgte eine weitere Pause. »Verstanden.«

Myles steckte sein Handy zurück in die Tasche. Ich hatte

Mühe, mit ihm Schritt zu halten, vor allem weil ich mich darauf konzentrierte, nicht zu hyperventilieren.

»Fotos?«

»Wir sind fast da, Delilah. Es ist alles in Ordnung.«

Von wegen. Die Tatsache, dass jemand Fotos von uns geknipst hatte, war beunruhigend genug. Aber Myles' Reaktion machte mich wirklich nervös.

Ich beschloss, Myles nicht daran zu erinnern, dass ich mit brenzligen Situationen nicht gut umgehen konnte und eher erstarrte oder in Panik geriet. Allerdings kam ich gar nicht dazu, mir darüber den Kopf zu zerbrechen, denn Myles zog mich mit sich und ich musste doppelt so viele Schritte machen, um mit seinem Tempo mithalten zu können.

Als ich die Tiefgarage direkt vor uns erblickte, überkam mich Erleichterung. Nur noch ein paar Sekunden, dann hätten wir unser Ziel erreicht. Wahrscheinlich war der Gedanke naiv, denn ich hatte keine Ahnung, was Myles vorhatte, warum wir zum Parkhaus eilten und was uns dort erwartete. Aber es schien mir besser, als draußen auf dem Bürgersteig herumzustehen.

Doch ich hatte mich geirrt.

Sobald wir die Tiefgarage betraten, wurde die Situation noch unheimlicher.

»Hinter mich«, bellte Myles, doch er wartete nicht auf eine Reaktion von mir.

Dank meines Rucksacks prallte ich nicht mit dem Rücken gegen die Betonwand, gegen die Myles mich drückte, während er sich vor mich schob.

»Wenn ich es dir sage, läufst du weg.«

Ich erwiderte nichts. Ich konnte kaum atmen, als Myles einen Schritt nach vorn trat und im nächsten Moment einen Mann im Würgegriff festhielt. Wie gelähmt stand ich da. Ich hatte keine Ahnung, ob es nur Sekunden oder Minuten dauerte, denn die Zeit schien stillzustehen. Doch schließlich legte Myles den Kerl auf dem Boden ab. Ich machte mich bereit, mit ihm Reißaus zu nehmen, doch statt wegzulaufen, kniete Myles sich neben den Mann und durchsuchte seine Taschen. Kurz darauf beförderte er eine Brieftasche und ein Handy zutage. Dann sprang Myles auf, packte meine Hand und wir schlenderten langsam aus dem Parkhaus.

Ich stellte keine Fragen und gab keinen Ton von mir, ich folgte Myles einfach.

Wir überquerten die Straße und gingen etwa einen halben Häuserblock, bevor er in einen Dauerlauf verfiel. Ich lief los, um mit ihm Schritt halten zu können. Wir erreichten den Parkplatz, auf dem er den Geländewagen abgestellt hatte. Sein Rucksack hing in einem schrägen Winkel über seiner Schulter. Er kramte mit einer Hand darin herum, während er mit der anderen weiterhin meine Hand hielt.

Schließlich fischte er den Wagenschlüssel heraus, ließ meine Hand los und rollte seine Schulter vor, sodass sein Rucksack an seinem Arm herunterrutschte. Er reichte ihn mir. »Halt ihn fest und bleib hier stehen. Rühr dich nicht von der Stelle.«

Damit hatte ich kein Problem. Wenn Myles mich nicht mit sich gezerrt hätte, hätte ich wahrscheinlich immer noch im Restaurant gesessen.

Myles legte sich auf den Rücken und streckte sich unter dem Wagen aus, den ich vage als den Mitsubishi erkannte.

»Nur noch eine Minute, Delilah«, sagte er und stand auf.

Auch das war kein Problem, denn ich war nicht in der Lage, mich zu rühren. Plötzlich kam mir der Gedanke, dass ich mich wahrscheinlich umsehen sollte, um sicherzugehen, dass niemand ... Was eigentlich? Dass uns niemand folgte, mit gezückter Waffe auf uns zustürmte oder sich an uns heranschlich, um uns die Kehle durchzuschneiden?

Ich hörte, wie etwas zugeschlagen wurde, und drehte

mich gerade rechtzeitig um, um zu sehen, wie Myles von der Vorderseite des Wagens auf mich zukam.

»Alles in Ordnung. Komm schon.«

Was ist in Ordnung?

Doch ich sprach die Frage nicht laut aus, denn ich war mir nicht sicher, ob ich die Antwort wissen wollte.

Myles entriegelte die Beifahrertür mit dem Schlüssel statt mit der Fernbedienung und half mir beim Einsteigen. Dann ging er um die Motorhaube herum, während er mit dem Blick die Umgebung absuchte. Ich hatte keine Ahnung, wonach oder nach wem er Ausschau hielt. Ich trug immer noch meinen Rucksack auf dem Rücken, während der seine auf meinem Schoß lag. Er war doppelt so schwer wie meiner, doch Myles war damit gelaufen, als sei er leicht wie eine Feder.

»Du machst das großartig, Baby. Halte durch.«

Ich machte gar nichts, und ich hielt auch nicht durch. Vielmehr waren meine Nerven zum Zerreißen gespannt.

Ganz gemächlich, als sei alles in bester Ordnung, fuhr Myles aus der Parklücke und lenkte den Wagen auf die Straße. Er hielt sich an die Geschwindigkeitsbegrenzung, blieb die ganze Zeit über in einer Spur und machte keine Anstalten, andere Fahrzeuge zu überholen.

Und ich saß schweigend da.

Um meine Gedanken zu beruhigen, zählte ich die Häuserblocks. Nachdem wir vier Kreuzungen passiert hatten, sagte Myles: »Wirf meinen Rucksack auf den Rücksitz und zieh deinen ab.«

Da ich mir nicht zutraute, seinen Rucksack nach hinten zu heben, stellte ich ihn neben meine Füße auf den Boden und verlagerte mein Gewicht, um meinen von den Schultern zu streifen. Ich warf ihn auf den Rücksitz, wandte mich wieder nach vorn und schnallte mich an.

»Hier.« Myles reichte mir eine Brieftasche und zwei

Handys. »Durchsuch seine Brieftasche nach seinem Ausweis.«

Ich tat wie geheißen und fand tatsächlich einen in den USA ausgestellten Führerschein.

»Caesar Stockholm«, las ich mit schriller Stimme vor und räusperte mich, bevor ich fortfuhr: »Houston, Texas.«

»Kannst du davon ein Foto machen und es Garrett schicken?«

»Natürlich.«

Mir schwirrten Hunderte von Fragen durch den Kopf, aber ich stellte ihm keine einzige. Ich schoss ein Foto von dem Ausweis und schickte es an Garrett, wobei meine Hände erstaunlich ruhig blieben. Kaum hatte ich auf »Senden« gedrückt, vibrierte das Handy und Garretts Name erschien auf dem Display.

Ich drückte auf das grüne Symbol, um den Anruf entgegenzunehmen.

»Hallo?« Ich starrte auf das Telefon und hörte am anderen Ende der Leitung eine gedämpfte Stimme, die ich kaum verstehen konnte. »Scheiße. Bleib dran.« Ich fand die Taste, um den Lautsprecher einzuschalten, und wiederholte: »Hallo?«

»Ich habe die Nachricht bekommen und überprüfe den Namen. In ein paar Minuten weiß ich mehr. Wo seid ihr?«

Ich sah mich nach einem Straßenschild um, aber bevor ich eines entdecken konnte, antwortete Myles: »Wir sitzen im Wagen und sind auf der Calle Rio in südlicher Richtung unterwegs. Ich muss etwas Abstand zwischen uns und Mazatlán bringen. Sag mir, wohin ich fahren soll.«

Es folgte eine kurze Pause, dann antwortete Garrett: »Wenn du kein Problem mit einer fünfstündigen Fahrt hast, könntest du dich an unseren Kontaktmann in Guadalajara wenden. Falls du die Distanz sogar noch vergrößern willst, der nächste sitzt in Mexiko-Stadt.«

»Heute halten wir in Guadalajara«, antwortete Myles. »Aber morgen fahren wir nach Mexiko-Stadt weiter. Wir müssen in Bewegung bleiben.«

»Verstanden. Brauchst du ein Säuberungsteam?«

»Negativ.«

»Ich schicke dir die Koordinaten in einer Nachricht.«

Damit beendete Garrett das Gespräch.

»Was meint er mit Säuberungsteam?«, wollte ich wissen.

Als Myles nicht sofort antwortete, wandte ich mich ihm zu und mein Puls, der ohnehin auf Hochtouren lief, raste noch schneller. Ich beobachtete, wie er die Zähne zusammenbiss, dann fiel mein Blick auf seine Schulter und auf seinen Arm, auf dem immer noch mein Zahnabdruck zu sehen war. Ich betrachtete auch seinen anderen Arm, auf dem sich eine Tätowierung in schwarzer Tinte über seine Muskeln spannte.

Never Again – Nie wieder.

Ich wollte ihn schon fragen, was es mit den Worten auf sich hatte. Zweifellos waren sie für ihn von großer Bedeutung, wenn er sie in seine Haut hatte ätzen lassen. Aber ich spürte, dass dies nicht der richtige Zeitpunkt für eine solche Frage war. Im Moment ging etwas anderes vor sich, etwas Wichtiges, ich wusste nur nicht, *wie* wichtig.

»Myles?«

»Er hat gefragt, ob er jemanden schicken soll, um meine Sauerei zu beseitigen.«

»Oh.«

Es folgte ein weiterer Moment der Stille, bevor er erklärte: »Mit der Sauerei meine ich eine Leiche.«

Igitt.

»Verstehe«, murmelte ich. »Was ist mit unseren Sachen im Hotel?«

Bevor wir das Zimmer verlassen hatten, hatte Myles die wichtigsten Dinge in unseren Rucksäcken verstaut. Aber die

Kleider, die er mir gekauft hatte, und die Toilettenartikel, die Ivy mir geschickt hatte, waren noch dort.

»Willst du denn gar nicht wissen, ob ich ihn getötet habe?«

»Wie bitte?«

»Du fragst nach unseren Sachen, also im Grunde nach deinem Shampoo, deiner Spülung und deiner Lotion. Aber es interessiert dich nicht, ob ich den Mann umgebracht habe?«

Mein mangelndes Interesse schien für ihn von Bedeutung zu sein. Vielleicht hätte ich ihn danach fragen sollen, aber nach den Geschehnissen der letzten Monate brachte ich einfach nicht die nötige Kraft auf. Mir kam es so vor, als trachtete jeder mir nach dem Leben. Und wenn Myles einen Mann ausgeschaltet hatte, der Fotos von uns geschossen und uns verfolgt hatte und der zweifellos Böses im Schilde führte, dann musste ich darauf vertrauen, dass Myles keine andere Wahl gehabt hatte.

»Du hast dich und mich beschützt.«

»Baby …«

»Er hat dich offenbar so erschreckt, dass wir das Restaurant verlassen mussten. Dann ist er uns gefolgt. Was hättest du denn tun sollen? Außerdem habe ich mehr als nur mein Shampoo, meine Spülung und meine Lotion im Hotel zurückgelassen. Dort liegen auch noch mein Rasierer, der Rasierschaum, die Schokoriegel, die Chips und zwei der glänzenden, rüschenbesetzten blauen Slips, die mir bei jedem Schritt in die Poritze rutschen. Das sind wahrscheinlich die lächerlichsten Unterhosen, die ich je besessen habe, aber ich hing daran.«

»Gut, dass ich dir ein Dreierpack gekauft habe. Falls du heute also nicht beschlossen hast, auf das Tragen eines Slips zu verzichten, hast du zumindest noch einen.«

Ich trug ein Sommerkleid, ich würde ganz sicher nicht ohne Unterwäsche herumlaufen.

»Danke, dass du dich um mich kümmerst«, murmelte ich.

Myles überraschte mich, indem er ein lautes Lachen ausstieß, und ich wandte mich ihm zu.

»Ich habe dich zum Mittagessen ausgeführt, obwohl ich wusste, dass es sicherer wäre, im Hotel zu bleiben. Und du bedankst dich bei mir dafür, dass ich mich um dich kümmere, obwohl ich alles vermasselt und dich in Gefahr gebracht habe.«

Ich war mir nicht sicher, ob das eine Frage oder eine Feststellung war, aber die Bemerkung hatte auf jeden Fall eine Antwort verdient.

»Du hast mir Kleidung gekauft. Als du mir die Haare geschnitten hast, warst du sehr behutsam, obwohl ich dir versichert habe, dass sie nachwachsen würden. Aber du hast erkannt, dass ich nur die Tapfere gespielt habe, während ich im Stillen gelitten habe. Nicht weil ich meine Haare abschneiden musste, sondern *warum* ich es tun musste. Du hast mir gegenüber so viel Geduld bewiesen und darauf bestanden, dass ich nachsichtig mit mir selbst bin. Mir ist klar, dass es nicht normal ist, stündlich duschen zu müssen, um sich sauber zu fühlen, aber du hast mich gewähren lassen. Du hast mich nicht ausgelacht, wenn ich zu viel beim Zimmerservice bestellt habe, obwohl du wusstest, dass ich nur die Hälfte davon essen würde. Du hast mir Zeit gegeben, um allein mit meinen Gedanken zu sein, und mich in die Gegenwart zurückgeholt, wenn ich zu viel grübelte. Außerdem hast du mit mir geredet, mir zugehört und mich gehalten, als ich mich schwach gefühlt habe. Nicht zuletzt kannst du hervorragend küssen und lässt mein Herz höherschlagen. Du gibst mir das Gefühl, sicher zu sein. Selbst als du nicht an meiner Seite warst, hast du dich um mich gekümmert und hast mir Monate deines Lebens geschenkt.

Wenn du also wirklich der Meinung bist, dass du etwas vermasselt hast, dann weiß ich nicht, was ich sagen soll, Myles.«

Ich verstummte und erinnerte mich dann an eine weitere Begebenheit. »Und du hast mir mitten in der Nacht Kaugummi gekauft, nur weil ich Lust darauf hatte.«

Plötzlich schien die Luft im Wagen dicker zu sein als zuvor. Ich konnte die Feuchtigkeit sogar auf meiner Haut spüren. Je länger die Stille anhielt, desto feuchter wurden meine Hände und desto schneller schlug mein Herz. Ich starrte Myles direkt an, daher entging mir nicht, wie er die Zähne zusammenbiss und sich versteifte. Schließlich entfuhr ihm ein tiefes Grollen.

Mir stockte der Atem.

»Baby, du hast fünf Stunden Zeit, um über das nachzudenken, was du gerade zu mir gesagt hast.«

»Was meinst du?«

»Du hast mir gerade grünes Licht gegeben.«

Ich richtete den Blick nach vorn und spähte durch die Windschutzscheibe. Wir verließen den dicht besiedelten Teil von Mazatlán, der auch Goldene Zone genannt wurde. Auf den Straßen waren weniger Fahrzeuge unterwegs, und soweit ich sehen konnte, gab es keine Ampeln.

»Grünes Licht?«

»Als du im Hotel Trost bei mir gesucht hast, hast du mir auch etwas gegeben. Ich denke, du weißt nicht, was das war, deshalb werde ich es dir sagen, Baby.«

Ich hatte keine Ahnung, wovon er sprach, aber in einem Punkt hatte er recht: Ich hatte Trost bei ihm gesucht. Und es fühlte sich verdammt gut an, seinen Trost anzunehmen.

»Ich kann dir nicht ganz folgen«, flüsterte ich.

»Dann will ich es dir erklären, Delilah. Du warst verloren, allein und vermutlich ausgehungert. Und ich rede nicht von den Dingen, die Tamir dir angetan hat. Ich wette, dass du dich dein ganzes Leben lang so gefühlt hast. Du hast in einer emotionslosen Welt gelebt, in der du nach Aufmerksamkeit gelechzt hast.« Bevor ich bestätigen konnte, dass er recht mit seiner Behauptung hatte, fuhr er fort: »Ich kenne dich erst seit ein paar Tagen, doch die Zeit hat gereicht, um die Mauer einzureißen, die du um dich errichtet hattest. Ich musste nichts tun. Als du dich verloren und verwirrt gefühlt hast, bist du direkt zu mir gekommen, hast deine Arme um mich geschlungen, deinen Kopf an meine Brust geschmiegt und hast mir dein wahres Ich gezeigt. Und als du mir ins Schlafzimmer gefolgt bist und zugegeben hast, wie durcheinander du bist, hast du dich noch mehr geöffnet. Du hast darauf vertraut, dass ich dir gebe, was du brauchst. Eigentlich wollte ich warten, bis wir diese Sache hinter uns gebracht und die Wogen sich geglättet haben. Ich wollte dein Vertrauen gewinnen und dir etwas Zeit zum Durchatmen geben. Aber gerade hast du mir etwas gegeben, was alles ändert. Nun hast du während der fünfstündigen Fahrt Zeit, dir zu überlegen, ob ich es behalten darf oder ob du es zurücknimmst.«

Wollte er ...

War das ...

Meine Gedanken überschlugen sich, mein Herz pochte wild in meiner Brust und mein Atem kam nur stoßweise. Mir fehlten die Worte, aber das spielte keine Rolle, denn Myles fuhr fort.

»Falls du dich entscheidest, es zurückzunehmen, solltest du wissen, dass ich darum kämpfen werde. Erinnere dich einfach daran, wie dein Herz höhergeschlagen hat und wie du dich gefühlt hast, als ich dich geküsst habe. Ich werde dir dieses Gefühl noch oft bescheren und dir alles geben, was du brauchst – auch wenn du nicht einmal ahnst, dass du es brauchst. Du musst mir nur vertrauen. Ich verspreche dir, dass ich mich um den Rest kümmern werde.«

Heiliger Bimbam!

»Jetzt lehn dich zurück und mach es dir bequem. Wir haben eine lange Fahrt vor uns.«

Ich sagte nichts, denn ich fand einfach nicht die richtigen Worte, um meine Gefühle zu beschreiben.

Ich brauchte keine fünf Stunden, um mir darüber klar zu werden, was ich wollte.

Ich wollte ihn.

Aber je länger wir unterwegs waren, desto mehr Zweifel kamen mir.

Mich überkam dieses vertraute Gefühl, das ich jedes Mal empfand, wenn etwas zum Greifen nahe war, was ich unbedingt wollte und was mir im nächsten Moment wieder entzogen wurde. Diese Erfahrung hatte ich schon in frühester Kindheit gemacht. Im Laufe der Jahre hatte ich aufgehört, irgendetwas zu wollen, und mich immer mehr in mein Schneckenhaus zurückgezogen, bis ich nichts mehr begehrte oder fühlte. Ich war innerlich leer und unglaublich einsam. Das führte dazu, dass ich Angst davor hatte, mich an einen Mann zu binden. Deshalb blieb ich distanziert, kalt und unnahbar und hatte keine Ahnung, wie man einem anderen Menschen näherkam oder sich in ihn verliebte.

Ich war genauso wie Myles gesagt hatte: verloren, allein und ausgehungert.

Während ich weiter grübelte und mich fragte, ob ich in der Lage sei, mich auf Myles einzulassen, wurde mir bewusst, was meine Mutter mir genommen hatte. Sie hatte mich nicht nur einer glücklichen Kindheit und eines normalen Lebens beraubt. Sie hatte auch dafür gesorgt, dass ich unfähig war, eine dauerhafte Beziehung zu anderen Menschen aufzubauen.

Und damit hatte sie mir Myles genommen.

Diese Frau hatte dafür gesorgt, dass kein Mann mich würde lieben können.

Es war dumm gewesen zu glauben, ich könnte etwas

Glück im Leben haben. Noch dümmer war es gewesen, danach zu streben, obwohl ich genau gewusst hatte, dass ich es niemals würde haben können.

»Es ist besser, als ich dachte.«

»Wovon redest du?«

»Dich lachen zu sehen.«

Die Erinnerung an seine Worte versetzte mir einen schmerzhaften Stich im Herzen.

Dann erinnerte ich mich daran, was er mir in den letzten zwei Tagen gegeben hatte und wie er mich umsorgt hatte. Ich dachte daran, dass er monatelang nach mir gesucht hatte. Ich ließ zu, dass der Schmerz so lange durch mich hindurchbrannte, bis ich mir wieder vor Augen führte, dass meine Wünsche niemals in Erfüllung gehen würden.

KAPITEL DREIZEHN

Aus fünf Stunden wurden sechs.

Es war die reinste Folter. Wäre der Anblick nicht so schmerzhaft gewesen, hätte ich voller Faszination beobachtet, wie Delilah in Gedanken ihre Situation abwog. Hin und wieder sah ich, wie sie zusammenzuckte oder wie sie die Hände so fest zu Fäusten ballte, bis ihre Fingerknöchel weiß hervortraten. Einmal hörte ich sie wimmern. Ein anderes Mal sank sie in sich zusammen.

Wir unterhielten uns nur miteinander, wenn wir die Route überprüften, unsere nächste Pause planten oder wenn Garrett anrief, um uns auf dem Laufenden zu halten. Überraschenderweise war Caesar Stockholm kein Deckname. Der Kerl stammte aus Texas und konnte mit BZ Systems in Verbindung gebracht werden. Diese war zwar unscheinbar, aber Garrett hatte sie dennoch gefunden. Bryan Zaslow wuchs in Connecticut auf, verbrachte aber einige Sommer in Texas auf der Ranch seines Onkels. Caesars Mutter war Köchin und sein Vater Rancharbeiter auf der Spirit Ranch. Das lag jedoch lange zurück, und abgesehen davon schienen die beiden in keinem Zusammenhang zueinander zu stehen.

Wir fuhren durch ein gehobenes Viertel mit bewachten Wohnanlagen am Stadtrand von Guadalajara und waren fast am Ziel. Delilahs Bedenkzeit war abgelaufen.

»Wow«, murmelte sie, als wir an einem künstlichen Wasserfall vorbeifuhren. »Casa Club. Heiliger Bimbam, sieh dir dieses Schwimmbecken an.«

Als ich die Aufregung in ihrer Stimme hörte, biss ich die Zähne zusammen. Sechs Stunden lang hatte ich diese Folter ertragen und sie bestaunte fröhlich ein Clubhaus und ein Schwimmbecken.

»Wow! Der Golfplatz ist riesig.«

Wieder sagte ich nichts.

»Und diese Häuser. Meine Güte, die sehen aus wie kleine Villen.«

Ich fuhr zu der Adresse, die Garrett mir gegeben hatte, bog in die Einfahrt ein und hielt am Tor an, um den Code einzugeben. Während ich darauf wartete, dass es sich öffnete, sah ich mich um und stellte fest, dass die Außenmauer zu wünschen übrig ließ. Genauso wie der Wachmann, der in dem kleinen Wachhäuschen am Eingang saß. Doch das spielte im Grunde keine Rolle, denn wir würden höchstens vierundzwanzig Stunden hierbleiben. Da ich mit Delilah allein war, hatte ich zwei Möglichkeiten. Entweder ich fuhr weiter oder ich brachte sie zurück in die Vereinigten Staaten, wo Zane mehrere sichere Verstecke zur Verfügung hatte.

Das Tor war fast offen, als mein Handy klingelte. Delilah fragte mich schon lange nicht mehr, ob sie rangehen sollte, sondern nahm den Anruf einfach entgegen und schaltete den Lautsprecher ein.

»Ihr seid da«, ertönte Garretts Stimme am anderen Ende der Leitung.

»Ja, wir sind gerade angekommen. Gibt es etwas Neues von Stockholm?«

»Nichts. Ich suche noch.«

»Was ist mit dem Vorfall vor dem Einkaufszentrum?«

»Das ist ein Haufen Mist. Als Natasha mit ihrem Kaffee aus dem *Dunkin' Donuts* kam, lag ein Stein auf der Motorhaube ihres Wagens. Zane ist stinksauer. Sei froh, dass du nicht hier bist.«

Noch bevor wir heute das Hotel verlassen hatten, hatte Garrett mir von dem Vorfall berichtet. Es war keine Nachricht hinterlassen worden, nur ein ziemlich großer Stein auf der Motorhaube von Natashas Wagen.

»Habt ihr schon eine Spur?«

»Nein. Das ist das Problem. Wer auch immer dahintersteckt, führt uns an der Nase herum und hinterlässt uns keinerlei Hinweise. Zane kocht vor Wut und Ivy hat gedroht, ihn mit einer Betäubungspistole ruhigzustellen. Ich kann dir sagen, hier geht es rund, Bruder.«

Langsam fuhr ich in den Innenhof eines lehmfarbenen Stuckhauses.

»Was ist deine Meinung dazu?«

»Ich glaube, Zane hat jemanden verärgert.«

»Was du nicht sagst.«

»Glaub mir, wir haben nicht die geringste Spur. Wir haben lediglich den Namen eines Mannes in Kanada, der nichts mit irgendeiner Operation zu tun hat, die die Firma jemals durchgeführt hat. Der Kerl hat weder Verbindungen zu irgendjemandem, der bei Z Corps beschäftigt ist, noch zu den Frauen unserer Kameraden. Ich habe sogar überprüft, ob eine Verbindung zu Delilah besteht. Nichts. Wir müssen jemanden in den Norden schicken, um ihn in Gewahrsam zu nehmen. Zane kümmert sich gerade darum. Aber da du in Mexiko bist und die anderen alle in Alarmbereitschaft sind und ihre Familien beschützen, bleiben nur noch Kevin und Cooper. Ich selbst kann hier nicht weg, weil ich noch einiges aufarbeiten muss, was ich während meiner Abwesenheit verpasst habe. Und wir können Tex nicht noch mehr aufbürden, denn er legt sich schon für fünfzig andere Leute ins Zeug. Der Mann ist wie Superman, aber selbst der muss mal schlafen.«

Ich schaltete den Mitsubishi auf Parken. »Kevin ist ein wahrer Meister im Aufspüren von Leuten. Er sollte nach Kanada fliegen, während Coop bei euch bleibt. Er war Polizist und kann dir bei den Ermittlungen helfen.«

Es herrschte Stille. Als Garrett nach einer Weile immer noch nichts sagte, fragte ich: »Garrett?«

»Warum geht ihr nicht ins Haus und macht es euch bequem? Ruf mich später zurück, dann reden wir weiter.«

Auf keinen Fall. Sobald ich Delilah ins Haus gebracht hatte, würde ich für den Rest des Abends nicht mehr verfügbar sein, vielleicht sogar bis zum nächsten Morgen. Ich war mir nicht sicher, wie lange ich brauchen würde, um Delilah aus ihrer düsteren Gedankenwelt zu befreien und sie dazu zu bringen, mir zu erzählen, warum sie während der ganzen Fahrt so ausgesehen hatte, als hätte sie höllische Schmerzen. Und danach würde ich sie ins Bett bringen und ihr zeigen, wie sehr ich ihr Herz höherschlagen lassen konnte. Wenn ich es richtig anstellte, würde ich sie auch mit der Zunge verwöhnen.

»Da ist doch noch mehr. Raus mit der Sprache, G.«

»Geh bitte nicht gleich in die Luft, Bruder.«

Die Worte verhießen nichts Gutes, also machte ich mich auf das Schlimmste gefasst.

Offenbar wappnete ich mich jedoch nicht ausreichend.

»Zane denkt daran, Kevin nach Mexiko zu schicken, damit er dir den Rücken freihält. Er will, dass ihr nach Guatemala reist, um ...«

»Auf keinen Fall.«

»Wir brauchen Arias und seine Recherchen.«

»Da stimme ich dir zu, und wir werden sie bekommen. Aber wir werden Delilah nicht zu einem Einsatz nach

Guatemala mitnehmen, wenn wir nicht wissen, was uns dort erwartet. Das ist viel zu gefährlich.«

»Ich habe ihm gesagt, dass du so reagieren würdest. Owen, Gabe, Kevin und sogar Cooper haben mir den Rücken gestärkt. Aber wie schon gesagt, Zane kocht vor Wut und faselt immerzu etwas von dem Mitarbeiterhandbuch und Paarungsritualen. Er ist richtiggehend explodiert. Du kennst ihn, wenn er sich erst einmal in etwas hineingesteigert hat, ist es das Beste abzuwarten, bis er sich wieder beruhigt hat.«

Dieser verdammte Zane und sein beschissenes Mitarbeiterhandbuch.

»Er hält sich für witzig«, erwiderte ich, »aber das ist er nicht.«

»Ich glaube mich zu erinnern, dass Gabe in etwa das Gleiche gesagt hat. Und vor ihm Thad, Leo, vielleicht sogar Colin. Der Einzige, den Z nicht durch den Kakao gezogen hat, war Declan.«

Das lag daran, dass Declan Crenshaw ein eiskalter Mistkerl war. Zane war ein beeindruckender Gegner und in der Lage, jeden auszuspielen, der sich ihm in den Weg stellte. Aber Declan? Der Mann würde dir im Schlaf die Kehle durchschneiden, du würdest ihn nicht einmal kommen hören.

»Richte Zane aus, dass Delilah tabu ist. Und bevor du fragst, es bedeutet genau das, was du meinst.«

Ich hörte, wie Garrett am anderen Ende der Leitung ein Seufzen ausstieß, während Delilah nach Luft schnappte.

Da ich es genauso gut hinter mich bringen konnte, fuhr ich fort: »Kannst du mich verstehen, G?«

»Ich verstehe dich, Bruder. Aber ich denke, bei näherer Betrachtung wirst du erkennen, dass du die Sache in zwei Tagen beenden kannst. Du könntest deine Frau aus diesem Schlamassel befreien und mit ihr ein schönes Leben beginnen. Aber wenn du es hinauszögerst, wirst du nur länger auf dein Glück warten müssen. Sorge für ihre Sicherheit und bring sie zurück nach Maryland.«

Plötzlich spürte ich Delilahs Hand an meiner Wange. Das Gefühl war so überwältigend, dass ich mich nach Kräften bemühen musste, die Reaktion meines Körpers unter Kontrolle zu halten.

Nur wegen einer Berührung.

Was zum Teufel?

»Wenn du nicht aufhörst, mit den Zähnen zu knirschen, bekommst du noch Kopfschmerzen«, flüsterte Delilah.

Sie hatte recht.

»Bevor ich auflege«, meldete Garrett sich wieder zu Wort, »vergiss nicht …«

»Ich schwöre bei allem, was mir heilig ist, wage nicht, es auszusprechen.«

»Was denn? Ich wollte dir nur sagen, dass du nicht vergessen sollst, die Türen zu verriegeln und die Alarmanlage einzuschalten.«

»Natürlich«, brummte ich. »Weil ich so oft vergesse, hinter mir abzuschließen.«

»Bisher vielleicht nicht, aber du hattest auch noch nie eine schöne Frau, die dir den Kopf verdreht.«

Delilah ließ ihre Hand sinken. Am liebsten hätte ich meinem Freund die Faust ins Gesicht gerammt für seine unangemessene Bemerkung.

»Du weißt, dass du auf Lautsprecher bist und sie dich hören kann, nicht wahr?«

»Ich bin mir ziemlich sicher, dass deine Frau sich schon mal im Spiegel betrachtet hat und weiß, wie schön sie ist.«

»Garrett …«

»Meine Güte, du bist aber empfindlich. Geh rein und schließ ab. Ich melde mich später wieder.«

Damit beendete er das Gespräch, und ich fragte mich, wann Garrett zu einem Mini-Zane geworden war. Doch ich schob den Gedanken beiseite, denn ich musste eine schöne Frau ins Haus bringen.

Ich ließ den Blick über den Hof schweifen und richtete ihn dann auf Delilah. Während meiner Unterhaltung mit Garrett hatte ich sie absichtlich nicht angesehen. Sobald ich ihr in die Augen starrte, zog sie mich förmlich in ihren Bann. Ich wollte ihr meine ungeteilte Aufmerksamkeit schenken, doch das war kaum möglich, solange wir hier draußen saßen.

»Bist du bereit?«

»Ja.«

Ich griff nach ihrem Rucksack auf dem Rücksitz. Mir fiel auf, wie leicht er im Gegensatz zu meinem war.

»Kannst du meinen ins Haus tragen oder wollen wir tauschen?«

»Ich kann deinen tragen.«

Ja, Delilah hatte sich in den letzten sechs Stunden in ihr Schneckenhaus zurückgezogen. Die Frau klang jetzt noch niedergeschlagener als an dem Tag, an dem ich sie in dem verlassenen Haus gefunden hatte.

»Warte auf mich, ich komme zur Beifahrerseite.«

Ich öffnete die Tür und schwüle Luft schlug mir entgegen. Der Himmel war bewölkt und es roch nach Regen und dem süßen Duft von Zitrusfrüchten. Ich betrachtete die Sträucher entlang der Auffahrt und die verschieden hohen blühenden Büsche, die die fast zwei Meter hohe Betonmauer teilweise verdeckten, die das Grundstück umgab. Die Mauer bot zwar ein wenig Schutz, aber nicht viel. Ich wäre ohne Weiteres in der Lage gewesen darüberzuklettern, was bedeutete, dass auch ein anderer dazu fähig wäre.

Als ich die Beifahrertür erreichte, hatte ich bereits Delilahs Rucksack geöffnet und kramte nach der Glock, die ich ganz unten versteckt hatte. Delilah stieg aus und mein Blick fiel auf ihre Sandalen. Sofort verkrampfte sich mir der Magen. Als ich in Mazatlán losgelaufen war, hatte ich nicht daran gedacht, dass sie nur Flipflops getragen hatte, während ich sie hinter mir hergezerrt hatte.

»Myles?«

»Komm schon, lass uns reingehen.«

Delilah musterte mich eingehend. Obwohl eigentlich keine Zeit dafür blieb, ließ ich sie gewähren. Schließlich ergriff ich ihre Hand und zog sie behutsam unter den Portikus, wohl wissend, dass sie nur leichtes Schuhwerk trug und einen schweren Rucksack schleppte.

»Nimm die Waffe.« Ich beförderte eine Kugel in den Lauf, indem ich den Schlitten spannte, und streckte ihr die Glock entgegen. »Denk dran, die Pistole hat keine Sicherung und ist schussbereit. Richte den Lauf auf den Boden, bis du bereit bist, sie zu benutzen.«

»Bereit, sie zu benutzen?«, fragte sie mit schriller Stimme und nahm die Waffe entgegen.

»Es ist nur eine Vorsichtsmaßnahme. Ich muss zuerst das Haus überprüfen. Währenddessen wartest du an der Tür. Ich denke zwar nicht, dass jemand drinnen ist, aber falls doch, schießt du.«

Der Anblick ihrer vor Angst geweiteten Augen war mir zuwider, aber ich hatte keine andere Wahl. Ihre Sicherheit hatte Vorrang vor ihren Gefühlen.

Ich tippte den Code ein, um die Tür zu öffnen. Als ich hörte, wie der Riegel zur Seite glitt, fragte ich: »Bist du bereit?«

»Ja.«

Ihre Stimme zitterte und klang besorgt. Auch das war mir zuwider.

»Alles wird gut, Delilah. Bleib dicht hinter mir.«

»In Ordnung«, murmelte sie.

Ich stieß die Tür auf.

Steril. Das war mein erster Gedanke beim Anblick des Wohnzimmers.

Kahle weiße Wände, getünchter Betonboden, Chromaccessoires, sehr moderne Möbel. Bis auf einige marineblaue Akzente war der Raum farblos. Mein Blick fiel auf einen großen Glastisch im hinteren Teil, um den sechs Stühle mit marineblauem Polster aufgereiht waren. Dahinter befand sich die Küche, die mit marineblauen Schränken und weißen Arbeitsflächen ausgestattet war.

Die Einrichtung war sterbenslangweilig, aber zum Glück war der Wohnbereich ein zusammenhängender Raum, in dem sich niemand verstecken konnte.

»Stell dich mit dem Rücken an die Wand und ziehe meinen Rucksack nicht ab.«

Delilah tat wie geheißen. Mir blieben nur noch wenige Sekunden, um den Alarm auszuschalten, also tippte ich den Code ein und das Piepen verstummte. Nachdem ich die Tür geschlossen und verriegelt und den Alarm wieder eingeschaltet hatte, drehte ich mich zu Delilah um, die verängstigt den Blick durch den Raum schweifen ließ.

»Zwei Schlafzimmer, zwei Bäder, vier Schränke und ein Schwimmbecken im Innenbereich«, ratterte ich den Aufbau des Hauses herunter. »Ich brauche nur fünf Minuten, Baby. Falls du etwas hörst, was dir verdächtig erscheint, steig zurück in den Wagen, fahr los und ruf im Büro an. Falls jemand diesen Raum betritt, schieß. Denke nicht darüber nach, sondern drück ab. Falls jemand durch die Eingangstür kommt, schießt du ebenfalls.«

»Okay.«

»Okay«, wiederholte ich. »Ich bin gleich zurück.«

Ich unterdrückte das Bedürfnis, sie mitzunehmen, und zwang mich zur Konzentration. Raum für Raum durchsuchte ich das Haus. Die Schlafzimmer waren nicht weniger langweilig als der Wohnraum. Die Badezimmer waren klein und die Schränke mit Bettwäsche und Vorräten gefüllt. Erst als ich den Badebereich betrat, entdeckte ich, dass das Haus einen gewissen Reiz barg. Das Becken war zwar klein, aber einladend. Auch hier war die Einrichtung marineblau, aber die Wände waren mit Fliesen in verschiedenen Blautönen versehen, die den Eindruck erweckten, als würde das Wasser darauf tanzen. Eine sanfte Beleuchtung und eine Reihe von Topfpflanzen vervollständigten das tropische Flair. Es war atemberaubend.

Delilah würde diesen Raum lieben.

Mit diesem Gedanken machte ich mich auf den Rückweg und betrat das Wohnzimmer. Delilah stand noch immer an derselben Stelle, an der ich sie zurückgelassen hatte. Sie begegnete meinem Blick. Die Angst in ihren Augen wurde sofort von einem Ausdruck der Erleichterung verdrängt und sie entspannte sich sichtlich.

Da ich wusste, dass sie sich während der sechsstündigen Fahrt den Kopf über mich zerbrochen hatte, während sie ihre Zweifel nicht hatte verbergen können, tat es gut, sie nun so ruhig zu sehen. Vor allem wollte ich, dass sie selbst erkannte, welche Wirkung ich auf sie hatte.

»Wie fühlst du dich, Delilah?«

»Besser, da du nun zurück bist.«

Perfekt.

Sie machte es mir fast zu leicht.

»Woran liegt das deiner Meinung nach?«

Sie sah niedlich aus, als sie die Stirn in Falten legte und den Kopf kaum merklich zur Seite neigte. »Daran, dass du zurückgekommen bist.«

»Ja, ich bin zurückgekommen. Hast du gedacht, ich würde dich verlassen?«

»Nein.«

»Aber bei unserer ersten Begegnung hast du damit gerechnet. Du hast mich angefleht, dich nicht zu verlassen, weil du mir nicht vertraut hast. Du hast gedacht, ich könnte dich irgendwo aussetzen, doch das habe ich nicht getan.«

Die Falten zwischen ihren Augenbrauen vertieften sich und sie versteifte sich. Ihr Blick fiel auf die Bissspuren an meinem Arm.

»Zu dem Zeitpunkt kannte ich dich noch nicht.«

»Das ist richtig, aber jetzt kennst du mich. Du vertraust darauf, dass ich ehrlich zu dir bin und Wort halte.«

»Das tue ich, aber ich verstehe nicht, warum wir darüber reden.«

Ich war mir durchaus bewusst, dass sie mit meinem Rucksack auf dem Rücken und meiner Ersatzwaffe in der Hand vor mir stand.

»Wir reden darüber, weil ich dich gebeten habe, während der Fahrt über uns nachzudenken. In den letzten sechs Stunden habe ich beobachtet, wie sehr du mit dir gerungen hast. Aber ich habe dich nicht unterbrochen, weil ich wusste, dass ich alles daransetzen würde, um dir zu zeigen, dass der Kampf sich gelohnt hat. Also verrate mir, wie du dich entschieden hast.«

»Ich ... äh ... können wir uns setzen?«

»Nein. Wir klären das jetzt gleich. Erzähle mir, worüber du nachgedacht hast, Delilah.«

»Kann ich die hier wenigstens beiseitelegen?«

Sie wedelte mit der Hand, in der sie die Waffe hielt, wobei sie darauf achtete, dass der Lauf von uns weg zeigte. »Nein. Ich will, dass du bewaffnet bist und die Gewissheit hast, dich selbst verteidigen zu können. Du brauchst mich nicht. Du hast den Wagenschlüssel, ein Handy, mit dem du um Hilfe rufen kannst, und eine Glock in der Hand. Und wenn du herausfindest, wie man es zusammenbaut, trägst du zudem mein Gewehr auf dem Rücken. Du hast also alles Nötige, um dich selbst zu schützen, und kannst jederzeit gehen. Und doch hast du dich nicht sicher gefühlt, bis ich zurück ins Zimmer gekommen bin.«

»Du bist kompetenter als ich«, entgegnete sie schroff.

»Das ist wahr. Aber das ist nicht der Grund, warum du erleichtert warst.«

»Ich verstehe nicht, worauf du hinauswillst.«

»Ich will damit sagen, dass ich dir seit unserer ersten Begegnung immer eine Wahl gelassen habe. Und du hast dich für mich entschieden. Du hast beschlossen, mir zu vertrauen und an mich zu glauben. Du bist aus freien Stücken bei mir geblieben. Also bitte ich dich, all deine Zweifel beiseitezuschieben und dich auch weiterhin für mich zu entscheiden.«

Ich beobachtete, wie Delilah auf der anderen Seite des Raumes überrascht zusammenzuckte und sich dann zusehends versteifte.

Sie durchbohrte mich mit einem Blick, während ich ungeduldig darauf wartete, dass sie eine Entscheidung traf.

Es würde ihre letzte sein. Danach würde ich nie wieder auf der anderen Seite des Raumes stehen und eine Antwort erzwingen. Aber im Moment musste ich es tun. Ich musste wissen, dass sie sich aus freien Stücken für mich entschied. Dass alles, was ich empfunden hatte, seit ich zum ersten Mal einen Blick auf das Foto von ihr geworfen hatte, echt war.

Ich musste wissen, dass sie mich wählte.

»Du verstehst das nicht«, flüsterte sie.

»Dann klär mich auf.«

»Ich weiß nicht, wie ich mich verhalten soll, weil ich noch nie eine innige Beziehung zu einem Menschen aufgebaut habe. Bisher war ich dreimal liiert. Ich bin in meinen Dreißigern und habe mit drei Männern geschlafen. Alle haben sich von mir mit derselben Begründung getrennt. Sie sagten, ich sei zu unterkühlt und distanziert. Ich war nicht gerade am Boden zerstört, als sie mich verlassen haben. Tatsächlich fühlte ich nichts. Weder als ich noch mit ihnen zusammen war noch beim Sex und auch nicht, nachdem sie mit mir Schluss gemacht hatten.«

Es war hart, diese Worte zu hören, aber ich ignorierte den Schmerz.

»Baby …«

»Darüber habe ich nachgedacht. Ich habe nicht mit mir gerungen, sondern mich daran erinnert, dass ich nichts zu geben habe.«

Das war absoluter Blödsinn.

»Ich hatte sehr wohl den Eindruck, dass du dich mit mir verbunden fühltest, als ich dich geküsst habe.«

»Nein«, leugnete sie. »Dieses Gefühl geht von dir selbst aus. *Du* weißt, wie man eine Verbindung zu einem anderen Menschen herstellt. Außerdem bist du ein guter Küsser, deshalb konnte ich mich in dem Moment einfach verlieren.«

»Hast du dich jemals mit einem der anderen drei Männer in einem solchen Moment verloren?«

Mein Magen zog sich zusammen, während ich auf ihre Antwort wartete. Ich wusste nicht, was schlimmer wäre: wenn sie verneinte, was bedeuten würde, dass sie noch nie zuvor ein so schönes Erlebnis hatte, oder wenn sie bejahte, denn dann hätte ich nicht als Erster die Ehre gehabt, ihr eine so wunderbare Erfahrung zuteilwerden zu lassen.

»Nein.«

»Genau. Und hat dein Magen jemals geflattert, wenn du mit ihnen zusammen warst?«

»Nein.«

Gott sei Dank.

»Hast du dich jemals an sie geschmiegt, wenn das Leben dir wieder einmal übel mitgespielt hat?«

»Nein.«

»Zwei Tage und zwei Küsse. Mehr habe ich nicht gebraucht, um deine Mauer einzureißen. Und in sechs Stunden hast du sie wiederaufgebaut. Ich habe dir gesagt, dass ich kämpfen werde, um das zu behalten, was du mir gegeben hast. Und wenn du all die Zweifel erst einmal aus deinen Gedanken verbannt hast, dann wirst du dich daran erinnern, dass du es mir aus freien Stücken und bedingungslos gegeben hast. Du hast mir gestanden, dass ich dabei bin, dein Herz zusammenzufügen.«

»Wenn ich etwas zu geben hätte, würde ich es dir schenken«, flüsterte sie.

Diese Worte trafen mich tief. Genauso gut hätte sie mir ein Messer ins Herz rammen können.

Mehr musste ich nicht hören. Ich setzte mich in Bewegung und ging auf Delilah zu. Kaum stand ich vor ihr, ergriff ich ihre rechte Hand und nahm ihr die Glock ab. Ich löste das Magazin und zog am Schlitten, um die Kammer zu entladen. Als ich hörte, wie die Kugel auf den Boden fiel, machte ich mir nicht die Mühe, sie aufzuheben. Stattdessen steckte ich die leere Waffe in den Bund meiner Cargohose und das Magazin in meine Tasche, dann zog ich ihr meinen schweren Rucksack von den Schultern.

»Ich habe genug zu geben, das reicht für uns beide. Trotzdem weiß ich, dass du dich irrst, denn du hast auch etwas zu geben. Du hast es nur lange in dir aufgestaut. Und wenn du so weit bist, wirst du feststellen, dass du förmlich explodieren wirst und ich glücklich darin ertrinken werde. Bis dahin musst du *mir* einfach weiter vertrauen, dich weiter für *mich* entscheiden und an *mich* glauben.«

Ihre haselnussbraunen Augen blitzten auf und Panik zeichnete sich darin ab.

»Und wenn das alles vorbei ist?«

»Wenn was vorbei ist?«

»Ich spreche von Abrams und Tamir und BZ Systems. Wenn das alles hinter uns liegt und ich nach Hause zurückkehren kann, was passiert dann?«

»Wenn *wir* nach Hause zurückkehren«, korrigierte ich sie. »Ich will es vorsichtig ausdrücken, aber in Virginia wartet nichts mehr auf dich. Wie immer liegt die Entscheidung bei dir, aber ich will, dass du mit mir nach Maryland zurückkommst. Aber du musst es auch wollen. Und bis wir Abrams das Handwerk gelegt haben, habe ich Zeit, dich davon zu überzeugen, dass es das Richtige ist, bei mir zu bleiben. Sollte mir das nicht gelingen, werde ich nach unserer Rückkehr nicht aufgeben. Ich werde so lange weiter um dich kämpfen, bis du tief in deiner Seele weißt, dass ein Leben mit mir dich glücklich machen wird.«

Sie erstarrte und die Panik in ihren Augen wich Angst.

»Sie hat dich belogen«, presste ich mit zusammengebissenen Zähnen hervor. »Alles, was sie dir erzählt hat, war absoluter Schwachsinn. Alles. Sie hat dich wie Dreck behandelt. Ich verstehe, dass du Angst hast und Zweifel hegst. Doch genau jetzt musst du mir vertrauen und mir glauben, wenn ich dir sage, dass du in Sicherheit bist. Sowohl physisch als auch mental bist du bei mir vollkommen sicher.«

Wir waren uns so nahe, dass ich ihr Keuchen hören konnte. Sie hatte sich am ganzen Körper versteift, während ihre Arme schlaff an ihren Seiten herunterhingen.

So nahe.

Nicht nahe genug.

Ich hatte das Gefühl, dass ich ihr nie nahe genug sein würde.

Ich würde immer mehr wollen.

»Ich vertraue dir.«

Diese Worte aus ihrem Mund bedeuteten mir alles.

»Gut, Baby. Und jetzt küss mich, Delilah.«

Sie küsste mich nicht einfach nur, sondern umfasste mit beiden Händen mein Gesicht und verschlang mich.

Perfekt.

Ich ließ sie etwa fünf Sekunden lang gewähren, dann schob ich ihre Zunge zurück in ihren Mund und übernahm die Führung.

Sie schmeckte nach Zimt und Traurigkeit. Ersteres gefiel mir, und Letzteres würde ich ihr nehmen. Dafür würde ich alles in meiner Macht Stehende tun.

Der Kuss wurde immer stürmischer, zügelloser und fordernder. Delilah stöhnte und mein Schwanz erwachte zum Leben und erinnerte mich daran, dass wir uns schleunigst ins Schlafzimmer bewegen sollten.

Ich zog den Kopf zurück. Mein Schaft wurde noch härter, als Delilah ein kehliger Laut entfuhr, der wie eine Mischung aus einem frustrierten Knurren und einem sexy Miauen klang.

Oh ja, wir brauchten ein Bett.

Ich ergriff Delilahs Hand und führte sie den Flur entlang, wobei ich durch die Tür auf der rechten Seite ins große Schlafzimmer trat. Während Delilah mit großen Augen den Raum begutachtete, schloss ich die Tür ab, stellte beide Rucksäcke ab, fischte ihre Glock aus meiner Hose und legte sie auf den Nachttisch. Dann zog ich das Magazin aus meiner Tasche und meine Sig aus dem Holster.

Als ich mich umdrehte, stockte mir der Atem.

Ich konnte mich nicht bewegen.

Delilahs Haare fielen ihr immer noch über die Schultern und wallten um ihr Gesicht, wobei die Spitzen ihre prallen Brüste streiften. Ich war froh, dass ich nicht versucht hatte, ihre Körbchengröße zu schätzen, denn ich hätte mich zweifellos geirrt. Ich war zwar keine Frau, aber ich vermutete, dass ein zu kleiner BH nicht sonderlich bequem war. Ihre Wangen und ihr Dekolleté waren gerötet und ihre Lippen nach dem Kuss leicht geschwollen.

»Du bist wunderschön«, sagte ich und ging auf sie zu. »Jeden Abend habe ich das Foto von dir betrachtet und mich gefragt, wo du bist.«

Sie schloss halb die Lider und öffnete die Lippen, während die Röte auf ihren Wangen sich vertiefte. Ich trat noch einen Schritt auf sie zu und zog sie, ohne zu zögern, in meine Arme, beugte mich vor und presste meinen Mund auf ihren.

Schon nach kürzester Zeit entfuhr ihr ein sinnliches Stöhnen. Wir küssten uns leidenschaftlich, während ich sie rückwärts zur Bettkante schob. Ich löste mich nur von ihr, um ihr das Sommerkleid über den Kopf zu ziehen.

Delilah stieß einen überraschten Schrei aus.

Sofort presste ich meine Lippen wieder auf ihre, und sie gab sich mir hin. Sie zerrte an meinem Hemd, dann schob sie die Hände unter den Saum und ließ sie über meinen Oberkörper wandern. Ich umfasste ihren Hintern und fühlte die Rüschen unter meinen Fingern. Delilah schmiegte sich noch näher an mich und wimmerte in meinen Mund hinein. Da ich diese Laute liebte, die ihrer Kehle entwichen, zog ich den Kopf zurück, nur um ihr frustriertes Miauen zu hören.

Mein Schwanz zuckte.

Dann presste sie ihre Lippen an meinen Hals. Sie leckte, saugte, streifte mit den Zähnen über meine Haut und stöhnte. Delilah lag in meinen Armen, verwöhnte mich mit ihrem Mund und gab diese sexy Laute von sich. Inzwischen pochte mein Schwanz ununterbrochen. Ich löste mich von ihr, um mich bei ihr zu revanchieren, und begann, ihren Hals zu liebkosen. Sie zog ihre Hände unter meinem Hemd hervor und schob sie in meine Haare, wobei sie sich mir entgegenwölbte. Offenbar wollte sie mehr. Ihr Bandeau-Top war hochgerutscht und gab den Blick auf die unteren Rundungen ihrer Brüste frei.

Oh ja. Ich beugte mich vor und ließ meine Zunge über die Stelle unterhalb ihrer Brüste gleiten. Dann wanderte ich tiefer über ihren Bauch, bis ich auf den Stoff ihrer Unterhose stieß. Ich ließ meine Hand an ihrem Hintern immer weiter nach oben gleiten, bis ich schließlich ihre Haut fühlte.

Der hellblaue Oma-Schlüpfer reichte ihr bis zum Bauchnabel. Ich wich zurück, um ihn besser betrachten zu können, und obwohl ich bis aufs Äußerste erregt war, musste ich lächeln. Ich drehte Delilah um, damit ich auch die Rüschen begutachten konnte. Der Satinstoff war zwischen ihren Pobacken gerafft und betonte die Rundungen ihres prallen Hinterns. Von der Hüfte bis zur Poritze verliefen scheußliche Rüschen.

Die Unterhose war zugleich hässlich und auf eine seltsame Weise sexy.

Aber sie musste verschwinden, also schob ich sie an ihren Schenkeln hinunter.

Ich rollte auch das Oberteil über ihre Hüfte und zog es über ihren Hintern, bis der Stoff an ihren Beinen hinunterglitt und zu Boden fiel. Delilah stieg aus der grässlichen Unterwäsche und ich stand wie angewurzelt da, während ich ehrfürchtig ihre geschmeidige, makellose, cremefarbene Haut betrachtete. Ich umfasste ihre Hüfte und ließ eine Hand nach oben wandern, um sie nach unten zu drücken, bis ihre Unterarme auf der Matratze aufkamen. Mit der anderen Hand umfasste ich eine ihrer Pobacken und ließ meine Lippen folgen. Ich verspürte das überwältigende Verlangen, ihre Haut zu markieren, also saugte ich fest daran. Während ich weiter Delilahs Hintern liebkoste und ihr Stöhnen die Luft erfüllte, ging ich auf die Knie.

Ich zog den Kopf zurück und war gefesselt von dem Anblick, der sich mir bot. Begierig betrachtete ich ihre feuchte, rosafarbene Spalte und wurde von einem so heftigen Verlangen überwältigt, dass es mich von Innen auszuhöhlen schien. Ich musste sie schmecken.

Also stillte ich meinen Hunger.

Alles andere schien in den Hintergrund zu treten, als ich mich vorbeugte und begann, Delilahs Geschlecht zu verschlingen. Ich schob meine Zunge in ihren Unterleib und fickte sie tief.

Der Saft ihrer Erregung schmeckte unglaublich süß. Ihre Schenkel bebten und ihr Stöhnen wurde von Sekunde zu Sekunde lauter. Ich hob ihr rechtes Bein an und schob es nach vorn, bis ihr Knie auf der Matratze ruhte. Nun war sie vollständig entblößt. Sowohl ihre Rosette als auch ihre Muschi. Ich wollte beides.

»Myles.«

Ungeduldig und gierig.

Verdammt, ja.

Ich drang mit dem Daumen in ihre feuchte Mitte ein und spürte, wie die ersten Lusttropfen aus meiner Eichel sickerten.

»Myles.«

Atemlos und fordernd.

Nur für den Fall, dass ich die Aufforderung nicht verstanden hatte, schob sie mir ihr Becken entgegen.

Oh ja.

Verdammte Scheiße.

Ich zog meinen Daumen zurück, presste erneut meine Lippen an ihren Hintern und umkreiste mit der Zunge ihre Rosette.

»Oh mein Gott.« Delilah schob ihr Becken noch weiter zurück, woraufhin meine Zunge noch tiefer glitt. »Heilige Scheiße. Myles.«

Ich drang nur mit der Spitze meines Daumens in ihren Po ein, doch das genügte, um Delilah in Brand zu setzen. Sie hob ihr Bein höher. Ich schob meine Zunge in ihre Muschi und begann, mit den Fingern ihre Klitoris zu massieren. Das Feuer, das ich in Delilah entfacht hatte, wuchs zu einem Inferno an.

»Mehr«, keuchte sie.

Oh ja.

Ich erfüllte ihr den Wunsch und ließ sowohl meine Zunge als auch meinen Daumen noch tiefer in sie gleiten, während ich mit immer schnelleren Bewegungen ihre Klitoris rieb.

»Ich glaube, ich komme ...«, rief sie und verstummte dann.

Sie glaubte es nicht nur, sondern explodierte mit einem Schrei.

Sie schmeckte unglaublich.

Und sie klang wunderbar.

Als ihr Beben verebbte, sprang ich auf, drehte sie auf den Rücken und genoss für einen Moment den Anblick ihrer prallen Brüste und zierlichen Nippel. Dann beugte ich mich vor, um sie zu schmecken, wobei ich meiner harten Männlichkeit zur Freiheit verhalf und dann mit einer Hand umfasste. Oh ja, aus meiner Eichel sickerte bereits tröpfchenweise mein Sperma.

Ich liebkoste eine ihrer Brustwarzen mit meinem Mund, dann nahm ich mich auch der anderen an, wobei ich meine Eichel über ihre Klitoris gleiten ließ.

»Ich will dich in mir spüren«, stöhnte sie.

Ich fuhr mit meinem Schaft über ihre Spalte und fragte: »Verhütest du?«

»Nein.«

Scheiße.

»Scheiß drauf.«

Mit einem kraftvollen Stoß drang ich tief in sie ein.

Bis zum Anschlag.

Sie war so eng, geschmeidig und feucht.

Unglaublich.

Delilah bäumte sich auf und schlang ihre Schenkel um meine Hüfte.

»Mehr.«

Ich betrachtete sie, wie sie vor mir lag. Ihr dunkelblondes Haar war wie ein Fächer um ihren Kopf ausgebreitet. Mit ihren hübschen haselnussbraunen Augen starrte sie mit halb geschlossenen Lidern und voller Begierde zu mir auf. Ihre rosigen Brustwarzen waren steif vor Erregung.

»Fühlst du dich verbunden?«

»Ja.«

Es klang wie ein Zischen.

»Fühlst du, was hier vor sich geht?«

Ich zog meinen Schaft fast ganz aus ihr heraus, nur um wieder in sie einzudringen.

»Ja.«

»Ich will es von dir hören, Baby, während ich mich tief in dir vergraben habe und dich noch immer auf meiner Zunge schmecke. Ich will hören, wie du mir sagst, dass du weißt, was du mir gegeben hast.«

»Ich weiß, was ich dir gegeben habe.«

»Ich will noch einmal deine Rosette verwöhnen, bist du bereit dafür?«

»Ja.«

Verdammte Scheiße.

Ich beugte mich vor, hob sie hoch, kletterte auf das Bett und rollte mich auf den Rücken.

»Wie hast du das gemacht?«, fragte sie atemlos und sah mich verwundert an.

Ich wollte ihr nicht sagen, dass sie weniger wog als mein vollgepackter Rucksack. Und ich erwähnte auch nicht, dass ich größer und stärker war und sie mit Leichtigkeit überwältigen konnte. Stattdessen legte ich meine Hände an ihre Hüften, hob sie an und zog sie wieder auf meinen Schwanz.

»Reite mich, Baby.«

Panik trat in ihre Augen und sie begann, die Lider zu schließen.

Auf keinen Fall.

Ich löste eine Hand von ihrer Hüfte, wanderte damit ihren Rücken hinauf und schob sie in ihr Haar. Dann drückte ich sie nach vorn, bis ich eine ihrer Brustwarzen mit meinen Lippen umschließen konnte. Sie zuckte am ganzen Körper, dann übernahm ihr Instinkt die Kontrolle. Zögerlich hob sie den Oberkörper an und senkte ihn wieder ab. Ich saugte noch fester an ihrem Nippel, woraufhin sie ihr Tempo beschleunigte. Ich führte die Finger meiner rechten Hand an ihre Lippen. Sie öffnete den Mund und begann, sie zu lecken, bis sie sie förmlich schluckte.

Gütiger Gott.

Ich zog sie heraus, legte die Hand an ihren Hintern und umspielte mit den Fingerspitzen ihre Rosette. Immer schneller schob sie ihr Becken vor und zurück und trieb mich so nahe an den Rand der Ekstase, dass ich sie so schnell wie möglich zum Höhepunkt bringen musste. Ich stieß einen Finger in ihren Anus und sie beschleunigte ihre Bewegungen. Sie warf den Kopf in den Nacken und wölbte sich mir entgegen, während sie ungestüm meinen Schwanz ritt.

»Mehr«, keuchte sie.

Mein Gott.

Immer tiefer und härter stieß ich meinen Finger in sie.

»Lass dich gehen, Baby«, flehte ich.

»Ich komme gleich«, wimmerte sie und senkte sich mit Wucht auf mich herab.

Endlich spannte sie ihre Muskeln um meinen Schwanz an, und mir verschwamm die Sicht. Seit ich ein Teenager war hatte ich nicht mehr von tausend rückwärtszählen müssen, um nicht abzuspritzen, aber in diesem Moment begann ich bei einer Million. Je enger ihre Muschi sich um meinen Schaft zusammenzog, desto härter wurde er, bis ich es keine Sekunde länger aushalten konnte.

»Geh runter von mir«, knurrte ich, aber ich wartete nicht, bis sie meiner Aufforderung nachkam. Ich riss sie von mir herunter, ergriff ihre Hand und legte sie um meinen Schwanz. »Massiere mich mit der Hand.«

Sie begann, meine Männlichkeit zu massieren, während ich ihr das Becken entgegenschob.

»Scheiße«, stöhnte ich und ergoss mich schließlich.

Ein euphorisches Gefühl durchströmte mich, dann folgte pure Ekstase.

Delilah hatte sich vorgebeugt und beobachtete fasziniert, wie mein Sperma in Strahlen aus meinem Schwanz auf meinen Bauch schoss. Sie massierte mich weiter, selbst als der letzte Tropfen längst versiegt war.

»Du hast mich leer gemelkt, Baby.«

Ich legte meine Hand auf ihre, um ihr Einhalt zu gebieten. Plötzlich starrte sie mich durchdringend an.

Ich wappnete mich für ein weiteres Gespräch darüber, wo wir in unserer Beziehung standen und wohin sie führen würde, doch stattdessen sah ich in ihren Augen nichts als aufrichtige Verwunderung.

Sie betrachtete noch einmal meinen Schaft, dann begegnete sie wieder meinem Blick und hatte einen fast selbstgefälligen Ausdruck in den Augen.

»Das habe ich getan«, flüsterte sie.

»Allerdings, das warst du.«

Alarmglocken schrillten in meinem Kopf. Es wäre besser, sie auf andere Gedanken zu bringen.

»Lass uns duschen. Dann gehen wir eine Runde schwimmen.«

»Ich habe keinen Badeanzug.«

»Baby«, erwiderte ich mit einem Lächeln, »ich glaube, wir können inzwischen auf Badebekleidung verzichten.«

Sie neigte den Kopf zur Seite und schien sichtlich verwirrt. Es war verdammt niedlich.

»Ich denke, nach allem, was wir gerade getan haben, kannst du damit umgehen, wenn ich ganz direkt bin«, begann ich. »Ich hatte meinen Mund zwischen deinen Schenkeln. Und nebenbei bemerkt, so wie du meine Finger in deinen Rachen gesaugt hast, freue ich mich schon ernsthaft darauf, wenn ich die Finger durch meinen Schwanz ersetzen kann. Mir war bereits klar, dass du sehr geschickt mit deinem Mund umgehen kannst, aber du hast sie tatsächlich ganz geschluckt. Du sitzt nackt auf mir, während mein Sperma teilweise über deine Hand rinnt. Ich habe deinen Hintern mit meinen Fingern gefickt, und ich habe vor, diesen Teil von dir auch mit meinem Schwanz zu beanspruchen. Ich will alles von dir und werde auf jede erdenkliche Art Besitz von dir ergreifen. Das bedeutet, dass ich meinen Schaft auch in deinem Arsch vergraben will, während du mit deinen Fingern deine Muschi verwöhnst.« Ich hielt inne, als Delilah am ganzen Körper bebte und mich durch halb geschlossene Lieder mit einem begierigen Feuer in den Augen betrachtete. »Willst du das, Delilah? Willst du meinen Schwanz in deinem Arsch spüren?«

»Ja.«

Perfekt.

»Willst du spüren, wie ich dich zu der Meinen mache?«

»Ja.«

Verdammt, ja.

»Glaubst du immer noch, dass du einen Badeanzug zum Schwimmen brauchst?«

»Nein«, antwortete sie mit heiserem Tonfall.

»Gut, Baby. Dann geh runter von mir, damit ich dich säubern kann.«

Sie rührte sich jedoch nicht, sondern starrte mich weiterhin an.

»Ich habe das getan«, wiederholte sie flüsternd.

Als ich den traurigen Unterton in ihrer Stimme hörte, zuckte ich unwillkürlich zusammen.

»Delilah, du bist wunderschön. Du bist sexy. Du fühlst dich verdammt gut an. Und wenn man dich nur ein bisschen reizt, entfesselst du eine wilde Seite in dir. Ich war keine zwei Sekunden in dir und war schon bereit zu explodieren. Also ja, Baby, das alles hast du getan.«

Sie hatte weiterhin diesen niedergeschlagenen Ausdruck in den Augen, und der Anblick brach mir das Herz.

»Sie hat gelogen. Sie haben alle gelogen. Es lag nicht an mir.«

»Nein, Delilah, es lag nicht an dir.«

»Die ganze Zeit über waren wir verbunden. Es waren nur du und ich. Ich habe es gespürt.«

»Gut, ich bin froh, dass du es gespürt hast.«

Sie blinzelte und ließ den Kopf nach vorn fallen.

»Es lag nicht an mir«, flüsterte sie erneut.

Ich setzte mich auf, schlang meine Arme um sie und zog sie neben mich. Während ich sie festhielt, schmiegte sie ihr Gesicht an meinen Hals. Bereits zum zweiten Mal überkam mich ein Anflug von Stolz, weil sie bei mir Trost suchte.

Nach dem heutigen Tag wusste ich eines mit Sicherheit. Ich würde mit aller Macht dafür kämpfen, Delilah zu mir nach Hause zu holen – wo sie hingehörte.

KAPITEL VIERZEHN

Wir gingen zwar nicht schwimmen, aber wir duschten zusammen.

Dabei hatten wir keinen Sex, aber die Erfahrung war dennoch unglaublich intim.

Etwas tief in mir war dabei aufgebrochen oder vielleicht auch geheilt.

Ich stand schweigend unter dem Wasserstrahl, während Myles seinen Lustsaft von meiner Haut wusch. Er seifte meine Arme, meine Brust, meine Oberschenkel, Waden, Füße, jeden Zentimeter von mir ein. Dann wusch er mir die Haare und massierte sogar Conditioner in meine Strähnen, nachdem er sie ausgespült hatte. Das alles dauerte zwar nicht lange, doch dabei geschah so viel.

Ich dachte über das Geschehene nach und Myles gab mir die Zeit, meine Gedanken zu ordnen.

In diesem Moment passierte es.

Es war wie eine Wiedergeburt, eine Neuerfindung meiner Selbst, eine Wiederherstellung meiner Seele – und mit dieser Neuschöpfung wurde eine bessere Version von mir geboren.

Ich war kein Ballast und war nie jemandem zur Last gefallen.

Ein Kind sollte nicht stillschweigen und sich wie ein Möbelstück statt wie ein Mensch verhalten müssen. Ein junges Mädchen sollte Eltern haben, die sie die Lektionen des Lebens lehrten und sie mit Nachsicht behandelten, statt sich von ihr abzuwenden. Eine Tochter sollte nicht weggeworfen werden, wenn sie volljährig war, sondern umsorgt werden.

Nicht ich hatte diese abscheulichen Taten begangen, sondern meine Mutter. Es war ihre Schuld, nicht meine.

Und damit begann meine Wiedergeburt.

Und sie kam auf seltsame Weise zustanden, nämlich durch Sex.

Wer auch immer behauptet hatte, dass man mit Sex keine Probleme lösen konnte, hatte nur teilweise recht gehabt. Sex mit der *richtigen* Person war die Antwort auf alles. Dabei ging es nicht vorrangig darum, dass er seinen Schwanz in mir vergrub oder mich zum Höhepunkt brachte. Vielmehr waren es die Verbindung und die Intimität zwischen uns, die eine heilende Wirkung auf mich hatten. Wenn man alle Bedenken über Bord warf, sein Innerstes preisgab und sich einem anderen Menschen voll und ganz hingab, dann war das die Erfüllung.

Es war auf ungeahnte Weise heilsam.

Und verschaffte mir Klarheit.

Außerdem linderte es meine eigene Unsicherheit, die mir tagein, tagaus vorgeschwindelt hatte, dass ich gebrochen war. Die Selbstzweifel hatten mir weisgemacht, dass ich eine Einzelgängerin war, die nicht gut genug war, um Freundschaften zu knüpfen und eine Beziehung aufzubauen.

So viele Lügen, die ich mir über die Jahre immer wieder selbst vorgegaukelt hatte. Ich hatte mich selbst davon überzeugt, dass sie wahr waren.

Und das alles erkannte ich, während ich Sex hatte.

Ich lernte, dass ich mich öffnen und eine Bindung zu jemandem aufbauen konnte.

Wenn es sich richtig und sicher anfühlte.

Ja, Sex war die Antwort, nach der ich gesucht hatte.

Nach dem Duschen trocknete Myles mich ab und wir stellten fest, dass das Haus mit allem Nötigen ausgestattet war. Neben Toilettenartikeln lagen flauschige weiße Bademäntel ordentlich gefaltet im Schrank neben den Handtüchern. Myles hatte sich kaum ein Handtuch um die Hüften gewickelt, als sein Handy klingelte.

Ich betrachtete seinen nackten Oberkörper und seine muskulöse Brust. Seine Schultern und sein Rücken waren ebenso umwerfend, und ich fragte mich, ob die Vorder- oder die Rückenansicht besser war. Sein straffer Hintern war keineswegs zu verachten, doch schließlich gewann seine Vorderseite, weil diese sein schönes Gesicht und sein atemberaubendes Lächeln mit einschloss.

Myles starrte mit finsterem Blick auf sein Telefon, dann nahm er das Gespräch an.

Er brummte ein paarmal, bevor er sagte: »Das wäre toll, sie würde sich darüber freuen.« Dann hielt er inne und fügte hinzu: »Ja, ich schalte den Lautsprecher ein.«

Er zog das Handy vom Ohr und drückte auf eine Taste, bevor er sich mir zuwandte. »Es ist Zane. Evette ist bei ihm. Sie will mit dir sprechen.«

Mein Herz schlug höher, dann rutschte es mir in die Hose.

»Ist sie wütend auf mich?«, flüsterte ich.

»Warum sollte ich wütend sein?«, ertönte eine Frauenstimme am anderen Ende der Leitung.

Ich sah Myles mit großen Augen an, bevor ich sie zusammenkniff.

»Es tut mir leid, Baby. Ich dachte, du wüsstest, dass ich den Lautsprecher eingeschaltet habe.«

Ich hörte das Lachen mehrerer Männer, sowie ein weibliches Kichern.

Vor zwei Stunden hätte ich wahrscheinlich nicht die Kraft aufgebracht, mit Evette zu sprechen. Gleich nachdem Myles mich gerettet hatte, hatte ich zwar das Bedürfnis gehabt, mit ihr zu reden, doch da wusste ich noch nicht, was ihr und Gabe meinetwegen angetan worden war. Und zu dem Zeitpunkt hatte ich keine Ahnung, dass sie anfangs den Verdacht hatte, ich würde ihr nach dem Leben trachten.

»Weil ich dir Angst eingejagt habe und dann beinahe dafür gesorgt hätte, dass du und Gabe das Zeitliche segnet«, erwiderte ich.

»BZ Systems hat versucht, Gabe umzubringen, nicht du. Und nur damit du es weißt, wir haben herausgefunden, was sie von dir wollen.«

»Alejandro Arias' Forschungsergebnisse«, vermutete ich.

»Ohne Zweifel. Aber sie haben es zudem auf deinen Laptop abgesehen.«

»Den hat Tamir Cohen mitgenommen.«

»Nun, sie wollen ihn. Ausgehend von dem, was Garrett herausgefunden und was Tex bestätigt hat … Moment, du weißt doch, wer Tex ist, nicht wahr?«

»Ich weiß, wer er ist, ja.«

»Gut, also Tex hat bestätigt, dass du, bevor du mir die erste E-Mail geschickt hast, ein Programm auf deinen Computer geladen hast, um nicht nur deine IP-Adresse zu verschleiern, sondern auch alle E-Mails von deinem Rechner über verschiedene Proxy-Server zu versenden. Irgendjemand hat jedoch einen Patch installiert, der deine Anwendung unbrauchbar machte. Dieselbe Person hat Bryan Zaslow Zugriff auf deinen Rechner verschafft. Er war in deinem System, als Tamir deinen Laptop an sich genommen hat.

Aber nur weil die Netzwerkverbindung unterbrochen wurde, bedeutet das nicht, dass keine Spuren mehr vorhanden sind. Da der Laptop seitdem nicht mehr online war, konnte Bryan sie nicht verwischen.«

»BZ Systems hat einen Maulwurf bei Abrams?«

»Ja.«

»Warum verlieren sie dann ständig Aufträge?«, fragte ich.

»Scheinbar ist das erst seit Kurzem der Fall, nachdem sie den Zuschlag für den Radarauftrag nicht bekommen haben. Doch dann sind sie auf die Forschungsergebnisse gestoßen, die du abgefangen hast. So war es doch, nicht wahr?«

Ihre Stimme klang hoffnungsvoll und stolz, und vielleicht auch ein wenig neugierig.

»Ja, als Alejandro seine Kündigung gesendet hat, hat er auch seine vollständigen Forschungsergebnisse beigefügt. Er hatte keine Ahnung, dass er eine ungesicherte E-Mail verschickte. Ich habe die Dateien heruntergeladen und dann aus dem Netzwerk gelöscht, damit meine Kollegen sie nicht finden konnten.«

»Hast du eine Ahnung, wer der Maulwurf sein könnte?«, wollte Evette wissen, wobei erneut ein hoffnungsvoller Unterton in ihrer Stimme mitschwang.

»Nein. Ich hatte zu keinem meiner Kollegen eine enge Beziehung und konzentrierte mich ausschließlich auf meinen Job. Ich könnte dir nicht einmal sagen, wer von ihnen verheiratet ist und wer Kinder hat.«

»Es ist Zeit, mit der Show zu beginnen«, warf Zane ein.

»Zane«, knurrte Myles warnend.

»Mir war klar, dass du meine Entscheidung nicht gutheißen würdest. Verdammt, ich bin auch nicht glücklich damit, aber wir haben keine andere Wahl. Kevin fliegt nach Zentralamerika. Er trifft euch in zwei Tagen in Guatemala.«

Myles versteifte sich und blieb reglos stehen. Dann begann seine Hand und schließlich auch sein Arm zu zittern, bis er vor Wut am ganzen Leib vibrierte. Die Luft im Raum war plötzlich stickig und die Atmosphäre bedrohlich. Zum ersten Mal, seit er mich gefunden hatte, erlebte ich ihn wirklich in Rage.

»Ihr habt ihn aufgespürt?«, fragte ich.

»Abrams hat ihn gefunden.«

»Wie?«, wollte ich wissen.

Meine Frage wurde jedoch übertönt, als Myles aufgebracht schrie: »Abrams hat ihn gefunden und du willst, dass ich Delilah direkt zu ihm bringe. Was zum Teufel denkst du dir dabei?«

»Kevin ist auf dem Weg zum Flughafen. Er wird morgen früh dort sein. Du hast die Wahl. Entweder du lässt Delilah in Mexiko und machst dich morgen früh auf den Weg, oder du nimmst sie mit.«

Angst durchflutete mich und ich war nicht mehr in der Lage, einen rationalen Gedanken zu fassen.

»Du kannst mich nicht allein hier zurücklassen«, flehte ich.

»Kann Cooper …«

»Cooper versucht gerade, seinen Bruder zu beruhigen. Jaxon ist stinksauer, weil seine Frau und sein Kind von irgendeinem Arschloch bedroht wurden, das mit Steinen um sich wirft. Ich habe all meinen Männern gesagt, sie sollen ihre Frauen und Kinder beschützen, bis wir diesen Mistkerl geschnappt haben. Kevin hat Garrett geholfen, aber jetzt brauche ich ihn in Zentralamerika, um Delilah den Rücken freizuhalten. Ich weiß, wie du dich fühlst, und ich verstehe dich. Ich hätte diese Entscheidung nicht getroffen, wenn es nicht der letzte Ausweg wäre.«

»Wir haben noch andere Ressourcen«, entgegnete Myles.

»Das ist wahr. Aber es wird Zeit brauchen, Ghost und seine Crew oder Wolf und sein Team zu mobilisieren und auf den neuesten Stand zu bringen. Ghost, Fletch, Coach, Truck und Beatle setzen gerade alles daran, sich etwas Zeit freizuschaufeln, damit sie bereitstehen, falls du sie brauchst. Hollywood und Kassie sind nicht in der Stadt. Blade ist mit Wendy auf einer Kreuzfahrt. Ich arbeite hier an fünf Baustellen gleichzeitig. Falls mit einer von ihnen etwas schiefgeht und ich alle fünf Männer nach Zentralamerika schicke, wird keines der Teams hier Verstärkung haben und damit ungeschützt sein. Fish hat angeboten auszuhelfen, aber du weißt ja, wie er darüber denkt, Bryn und seinen Jungen allein zu lassen. Er würde einen Zwischenstopp in Texas einlegen müssen, um sie dort abzusetzen, was wiederum mehr Zeit kosten würde.«

»Scheiße!«, explodierte Myles.

»Kevin bringt einen von Tex' Positionsanzeigern für Delilah mit«, fuhr Zane fort. »Er ist in einer Uhr versteckt. Du bist gechipt und Kevin hat einen Peilsender bei sich. Die Sache sollte nicht lange dauern. Wenn Delilah dabei ist und mit Arias reden kann, wird es sogar noch schneller gehen. Nimm seine Forschungsunterlagen mit und biete dem Mann Schutz an. Wenn er ablehnt, lässt du ihn gehen und kommst mit den Informationen zurück.«

»Und wenn wir dort auf Abrams und Tamir treffen?«, knurrte Myles.

»Dann töte sie und schnapp dir die Unterlagen.«

Ein unangenehmer Schauer durchlief mich.

Myles wandte sich mir zu und begegnete meinem Blick, wobei er mich durchdringend anstarrte. Sein rechtes Auge zuckte und er biss die Zähne zusammen.

Er war nicht nur verärgert. Es ging weit darüber hinaus. Viel weiter.

»Es wird alles gut«, sagte ich.

Er versteifte sich noch mehr.

»Du weißt, dass alles gut wird«, wiederholte ich.

Ich hätte es nicht für möglich gehalten, aber er schien sogar noch wütender zu werden.

»Ach wirklich, Baby? Alles wird gut? Dir ist doch klar, dass ich dich direkt in die Höhle des Löwen schleppen werde. Ich treibe dich direkt in Tamirs Arme, denn es besteht kein Zweifel, dass er auf dem Weg nach Guatemala ist, um Arias zu schnappen.«

»Dann sollten wir uns besser beeilen und vor ihm dort sein.«

Das hätte ich besser nicht sagen sollen.

»Dieser Mistkerl hat dich entführt«, brüllte er. Ich hoffte inständig, dass das Gebäude gut isoliert und die Nachbarhäuser unbewohnt waren. »Dann hat er dich zum Sterben zurückgelassen.«

»Nein, Myles, er hat mich zurückgelassen, damit du mich finden konntest. Du warst in der Nähe und hast mich gerettet. Solange ich bei dir bin, weiß ich, dass alles gut wird. Aber das weiß ich nicht, wenn du mich hier allein lässt. Ich will nicht schon wieder in einem Haus festsitzen, nicht einmal, wenn es so schön ist wie dieses. Das würde ich nicht ertragen, Myles. Du musst mich mitnehmen.«

Er fuhr sich mit der Hand durchs Haar.

»Scheiße«, stieß er hervor. »Verdammte Scheiße. Wir brechen morgen früh auf.«

»Jetzt die schlechte Nachricht«, meldete Zane sich wieder zu Wort. »Der Präsident der Vereinigten Staaten hat um ein Treffen gebeten. Ein ziviler Mitarbeiter des Verteidigungsministeriums, der im Pentagon tätig ist, hat es irgendwie geschafft, Graham persönlich zu sprechen. Der Präsident mochte nicht, was er zu sagen hatte, und jetzt will er sich mit uns zusammensetzen. Es hat ihm zwar nicht gefallen, aber ich habe ihn um eine Woche vertröstet. Damit haben wir sieben Tage Zeit, um diese Scheiße zu regeln, bevor wir im Weißen Haus erscheinen müssen.«

Für einen Moment herrschte Stille, doch das war nicht genügend Zeit, um die Tatsache zu verarbeiten, dass der Präsident der Vereinigten Staaten Zane Lewis angerufen hatte.

»Die wirklich beschissene Nachricht ist, dass Lincs brandneuer Geländewagen beschädigt wurde. Eine Seite wurde mit einem Schlüssel zerkratzt und auf der Motorhaube lagen vier Steine. Meiner Meinung nach hat das Arschloch gut daran getan, sich mit meinem Bruder statt mit dessen Frau anzulegen. Linc ist geduldig und lässt sich Zeit, um seinen nächsten Schritt zu planen. Jasmin schießt zuerst und kümmert sich später um die Konsequenzen. Nichtsdestotrotz sind nun drei Teammitglieder innerhalb von drei Tagen betroffen, und alle stehen kurz davor, an die Decke zu gehen.«

»Meine Güte.«

»Ja, du solltest wohl besser anfangen zu beten, Bruder. Die Lage spitzt sich zu und diesmal bin ich mir nicht sicher, ob ich die Explosion kontrollieren kann. Beschaffe die Informationen und bring Delilah zurück nach Hause. Ich brauche dich hier.«

Dann wurde die Verbindung getrennt und ich stand wie betäubt da.

»Wer ist Jasmin?«, fragte ich schließlich.

»Sie ist die Frau von Lincoln, der wiederum Zanes Bruder ist. Linc und Jasmin sind beide Mitglieder des Red Teams. Sie haben Zwillinge, Asher und Robbie.«

»Als Mutter erschießt sie Menschen und kümmert sich erst später um die Konsequenzen?«

»Sie ist eine knallharte Frau, die sich von niemandem etwas gefallen lässt. Außerdem ist sie eine sehr loyale und kompetente Kameradin. Seit sie Mutter ist, ist sie sogar noch unnachgiebiger. Sie würde niemals jemanden, der einen ihrer Jungs bedroht, einfach nur erschießen. Stattdessen würde sie ihn aus nächster Nähe erledigen, indem sie ihm die Kehle durchschneidet.«

»Im Ernst?«

»Ja.«

Mir schnürte sich die Brust zusammen, doch ich empfand weder Angst noch Entsetzen bei dem Gedanken, dass diese Jasmin jemanden töten könnte. Vielmehr freute ich mich für ihre Söhne. Die beiden hatten eine Mutter, die sie beschützen würde.

Nicht darüber nachdenken.

»Was ist ein Positionsanzeiger und was bedeutet ›gechipt‹?«

»Das ist ein Ortungsgerät. Im Laufe der Jahre hat Tex die Teams mit Peilsendern ausgestattet. Aber nicht nur Zanes Männer. Er arbeitet auch mit SEAL-Teams, Einheiten der Delta Force und privaten Sicherheitsfirmen zusammen. Er baut sie in Schmuckstücke ein und übernimmt die Ortung. Unsere werden allerdings von Garrett überwacht. Und was den Chip angeht, so ist damit ein Peilsender in meinem Arm gemeint. Wir hatten schon zu häufig den Fall, dass bei einem Einsatz etwas schiefgegangen ist und es viel zu lange gedauert hat, bis wir einen verschollenen Kameraden finden konnten. Tex ist sich nicht hundertprozentig sicher, wie lange die Kapsel halten wird, deshalb wurde sie nur mir implantiert. Ich bin das Versuchskaninchen. Wenn es funktioniert, bekommen die anderen Jungs auch einen Chip. Aber die Frauen tragen alle Tex' Schmuck.«

»Und er hat mir eine Uhr geschickt.«

»Ja. Aber sie funktioniert nur, wenn du sie trägst, Baby. Sie ist also nur ein Sicherheitsnetz, aber kein hundertprozentiger Schutz.«

Ein Netz war besser als nichts.

Ich würde es bereitwillig annehmen.

»Zane kennt Präsident Graham persönlich?«

»Ja. Bevor Tom Anderson aus dem Amt schied, hat er die beiden einander vorgestellt.«

»Zane kennt auch den ehemaligen Präsidenten Anderson?«

Myles lächelte schief. »Ja, Zane und Tom sind gute Freunde. Toms Tochter Erin hat meinen Kameraden Colin geheiratet. Jasmin ist Toms Nichte. Bevor er sein Amt niederlegte, haben wir mehrere Aufträge für die Regierung erledigt, über die im Notfall jegliche Kenntnis hätte geleugnet werden können. Wie gesagt, Tom hat Zane Präsident Graham vorgestellt. Graham ist noch nicht lange im Amt, und dies ist das erste Mal, dass er um ein persönliches Treffen mit dem Team gebeten hat.«

Ich wünschte, ich hätte von Anfang an gewusst, wie gut Zane vernetzt war. Dann wäre all das nicht passiert. Ich hätte sämtliche Informationen direkt an Zane geschickt, und er hätte sie an den Präsidenten weiterleiten können. Den üblichen Regierungskanälen hatte ich nicht getraut, weil Aviv Beziehungen und Verträge mit dem Verteidigungsministerium hatte und ich mich in Washington nicht auskannte. Ich hatte Angst, dass meine Informationen in die falschen Hände geraten könnten. Also spielte ich ein gefährliches Spiel – und hätte es beinahe verloren. Aber Myles hatte mich gefunden, bevor ich mein eigenes Leben verloren hatte.

»Ich frage mich, wer bei Abrams eigentlich für BZ Systems arbeitet. Und warum interessiert es Bryan so sehr, ob Aviv davon erfährt? Es kommt häufig vor, dass die Konkurrenz einen Maulwurf einschleust. Wirtschaftsspionage ist in großen Unternehmen an der Tagesordnung.«

»Weil es hier nicht um Microsoft oder Dell geht. Diese würden auf dem Rechtsweg gegen einen solchen Verstoß vorgehen. Aber Aviv schickt seine Söldner und wird Tamir auf den Spion ansetzen. Dessen ist Zaslow sich bewusst, deshalb will er den Laptop. Wenn er allerdings mehr getan hat, als in deinem Rechner herumzuschnüffeln und auf das Netzwerk zuzugreifen, wird er sich nicht retten können, selbst wenn er das Gerät in die Finger bekommen kann.«

»Wir haben zahlreiche Sicherheitsprotokolle auf unseren Laptops. Die Rechner sind durch mehrere Ebenen gegen derartige Angriffe geschützt. Jedes System kann gehackt werden, es ist nur eine Frage der Zeit. Aber BZ Systems beschäftigt niemanden, der die nötige Fachkenntnis besitzt. Zu meinen Aufgaben gehörte es, die technischen Mitarbeiter unserer Konkurrenten zu recherchieren. Bryan hatte nicht das nötige Geld, um diese Arbeit auszulagern, also ergibt es Sinn, dass er jemanden aus seinem Team geschickt hat. Es wäre billiger gewesen.«

»Du hattest zu keinem deiner Kollegen ein enges Verhältnis?«

Ich zuckte mit den Schultern. »Ich war nicht in der Lage, eine Beziehung zu meinen Mitmenschen aufzubauen, schon vergessen? Zu niemandem. Vor einiger Zeit hatte ich einige Freundinnen außerhalb meines Arbeitsplatzes, aber ich habe keinen Kontakt mehr zu ihnen, weil ich nie eine wirkliche Bindung zu ihnen hatte. Und Mitarbeiter kommen und gehen. Ich habe mich nie jemandem bei der Arbeit anvertraut, weil ich wusste, dass einer von uns eines Tages möglicherweise den Job wechseln würde. Also habe ich mir die Mühe erst gar nicht gemacht.«

Myles' Miene erweichte sich. »Das ist furchtbar, Delilah«, murmelte er.

Ich hätte ihn gern angelogen und ihm gesagt, dass es nie ein Problem für mich war, doch das entsprach nicht der Wahrheit.

»Ich war einsam, aber ich wusste nicht, wie ich daran etwas hätte ändern können. Ich war ein Arbeitstier. Die wenigen Freundinnen, die ich hatte, riefen irgendwann nicht mehr an, weil ich immer häufiger Verabredungen absagte.

Ich konnte fühlen, wie sie sich von mir entfernten. Zum Selbstschutz habe ich mich verschlossen und ihre Anrufe einfach nicht mehr beantwortet. Ich dachte, wenn ich diejenige bin, die die Freundschaft beendet, würde es weniger wehtun. Aber das stimmte nicht. Am Ende hatte ich niemanden mehr und habe nur noch mehr gearbeitet. Ich war zu einer Einzelgängerin geworden.«

»Das ist wirklich schrecklich.«

Mit diesen Worten schenkte Myles mir noch mehr und untermauerte meine Wiedergeburt. Er brachte mir kein Mitleid entgegen, sondern hasste die Tatsache, dass ich das alles hatte durchmachen müssen.

Und ich hasste es auch.

Aber ich war ein neuer Mensch, dessen Wunden heilten und der eine zweite Chance bekommen hatte. Und die würde ich nicht ungenutzt verstreichen lassen.

* * *

»Das Abendessen war köstlich, Baby«, sagte Myles, als er seine Lippen von meinen löste.

Wir befanden uns im Schwimmbecken und waren beide nackt. Er stand bis zur Brust im Wasser, und ich hatte meine Schenkel um seine Hüfte und meine Arme um seine Schultern geschlungen. Myles umfasste mit beiden Händen meinen Hintern und knetete ihn. Es fühlte sich alles großartig an. Einfach alles.

Nach der Dusche hatten wir uns angezogen. Er hatte die Einzelteile seines Gewehrs aus seinem Rucksack geholt und zusammengebaut. Währenddessen hatte ich meine einzige Unterhose im Waschbecken von Hand gewaschen. Dann war Myles ins Badezimmer gekommen und hatte verkündet, dass der Schlüpfer das Hässlichste sei, was er je gesehen hatte. Zugleich fand er ihn sexy und sagte mir, ich solle ihn niemals wegwerfen. Das konnte ich zwar nicht nachvollziehen, aber ich tat es als eine seltsame männliche Vorliebe ab und dachte nicht weiter darüber nach. Ich kochte Abendessen und er telefonierte. Wir aßen und spülten das Geschirr, bevor er mich schließlich in den Raum mit dem Schwimmbecken führte. Er brachte die drei Waffen mit und verriegelte die Tür.

»Hühnchen, Reis und Brokkoli kann man eigentlich nicht vermasseln.«

»Nun, da bin ich aber froh«, scherzte er.

Und ich freute mich. Nein, ich fand es großartig, dass er die Energie hatte, zu scherzen und zu lächeln, obwohl er wegen unserer bevorstehenden Reise angespannt war.

»Danke, dass du mich nicht hier zurücklässt.«

»Darüber will ich im Moment nicht reden«, erwiderte er und trat an den Beckenrand. »Jetzt werde ich dich ficken. Danach stellen wir uns unter die Dusche, damit ich dich waschen und deine Muschi verschlingen kann. Dann werde ich dich noch einmal ficken und falls ich noch die nötige Energie aufbringen kann, will ich deinen Mund um meinen Schwanz spüren. Ich bin schon ganz gespannt.«

Ich bebte. Er führte seine Lippen so dicht an meine, dass ich seinen Atem an meinem Mund spüren konnte, und sagte: »Nimm meinen Schwanz und führ ihn an dein Geschlecht, Baby.«

Ein erregender Schauer durchfuhr mich, als ich seiner Aufforderung nachkam.

Sobald er mit der Eichel in mich eingedrungen war, befahl er: »Und nun schling beide Arme um meine Schultern und halt dich fest.«

Ich gehorchte.

Mit einem kräftigen Stoß glitt er tief in mich hinein.

Danach machte er mir das schönste Geschenk, das ich je bekommen hatte. Er verbarg keine einzige Emotion vor mir.

Er ließ die Augen in den Hinterkopf rollen und als er wieder meinem Blick begegnete, waren seine Lider halb geschlossen. In seinem Gesicht spiegelte sich ein sanfter Ausdruck wider und er betrachtete mich, als sei ich etwas Kostbares. Er drückte mich fest an sich, als wollte er mich nie wieder loslassen. Er nahm mich mit kraftvollen Bewegungen, aber er fickte mich nicht. Wir hatten nicht einfach nur Sex. Wir machten nicht einmal Liebe.

Wir waren vollkommen verbunden.

Und später, als wir erschöpft im Bett lagen, zog Myles mich an sich, sodass mein Kopf auf seiner Brust ruhte und mein Arm über seinem Bauch lag, während er mich festhielt.

Oh, und schließlich hatte er noch das Vergnügen, meinen Mund um seinen Schaft zu spüren. Aber bevor ich ihn zum Höhepunkt bringen konnte, gebot er mir Einhalt, um uns beide auf den Gipfel der Lust auffliegen zu lassen.

KAPITEL FÜNFZEHN

»Wow, das ist das größte Einkaufszentrum, das ich je gesehen habe«, keuchte Delilah.

Ich war kein Fan von Einkaufszentren. Seit ich alt genug war, um mir selbst Kleidung zu kaufen, hatte ich derartige Konsumtempel gemieden. Ich war mir ziemlich sicher, dass ich in den vergangenen zehn Jahren kein Einkaufszentrum mehr betreten hatte.

»Das glaube ich dir gern. Siehst du irgendwo einen Laden, der dir zusagt?«

Delilah ließ den Blick über die umliegenden Geschäfte schweifen, während sie darauf achtete, dass die Krempe ihres Hutes ihr Gesicht verdeckte. Ich hoffte inständig, dass sie schon bald einen geeigneten Laden finden würde. Dieses verdammte Zentrum erstreckte sich über vier Stockwerke, und ich hatte keine Lust auf einen vierstündigen Schaufensterbummel, nachdem wir gerade acht Stunden im Wagen verbracht hatten. Wenn Delilah einverstanden war, würden wir nach unserem Einkaufstrip weitere acht Stunden fahren. Ich hatte wahrlich keine Lust.

»Hier ist jede erdenkliche Marke aus den USA vertreten«, bemerkte sie.

»Baby, Mexiko-Stadt ist eine reiche Metropole mit acht Komma acht Millionen Einwohnern. Das sind mehr als in New York City.«

»Das weiß ich«, entgegnete Delilah knapp. »Ich bin nur überrascht, dass fast alles auf Englisch ausgeschrieben ist.«

Damit hatte sie recht. Es war einer der Gründe, warum wir uns in einem riesigen vierstöckigen Einkaufszentrum befanden und das Risiko eingingen, von einer der Überwachungskameras erfasst zu werden.

»Das hier ist gut.« Sie zeigte auf ein Geschäft, in dessen Schaufenster eine Reihe von Puppen in altbackener Kleidung stand. Die Outfits waren für Frauen gedacht, die etwa zwanzig Jahre älter als Delilah waren. Grundsätzlich wäre das kein Problem gewesen, wenn die Kleidungsstücke nicht so unattraktiv gewesen wären.

Ich sah mich um und entdeckte einen zweistöckigen Laden mit schwarzer Fassade, auf der die Aufschrift *Abercrombie & Fitch* prangte. Den Namen hatte ich schon einmal gehört, doch ich wusste nichts über die Kleidung, die dort verkauft wurde.

»Was ist mit dem?«

»Abercrombie ist zu teuer.«

Perfekt.

»Gefällt dir die Marke?«

»Natürlich, alle lieben …«

»Lass uns reingehen«, fiel ich ihr ins Wort.

»Myles …«

»Baby, du solltest keine Kleidung tragen müssen, die selbst für meine Mutter zu altmodisch wäre.«

Sie ließ den Blick von der Boutique zu dem Laden von Abercrombie wandern und ich konnte förmlich fühlen, dass sie mir widersprechen wollte.

»Momentan besitzt du einen Oma-Schlüpfer, ein Bandeau-Top, Schlafshorts, ein T-Shirt, ein Kleid und ein Paar Flipflops. Wahrscheinlich wird es eine Weile dauern, dich mit einer Garderobe für die kommenden Tage auszustatten, also können wir es bitte hinter uns bringen und weiterfahren?«

»Also schön, aber ich muss dich warnen. Als diese Sache mit Abrams angefangen hat, hatte ich zweitausend und ein paar Zerquetschte auf einem Sparkonto und vierhundert auf meinem Girokonto. Ich weiß nicht, wie es momentan um meine Finanzen oder meine Kreditwürdigkeit bestellt ist. Es ist also fraglich, ob ich dir die Kleidung werde erstatten können. Und ich weiß mit Sicherheit, dass ich mir das Hotelzimmer, in dem wir übernachtet haben, und die Miete für das Haus nicht leisten kann.«

Scheiße. Ich hatte ihr noch gar nichts von ihrer Wohnung erzählt.

»Sowohl dein Girokonto als auch dein Sparkonto wurden nicht angetastet. Es ist noch alles da. Aber als Kevin und ich in deiner Wohnung ankamen, war davon nicht mehr viel übrig. Jemand war eingebrochen und hatte die Couch, das Bett, den Fernseher und noch einige andere Gegenstände zerstört.« Ich beobachtete, wie sie sich verkrampfte, und fuhr hastig fort, um es so kurz und schmerzlos wie möglich zu machen. »Dein Vermieter hat eine Reinigungsfirma mit der Entrümpelung beauftragt. Garrett hat ihn angerufen, um deine Sachen nach Maryland schicken zu lassen, und erfuhr, dass nur fünf Kartons übrig sind. Er hat die Mietrückstände, die Lagergebühren und den Transport bezahlt. Ich habe keine Ahnung, was von deinen Habseligkeiten gerettet werden konnte, da er die Kartons nicht geöffnet hat.«

»Es wundert mich nicht, dass jemand bei mir eingebrochen ist und alles verwüstet hat«, antwortete sie empört.

»Was soll's, die Sachen waren ohnehin nicht kostbar. Schließlich hatte ich keine besonderen Familienerbstücke.«

Wie bitte?

»Baby, es ist keine Schande, wenn du …«

»Was meinst du? Wenn ich traurig bin? Ich habe nichts von Wert besessen. Was haben sie schon finden können, meinen Vibrator und ein paar Tampons?«

Bei der Erwähnung ihres Vibrators zuckte mein Schwanz.

Und als sie von Tampons sprach, fiel mir ein, dass ich Kondome kaufen musste. Wir spielten ein gefährliches Spiel, wenn wir ungeschützten Sex hatten. Dabei kam mir ein weiterer unangenehmer Gedanke. Sie war zwei Monate lang unterwegs gewesen, in denen sie wahrscheinlich zweimal ihre Periode gehabt hatte. Ich brachte es nicht über mich, sie zu fragen, wie sie damit umgegangen war, während Tamir sie als Geisel gehalten hatte. Auch ohne dieses Wissen wollte ich diesem Arschloch am liebsten die Eingeweide aus dem Leib reißen. Ihre Antwort würde mich höchstwahrscheinlich endgültig aus der Bahn werfen. Ich verdrängte den Gedanken und schwor mir, mich nie wieder damit zu befassen, obwohl ich gern gewusst hätte, ob das der Grund war, warum sie sich immer noch nicht sauber fühlte. Ich war zwar keine Frau, aber ich war auch nicht dumm. Mir war bewusst, dass eine Frau während ihrer Periode Damenhygieneartikel brauchte und dass sie es wahrscheinlich zu schätzen wusste, wenn sie währenddessen täglich duschen konnte. Aber Delilah hatte nicht oft die Gelegenheit gehabt zu duschen.

Tamir Cohen war ein Mistkerl.

»Hey«, sagte Delilah. Ich spürte, wie sie mit einer Hand meine Wange streichelte. »Wo warst du mit deinen Gedanken?«

»Ich habe nur gerade daran gedacht, dass ich Tamir die Eingeweide aus dem Leib reißen werde, wenn ich ihn finde.«

»Im Ernst, Myles, es waren nur Dinge. Ich bin nicht traurig. Es ist zwar ärgerlich und wird mich einiges kosten, die Möbel zu ersetzen, aber sie waren nicht sonderlich wertvoll. Es ist keine große Sache.«

Natürlich.

In ihrem früheren Leben hatte sie nie eine Bindung zu jemandem aufgebaut und an nichts gehangen.

Bis heute.

»Komm schon, wir sollten dir etwas zum Anziehen besorgen.« Ich ergriff ihre Hand und steuerte auf den Laden von Abercrombie zu. »Die Sachen gehen auf Zane. Nein, das stimmt nicht. Tatsächlich wird Abrams für die Rechnung aufkommen, da Zane die Kleider von der halben Million Dollar abzieht, die Abrams ihm gezahlt hat.«

Delilah legte den Kopf in den Nacken und lächelte.

Herrgott.

Wunderschön.

»Plötzlich habe ich Lust auf einen Einkaufsbummel.«

Eine halbe Stunde später verließen wir den Laden mit mehreren Tüten in den Händen. Delilah hatte zwar keinen Großeinkauf getätigt, sich aber mit Kleidung für mehrere Tage eingedeckt. Leider mussten wir all unsere Habseligkeiten in unseren Rucksäcken verstauen, die wir immer bei uns tragen mussten.

Aber wenn wir erst wieder in Maryland waren, würde ich mit ihr einkaufen gehen. Und dann würde sie sich mit einer kompletten neuen Garderobe eindecken können. Allerdings würde Abrams nicht dafür aufkommen, weil ich mich selbst um meine Frau kümmern würde.

Sobald ich sie davon überzeugt hatte, bei mir einzuziehen.

* * *

»Myles«, stöhnte Delilah.

Meine Güte. So heiß.

»Ich weiß, dass du gleich kommst, Baby. Lass dich fallen.«

Mit einer Hand packte sie meinen Hintern, während sie die andere über meinen Rücken bis zu meiner Schulter gleiten ließ.

Sie hob die Hüfte an und stöhnte erneut.

»Myles.«

Gütiger Gott.

Sie klang atemlos und ehrfürchtig.

Ich hob ihr Bein an und stieß mit Wucht in sie hinein.

Sie bäumte sich auf, wobei sie ihre Brüste an meinen Oberkörper schmiegte und den Kopf in den Nacken fallen ließ.

Ich hielt es nicht mehr aus.

»Baby, lass dich gehen.«

Ich presste meine Lippen auf ihre, während ich immer wieder in sie stieß und sie ihre Schenkel um mich anspannte. Schließlich begannen die Muskeln in ihrem Unterleib zu zucken und ich erreichte den Gipfel der Ekstase.

Delilah hatte ihre Arme und Beine um mich geschlungen, während ich mich in das verdammte Kondom ergoss. Sie klammerte sich an mich, als ich meinen Schaft sanft aus ihr herauszog und wieder in sie hineingleiten ließ. Und sie hielt mich auch weiterhin fest, als ich ihren Hals, ihre Kehle und jede andere Stelle ihres Körpers küsste, die ich erreichen konnte, ohne mich von ihr zu lösen. Schließlich erschlaffte mein Schaft und ich zog ihn aus ihr heraus, doch sie blieb auch weiterhin dicht an mich geschmiegt.

Ich beugte mich vor, führte meine Lippen an ihr Ohr und leckte ihre Ohrmuschel. »Ist alles in Ordnung, Baby?«

»Ich will dich nicht loslassen.«

Verdammt, ja.

»Und ich will nicht, dass du mich loslässt.«

»Niemals, Myles. Ich will dich niemals loslassen. Und das macht mir Angst.«

»Du musst keine Angst haben.«

»Hast du denn gar keine Angst?«

»Es tut mir im Herzen weh, das Thema wechseln zu müssen, aber ich sollte das verdammte Kondom entsorgen.«

Delilahs Lippen umspielte ein Lächeln.

»Du klingst nicht sehr glücklich.«

»Das liegt daran, dass ich es nicht bin. Mir wäre es lieber, wenn ich alles von dir spüren könnte. Ich mag das Gefühl deiner feuchten Muschi an meinem Schwanz. Nachdem ich mit dir geschlafen habe, will ich dich halten und nicht aufstehen müssen, um ein Kondom in den Mülleimer zu werfen. Nein, ich liebe diese Dinge. Also ja, Baby, ich bin nicht glücklich darüber, dass ich unsere Unterhaltung unterbrechen und mich von dir lösen muss.«

»Wenn wir nach Hause kommen, werde ich anfangen, die Pille zu nehmen.«

Nach Hause.

Wenn wir *nach Hause kommen.*

»Je eher du mich loslässt, desto eher kann ich das Kondom wegwerfen und wieder bei dir sein.«

Sie entspannte ihre Arme und Beine und ließ sie zur Seite fallen. Ich drückte ihr einen Kuss auf die Lippen, bevor ich mich aufrichtete und aus dem Bett stieg.

Ich entsorgte das Kondom, wusch mir die Hände und sah mich im Badezimmer des Hotels um. Es war nicht so schön wie die ersten beiden Unterkünfte, aber es erfüllte seinen Zweck.

Wir hatten keine weiteren acht Stunden im Wagen durchgehalten und hatten nach sieben Stunden in Coatzacoalcos haltgemacht. Die Stadt lag am Golf von Mexiko in einer bei Touristen beliebten Gegend. Ich hätte gern einen Strandbungalow gemietet, aber wir waren nicht im Urlaub hier und unsere Sicherheit hatte Vorrang. Also nahmen wir uns ein Zimmer im obersten Stockwerk eines Hotels. Die Aussicht war großartig, aber wir würden nicht lange genug bleiben, um sie genießen zu können. Bei unserer Ankunft war es bereits dunkel gewesen und wir würden noch vor dem Morgengrauen abreisen.

Ich ging zurück ins Schlafzimmer. Delilah lag immer noch an derselben Stelle, an der ich sie zurückgelassen hatte. Sie war nackt, ihr Haar war vom Sex zerzaust und ihre Brüste waren leicht gerötet, wo ich sie mit meinen Barstoppeln gestreift hatte. Wenn sie die Beine gespreizt hätte, hätte ich dieselben Spuren an ihren Schenkeln sehen können. Ihre Lippen waren geschwollen, ihr Gesicht entspannt und in ihren Augen lag ein sanfter Ausdruck. Sie sah zufrieden und gründlich durchgefickt aus.

Absolut umwerfend.

»Du bist wunderschön, Delilah.«

Sie schnappte sich die Decke, um sich damit zu bedecken.

»Nicht doch. Du bist von Kopf bis Fuß atemberaubend.« Ich stellte mich neben das Bett, beugte mich über sie und fuhr mit den Fingern über eine Stelle an ihrer Brust, die ich gerötet hatte. »Jeder Teil von dir ist perfekt. Und zu wissen, dass ich deinen Körper markiert habe, ist verdammt sexy.«

Ich ließ meine Hand an ihre andere Brust gleiten und beobachtete, wie ihre Knospen hart wurden. Der Anblick war nicht weniger sinnlich, und ich beugte mich vor und umschloss eine ihrer Brustwarzen mit meinen Lippen, bis sie anfing, sich unter mir zu winden. Dann zog ich den Kopf zurück und widmete dem anderen Nippel ebenso viel Aufmerksamkeit.

»Myles.«

Gierig und atemlos.

Mehr brauchte es nicht.

Delilah hatte in ihrem Leben vier Liebhaber gehabt, mich

eingeschlossen. Die ersten drei waren nicht in der Lage gewesen, sie zum Höhepunkt zu bringen. Die Kerle waren Schwachköpfe. Ich wollte mir nicht den Kopf darüber zerbrechen, warum sie so dumm und untalentiert waren. Stattdessen war ich dankbar, dass ich derjenige war, der eine Seite in ihr geweckt hatte, von deren Existenz sie nicht einmal etwas geahnt hatte. Delilah war sexy und wunderschön. Ich musste sie nur ein wenig reizen, und schon stand sie in Flammen und wurde zur Wildkatze. Die bloße Tatsache, dass dieser Teil von ihr so lange unentdeckt geblieben war, bewies nur, wie in sich zurückgezogen sie all die Jahre gelebt hatte. Es war ein Jammer und es schmerzte mich, dass sie so lange so einsam war. Aber ich war froh, dass mir nun die Ehre zuteilwurde, ihr zu zeigen, was in ihr steckte.

Sowohl im Schlafzimmer als auch außerhalb.

Sie würde mit mir nach Hause kommen, und dort würde sie die Bedeutung von wahrer Freundschaft, Verbundenheit und Zusammenhalt kennenlernen. Ich würde ihr zeigen, wie wunderschön die Hingabe zu einem anderen Menschen sein konnte.

Die ersten fünfunddreißig Jahre ihres Lebens waren von Isolation und Distanz geprägt gewesen.

Aber die nächsten fünfunddreißig und mehr Jahre würde sie von einer Familie umgeben sein, der sie sich gar nicht würde entziehen können. Eine laute, neugierige, gutmütige, nervtötende – schließlich würde auch Zane zum engsten Kreis gehören –, liebevolle, freundliche und treue Familie.

»Myles«, hauchte Delilah erneut und ich erwiderte ihren Blick.

Feurig und begierig.

Ich liebte es, sie so zu sehen.

»Ich bin hier, Baby.«

»Wie viele Kondome haben wir?«

Verdammt, ja.

Mit einem Lächeln antwortete ich: »Elf.«

»Wie wäre es, wenn wir zehn daraus machen?«

»Hast du Lust, mich mit deinem Mund zu verwöhnen?«

»Ja.«

Gütiger Gott.

»Rutsch rüber und geh auf die Knie.«

Ohne zu zögern, kam Delilah meiner Aufforderung nach.

Ich legte mich auf den Rücken, tippte ihr an den Oberschenkel und wies sie an: »Setz dich rittlings auf mich, sodass deine Muschi zu meinem Gesicht zeigt.«

Ihre Augen leuchteten auf und sie tat sofort wie geheißen.

Ich genoss den Anblick ihres Geschlechts, und als sie meinen Schwanz in ihren warmen, feuchten Mund saugte, gab ich mich diesem unglaublichen Gefühl hin.

Als ich mit beiden Händen ihren Hintern packte, stöhnte sie um meinen Schwanz herum und jagte eine Woge der Lust durch mich hindurch.

Ich schob einen Finger in ihren Unterleib, um ihn mit ihrem Honig zu benetzen und anschließend ihre Rosette damit zu umkreisen.

»Ich werde deinen Arsch und deine Muschi verwöhnen, während du mich lutschst, Baby.«

Bei der nächsten Aufwärtsbewegung saugte Delilah etwas fester an meinem Schaft, dann ließ sie ihre Zunge um meine Eichel kreisen, bevor sie mich wieder tief in ihren Rachen aufnahm.

Oh ja.

Verdammt, ja.

Offenbar gefiel ihr die Vorstellung, von mir anal und vaginal stimuliert zu werden, während sie mich mit ihrem Mund verwöhnte. Nicht nur das, sie wackelte sogar einladend mit ihrem Hintern vor meinem Gesicht. Vielleicht wollte sie mir damit sagen, dass ich mich beeilen solle.

Zudem schien sie eine Vorliebe für Verbalerotik zu haben. Gut, ich wollte noch einen Gang höher schalten.

Ich zog ihre Hüfte zu mir, hob den Kopf an und ließ meine Zunge durch ihre Spalte und weiter bis zu ihrem After gleiten. Sobald sie schön feucht war, umkreiste ich mit zwei Fingern ihre Klitoris und schob meinen Daumen in ihren Anus.

Sie stöhnte um meinen Schwanz. Es war himmlisch.

»Massiere mich zusätzlich mit der Hand, während du mich lutschst, Baby.« Ohne zu zögern, umfasste sie meinen Schaft. Spektakulär.

»Mein Gott, ich weiß nicht, was besser ist. Dein Mund um meinen Schwanz, wie feucht deine Muschi wird, wenn du mir einen bläst, wie du in Wallung gerätst, wenn ich deinen Arsch ficke, oder das Gefühl deiner Haare an meinen Schenkeln, wenn du mit dem Kopf auf und ab wippst.« Ich hielt inne, lehnte mich zur Seite und stöhnte bei dem Anblick, der sich mir bot. »Oder deine wogenden Brüste und deine Lippen um meinen Schaft. Es ist alles so verdammt sexy. Du musst aufhören, bevor ich komme.«

Ich griff nach einem Kondom auf dem Nachttisch und riss die Packung mit den Zähnen auf.

»Setz dich auf, Delilah. Ich will, dass du mich reitest.«

Mit einem Plopp ließ sie meinen Schwanz aus ihrem Mund gleiten und ich trauerte sofort um den Verlust ihrer Lippen.

»Rutsch nach vorn und heb den Oberkörper an.« Sie folgte umgehend meinen Anweisungen und positionierte sich über mir. Ich packte ihre Hüfte und zog sie auf mich.

»Oh Gott«, flüsterte sie.

Allerdings.

Es war so verdammt gut, dass ich die Zähne zusammenbeißen und die Augen schließen musste.

»Reite mich, Delilah.«

Das tat sie.

Hart und schnell. Während ich die Hände an ihre Hüfte gelegt hatte, hatte sie sich auf meine Oberschenkel gestützt. Sie senkte sich immer wieder mit Wucht auf mich ab, ließ das Becken kreisen und wiegte sich vor und zurück. So ungestüm und wild. Ich musste mich mit aller Kraft zusammenreißen, um nicht auf der Stelle zum Höhepunkt zu kommen. Dabei genoss ich die Laute, die sie von sich gab, das Gefühl ihres Unterleibs, der meinen Schwanz umschloss, und den Anblick meiner Frau, die aus sich herausging und ihr wahres Wesen zum Vorschein brachte, das sie so lange in sich verschlossen hatte.

»Ich komme«, stöhnte sie.

»Reibe deine Klitoris, Delilah.«

Sie löste eine Hand von meinem Schenkel, doch statt meiner Aufforderung nachzukommen, streichelte sie meine Hoden und rollte sie in ihren Händen.

»Verdammt«, stöhnte ich. »Härter.«

Delilah, *meine* Delilah, gab sich ganz und gar ihrer Lust hin und erfüllte mir meinen Wunsch. Laut keuchend fickte sie mich noch härter und massierte dabei meine Hoden, während ihr Stöhnen durch den Raum hallte.

»Massiere mit der anderen Hand deine Lustperle, Delilah. Tu es. Ich komme gleich.«

»Nicht nötig. Komm mit mir gemeinsam.« Sie senkte sich wieder auf mir ab und ich spürte, wie ihre Muskeln sich anspannten. »Sofort, Myles, komm mit mir«, knurrte sie.

Gütiger Gott.

Ich ergoss mich in das Kondom, während ihr Unterleib heftig um meinen Schaft zuckte.

Bis zum letzten Tropfen.

Der beste Orgasmus meines Lebens.

Ich wusste nicht, warum es so unglaublich war, und es war mir auch egal. Aber vermutlich lag es daran, dass sie mir den Rücken zugewandt und die Kontrolle übernommen hatte. Damit hatte sie mir den letzten Teil von sich offenbart, den sie noch zurückgehalten hatte. Sie hatte das Selbstvertrauen gefunden, das ungeahnt in ihr geschlummert hatte, indem sie von mir verlangt hatte, mit ihr auf den Gipfel der Lust aufzufliegen.

Sie hatte sich genommen, was sie wollte.

Die Frau, die nie um etwas gebeten hatte.

Verdammt, sie fühlte sich bei mir sicher genug, um das Zepter in die Hand zu nehmen.

Großartig.

»Steig ab. Ich muss das Kondom entsorgen.«

Sie tat wie geheißen, doch mir entging ihr entnervtes Stöhnen nicht.

»Ich hasse diese Dinger«, murrte sie, und ich musste lächeln.

»Ich auch.«

Sie rollte sich von mir herunter. Ich wartete, bis sie sich aufgerichtet hatte, um ihr einen Kuss auf die Lippen zu drücken, dann stand ich auf.

Ich streifte das Kondom ab, knipste das Licht aus und legte mich wieder ins Bett.

Noch bevor ich sie dazu auffordern konnte, kuschelte Delilah sich an meine Seite, legte ihren Kopf auf meine Brust und ihren Arm über meinen Bauch.

Es war erst das zweite Mal, dass wir eng umschlungen im Bett lagen, aber ich konnte mich nicht einmal mehr daran erinnern, wie es war, nicht neben ihr zu liegen. Es schien, als sei die Zeit, die ich ohne sie verbracht hatte, ausgelöscht worden und mein Leben hätte mit unserer ersten Begegnung begonnen.

»Nun«, begann sie, »du hast also eine Vorliebe für Hintern.«

Eigentlich nicht.

Aber ich hatte noch nie zuvor dieses überwältigende Verlangen verspürt, eine Frau für mich zu beanspruchen, und zwar jeden Teil von ihr. Das hieß nicht, dass ich noch nie Analsex gehabt hatte, doch damals hatte mich eher die Neugierde statt ein dringendes Bedürfnis getrieben. Tatsächlich war es nichts Besonderes gewesen. Um einen wirklichen Lustgewinn daraus zu ziehen, musste man mit der Frau auf eine intime Weise verbunden sein, die zuvor nie einen Reiz auf mich ausgeübt hatte.

»Nein. Ich stehe nicht unbedingt auf Hintern, sondern habe eher einen Faible für lange Beine. Deine sind atemberaubend, und wenn du sie um mich schlingst, sind sie sogar noch besser. Außerdem mag ich ein hübsches Lächeln, und dein Lächeln ist so verdammt schön, dass ich bereit bin, für den Rest meines Lebens hart zu arbeiten, um es mir zu verdienen. Dann kommen die Augen, wobei nicht die Farbe entscheidend ist, sondern ihre Ausdruckskraft. Und deine Iriden strahlen und sprechen Bände. Ich kann all deine Emotionen darin sehen.«

Delilah kuschelte sich näher an mich.

Ich schloss die Augen, entspannte mich und genoss das Gefühl ihres nackten Körpers an meinem. Nichts stand zwischen uns.

Für eine Weile herrschte Stille. Delilahs Atem wurde ruhiger, ihr Arm lag schwer auf meinem Bauch und ihre Beine waren mit meinen verschlungen. Ich war kurz davor einzuschlafen, als ihr Flüstern die Dunkelheit erfüllte.

»Ich fühlte mich nie zu einem bestimmten Typ Mann hingezogen. Es schien müßig, darüber nachzudenken, mit welcher Art von Mann ich mein Leben verbringen würde. Ich wollte nichts vom Leben, weil ich wusste, dass meine Wünsche ohnehin nicht in Erfüllung gehen würden. Es war schmerzhaft, von einem Leben zu träumen, das nicht so einsam war wie meines, also habe ich es einfach gelassen. Ich habe beobachtet, wie meine Mutter einen Mann nach dem anderen verschlissen hat. Aber im Gegenzug zehrten sie auch an ihr. Die Kerle haben sie alle verlassen und sich von ihr scheiden lassen. Ich glaube, dass sie einige von ihnen wirklich geliebt hat, und diese Männer haben ihr das Herz gebrochen. Jedes Mal wenn einer von ihnen ging, verlor sie ein Stück von sich selbst. So wollte ich nie enden. Ich denke, das ist ein weiterer Grund, warum ich mich verschlossen habe.«

Das war ganz sicher der Grund.

Aber ich spürte, dass sie noch mehr sagen wollte, also erwiderte ich nichts und wartete, bis sie fortfuhr.

»Jetzt habe ich eine Vorliebe für einen bestimmten Typ Mann«, flüsterte sie, und ich wappnete mich. »Er ist groß und stark, sanftmütig und weise. Er beschützt mich und gibt mir das Gefühl, dass ich schön bin. Ich kann ihm vertrauen. Er ist großzügig. Er kann sehr liebevoll und auch unanständig sein – manchmal sogar gleichzeitig. Er gibt mir Kraft und Selbstvertrauen und bringt mich dazu, meine Wünsche zu äußern und das Gefühl zu haben, dass ich das, was ich will, auch verdient habe. Nicht in meinen kühnsten Träumen hätte ich mir einen Mann wie dich ausgemalt. Ich ahnte nicht, dass ich dich brauchte und wollte, weil ich nicht wusste, dass es dich gibt. Aber jetzt, da ich es weiß, fühle ich mich zu einem ganz bestimmten Mann hingezogen – nämlich zu dir. Du kannst einen Anspruch auf mich erheben und auf jede erdenkliche Weise von mir Besitz ergreifen, aber du solltest wissen, dass ich bereits dir gehöre.«

Mein Gott.

Die linke Seite meiner Brust brannte, während ein Schauer durch mich hindurchrauschte. Hitze und Kälte vermengten sich und jagten elektrisierende Blitze durch meinen Körper. Meine Nervenenden kribbelten, meine Muskeln zuckten und mein Innerstes vibrierte.

»Mehr«, presste ich hervor und drehte sie auf den Rücken.

»Mehr?«

»Du gibst mir immer mehr und ich hoffe, du verstehst, welches Geschenk du mir gerade gemacht hast. Ich wusste es, als du mir das erste Mal ein Stück von dir offenbart hast. Und jedes Mal, wenn du mich noch tiefer hast blicken lassen, war mir bewusst, wie bedeutend das war. Und nun hast du mir alles zuteilwerden lassen. Ich hoffe inständig, dass du weißt, dass ich es nicht zurückgeben werde.«

»Ich will es nicht zurück«, flüsterte sie.

»Das ist gut, Baby, aber du hattest auch nie die Möglichkeit, es mir wegzunehmen. Und nur damit das klar ist: Ich werde niemals aufhören, das zu beanspruchen, was mir gehört. Aber vor allem werde ich dir bis zu dem Tag, an dem ich diese Welt verlasse, alles von mir geben. Einfach alles. Das schwöre ich dir. Du wirst nie wieder ohne meine Zuneigung leben müssen.«

Ich gab Delilah nicht die Gelegenheit zu antworten, sondern schob meine Zunge in ihren Mund und ließ unsere Verbindung für sich sprechen.

Am nächsten Morgen waren nur noch acht Kondome übrig und keiner von uns hatte viel Schlaf bekommen.

Und zehn Minuten nach Antritt der Fahrt schlief Delilah ein.

Verdammt, ja.

Sie wusste, dass sie die Augen schließen konnte und ich sie beschützen würde.

KAPITEL SECHZEHN

Ich hatte nicht gerade einen Faible für lange Autofahrten.

Das wusste ich, seit ich mit Tamir monatelang durchs Land gekurvt war. Die ganze Zeit über hatte ich schreckliche Angst ausgestanden, die durch die Stille noch gesteigert worden war. Also hatte ich keine andere Wahl gehabt, als über meine Situation nachzudenken.

Wie erwartet war die Fahrt mit Myles aus offensichtlichen Gründen anders. Trotzdem war das lange Sitzen eine Tortur – ob in angenehmer Gesellschaft oder neben einem Verrückten.

Mein Hintern schmerzte, ich war unruhig und konnte es kaum erwarten, bis wir endlich anhielten. Wir waren seit nunmehr zehn Stunden unterwegs und hatten noch vier weitere vor uns. Ich starrte aus dem Fenster und erblickte das Gleiche wie vor einer Stunde – nichts als Bäume und Felder. Die Landschaft war schön, aber nachdem ich Hunderte von Feldern betrachtet hatte, wurde ich vor Langeweile fast verrückt.

»Was hat die Tätowierung auf deinem Arm zu bedeuten?«, wollte ich wissen.

Myles hob seinen linken Unterarm an.

Never Again (Nie wieder) war in fetter schwarzer Schrift in seinen Arm geätzt. Darunter waren drei kleinere Buchstaben abgebildet: *JLA.*

»Sie soll mich daran erinnern, nie wieder auf jemand anderen zu hören, wenn mein Bauchgefühl mir sagt, dass etwas nicht stimmt.«

Das klang nicht gut. Aber sein ausdrucksloser Tonfall ließ vermuten, dass noch viel Schlimmeres dahintersteckte. Dennoch fragte ich: »Und JLA?«

»Jeremy Lee Alderson. Mein Kamerad, der für meinen Fehler bezahlt hat.«

Oh ja, es war noch schlimmer.

Ich dachte an ein früheres Gespräch zurück, bei dem Myles sein Ausscheiden aus der Armee erwähnt hatte.

»Ist er der Grund, warum du nicht mehr einsatzfähig warst?«

»Einer der Gründe.«

Myles ging nicht weiter darauf ein, und da die unbeschwerte und fröhliche – wenn auch etwas gelangweilte – Stimmung im Wagen plötzlich einer regelrecht unglücklichen Atmosphäre wich, stellte ich ihm keine weiteren Fragen.

Ich hatte noch nie einem anderen Menschen nahegestanden und hatte deshalb auch nie jemanden verloren, der mir am Herzen gelegen hatte. Myles hatte seinen Freund offensichtlich sehr gemocht, wenn er bei dem Gedanken an dessen Tod selbst nach all den Jahren noch traurig und wütend wurde.

Ich hätte gern mehr darüber erfahren. Im Grunde wollte ich alles über ihn wissen, aber nicht wenn ich ihn mit meiner Fragerei innerlich aufwühlte.

»Erzähl mir von deinen Eltern«, forderte ich ihn auf, um das Thema zu wechseln.

»Ich bin in Colorado Springs aufgewachsen, dann sind wir nach Fort Collins bei Denver gezogen. Später sind wir nach Durango in den Süden umgesiedelt.«

»Ihr seid wohl oft umgezogen.«

»Meine Mutter ist Anwältin. Wir lebten immer dort, wo sie Arbeit hatte. Wenn ihr nach ein paar Jahren ein neuer Job angeboten wurde, zogen wir weiter. Mein Vater liebt sie. Er folgte ihr überall hin, solange sie glücklich war. Rückblickend glaube ich, dass es ihm sogar Freude bereitet hat, wenn sie von einer Kanzlei abgeworben wurde, weil sie dort ihr Talent erkannten und ihre Intelligenz zu schätzen wussten. Er hat immer gewusst, wie fähig sie ist, und ist stolz auf sie. Und das weiß sie.«

Das klang wunderbar.

»Dann hat dein Vater dich also zu einem guten Mann erzogen.«

»Mein Vater hat mir sehr viel beigebracht. Von ihm habe ich gelernt, was es bedeutet, eine Frau zu lieben. Er hat mir gezeigt, wie man zu einem ehrenvollen und integren Mann heranreift. Aber meine Mutter war mir ein Vorbild und hat mir bewiesen, dass ich alles erreichen kann, was ich will. Dank ihr wachse ich über meine Grenzen hinaus und überwinde jedes noch so große Hindernis. Sie hat nicht hart gearbeitet, sich durchgebissen und unzählige Stunden in ihren Job investiert, weil sie der Meinung war, als Frau müsse sie das tun. Für sie spielte das keine Rolle. Sie legte großen Wert auf eine gute Arbeitsmoral, und diese hat sie mir vermittelt.«

»Du glaubst, du kannst alles erreichen?«

»Auf jeden Fall. Wenn ich nicht daran glaube, dass ich alles schaffen kann, wer dann? Wenn ich der Meinung bin, dass meine Fähigkeiten begrenzt sind, wie soll ich dann Erfolg haben? Eine Grenze ist ein Punkt, an dem es nicht weitergeht. Glaub mir, Delilah, auch du kannst alles erreichen, wenn du bereit bist, dafür zu kämpfen. Es kommt nur darauf an, inwieweit du bereit bist, dich einzubringen.«

Damit hatte er recht.

Zwei Frauen, die sich grundsätzlich voneinander unterschieden.

Und doch hatten sie etwas gemeinsam.

Meine Mutter hatte nie aufgehört, ihren Träumen hinterherzujagen. Sie hatte dafür gekämpft und war bereit, ein Stück von sich selbst und von mir aufzugeben, um einen Mann zu finden, der sie umschwärmte und die Lücken füllte, die ihre früheren Männer hinterlassen hatten. Im Zuge dessen hatte sie mich gelehrt, dass ich wertlos war.

Myles' Mutter hatte ihre Träume ebenfalls verfolgt, aber dabei hatte sie ihrem Sohn eine unerschütterliche Arbeitsmoral und Selbstwertgefühl vermittelt. Er war der festen Überzeugung, dass er alles erreichen konnte. Ich konnte es an seinem Tonfall hören. Es war nicht nur leeres Gerede, um sich wichtig zu machen oder um ein abstraktes Erfolgsrezept zum Besten zu geben. Ich hörte auch Stolz in seiner Stimme und fand es wunderbar, dass er mit solcher Hochachtung von seiner Mutter sprach.

»Ich wünschte, ich hätte das als Kind auch gelernt.«

»Du hast Glück, denn du wirst es bald am eigenen Leib erfahren. Wenn wir nach Hause kommen und ich meine Eltern nach Maryland einlade, um ihre zukünftige Schwiegertochter kennenzulernen, werden sie in Windeseile im nächsten Flieger sitzen. Meine Mutter wird dir alles zuteilwerden lassen, was sie auch mir gegeben hat. Diese Frau kann einfach nicht anders, sie steckt überall ihre Nase rein, wo sie sich gebraucht fühlt. Und das meine ich nicht im negativen Sinne. Das ist einfach ihre Art. Die Freigiebigkeit und der Beschützerinstinkt liegen in ihrer Natur.«

Zukünftige Schwiegertochter?

»Das hast du auch von ihr gelernt.«

Myles lächelte und schüttelte den Kopf.

»Nein, Baby, das hat mein Vater mir beigebracht. Er hat mir gezeigt, dass das schönste Geschenk, das man einer Frau, die man liebt, machen kann, darin besteht, sie zu unterstützen, bis ihr Flügel wachsen. Sie muss sich sicher sein können, dass man sie um jeden Preis beschützen wird, um ihr die Freiheit zu geben, alles zu sein, was sie will.«

Plötzlich hatte ich ein seltsames Gefühl im Magen.

Mir war nicht übel, aber er rumorte. Ich hatte keine Schmetterlinge im Bauch, doch ich verspürte ein Flattern. Alles, was Myles gesagt und getan hatte, schoss mir durch den Kopf. Die ganze Zeit über hatte er mich unterstützt. Er hatte mich aus meinem Schneckenhaus gelockt, bis ich mich gelöst genug gefühlt hatte, ich selbst zu sein. Und nun war ich frei. Er hatte mir so viel gegeben, damit ich lernen konnte, meinen Wünschen Ausdruck zu verleihen.

»Ich glaube, ich bin auf dem besten Weg, mich in dich zu verlieben«, platzte ich heraus.

»Du glaubst es nur?«, fragte Myles lächelnd.

»Ich habe noch nie jemanden geliebt«, erinnerte ich ihn.

»Das ist wahr. Lass dir Zeit, Baby, ich werde dich auffangen.«

Er würde mich um jeden Preis beschützen, damit ich fliegen konnte.

Ja, ich verliebte mich in ihn.

»Wir fahren gleich durch eine weitere Mautstelle. Setz deinen Hut auf, Baby.«

Ich schnappte mir den Hut aus dem Fußraum und setzte ihn auf. Obwohl er mich nicht dazu aufgefordert hatte, rutschte ich in meinem Sitz tiefer, drehte mich zum Beifahrerfenster und rollte mich zu einer Kugel zusammen, um mich schlafend zu stellen. Auf diese Weise würden die Überwachungskameras an den Mautstellen kein klares Bild von mir aufzeichnen. Myles musste zwar die Maut bezahlen, aber er wusste, wie er den Kopf neigen musste, um seine Identität zu verbergen.

Einige Minuten herrschte Schweigen, bevor Myles wieder das Wort ergriff. »Jeremy ist gestorben, weil jemand uns falsche Informationen zugespielt hatte. Wir wussten, dass etwas nicht stimmte, aber irgendein Mistkerl mit silbernen Streifen auf der Schulter beobachtete das Geschehen von seinem Monitor aus und dachte, er sei schlauer als seine Leute vor Ort. Also gab er den Befehl, eine Tür einzutreten, die wir nicht hätten aufbrechen sollen. Ich wusste es. Ich konnte es so deutlich spüren, dass ich sogar daran gedacht hatte, einen direkten Befehl zu missachten. Aber mir blieb keine Wahl. Wir waren noch nicht einmal im Dorf, als wir angegriffen wurden. In einer Sekunde stand Jeremy noch neben mir, in der nächsten lag er mit einer Kugel in der Kehle neben mir auf dem Boden. Leider ist der Tod weder schnell noch schmerzlos. Es hat mehrere Minuten gedauert, bis er erstickt ist.«

Myles hielt inne und atmete tief durch, bevor er fortfuhr: »Danach habe ich nur noch auf mein Bauchgefühl gehört. Egal was passierte. In der Armee ist das allerdings verpönt, insbesondere in meiner Position. Wir sind darauf trainiert, blind Befehle auszuführen. Ich war damit nicht einverstanden. Meiner Meinung nach hatte die Armee mich zu einer tödlichen Kampfmaschine ausgebildet, also mussten sie auch damit rechnen, dass ich auf dem Schlachtfeld kritisch dachte. Sie waren jedoch anderer Meinung, und damit befanden wir uns in einer Sackgasse. Da ich nie wieder einen Befehl befolgen wollte, wenn ich instinktiv wusste, dass er falsch war, verließ ich die Armee.«

Als Myles an der Mautstelle hielt, zog ich das Kinn ein und schloss die Augen. Während unserer letzten Stopps hatte ich mich von meiner Paranoia überwältigen lassen und damit gerechnet, dass der Kassierer auf magische Weise wusste, wer ich war und vor wem ich floh. Natürlich waren derartige Gedanken albern, aber ich hatte sie nicht aufhalten können. Diesmal sah ich einen mir unbekannten Jeremy vor meinem geistigen Auge, aus dessen Hals Blut floss. Selbst wenn Myles es nicht erwähnt hatte, nahm ich an, dass er vergeblich versucht hatte, die Blutung zu stoppen.

Myles hatte seinen Dienst nicht quittiert, weil er nicht mehr einsatzfähig gewesen war. Er hatte sich einfach nicht von seinen Überzeugungen abbringen lassen. Dabei drängte sich mir eine Erinnerung auf. Ich dachte daran, wie er reagiert hatte, als Zane ihm befohlen hatte, mich nach Guatemala mitzunehmen, um Alejandro zu finden. Myles hatte sich vehement dagegen gewehrt. Er wollte nicht nachgeben, bis ich ihn anflehte, mich nicht zurückzulassen.

Verdammt.

Er hatte sich doch beeinflussen lassen.

Nie wieder.

Ich wartete, bis wir die Mautstelle hinter uns gelassen hatten, bevor ich die Augen öffnete und mich aufrichtete.

»Es tut mir leid«, flüsterte ich.

»Was tut dir leid?«

»Ich hätte zurückbleiben sollen. Du wolltest mich nicht mitnehmen, aber ich habe darauf bestanden. Das hätte ich nicht tun sollen.«

»Ich hätte dich nicht allein zurückgelassen. Das wäre für uns alle schlecht gewesen. Wir sind dünn gesät, und ich verstehe, dass Zane seine Leute in der Nähe wissen will, falls er sie braucht. Zu jedem anderen Zeitpunkt hätte ich mein Team dabeigehabt. Dadurch hätten wir dir mehr Schutz bieten können, selbst wenn du hättest mit uns kommen müssen. Ich war ebenfalls überrascht. Aber ich vertraue Kevin. Er wird uns den Rücken freihalten.«

Ich erwiderte nichts, denn ich war zu sehr damit beschäftigt, die Panik zu unterdrücken, die in mir aufwallte.

Myles legte eine Hand auf meinen Oberschenkel, bevor er sie mit der Handfläche nach oben drehte. Ich starrte auf seine große, raue Hand, bevor ich meine in seine legte. Sofort schloss er seine Finger um meine.

»Alles wird gut.«

»Was, wenn Kevin mich nicht mag?«

Myles lachte schallend und ich starrte ihn an.

Er war wunderschön, wenn er lachte. Dann verschwand etwas von der Härte aus seinem Gesicht und um seine Augen bildeten sich Fältchen.

»Kevin wird dich lieben. Aber ich muss dich warnen, er hat kein Taktgefühl und einen seltsamen Sinn für Humor.«

»Was meinst du damit?«

»Er denkt nicht nach, bevor er spricht. Manche Dinge, die aus seinem Mund kommen, sind geradezu schockierend. Aber er meint es nie böse. In dieser Hinsicht sind er und Gabe sich sehr ähnlich. Ihnen beiden fehlt es an Feingefühl. Gabe weiß allerdings meistens, wann er den Mund halten muss. Kevin ebenfalls, aber er entscheidet sich einfach dagegen. Er liebt es, andere zu sticheln.«

»Aha.«

Myles lachte leise.

»Mach dir keine Sorgen, Baby. Kevin wird dich mögen. Und wenn er jemanden mag, dann zieht er ihn auf. Er wird einen Blick auf dich werfen, die Situation richtig einschätzen und dann versuchen, mit dir zu flirten, nur um mich zu provozieren und auf die Palme zu bringen. Sobald ich die Beherrschung verliere, wird er den Überraschten spielen, obwohl er genau weiß, was er getan hat. Und falls du wissen willst, warum ich die Beherrschung verliere, obwohl ich weiß, was er vorhat, dann kann ich dir nur Folgendes sagen: Es ist eine Sache unter Brüdern. Vielleicht ist es albern, aber ich kann es nicht ändern.«

»Erzähl mir von Evette«, forderte ich ihn auf.

Myles drückte meine Hand und berichtete, was er über die Frau wusste. Soweit er von seinen Kameraden in Maryland gehört hatte, war sie großartig und in jeder Hinsicht perfekt für Gabe. Obwohl Myles kaum Zeit mit ihr verbracht hatte, war er glücklich, sie in seiner Familie begrüßen zu dürfen.

Dann erzählte er mir von Natasha, einer starken und widerstandsfähigen Frau, die ein Leben als Mafiaprinzessin geführt und es schließlich geschafft hatte, diesem verhassten Dasein zu entkommen. Sie war an Menschenhändler verkauft worden. Der Gedanke war so beängstigend, dass ich ihn schnell verdrängte.

Nachdem Myles die letzte Geschichte beendet hatte, war ich nicht mehr nervös wegen der bevorstehenden Begegnung mit Kevin. Ich freute mich sogar darauf, die Frauen kennenzulernen. Und ich musste zugeben, dass ich insgeheim Zane Lewis persönlich treffen wollte.

Er hatte während der Fahrt ein paarmal angerufen und bei jedem Anruf etwas mürrischer geklungen. Beim letzten Anruf hatte er so viel geflucht, dass ihm irgendwann die Schimpfwörter ausgingen. Also reihte er wahlweise irgendwelche Wörter aneinander. Doch ich spürte, dass hinter all dem Gehabe ein Mann steckte, der sich Sorgen machte. Er wollte nicht nur, dass Myles und Kevin nach Hause zurückkehrten – er brauchte sie dort.

Und zwar bald.

Sobald wir die Informationen von Alejandro an uns genommen hatten, würden wir uns auf den Heimweg machen.

KAPITEL SIEBZEHN

»Bis gleich«, sagte ich zu Kevin, und Delilah beendete das Gespräch für mich.

»Was ist das?«

Ich folgte ihrem Blick, sah, worauf sie zeigte, und wandte mich dann wieder der Straße zu.

»Ein Friedhof.«

»Nein. Ich meine diese Ansammlung von grünen, gelben, rosa und orangefarbenen Gebilden, die sich den Hügel hinaufschlängeln.«

»Es ist ein Friedhof. In Guatemala wird das Leben nach dem Tod gefeiert. Das sind keine Gebäude, sondern Grabsteine, die entweder in den Lieblingsfarben der Verstorbenen bemalt werden oder in leuchtenden, fröhlichen Farben, die die Angehörigen auswählen.«

»Woher weißt du das?«

»Ich schaue mir gern Dokumentarfilme an. Ich habe viel Zeit auf Handelsschiffen verbracht. Die Arbeit im Bereich der maritimen Sicherheit ist überwiegend ereignislos und langweilig. Also habe ich mir die Zeit mit Dokumentarfilmen vertrieben.«

»Hast du jemals *Shoah* gesehen?«

»Selbstverständlich. Der beste Dokumentarfilm über den Holocaust, der je gedreht wurde.«

Für einen Augenblick herrschte Stille, bevor sie fragte: »*Don't look back.*«

»Eine Doku über Bob Dylan.«

»Verdammt. Was ist mit *Der Mann mit der Kamera*?«

Beeindruckend.

Sie kannte sich mit Dokumentarfilmen aus.

»Ein russischer Stummfilm, der meiner Meinung nach ziemlich langweilig ist. Aber mit der heutigen Technologie kennen wir alle die Tricks, mit denen die Schnitttechniker arbeiten. Früher mag es faszinierend gewesen sein, aber heute reißt es niemanden mehr vom Sockel.« Ich erspähte das kleine Restaurant, in dem wir uns mit Kevin verabredet hatten, und lenkte den Wagen auf den Schotterparkplatz. »Du bist offenbar eine Liebhaberin von Dokumentarfilmen.«

»Ich sehe eigentlich nicht gern fern, es ist so belanglos. Aber wenn ich mal vor der Kiste sitze, will ich auch etwas lernen. Aus diesem Grund schaue ich am liebsten Dokumentarfilme oder Sendungen über wahre Verbrechen.«

Hervorragend.

»*Unsichtbare Monster*«, warf ich ein.

»Serienmörder in den USA.«

Ich parkte neben dem weißen Toyota Pick-up, der aussah wie der von Marty McFly aus *Zurück in die Zukunft*, einschließlich dem Überrollbügel mit Scheinwerfern. Dann wandte ich mich Delilah zu, die das Fahrzeug durch das Fenster bestaunte. Kevin saß nicht auf dem Fahrersitz, da er bereits drinnen auf uns wartete.

»Wir sind zurück in der Zukunft«, flüsterte sie und drehte sich mit einem Lächeln zu mir um. »Offenbar sind wir im Jahr 1985 gelandet.«

»Baby, ich glaube, Martys Wagen war schwarz.«

»Ich habe noch nie einen in echt gesehen.«

»Du hast noch nie einen Toyota Pick-up gesehen?«

»Keinen, der sechsunddreißig Jahre alt und in tadellosem Zustand ist. Auf dem Dach sind sogar die gelben KC-Scheinwerferabdeckungen angebracht. Das Ding ist so cool, dass ich dich vielleicht bitten werde, ihn für mich zu stehlen und in die USA zu schmuggeln.«

»Ich werde sehen, was ich tun kann.«

Ihr Lächeln wurde breiter. »Ich glaube, wenn du die Möglichkeit hättest, würdest du es tatsächlich tun.«

Verdammt richtig, das würde ich.

»Langsam begreifst du es«, bemerkte ich.

»Ich glaube, ich bin bereit, mich von dir auffangen zu lassen, Myles.«

Mein Gott.

»Dann spring.«

»Ich glaube, ich …«

Delilah hatte keine Gelegenheit, noch etwas zu sagen, denn ich schlang eine Hand um ihren Nacken und zog sie dicht an mich.

»Liebst du mich?«, fragte ich an ihren Lippen.

»Ja.«

Zwei Buchstaben, die mich direkt ins Herz trafen. Ein Wort, das mir die Welt bedeutete.

»Wirst du mit mir nach Maryland kommen und bei mir einziehen?«

»Ja.«

Ein freudiger Schauer durchströmte mich.

Verdammt, ja.

»Ich verspreche dir, dass ich dir Flügel verleihen werde.«

»Das weiß ich, weil du es bereits tust.«

Gütiger Gott.

»Küsst du mich jetzt, Myles? Oder willst du …«

Ich küsste meine Frau leidenschaftlich und eroberte jeden

Zentimeter ihres Mundes. Als wir uns voneinander lösten und sie die Augen öffnete, spiegelten sich Erregung und Begierde darin wider.

Ich liebte diesen Anblick.

Aber wir mussten ins Restaurant gehen.

»Nimm deine Glock aus dem Handschuhfach. Weißt du noch, wie man den Schlitten zurückzieht, um eine Kugel in die Kammer zu befördern?«

»Du hast es mir erst heute Morgen beigebracht, und das ist erst vierzehn Stunden her. Ich habe es nicht vergessen.«

Um genau zu sein, waren es fünfzehneinhalb Stunden, aber daran wollte ich sie nicht erinnern. Sie war der Fahrt bereits drei Stunden nach dem Aufwachen überdrüssig gewesen.

»Gut. Ich will, dass du sie in die Vorderseite deiner Shorts steckst. Es ist zwar nicht sonderlich bequem, aber auf diese Weise ist sie griffbereit.«

»Verstanden«, erwiderte sie kess.

Oh ja, sie ging immer mehr aus sich heraus, und es war wunderschön.

»Klugscheißerin.«

Sie lächelte. Ich sprang aus dem Geländewagen, ging um das Fahrzeug herum und half ihr beim Aussteigen. Dann öffnete ich die hintere Tür und holte unsere Rucksäcke heraus.

»Weißt du, was das Beste sein wird, wenn wir nach Hause kommen?«

»Da fällt mir einiges ein«, sagte sie.

»Dass wir nicht die ganze Zeit einen Rucksack mit uns herumschleppen müssen.«

»Reiß dich zusammen, du Weichei. Mit etwas Glück sind wir morgen schon wieder in den Vereinigten Staaten.«

Ich nahm sie bei der Hand und führte sie in das kleine Restaurant.

Kaum waren wir durch die Tür getreten, erblickte ich Kevin. Er saß an einem Tisch, von dem aus er einen Blick auf den gesamten Raum und die beiden Ausgänge hatte.

Ich wartete nicht, bis die Empfangsdame zu uns kam, sondern führte Delilah direkt zu meinem lächelnden Kameraden.

»Da ist sie ja, in Fleisch und Blut«, sagte Kevin zur Begrüßung und ich wappnete mich. »Und sie ist noch schöner als …«

»Wenn das dein Marty-McFly-Toyota da draußen ist, fahre ich mit dir«, fiel Delilah ihm ins Wort.

Kevin blinzelte, sah abwechselnd Delilah und mich an und brach schließlich in schallendes Gelächter aus.

»Dann hast du offensichtlich schon die Nase voll von dem mürrischen Biest.«

»Großer Gott, nein. Ich behalte Myles, aber ich fahre mit dir.«

»Hat sie …«, stammelte Kevin. »Hat sie gerade ›Großer Gott‹ zu mir gesagt? Ich glaube, ich bin verliebt.«

»Ich glaube, du würdest meinen Fuß in deinem Arsch wiederfinden, wenn ich nicht befürchten würde, dass es dir gefallen könnte«, entgegnete ich.

Ich wollte Delilah gerade einen Stuhl heranziehen, als Kevin mit nüchterner Miene fragte: »Was ist denn schon dagegen einzuwenden, hin und wieder ein wenig mit dem Hintern zu spielen? Solange sie sich die Fingernägel schneidet, fühlt sich das …«

Delilah legte den Kopf schief und brach in schallendes Gelächter aus. Ich hatte sie schon lachen sehen, aber noch nie so heftig. Der Anblick war absolut umwerfend. Ich wusste, dass Kevin genauso dachte, denn er starrte sie mit einem beifälligen Ausdruck an.

Er begegnete meinem Blick und murmelte: »Du hast einen Volltreffer gelandet, Bruder.«

* * *

DELILAH FUHR NICHT MIT KEVIN ZU DEM KLEINEN HAUS AM Rande der Stadt. Als wir unser Abendessen beendeten, wäre er wahrscheinlich bereit gewesen, ihr den Schlüssel zu geben oder den Wagen für sie zu klauen und ihn auf ein Frachtschiff in die USA zu verladen.

Jetzt saßen Kevin und ich an einem kleinen Tisch, auf dem wir eine Karte ausgebreitet hatten, während Delilah duschte. Ich wäre lieber bei ihr gewesen, aber Tex hatte angerufen und wir mussten unsere Strategie besprechen.

»Ich habe weder eine Spur von Cohen noch von Abrams.« Tex' Worte trafen mich wie ein Schlag in die Magengrube.

»Gibt es Anzeichen dafür, dass einer von beiden in Guatemala ist?«, fragte Kevin.

»Nein. Aber ihr solltet noch etwas wissen: Ich konnte bestätigen, dass Caesar Stockholm keine der Fotos, die er gemacht hat, an Bryan Zaslow geschickt hat. Er hat ihm zwar gemeldet, dass er Delilah gefunden hat, hat ihm aber keine Beweise übermittelt. Außerdem geht das Gerücht um, dass Tamir Cohen Delilah getötet hat.«

»Was meinst du mit ›es geht um‹?«, wollte ich wissen.

»Aviv Abrams hat Investoren, denen er Rede und Antwort steht, und es wurde berichtet, dass, ich zitiere: ›das Watts-Problem endgültig gelöst wurde‹, Zitat Ende. Es ist nur so ein Bauchgefühl, aber ich glaube, dass Cohen dich deshalb angewiesen hat, Delilah zu verstecken. Er hat sie in dem Haus untergebracht, ist dann zu Abrams zurückgegangen und hat ihm erzählt, er hätte sie getötet. Abrams hätte keinen Grund, ihm nicht zu glauben.«

»Warum zum Teufel sollte er das tun?«, sprach Kevin die Frage aus, die mir durch den Kopf ging.

»Garrett und ich haben das ›Fear‹-Programm genauer

unter die Lupe genommen. Die Testpersonen erhielten Identifikationsnummern, deshalb konnte keiner von uns einen Namen finden. Aber wir wissen, dass die Verantwortlichen die Probanden aus der Jamam rekrutiert haben.«

»Das ist die Einheit von Tamirs Bruder. Deshalb hat er Schajetet 13 verlassen«, vermutete ich. »Glaubst du, sein Bruder war eine der Testpersonen? Oder wusste er nur von dem Programm und wurde beseitigt, um ihn zum Schweigen zu bringen?«

»Ich weiß es nicht«, gab Tex zu. »Die israelische Armee hält geheime Informationen strikt unter Verschluss. Bei ihnen geht es nicht zu wie in den Vereinigten Staaten, in denen ständig etwas nach außen dringt. Die Cohen-Geschwister werden in Israel respektiert, aber seit dem Tod von Isaac Cohen geht das Land sogar so weit, sie regelrecht zu verehren. Es war ein trauriger Tag für die israelische Armee, als Tamir den Dienst quittierte und anfing, für Abrams zu arbeiten. Mit traurig meine ich, dass Aviv Abrams viele Leute verärgert hat, indem er Tamir abgeworben hat. Ich bin zwar nicht überzeugt, dass Tamir nicht die Seiten gewechselt hat, aber ich muss einräumen, dass etwas faul ist.«

»Dem stimme ich zu«, warf ich ein. »Wenn Tamir Delilah hätte beseitigen wollen, wäre sie längst tot. Das heißt aber nicht, dass er sie nicht umbringen wird, um seine Spuren zu verwischen, wenn sie wieder auftaucht, bevor er dazu bereit ist.«

Bei dem Gedanken zog sich mir der Magen zusammen.

Tamir verfolgte einen Plan und hatte eine Mission zu erfüllen. Und genau wie bei mir lag es nicht in seiner Natur, einfach aufzugeben. Er würde nicht ruhen, bis er sein Ziel erreicht hatte. Trotzdem mussten wir uns die gleichen Fragen stellen: Was hatte er vor und warum hatte er Delilah nicht getötet?

»Wie hat Abrams herausgefunden, wo Arias ist?«, fragte Kevin.

»Arias hat seine Großmutter kontaktiert. Es ist anzunehmen, dass Abrams seine Familie überwacht hat. Delilah hat die Forschungsergebnisse von den Servern von Abrams gelöscht, aber Aviv Abrams hatte einigen sehr mächtigen Männern große Versprechungen gemacht. Er brauchte die Forschungsergebnisse von Arias, um sie Dr. Gates zu geben. Auch das ist nur eine Vermutung, aber eine fundierte. Abrams hoffte wohl, dass jemand aus der Familie die Forschungsergebnisse hatte. Vielleicht wussten sie nicht einmal, was sie da hatten, doch Abrams hielt sich bereit, um sich die Unterlagen zu schnappen, sollten sie auftauchen. Und dabei hätte er die Familie ausgeschaltet.«

Was für ein Idiot.

»Die ganze Zeit war er in Sicherheit und dann ruft er seine Oma an. Jetzt läuft er Gefahr, getötet zu werden, wenn wir ihn nicht zuerst erreichen«, schloss Kevin.

»Ja. Ihr habt seinen Standort. Ich rate euch, es nicht auf die lange Bank zu schieben. Tamir und Abrams könnten überall sein. Ich lasse rund um die Uhr eine Gesichtserkennungssoftware laufen, aber bisher hatte ich keinen Treffer. Ich weiß, dass Garrett dasselbe tut, aber er muss an hundert Baustellen gleichzeitig arbeiten. Zum einen achtet er darauf, dass Myles und Delilah nicht irgendwo von einer Kamera erfasst werden, während im Büro das reinste Chaos herrscht. Zane ist nervös, also sind alle in Alarmbereitschaft. Es wäre gut, wenn ihr beide die Sache erledigt und zurück nach Maryland kommt, bevor Zane die Nerven verliert. Wenn er wütend ist, ist das eine Sache. Aber Zane auf dem Kriegspfad verheißt nichts Gutes.«

Tex hatte recht.

Je schneller wir diesen Auftrag zum Abschluss brachten,

desto eher konnten wir die Sicherheit der ahnungslosen Bevölkerung von Annapolis gewährleisten.

»Danke für deine Hilfe, Tex. Ohne dich hätten wir das nicht geschafft.«

Tex gab ein missmutiges Brummen von sich. Nicht zum ersten Mal fragte ich mich, ob der Mann überhaupt in der Lage war, ein Kompliment anzunehmen.

Ich bezweifelte es.

»Eure Flugzeuge stehen bereit«, fuhr Tex fort. »Kevin, du fliegst nach Chiquimula im Osten des Landes. Dort befindet sich ein kleiner Flugplatz mit einem vertrauenswürdigen Piloten, der keinen Aufstand machen wird, falls du Arias außer Gefecht setzen musst. Ich glaube nicht, dass er in dieser Situation noch eine Wahl hat. Wenn Abrams ihn in die Finger bekommt, landet er in Kroatien und muss dort irgendwelche Experimente für Abrams und Gates durchführen, und das wäre für niemanden sicher. Myles, du und Delilah nehmt die Unterlagen und fliegt nach La Aurora im Westen.«

»Verstanden und nochmals vielen Dank«, sagte Kevin.

»Passt auf euch auf.«

Mit diesen Worten beendete Tex das Gespräch, und ich starrte auf die Karte.

Alejandro Arias war ganz in der Nähe, etwa sechzehn Kilometer nördlich von hier.

»Was sagt dir dein Bauchgefühl?«

Ich sah zu Kevin auf und antwortete: »Abrams und Tamir sind hier.«

»Ja, das denke ich auch.«

Ich warf einen Blick auf meine Armbanduhr. Es war fast zweiundzwanzig Uhr.

»Das Ganze sollte nicht lange dauern«, begann ich. »Wir fahren zu Arias, du schnappst ihn dir und verschwindest. Du kannst um Mitternacht am Flugplatz sein. Delilah und ich beschaffen die Unterlagen und machen uns auf den Weg. Mein einziges Problem ist, dass ich meine Waffen loswerden muss, bevor wir aufbrechen. Zum Glück fliegen wir von einem großen internationalen Flughafen ab. Sobald wir die Sicherheitskontrolle passiert haben, sind wir Abrams und Cohen los.«

Kevin schwieg, und ich hörte, wie das Wasser in der Dusche abgestellt wurde. Ich wünschte wirklich, ich wäre mit Delilah im Badezimmer gewesen.

»Das gefällt mir nicht, Bruder. Ich denke, ich sollte bleiben, bis du und Delilah unterwegs seid.«

»Wir können das Risiko nicht eingehen. Wenn Arias …«

»Im schlimmsten Fall ist er keine Hilfe. Ich werde ihn knebeln und fixieren. Dann helfe ich dir, das Haus zu durchsuchen. Aber ich denke nicht, dass er uns Probleme machen wird, wenn Delilah bei uns ist. Offensichtlich vertraut er ihr, also wird er uns die Forschungsunterlagen aushändigen und freiwillig mit mir gehen.«

Bevor ich mich auf den Plan festlegen konnte, klingelte mein Handy und Zanes Name erschien auf dem Display.

»Bevor du rangehst, solltest du wissen, dass Z kurz davor steht, die Beherrschung zu verlieren. Du kennst ihn, er kann mit allen Widrigkeiten umgehen. Aber diese Scheiße … nein. Irgendjemand setzt seinen Männern zu, und er hat vor, sich auf die harte Tour zu rächen. Wappne dich, Myles, wenn Garrett diesen Steinewerfer aufspürt, dann bricht die Hölle los.«

Verdammte Scheiße.

»Verstanden.«

Ich wischte über den Bildschirm und machte mich darauf gefasst, eine von Zanes üblichen sarkastischen Bemerkungen zu hören. Doch statt mich mit bissigen Sticheleien herumzuschlagen, lief mir ein kalter Schauer über den Rücken.

»Du bist auf Lautsprecher«, sagte ich.

»Hat Tex euch informiert?«

»Ja. Wir sind bereit. In etwa dreißig Minuten geht es los.«

»Cooper und Gabe stehen bereit, um euch am Flughafen abzuholen. Haltet mich über eure Ankunftszeiten auf dem Laufenden.«

Völlig nüchtern.

Keine albernen Witze.

»Gibt es irgendwas Neues?«, fragte ich leicht beklommen.

»Ich habe eine weitere Nachricht erhalten. ›Wer im Glashaus sitzt, sollte nicht mit Steinen werfen.‹«

Gelassen. Ruhig. Emotionslos.

»Zane …«

»Glaubt mir, wenn dieser Mistkerl mit Steinen werfen will, werde ich mit Kugeln antworten. Wenn er es auf *mein* Haus abgesehen hat, schieße ich mit Raketen.«

Der bösartige Unterton in Zanes Stimme war unverkennbar, aber mich beunruhigte eher das, was ich nicht hörte.

Zane war knallhart und in der Lage, jeder Situation mit Spott und Hohn zu begegnen. Wenn er doch derart ruhig war, musste man seine Androhung bezüglich der Kugeln und Raketen wörtlich nehmen.

Dann würde wirklich die Hölle losbrechen.

Verdammte Scheiße.

»Wir werden in weniger als achtundvierzig Stunden zu Hause sein, Z.«

»Hervorragend. Bis dann.«

Damit wurde die Verbindung getrennt und ich begegnete Kevins Blick.

»Scheiße. Er hat mir nicht mal gesagt, dass ich Kondome benutzen soll.«

»Wenn wir wieder zu Hause sind, sollten wir uns zuerst um Zane kümmern. Er macht Ivy Angst. Sie weiß, was für ein Typ Mann er ist. Niemand drängt Zane Lewis in eine

Ecke, ohne damit zu rechnen, dass er sich daraus befreit. Sein Haus ist sein Reich, und jeder, der glaubt, er könne den König stürzen, wird mit schweren Geschützen empfangen werden. Ivy weiß, dass Zane eher sterben würde, als einen von uns zu opfern. Sie versteht, dass Zanes Zuhause nicht das Penthouse ist, in dem sie leben, sondern die Menschen, die er liebt. Die Frauen machen mobil, und die Männer tun alles in ihrer Macht Stehende, um ihn zu schützen.«

»Krieg«, murmelte ich.

»Krieg«, stimmte Kevin zu.

Verdammte Scheiße.

Unser Gespräch wurde unterbrochen, als Delilah den Raum betrat. Ihre Haare waren noch feucht, aber sie hatte sie frisch gekämmt und sie fielen offen über ihre Schultern.

»Ich wollte es vorhin nicht erwähnen, aber du solltest den Friseur wechseln, Schätzchen«, sagte Kevin.

Ich verkrampfte mich, entspannte mich aber sofort wieder, als ich Delilahs Lächeln sah.

»Ich werde Myles wissen lassen, dass du seinen Versuch, sich ein zweites Standbein als Friseur aufzubauen, nicht gutheißt«, erwiderte sie.

»Du hast ihr die Haare geschnitten?« Kevin sah mich an. »Was hast du benutzt, ein Feldmesser?«

Ich brummte.

Delilah lachte und wandte sich wieder Kevin zu. »Ich weiß nicht, ob es ein Feldmesser war, aber ich hatte die Wahl zwischen einer Klinge und der kleinsten Schere, die ich je gesehen habe. Er hätte ein Jahr gebraucht, um all die dicken, verfilzten Haarbüschel abzuschneiden. Zu dem Zeitpunkt erschien es mir effektiver, das Messer zu benutzen. Um ehrlich zu sein, gefällt mir der schräge Schnitt immer besser. Vielleicht rufe ich damit einen neuen Trend ins Leben. Das wird der letzte Schrei sein, wie die schulterfreien, weiten

Oberteile, die diagonal über der Brust sitzen. Nun können sich die Frauen den passenden Haarschnitt dazu gönnen.«

Ich war dankbar, dass sie lächelte. Dennoch verfolgte mich die Erinnerung an ihre verfilzten Strähnen und daran, wie es zu dem Desaster auf ihrem Kopf gekommen war.

Ich brummte erneut und versuchte, die Erinnerung abzuschütteln. Doch ich wusste, dass sich der Anblick von Delilah, die verängstigt und verschmutzt im Hotel gestanden hatte, für immer in mein Gedächtnis eingebrannt hatte.

»Leg deine Uhr an, Baby.«

Ich hielt die Armbanduhr in die Höhe, die Tex Kevin gegeben hatte.

»Wir brechen in etwa zwanzig Minuten auf.«

Ich hasste es zu beobachten, wie ihr Lächeln erstarb. Es war mir zuwider, dass sie in Guatemala war, während Tamir und Abrams noch auf freiem Fuß waren. Und es gefiel mir ganz und gar nicht, dass ich kaum eine Wahl gehabt hatte und meine Möglichkeiten auch weiterhin begrenzt waren.

Das Ganze wird nicht lange dauern.

Wir gehen rein, verschwinden und fliegen nach Hause.

In weniger als achtundvierzig Stunden würden wir zu Hause sein.

Daran musste ich mich festhalten. Es war nicht viel, aber es war alles, was ich hatte.

KAPITEL ACHTZEHN

Es war kaum zu glauben, aber ich, Delilah Lynn Watts, war kurz davor, mit einer Waffe in der Hand zwei schwer bewaffneten Männern in ein Haus zu folgen. Das Schlimmste daran war, dass ich dringend auf die Toilette musste. So dringend, dass ich mir fast in die Hose machte. Ich wusste nicht, ob das an meiner Angst lag oder an der Menge an Limonade, die ich zum Abendessen getrunken hatte, aber wenn ich jemals wieder an einer Rettungsaktion beteiligt sein sollte, würde ich vierundzwanzig Stunden zuvor auf die Zufuhr von Flüssigkeit verzichten.

Wir hatten zuerst den Plan, dann den Ausweichplan sowie den Notfallplan durchgesprochen. Und dann waren wir alle drei Pläne noch einmal durchgegangen, bis ich sie vor Myles und Kevin rezitieren konnte, ohne ins Stocken zu geraten. Das hatte mehr als dreißig Minuten gedauert, sodass wir zehn Minuten hinter dem Zeitplan lagen. Beide Männer hatten viel Geduld bewiesen und darauf bestanden, dass es wichtiger sei, den Plan zu kennen, als einen Zeitplan einzuhalten, den sie selbst festgesetzt hatten. Trotz allem konnte ich sehen, dass sie Alejandro so schnell wie möglich holen und von hier verschwinden wollten.

Genau wie ich.

Wir hatten es fast geschafft. Bald würden wir wieder in den USA sein und ich würde mit Myles nach Hause gehen.

Myles bildete die Vorhut, wie er es genannt hatte. Er hätte auch einfach sagen können, dass er vorausging. Kevin war dicht hinter ihm und ich folgte den beiden. Beim Eintreten würde ich meine Position gleich neben der Tür einnehmen. Ich sollte mich mit dem Rücken an die Wand stellen und jeden erschießen, der nicht Alejandro, Myles oder Kevin war.

Nie im Leben hätte ich geglaubt, die Worte »schieß auf jeden« zu hören. Und ich hoffte inständig, dass sie nie wieder jemand mir gegenüber äußern würde.

Wir befanden uns in einer weniger schönen Gegend Jalapas. Tatsächlich war das noch milde ausgedrückt. Auf beiden Seiten der schmalen zweispurigen Straße befanden sich Bungalows mit Hauseingängen direkt auf Straßenhöhe. In den USA nannten wir derartige Gebäude meist Reihen- oder Stadthäuser, allerdings hatte ich noch nie ein einstöckiges Reihenhaus gesehen. Die Gebäude hier waren allesamt heruntergekommen. Sowohl der Putz an den Außenwänden als auch die Dachziegel aus Terrakotta hatten schon bessere Tage gesehen.

Auf keinen Fall wollte ich länger als nötig hierbleiben, auch nicht mit Kevin und Myles an meiner Seite.

Deshalb war ich froh, als Kevin den Arm nach mir ausstreckte und mir aufs Bein klopfte. Das war das Zeichen, dass Myles das Schloss geknackt hatte. Als hätten wir nicht nur darüber gesprochen, sondern unsere Bewegungen tatsächlich eingeübt, betraten wir das Haus als Einheit. Sogar unsere Schritte waren synchron. Myles hielt sein Gewehr im Anschlag und hatte den Schaft – er hatte mir flüchtig die

Bestandteile seines Gewehrs erklärt, sodass ich jetzt wusste, was ein Schaft war – auf den Flur gerichtet. Kevin ging voraus, um den sehr kleinen Wohnbereich zu sichern. Ich schloss leise die Tür, verriegelte sie und drückte mich mit meiner Glock gegen die Wand. Ich hielt meine Waffe nicht im Anschlag, sondern zielte damit auf den Boden.

Bis jetzt hatte ich meinen Puls unter Kontrolle, aber als ich ein Krachen und dann Gerangel hörte, beschleunigte sich mein Herzschlag. Die Geräusche schienen Kevin nicht im Geringsten zu stören. Er öffnete weiter Türen – sogar die zur Speisekammer – und überprüfte jeden Winkel, in dem sich jemand hätte verstecken oder eine Waffe deponieren können. Er war schnell, aber gründlich.

Gerade als ich dachte, ich müsste aus der Haut fahren, kam Myles mit einem derangierten Alejandro zurück ins Wohnzimmer. Ich hatte den Mann noch nie persönlich getroffen, aber da er ein führender Wissenschaftler auf seinem Gebiet war, hatte ich im Internet reichlich Informationen über ihn gefunden. Unter anderem auch Fotos von ihm. Der bärtige Mann, der nun vor mir stand, sah vollkommen anders aus als der gepflegte junge Mann auf den Bildern, der zu intelligent für sein eigenes Wohl war.

»Alejandro?«

Ich wollte mich von der Wand abstoßen, hielt aber inne, als Myles eine Hand hob.

»Wer sind Sie und was wollen Sie?«, fragte Alejandro.

»Wie heißen Sie?«, entgegnete Kevin.

»Juan Lopez. Wer sind Sie?«

Kevin begegnete meinem Blick. Ich war mir allerdings nicht sicher, ob er wollte, dass ich etwas sagte, oder ob er die Bestätigung brauchte, dass es sich bei dem Mann tatsächlich um Alejandro Arias handelte.

Also fragte ich ihn direkt: »Darf ich mit ihm sprechen?«

»Ja, aber bleib, wo du bist.«

»Erinnern Sie sich an mich? Ich habe Ihnen geholfen …«

Ich verstummte, als Alejandro mich unterbrach: »Ich erinnere mich.«

»Wir sind gekommen, um Sie in Sicherheit zu bringen.«

»So etwas wie Sicherheit gibt es nicht«, entgegnete er.

Er durchbohrte mich mit einem stechenden Blick aus seinen kalten, dunklen Augen.

Mann, das habe ich auch einmal geglaubt.

»Doch, und diese Männer werden Sie in Sicherheit bringen. Haben Sie Ihre Forschungsunterlagen noch?«

Mir entging weder der unglückliche Ausdruck in seinen Augen noch seine zusammengepressten Lippen. Ich konnte es ihm nicht verübeln. Durch diese Forschung hatte er alles verloren, und wenn er nicht vorsichtig war, würde er auch noch sein Leben verlieren. Aber ich hätte schwören können, dass ich auch Bedauern sah, und hatte unwillkürlich Mitleid mit ihm. Mehr als einmal hatte Alejandro mir erzählt, dass er sich wünschte, er hätte nie auf Avivs erste E-Mail geantwortet. Abrams hatte ihm Reichtum und ein besseres Leben für seine Großmutter und seine Tante versprochen. »Ja, Delilah, ich habe die Unterlagen«, antwortete er, wobei in seiner Stimme nichts als Verachtung lag.

Wow. Was hat das denn zu bedeuten?

Offenbar war ich nicht die Einzige, die es gehört hatte. Myles wandte sich Kevin zu, und als bestünde eine unsichtbare Verbindung zwischen den beiden, erwiderte Kevin sofort seinen Blick. Darauf folgte eine Art wortlose Verständigung zwischen Kameraden und Brüdern, bis Myles schließlich das Kinn anhob und mich ansah.

»Dann sollten wir die Unterlagen holen und zum Flughafen fahren«, schlug Kevin vor.

Myles wandte den Blick nicht von mir ab, als Alejandro beiseitetrat und in die Küche ging. Kevin folgte dem Wissenschaftler, während Myles mich weiterhin anstarrte.

»Du tust alles, was ich dir sage.«

»In Ordnung.«

»Ohne Fragen zu stellen oder zu zögern.«

Ich hielt es für angebracht, seinen Anweisungen umgehend zu folgen, also antwortete ich: »Ich verstehe.«

Er schien sich kaum merklich zu entspannen. Ansonsten war er weiterhin in höchster Alarmbereitschaft. Das wiederum machte mich nervöser, als ich ohnehin bereits war.

Irgendetwas stimmte hier nicht.

Das war nicht der Alejandro, mit dem ich vor einigen Monaten gesprochen hatte. Der Mann damals war sanftmütig und freundlich gewesen. Er hatte Angst vor dem Schlamassel, in den er hineingeraten war. Er wollte sich davon befreien und verhindern, dass seine Forschung für unlautere Zwecke missbraucht werden würde.

Der Mann, der jetzt vor mir stand, war hartherzig. Boshaft. Wütend.

Ich konnte diese Gefühle verstehen, denn ich hatte sie selbst empfunden. Aber Alejandro schien wütend auf mich zu sein.

Dabei war ich es gewesen, die ihm vorgeschlagen hatte, seinen Tod vorzutäuschen – wenn auch nur für kurze Zeit. Vielleicht war der Preis, den er dafür bezahlt hatte, zu hoch gewesen. Vielleicht hatte er seine Meinung geändert.

Aus der Küche drang das Klappern von Töpfen und Pfannen, dann kam Alejandro, dicht gefolgt von Kevin, mit einem dicken Umschlag zurück.

»Hier.« Er reichte Myles den Umschlag. »Da ist alles drin.«

Alejandro wandte mir sein Gesicht zu, und ich erkannte einen schuldbewussten Ausdruck in seinen Augen.

Ja. Irgendetwas stimmte hier nicht.

»Ich melde mich«, murmelte Kevin und wandte sich dann an Alejandro. »Lassen Sie uns gehen.«

Alejandro fügte sich ohne Widerrede.

Er fragte weder, warum er sich auf den Weg zum Flughafen machen sollte, noch wollte er wissen, wer Kevin und Myles waren, obwohl die beiden sich ihm nicht vorgestellt hatten.

Das war seltsam.

Kevin und Alejandro traten durch die Haustür, dann waren sie weg.

Sie gingen einfach.

Myles eilte zu mir und ich stieß den Atem aus, den ich offenbar angehalten hatte, ohne es zu merken.

»Du hast dich großartig geschlagen, Baby. Dreh dich um, ich will die Unterlagen in deinem Rucksack verstauen.«

Ach ja, mein Rucksack. Den würde ich auch nicht vermissen, wenn wir wieder zu Hause waren.

Ich drehte mich um und spürte, wie Myles den Reißverschluss öffnete.

»Das war seltsam, nicht wahr?«, fragte ich.

»Ja.«

»Er ist Kevin widerstandslos gefolgt und hat keine Fragen gestellt, nichts. Hat er im Schlafzimmer versucht, gegen dich anzukämpfen?«

»Wenn du wissen willst, ob er mich gebissen hat, dann lautet die Antwort nein. Und er hat sich auch nicht mehr gewehrt, nachdem ich ihn auf die Füße gezogen hatte.«

Zum Glück heilte die Wunde an Myles' Arm gut. Leider würde eine Narbe zurückbleiben.

»Er schien wütend auf mich zu sein.«

»Das war er.«

»Hat Kevin sich deshalb so schnell mit ihm aus dem Staub gemacht?«

»Ja.«

Myles schloss meinen Rucksack und drehte mich zu sich um. Dann beugte er sich vor und drückte mir einen zärtlichen Kuss auf die Lippen.

»Lass uns nach Hause gehen.«

Das klang wunderbar.

Herrlich. Göttlich. Himmlisch.

»Kann ich noch schnell auf die Toilette, bevor wir losfahren?«

Ich sah ihm an, dass er mir den Wunsch verweigern wollte, aber schließlich gab er nach.

»Ja, aber beeil dich. Wir müssen los.«

»Okay.«

Myles führte mich zum Badezimmer, doch bevor ich die Tür schloss, reichte ich ihm meine Waffe. »Hier drin brauche ich sie nicht.« Er wirkte nicht sonderlich glücklich, nahm sie aber nach einem kurzen Moment des Zögerns entgegen.

Ich hingegen war froh, sie los zu sein. Hoffentlich würde ich nie wieder in eine Situation geraten, in der ich sie möglicherweise brauchen würde. Myles schenkte mir ein Lächeln und schloss die Tür.

Ich stellte meinen Rucksack auf dem Boden ab, knöpfte so schnell ich konnte meine Hose auf und öffnete den Reißverschluss. Währenddessen betete ich, dass ich meine Blase überhaupt würde entleeren können, denn ich war mir bewusst, dass Myles auf der anderen Seite der Tür stand und mich pinkeln hören konnte.

Der Gedanke war albern, immerhin hatte er alle möglichen wunderbaren, schmutzigen Dinge mit meinem Körper angestellt. Aber es war mir trotzdem peinlich.

Letztendlich war es egal.

»Bleib im Badezimmer«, ertönte Myles' aufgebrachte Stimme durch die Tür.

»Okay.«

Ich hatte mich fast auf dem Toilettensitz niedergelassen,

doch ich richtete mich wieder auf und zog meine Shorts hoch. Ich machte mir nicht die Mühe, den Reißverschluss zu schließen, sondern knöpfte sie nur zu.

»Egal was du hörst, Baby. Versprich mir, dass du das Badezimmer nicht verlässt.«

Was zum Teufel ist hier los?

»Ich verspreche es, Myles.«

Ich hatte keine Ahnung, was mich dazu bewog, aber ich trat in die Duschkabine und zog langsam den Plastikvorhang zu, der jedoch keinerlei Schutz bot.

Ich lauschte. Als sich nach mehreren Sekunden nichts regte, begann ich, mich zu entspannen.

Dann hörte ich ihn.

»Myles Simms.«

Aviv Abrams.

Der Mann, der mich tot sehen wollte.

Er würde Myles umbringen.

»Wie nett von Ihnen, sich hier blicken zu lassen. Das erspart mir einiges an Mühe«, fuhr Aviv fort. »Wo sind Kevin und mein Wissenschaftler?«

Moment mal, woher kennt Aviv Myles und Kevin? Und woher weiß er, dass wir in Guatemala sind?

»Sie sind weg«, antwortete Myles in ruhigem Tonfall.

Meine Hände begannen, so heftig zu zittern, dass ich sie miteinander verschränken musste.

»Weg?«, wiederholte Aviv.

»Weg«, bestätigte Myles.

»Durchsuch das Haus«, befahl Aviv.

Nein.

Oh verdammt.

Ich zog die Hände auseinander und schlug mir eine vor den Mund, um ein Stöhnen zu unterdrücken.

Myles hat meine Waffe. Warum habe ich die verdammte Pistole nicht behalten?

Die Badezimmertür wurde geöffnet und ich erstarrte vor Angst. Ich hörte Schritte, dann wurde der Duschvorhang zurückgezogen.

Tamir.

Auge in Auge mit meinem schlimmsten Albtraum.

Ich geriet ins Schwanken und kämpfte darum, aufrecht stehen zu bleiben. In Tamirs Augen trat ein seltsamer Ausdruck.

Mitgefühl.

Was zum Teufel?

Er schüttelte langsam den Kopf, hob eine behandschuhte Hand und legte den Zeigefinger an die Lippen.

Ich war vor Angst wie gelähmt.

Falls ich diesen Schlamassel überlebte, würde ich an meiner Reaktionsfähigkeit in lebensbedrohlichen Situationen arbeiten müssen. Offensichtlich taugten meine Instinkte nicht viel. Ich hätte den Mann angreifen sollen, ihm die Augen auskratzen, beißen, treten, schlagen müssen. Irgendetwas! Tamir senkte seine Hand, nickte mir zu und bemühte sich um einen beruhigenden Blick.

Was zum Teufel?

Er verließ das Badezimmer und schloss die Tür hinter sich. Kurz darauf hörte ich ihn sagen: »Hier ist niemand.«

Wie bitte?

Ich hörte, wie die Haustür zugeschlagen wurde. Dann herrschte Stille.

Das Pochen meines Herzens schien in dem kleinen Badezimmer widerzuhallen.

Ich trat in die Mitte des Raumes und wartete.

Und wartete und wartete.

Egal was du hörst, Baby. Versprich mir, dass du das Badezimmer nicht verlässt.

Also wartete ich noch etwas länger.

Als ich nach einer sehr langen Zeit immer noch nichts

gehört hatte, öffnete ich meinen Rucksack und fischte mein Handy heraus.

Zuerst wählte ich Kevins Nummer, doch es schaltete sich nur die Mailbox ein.

Als Nächstes rief ich Zane an.

Er nahm beim zweiten Klingeln ab.

»Sag Myles, er fährt in die falsche Richtung.«

»Aviv hat Myles«, flüsterte ich.

»Wo bist du?«

»Noch in Alejandros Haus.«

»Alles klar, Schätzchen. Bist du in Sicherheit?«

»Ich weiß es nicht. Ich war im Badezimmer und konnte nichts sehen, aber Aviv war zweifellos hier. Offenbar kennt er Myles' und Kevins Namen. Er wollte wissen, wo Kevin und Alejandro sind, aber Myles sagte ihm nur, sie seien weg. Dann befahl Aviv Tamir, das Haus zu durchsuchen. Als Letzterer mich im Badzimmer fand, bedeutete er mir mit einer Geste, mich still zu verhalten. Dann ging er und machte Aviv weis, dass niemand im Haus sei. Schließlich wurde die Haustür zugeschlagen, seitdem herrscht absolute Stille.«

»Hast du das alles gehört?«, fragte Zane.

»Wie bitte?«

»Die Frage galt nicht dir, sondern Garrett, Schätzchen. Er verfolgt gerade Myles' Standort und kann zudem sehen, wo du dich befindest.«

Richtig. Myles ist gechippt. Gott sei Dank.

»Bleib, wo du bist. Ich werde alles Nötige veranlassen und dich dann zurückrufen.«

»Nein!«

»Delilah …«

»Bitte leg nicht auf. Bitte bleib in der Leitung. Ich werde keinen Ton von mir geben. Ich verspreche dir, dass ich ganz leise bin, aber lass mich nicht allein in diesem Haus.«

Meine Güte, ich war so verdammt schwach. Es war mir

jedoch egal, dass Zane nun wusste, was für eine Art Frau ich war. Ich war viel zu verängstigt, um mir darüber den Kopf zu zerbrechen.

»In Ordnung, Schätzchen, ich schalte den Lautsprecher ein. Garrett ist bei mir und in ein paar Minuten werde ich das Team versammeln. Du wirst mehrere Stimmen hören. Wir sind alle da, wenn du uns brauchst.«

»Danke«, flüsterte ich.

»Gern geschehen, Delilah.«

KAPITEL NEUNZEHN

Die Zeit war ein seltsames Konzept. Sie verstrich, ob man es nun wollte oder nicht. Manche Momente vergingen wie im Flug, andere zogen sich endlos hin, sodass Sekunden wie Minuten und Minuten wie Stunden erschienen.

Sechsundzwanzig Minuten waren vergangen, seit ich Zane angerufen hatte. Sechsundzwanzig Minuten, die mir wie eine Ewigkeit vorkamen.

Und wieder einmal war ich allein. Zwar in einem anderen Haus und in einem anderen Land, aber das Gefühl war dasselbe.

Angst.

Ich konnte Zane und die anderen reden hören. Um mich von meiner aktuellen Situation abzulenken, konzentrierte ich mich darauf, den Stimmen Namen zuzuordnen. Die von Zane, Garrett und Gabe kannte ich. Sie alle hatte ich bereits gehört. Owen, Lincoln und Cooper waren neu. Es dauerte ein paar Minuten, bis ich sie auseinanderhalten konnte. Lincolns Stimme war tiefer als die von Owen und Cooper. Owen sprach schnell. In Coopers Stimme schwang ein südkalifornischer Akzent mit. Und da Ivy die einzige Frau im Raum war, war sie leicht zu erkennen.

Ab und an unterbrach Zane seine Arbeit, um mich zu fragen, ob ich noch dran war. Sobald ich ihm die Bestätigung lieferte, widmete er sich wieder seiner Aufgabe. Sie verfolgten Myles' Standort in Echtzeit, was mich eigentlich hätte beruhigen sollen. Doch das tat es nicht. Und dank der Uhr, die Tex geschickt hatte, wussten sie, wo ich war. Auch das trug nicht gerade dazu bei, meine Nerven zu besänftigen.

»Kevin ruft gerade an«, hörte ich Zane sagen.

Für einen Moment war die Leitung still, und meine Panik steigerte sich ins Unermessliche, bis Kevins Stimme an mein Ohr drang.

»Wir haben ein Problem«, verkündete er.

»Ich würde sagen, wir haben mehrere verdammte Probleme«, blaffte Zane. »Wo bist du?«

»Etwa sechzig Kilometer östlich von Jalapa. Arias hat ins Gras gebissen.«

»Wie bitte?«, flüsterte ich.

»Ist das Delilah?«

»Verdammte Scheiße«, bellte Zane und ignorierte Kevins Frage. »Wie ist das passiert?«

»Vor fünf Minuten fing er an, etwas darüber zu faseln, dass er eine Schande für seine Familie sei und alles versaut habe. Soweit ich seinem kaum zusammenhängenden Gemurmel entnehmen konnte, hat Abrams seine Groß-mutter und seine Tante entführt. Dann entschuldigte Arias sich und fischte eine Packung Tic-Tacs aus seiner Tasche. Ich habe mir nichts dabei gedacht, bis er plötzlich Schaum vor dem Mund hatte.«

»Warum hast du das Haus vor Myles verlassen?«

»Arias hat sich Delilah gegenüber feindselig verhalten. Myles und mir hat das nicht behagt. Warum ist Delilah in der Leitung? Was ist los?«

»Lade das Arschloch am Straßenrand ab und fahr zurück nach Jalapa. Abrams hat sich Myles geschnappt.«

Ich glaubte, das Quietschen von Reifen zu hören. Obwohl ich mir nicht sicher sein konnte, klang es, als würde eine Wagentür geöffnet werden. Unverkennbar war, dass Kevin wie ein Rohrspatz fluchte. Bei der Wahl seiner Schimpfwörter war er fast so kreativ wie Zane. Dann folgten ein Grunzen und ein Stöhnen, und mir wurde klar, dass Kevin die Leiche von Alejandro buchstäblich in den Straßengraben warf.

Zugegeben, Kevin hatte ihn nicht getötet, aber der Gedanke war trotzdem schrecklich.

Arias war immerhin ein Mensch.

»Vielleicht sollte Kevin Alejandro lieber mitnehmen …«

»Die Beweise deuten darauf hin, dass er dich, Myles und Kevin verraten hat«, begann Zane. »Du hast gesagt, Abrams sei plötzlich da gewesen und es habe sich angehört, als hätte er gewusst, dass Myles und Kevin im Haus sein würden.«

»Nun …«

»Und deshalb sitzt du nun allein in einem Badezimmer und einer meiner Männer wurde entführt. Ich kann zwar sehen, dass er sich bewegt, aber ich habe keine Ahnung, ob er noch atmet. Wenn du das alles in Betracht ziehst, kümmert es dich dann immer noch, wo Kevin Arias' Leiche liegen lässt?«

Äh …

»Und bevor du meine Frage beantwortest: Es hat den Anschein, dass Abrams Alejandros Tante und Großmutter in Gewahrsam hat, aber der Arsch bringt sich lieber um, statt Kevin zu verraten, was er weiß, um seine Familie zu retten. Und dieser Mann tut dir leid?«

Nun, wenn du es so ausdrückst …

»Nein, ich habe kein Mitleid mehr mit ihm. Aber nur damit du es weißt, ich hatte bereits jegliches Mitgefühl für ihn verloren, als du erwähnt hast, dass er Myles und Kevin verraten hat.«

»Gut zu wissen.«

In seiner Stimme schwang keinerlei Sarkasmus mit. Offenbar war er tatsächlich froh, dass Myles und Kevin mir mehr bedeuteten als Alejandro.

»Wo ist Myles?«, wollte Kevin wissen. Anschließend hörte ich, wie eine Wagentür zugeschlagen wurde.

»Sie fahren auf der CA19 in Richtung Südosten. Vor einer Weile haben sie die Stadt Monjas passiert.«

»Scheiße, der Empfang hier ist beschissen. Ich befinde mich nördlich von ihm, etwas außerhalb von San Pedro Pinula.«

»Das habe ich mir gedacht«, warf Garrett ein. »Wir versuchen seit über zwanzig Minuten, dich zu erreichen.«

»In den Bergen habe ich kaum Empfang. Wohin soll ich fahren? Sieht so aus, als würde ich in etwa zwanzig Kilometern auf die JAL-1 stoßen, die im Süden die CA19 kreuzt.«

»Fahr zurück nach Jalapa und hol Delilah«, befahl Zane.

»Nein. Kümmere dich um Myles«, sagte ich.

»Delilah …«

»Nein. Auf keinen Fall. Ich bin hier gut aufgehoben. Befreie Myles aus Avivs Klauen. Tamir ist bei ihm. Ich weiß nicht, wer sonst noch dort ist. Ich habe nur Myles und Aviv reden hören. Und Tamir habe ich gesehen.«

»Myles würde das nicht wollen, Schätzchen«, erwiderte Zane mit sanftem Tonfall.

Wahrscheinlich hatte er den hysterischen Unterton in meiner Stimme gehört und wollte mich beruhigen.

»Kevin«, flüsterte ich. »Bitte hol Myles da raus.«

»Scheiße«, ertönten mehrere männliche Stimmen gleichzeitig.

»Wie wäre es, wenn du selbst zum Flughafen fährst?«, fragte Gabe.

Ich hasste diese Idee.

»Das kann ich … äh … tun.«

»Nein, auf keinen …«

»Z, Kevin muss Myles helfen«, warf Owen ein.

»Ich schaffe das«, sagte ich mit festerer Stimme. »Ich habe meinen Rucksack bei mir und sowohl meinen Reisepass als auch meinen Ausweis dabei.«

»Was ist mit dem Schlüssel? Hast du den Schlüssel für den Mitsubishi?«, wollte Zane wissen.

Scheiße.

Den Schlüssel hatte ich nicht.

»Nein. Aber ich kann nach Alejandros Schlüssel suchen und seinen Wagen nehmen.«

»Und woher willst du wissen, welcher Wagen ihm gehört?«

»Hör auf, so verdammt logisch zu sein, Zane Lewis!«, schrie ich. »Ich weiß nicht, wie ich es anstellen werde, aber ich werde es schon herausfinden. Danach mache ich mich sofort auf den Weg zum Flughafen. Ich werde überall hinfliegen, wo du willst, das schwöre ich. Aber ich flehe dich an, bitte schick Kevin, um Myles zu befreien.«

»Allmächtiger Gott«, bellte Zane. »Ihr Frauen seid eine echte Plage.«

»Ich schaffe das schon«, log ich.

Tatsächlich hatte ich keine Ahnung, wie ich das bewerkstelligen sollte, aber um Myles' willen würde ich einen Weg finden.

Ich hatte keine andere Wahl.

»Solange Myles nicht bei ihr ist, sollte sie keinen Linienflug nehmen«, gab Garrett zu bedenken. »Ich rufe Tex an und sorge dafür, dass Kevins Flugzeug ihr zur Verfügung steht. Er wollte mit Arias nach Houston fliegen und von dort einen Anschlussflug nehmen. Wir ändern die Route und schicken sie zu einem Flugplatz in der Nähe von

Killeen. Ich werde Ghost wissen lassen, dass er sich bereithalten soll.«

»Delilah, besorg dir Zettel und Stift, damit du dir die Wegbeschreibung notieren kannst«, forderte Kevin mich auf.

Ich erstarrte.

Dafür würde ich das Badezimmer verlassen müssen.

Mein Verstand schrie mich an, mich zu beeilen, bevor Zane es sich anders überlegte und Kevin doch zu mir schickte.

Komm schon, Delilah, beweg dich!

»Delilah?«, rief Kevin.

»Ja?«

»Wo bist du? Wo stehst du gerade?«

»Im Badezimmer. Myles hat mir befohlen hierzubleiben.«

Egal was du hörst, Baby. Versprich mir, dass du das Badezimmer nicht verlässt.

»Soll ich zuerst zu dir kommen?«

Auf keinen Fall!

»Nein.«

»Dann mach dich vom Acker.«

Ich brauchte einen Moment, bis ich verstand, was er gesagt hatte.

»War das gerade ein Zitat aus *Zurück in die Zukunft*?«

»Delilah, geh ins Wohnzimmer und such dir etwas zum Schreiben. Und zwar umgehend. Ich muss dir den Weg zum Flughafen beschreiben, denn sobald ich in den Bergen bin, habe ich kaum Empfang.«

Kevins Tonfall klang bestimmt, aber nicht ungeduldig. Ich musste mich beeilen, damit er losfahren konnte.

Im Moment vergeudete ich nur Zeit.

Scheiß drauf.

Falls jemand da draußen war, würde ich mich dem Problem stellen.

Ich nahm meinen Rucksack, schulterte ihn und öffnete die Tür.

Bevor ich zu lange darüber nachdenken, in Panik geraten oder erstarren konnte, marschierte ich ins Wohnzimmer und sah mich um.

Niemand war hier.

Niemand.

Ich hatte mich völlig umsonst wie ein verdammtes Baby im Badezimmer versteckt.

Mein Blick fiel auf Myles' Rucksack und ich ging schnellen Schrittes darauf zu.

»Sein Rucksack ist hier«, berichtete ich. »Das Gewehr und beide Handfeuerwaffen liegen auf dem Tisch.«

»Such etwas zum Schreiben«, forderte Kevin mich auf.

Ich eilte in die Küche, die sich in der Mitte des Hauses befand, und öffnete eine Schublade nach der anderen. Schließlich stieß ich auf eine, die mit Krimskrams vollgestopft war, und entdeckte zwischen all dem Gerümpel einen Notizblock und ein halbes Dutzend Stifte.

»Leg los«, sagte ich.

Kevin ratterte die Wegbeschreibung herunter, wobei er einige Sehenswürdigkeiten nannte, an denen er vorbeigefahren war – bis er angehalten hatte, um eine Leiche zu entsorgen. Ich wollte weder darüber noch über Alejandros Verrat nachdenken.

Nur Myles war wichtig.

»Verstanden.«

»Ich lege jetzt auf«, sagte Kevin. »Garrett, halte mich auf dem Laufenden.«

»Natürlich.«

Bevor er die Verbindung trennte, rief Kevin: »Delilah? Wenn du mich brauchst, ruf mich an.«

»Hol du einfach Myles nach Hause und sei vorsichtig.«

»Das werde ich, Delilah, versprochen.«

Schlüssel.

Ich brauchte den Schlüssel. Ich faltete den Zettel mit der Wegbeschreibung zusammen, steckte ihn in meine Tasche und eilte zu Myles' Rucksack, um darin herumzukramen. Schließlich fand ich, wonach ich gesucht hatte.

Gott sei Dank!

»Ich habe den Schlüssel!«, verkündete ich. »Was soll ich mit den Waffen machen?«

»Lass sie dort liegen«, befahl Zane.

Ich soll sie zurücklassen?

»Myles hat mir gezeigt, wie man damit umgeht …«

»Myles ist nicht da«, erinnerte Zane mich sanft. »Du willst doch nicht mit einer Schusswaffe in einem fremden Land erwischt werden.«

Verdammt.

Ich warf einen Blick auf die Glock und überlegte, Zane zu ignorieren.

»Zane hat recht, Delilah«, drängte Gabe. »Im Gegensatz zu dir könnte Myles sich aus einer solchen Situation freikaufen. Du darfst kein Risiko eingehen. Lass die Waffe liegen und fahr zum Flughafen.«

Scheiße.

Also schön, Gabe hatte recht.

Ich schnappte mir Myles' Rucksack und wandte mich der Tür zu.

Ich verspreche dir, dass ich dir Flügel verleihen werde.

Ich nahm all meinen Mut zusammen und verließ das Haus.

* * *

Ich hatte in Virginia gelebt. Dort gab es durchaus Berge, über die sich Straßen schlängelten. Aber keine von ihnen ähnelte der Route, auf der ich gerade unterwegs war.

In den USA gab es diese fantastischen Dinger namens Leit-
planken. Scheinbar wusste Guatemala nicht, dass man sich
mithilfe dieser Barrieren davor schützen konnte, von der
Straße abzukommen und den Abhang hinunter in den Tod
zu rollen. Darüber hinaus waren die guatemaltekischen
Fahrer wohl mit die mutigsten der Welt. Der Gegenverkehr
raste an mir vorbei. Einmal fuhr hinter mir ein Wagen auf,
scherte aus und überholte mich. Der Kerl sah aus, als sei er
über hundert Jahre alt. Als er auf gleicher Höhe mit mir war,
verlangsamte er das Tempo, schrie mich an und wedelte mit
der Faust, bevor er an mir vorbeirauschte.

Kevin musste verrückt gewesen sein, denn ich war bereits
fünfundzwanzig Minuten unterwegs und noch nicht annähernd so weit gekommen wie er in derselben Zeit.
Außerdem hatte ich keinen Handyempfang, was mir die
Fahrt nicht gerade erleichterte.

Vor zwei Tagen hätte ich gelacht, wenn Myles mir gesagt
hätte, dass ich alles dafür geben würde, Zanes Stimme zu
hören. Natürlich hätte ich Myles seinem Chef vorgezogen,
doch da das nicht möglich war, war Zane die nächstbeste
Option. Ich hätte sogar noch mehr gelacht, wenn Myles mir
versichert hätte, dass sich unter Zane Lewis' schroffer und
sarkastischer Fassade ein liebevoller, sanftmütiger Mann
verbarg.

Kevin sagte mir, dass der Flughafen etwas mehr als zwei
Stunden entfernt sei, was bedeutete, dass ich mindestens drei
Stunden brauchen würde, da ich mich an ein Tempo hielt,
das weit unter der Geschwindigkeitsbegrenzung lag.

Bald.

Ich würde bald da sein.

Und Kevin würde Myles finden.

Es würde ihm gut gehen.

Die nächsten dreißig Minuten wiederholte ich dieses
Mantra immer wieder im Geiste – Kevin würde Myles

finden. Sie beide würden unbeschadet aus der Sache herauskommen.

Immer und immer wieder rezitierte ich in Gedanken die Worte, bis ich die Berge hinter mir ließ und mein Handy klingelte.

»Hallo?«

»Alles in Ordnung?«, fragte Zane.

»Wenn ich dir jemals sage, dass ich in Guatemala Urlaub machen will, erinnere mich daran, dass das keine gute Idee ist.«

Zugegebenermaßen war die Landschaft atemberaubend. Aber die Autofahrer waren verrückt und die Straßen eine Zumutung.

»Ich kann mich nicht erinnern, dass der Verkehr so verrückt war, als Myles gefahren ist«, fügte ich hinzu.

Ich hörte Zane leise lachen.

Heilige Scheiße.

»Du liegst gut in der Zeit.«

»Woher weißt du das?«

»Deine Uhr.«

»Ach richtig, stimmt. Die habe ich völlig vergessen. Ich glaube, ich brauche noch eineinhalb Stunden bis zum Flughafen.«

»Du hast die Berge überstanden. Ab jetzt wird die Fahrt einfacher.«

Gott sei Dank.

»Wo ist Kevin? Hat er Myles gefunden? Soll ich am Flugplatz auf die beiden warten …«

»Noch nicht, Schätzchen. Der Pilot steht bereit und kann starten, sobald du eintriffst.«

Ich schloss die Augen – nur für einen Moment, schließlich musste ich mich auf die Straße konzentrieren. Als ich sie wieder öffnete, atmete ich tief durch und ein Brennen durchzuckte mich.

Plötzlich stürmte alles auf mich ein.

Absolut alles.

Myles, der mir gezeigt hatte, dass ich über mich hinauswachsen konnte. Die Lügen, die mir mein Leben lang aufgetischt worden waren. Die Liebe, die ich für Myles empfand. Ich hatte mich fallen lassen und er hatte mich aufgefangen, wie er es versprochen hatte. Abrams und Tamir hatten mir das einzig Gute genommen, was ich je in meinem Leben gehabt hatte, und das vielleicht für immer.

Meine Lunge brannte und mir stockte der Atem.

Zane versuchte, nett zu mir zu sein und mich nicht in Panik zu versetzen, damit ich sicher zum Flughafen fahren konnte. Aber es war zu spät.

Viel zu spät.

»Bitte sag mir, wo sie sind.«

Es folgte eine erdrückende Stille.

Panik überkam mich.

»Schätzchen«, flüsterte Zane. »Du solltest dich darauf konzentrieren, wohlbehalten zum Flughafen zu gelangen.«

Da war sie, die Bestätigung, dass Zane ein netter Mensch war. Aber ich wollte keine beschwichtigenden Worte, sondern die Wahrheit. In diesem Moment wünschte ich mir, er sei so sarkastisch und direkt wie immer.

»Sag es mir«, drängte ich mit etwas mehr Nachdruck.

»Delilah …«

»Myles hat die Wahrheit nicht vor mir verborgen.«

»Das ist wahr, aber er war da, um dich vor den emotionalen Folgen zu schützen.«

Damit hatte er recht.

»Ich kann damit umgehen. Raus mit der Sprache.«

Wieder herrschte Stille.

»Sie sind noch unterwegs. Kevin ist etwa dreißig Minuten hinter ihnen. Er tut sein Bestes, um Abrams und Tamir einzuholen, bevor sie irgendwo anhalten.«

Natürlich, denn sobald sie irgendwo hielten, könnte das schreckliche Konsequenzen für Myles haben.

»Danke«, flüsterte ich.

»Gern geschehen. Soll ich dir beim Fahren Gesellschaft leisten?«

Ich schloss wieder die Augen, diesmal etwas länger, als ich es hinter dem Steuer hätte tun sollen. Doch ich konnte nicht anders. Diese neue, gutherzige Version von Zane war kaum zu verkraften.

»Du hast zu tun …«

»Momentan befinden sich zwölf Männer mit mir im Büro. Sie wären dankbar, wenn ich mit dir am Telefon bliebe, statt sie herumzukommandieren.«

»Erzählst du mir mehr von Myles?«

»Was willst du wissen?«

»Alles.«

»Er ist ein verrückter Kerl«, lachte Zane. »Wusstest du, dass er aus Colorado stammt?«

»Ja.«

»Hat er dir erzählt, wie er einst mitten im Winter mit Schneeschuhen in den Wald gestapft ist, um Wildkameras aufzustellen, nachdem ein Berglöwe auf dem Grundstück seiner Eltern gesichtet worden war? Er hatte beschlossen, dass er das Vieh zu seinem Haustier machen wollte.«

»Wie bitte? Ein Berglöwe als Haustier?«

»Er war sechs.«

»Sechs?«

»Ja, sechs«, bestätigte Zane und lachte.

Während der restlichen Fahrt zum Flughafen unterhielt Zane mich mit Geschichten über Myles. Dabei achtete er darauf, nur lustige Anekdoten zum Besten zu geben, und erwähnte weder Myles' Militärkarriere noch seine Arbeit bei Z Corps. Als ich mein Ziel erreichte, musste ich Zane zustimmen – Myles war ein verrückter Kerl, und zudem abenteuerlustig, mutig und humorvoll. Und das Beste daran war, dass ich Myles durch Zanes Augen kennenlernen durfte. Der Stolz und die Kameradschaft, die ich aus seinen Erzählungen heraushören konnte, halfen mir, mich zu beruhigen.

Über ihn zu sprechen gab mir die Kraft, nach vorn zu blicken.

Myles würde nach Hause zurückkehren. Er musste es einfach schaffen, eine andere Möglichkeit gab es nicht. Er war stark und einfallsreich, klug und erfahren. Ich musste darauf vertrauen, dass alles gut werden würde. Außerdem hatte er Kevin, der ihm zu Hilfe eilte. Auch er war stark, einfallsreich, klug und erfahren.

Myles hatte mich gebeten, an ihn zu glauben.

Also glaubte ich an ihn.

Er konnte alles schaffen.

KAPITEL ZWANZIG

Es war verdammt lange her, seit ich das letzte Mal gefesselt und mit einer Kapuze über dem Kopf irgendwo gesessen hatte.

Die Erfahrung war schon beim ersten Mal in der Türkei verdammt unangenehm gewesen. Diesmal missfiel sie mir nicht weniger.

Ich hatte friedlich mit Abrams, Cohen und zwei weiteren Männern, die aussahen wie zwei ehemalige Soldaten der israelischen Armee, das Haus verlassen.

Wenn ich mich auf engem Raum gegen vier Männer zur Wehr gesetzt hätte, wären meine Chancen schlecht gewesen und die Sache hätte blutig enden können. Die Kugeln hätten sowohl die Trockenbauwände als auch menschliches Fleisch durchschlagen können. Da Delilah im Badezimmer saß und nicht wusste, was sich vor der Tür abspielte, hätte sie von Schüssen durchsiebt werden können. Dieses Risiko hatte ich nicht eingehen wollen, bis Abrams Cohen befahl, das Haus zu durchsuchen.

Tamir Cohen hatte Abrams erzählt, dass er Delilah getötet hatte. Wenn er sie also ins Wohnzimmer gebracht hätte, wäre seine Lüge aufgeflogen. Er war damit ein großes Risiko eingegangen, aber er hatte das Richtige getan, als er Aviv erneut belog und ihm versicherte, dass er niemanden hatte finden können.

Delilah konnte sich in dem kleinen Badezimmer nirgendwo verstecken, und selbst wenn es eine Möglichkeit gegeben hätte, hätte Cohen sie gefunden. Er hätte genau gewusst, wo er suchen musste.

Das bedeutete, dass er sie gesehen hatte.

Und sie am Leben gelassen hatte.

Hätte Abrams einen der beiden anderen Männer geschickt, um das Haus zu durchsuchen, hätte es eine Schießerei gegeben. Ich hätte nicht riskieren können, dass Aviv Delilah in die Finger bekam.

Also war ich ohne Wiederrede mit den Männern mitgegangen und hatte Delilah im Haus zurückgelassen, während ich darauf vertraut hatte, dass mein Team Kevin anrufen und ihn zurückschicken würde, um sie zu holen.

Nur das hatte mich in den letzten Stunden bei Verstand gehalten. Kevin war ganz in der Nähe. Er würde umkehren und sie in Sicherheit bringen.

Ich wusste, dass er sich um sie kümmern würde.

Dann würde Zane ein Team mit meiner Rettung beauftragen.

Alles war gut.

Abrams hatte mich noch nicht getötet, was bewies, dass er ein Vollidiot war.

Mit vier Gegnern standen meine Chancen zwar nicht sonderlich gut, aber ich hatte schon Schlimmeres erlebt. Und da Delilah nun zweifellos in Sicherheit war, würde ich den vier Männern den Garaus machen.

Tamir würde der Letzte sein.

Mit ihm hatte ich noch eine Rechnung offen.

* * *

KEVIN MONROE beobachtete das Geschehen aus der Ferne.

Aviv Abrams, Tamir Cohen, zwei ihm unbekannte Männer, zwei Frauen, die er noch nie gesehen hatte, und Myles.

Er nahm an, dass die Frauen Alejandros Tante und Großmutter waren. Außerdem vermutete er, dass die beiden fremden Männer, ebenso wie Abrams und Cohen, ehemalige Soldaten der israelischen Armee waren.

Zwei gegen vier – die Chancen standen gut, zumindest wenn Myles keine Kapuze über dem Kopf gehabt hätte und gefesselt gewesen wäre.

Abrams befahl den Frauen, sich auf den Boden zu knien. Sie gehorchten sofort, und selbst aus der Entfernung konnte Kevin die Angst in ihren Gesichtern erkennen.

»Ich gehe rein.«

»Melde dich, wenn du fertig bist.«

Kevin beendete das Gespräch und stellte sein Handy auf lautlos, schaltete es aber nicht gänzlich ab, damit Garrett weiterhin seinen Standort verfolgen konnte.

Abrams hatte einen entscheidenden taktischen Fehler begangen, als er beschlossen hatte hierherzukommen. Und dieser Fehler würde ihm zum Verhängnis werden. Sie befanden sich nicht nur in einem Waldgebiet unter freiem Himmel, der Ort bot darüber hinaus zu viele Stellen, hinter denen Kevin in Deckung gehen konnte. Dank der vielen Bäume konnte er sich unbemerkt anschleichen, um dann hinter einem der umliegenden baufälligen Gebäude in Position zu gehen.

Es war beinahe lächerlich.

Abrams war unvorsichtig geworden. Er war selbstgefällig und hielt sich für unbesiegbar.

Kein Mensch war unbesiegbar.

Und das würde Kevin heute beweisen.

* * *

DIE KAPUZE WURDE MIR VOM KOPF GERISSEN UND ICH blinzelte, als das grelle Sonnenlicht meine Augen traf.

Felder. Bäume. Außengebäude und Schuppen. Keine Wohnhäuser. Zwei Frauen.

Scheiße.

Wer auch immer die beiden waren, sie waren erledigt.

»Wo ist mein Wissenschaftler?«, fragte Abrams.

»Bitte sag mir, dass du nicht den ganzen Weg mit mir hierhergefahren bist, um mir Fragen zu stellen, die ich bereits beantwortet habe.«

»Wo ist Alejandro?«, wiederholte Abrams.

»Du kannst mich hundertmal fragen, meine Antwort bleibt dieselbe. Ich weiß es nicht.«

Abrams richtete den Lauf seines Gewehrs auf die Frauen, die auf den Knien kauerten, und fragte erneut: »Wo ist er?«

»Ich weiß es immer noch nicht.«

Ein Schuss hallte durch die Luft und mein Magen verkrampfte sich.

Verdammte Scheiße.

Schrille Schreie erfüllten die Idylle.

Ich sah nicht hin, aber das musste ich auch gar nicht. Ich wusste auch so, was passiert war.

»Bring sie zum Schweigen«, befahl Abrams einem seiner Männer.

Auch darauf achtete ich nicht. Meine ganze Aufmerksamkeit galt Tamir. Seine Kiefermuskeln angespannt, sein Blick hart und sein Bizeps zuckte.

Tamir Cohen war nicht damit einverstanden, dass sein Chef Frauen tötete.

Er begegnete meinem Blick. Ich sah die Wut in seinen Augen und bemühte mich selbst um einen neutralen Gesichtsausdruck.

Ich durfte keine Regung zeigen. Es war meine einzige Chance, hier lebend rauszukommen.

Ich musste Geduld haben und mich von dem blutigen Geschehen abkoppeln.

»Erinnerst du dich jetzt, wo er ist?«, fragte Abrams.

Mein Gott.

»Glaub mir, Abrams. Ich weiß nicht, wo Arias ist. Aber ich nehme an, er sitzt in einem Flugzeug und ist auf dem Weg in die USA.«

»Falsche Antwort.« Er richtete sein Gewehr erneut auf die Frauen – genauer gesagt auf die Frau, die noch lebte – und hielt inne. »Wo?«

»Ich weiß immer noch nicht …«

Ich wurde jäh unterbrochen, als er den Abzug drückte.

Herrgott.

Ein willkommenes und vertrautes Gefühl unbändigen Zorns wallte in mir auf.

»Auf die Knie.«

Das kann er vergessen.

»Ich denke, du weißt, dass ich nicht vor dir knien werde.«

Wut verzerrte sein hässliches Gesicht, als Abrams brüllte: »Auf die Knie, Simms.«

»Du wirst mich schon stehend erschießen müssen.«

Abrams schwang sein Gewehr über den Rücken, zog ein Messer aus der Scheide an seiner Hüfte und kam auf mich zu.

Wunderbar.

Er war nur noch zwei Schritte von mir entfernt, als ein Schuss fiel und Abrams zu Boden sank. Ich sah Cohen an, der den Abzug erneut betätigte, woraufhin ein weiterer

Mann zusammenbrach. Der dritte Schuss traf den dritten Mann jedoch, bevor Cohen auf ihn zielen konnte.

Was zum Teufel?

»Lass die Waffe fallen, Cohen«, schrie Kevin, der hinter einer Scheune hervortrat.

»Ich denke, du weißt, dass ich das nicht tun werde«, erwiderte Cohen in Anlehnung an meine eigenen Worte.

Er steckte seine Pistole jedoch in sein Holster und kam auf mich zu.

»Dreh dich um, damit ich dich losbinden kann.«

Wie bitte?

»Das werde ich erledigen«, sagte Kevin.

»Einigt euch«, bellte ich.

Kevin trat hinter mich und löste die Fesseln.

»Verdammt«, presste ich hervor und schüttelte meine Arme, um die Zirkulation anzuregen. »Hättest du das nicht gleich in Arias' Haus erledigen können?«

»Dort wäre Delilah in die Schusslinie geraten.«

Daran hatte ich bereits gedacht.

Moment mal.

»Wo zum Teufel ist Delilah?«

»Ihr Flugzeug ist vor fast dreißig Minuten gestartet.«

Erleichterung überkam mich, die so überwältigend war, dass ich mich nur mühsam auf den Beinen halten konnte.

»Was zum Teufel hatte das zu bedeuten?«, wollte Kevin von Cohen wissen.

Dieser antwortete jedoch nicht, sondern fragte: »Ist Arias in Sicherheit?«

»Arias ist tot. Ich nehme an, das hier sind seine Tante und seine Großmutter«, vermutete Kevin und deutete auf die beiden toten Frauen.

Herrgott.

»Habt ihr die Forschungsunterlagen sicher verwahrt?«, hakte Cohen nach.

»Ja. Und jetzt solltest du …«

»Lewis wird sie entsorgen?«

»Herrgott«, explodierte Kevin. »Genug von der verdammten Forschung. Fang an zu reden, Cohen.«

»Diese Forschung …«

Ich ließ Cohen nicht ausreden. Mir reichte es.

»Ich bin dir dankbar, dass du mir das Leben gerettet hast, aber meine Dankbarkeit verfliegt langsam, Cohen. Ich habe nicht vergessen, dass du meine Frau entführt, sie zu Tode erschreckt und wie ein Tier behandelt hast. Du hast fünf Minuten, um mich davon zu überzeugen, dir nicht die Eingeweide herauszureißen. Das ist kein Witz, Cohen, fünf Minuten.«

Ein bösartiges Lächeln, das kleinen Kindern jahrelang Albträume bescheren würde, huschte über seine Lippen.

Was zum Teufel?

»Ich habe ihr nicht wehgetan«, sagte er.

»Nein, aber du hast ihr Angst eingejagt und …«

»Ja, ich weiß. Das konnte ich nicht verhindern. Aber ich habe ihr weder wehgetan noch Hand an sie gelegt. Ich habe sie so weit wie möglich von diesem Scheißkerl weggebracht und sie versteckt. Dann habe ich euch angerufen, damit ihr sie abholen konntet.«

»Ja, lass uns über den Scheißkerl reden. Warum hast du Abrams erschossen?«

»Er hat meinen Bruder getötet.«

Verdammte Scheiße.

KAPITEL EINUNDZWANZIG

»Hallo Delilah, ich bin Ghost.«

Der Jet war kaum zum Stehen gekommen und der Pilot hatte noch nicht einmal verkündet, dass ich meinen Sicherheitsgurt lösen konnte, als die Kabinentür geöffnet wurde und ein gut aussehender dunkelhaariger Mann eintrat.

Zane hatte mir gesagt, dass ein Mann namens Ghost mich abholen würde. Aber er hatte mich auch angewiesen, das Flugzeug erst zu verlassen, nachdem ich Ghosts Identität überprüft hatte.

Mir stieg die Hitze in die Wangen, als ich die Frage stellte, die Zane mir genannt hatte.

»Kannst du mir bitte deinen Feenstab zeigen?«

Der Mann zog eine verdutzte Grimasse und riss die Augen auf.

Als Zane mir die Frage diktiert hatte, war ich ziemlich durcheinander gewesen. Einerseits war ich außer mir vor Sorge um Myles, andererseits war ich ziemlich verängstigt, weil der Pilot, der mich nach Killeen, Texas fliegen sollte, schwer bewaffnet war, mich praktisch ins Flugzeug gezerrt und die Tür geschlossen hatte, bevor er in Windeseile gestartet war. Als Zane mir also die Anweisung gegeben hatte, bevor ich mein Handy hatte ausschalten müssen, hatte ich ihn möglicherweise nicht richtig verstanden.

»Wie bitte?«

»Ich soll dich bitten, mir deinen Feenstab zu zeigen«, wiederholte ich.

Ein lautes Gelächter hallte durch die kleine Kabine. Ich warf einen Blick auf die Tür, in der ein wahrer Hüne stand. Der Mann war so groß, dass er sich vorbeugen musste, um durch die Öffnung zu treten. Er lachte so heftig, dass seine Schultern bebten.

»Stammt die Frage von Zane oder von Tex?«, wollte der Mann wissen und lachte weiter.

»Äh … von Zane.«

»Sie will deinen *Feenstab* sehen. Das ist urkomisch. Zeig ihn ihr, damit wir losfahren können.«

Ghost blinzelte ein paarmal, lächelte dann breit, zog sein rechtes Hosenbein hoch und drehte mir seine Wade zu, auf der sich eine Tätowierung befand. Darauf war ein Adler abgebildet, an dessen Seite ein Blitz zu sehen war. In einer Klaue hielt das Tier ein Gewehr und in der anderen einen Feenstab.

Ich sah auf und begegnete seinem Blick.

Ghost ließ sein Hosenbein los und fragte: »Bist du bereit?«

»Ja, danke, dass du es mir gezeigt hast. Ich werde Zane umbringen.«

»Kein Problem. Ich bin erstaunt, dass Zane überhaupt von meiner Tätowierung weiß.«

Ich schulterte meinen Rucksack und schnappte mir auch den von Myles, dann setzte ich mich in Bewegung. Allerdings kam ich nicht weit, denn Ghost streckte mir eine Hand entgegen.

»Die nehme ich.«

Ich trat zurück und schüttelte den Kopf.

»Nein danke, ich kann sie selbst tragen.«

Ghost musterte mich einen Moment und zog die falschen Schlüsse. »Tex ist ein guter Freund von mir. Ich habe viele Jahre mit ihm zusammengearbeitet. Außerdem kenne ich Myles und Zane. Letzterer hätte dich nicht zu mir geschickt, wenn er mir nicht vertrauen würde. Das bedeutet, dass du mir ebenfalls vertrauen kannst.«

»Das weiß ich.«

Ich wusste es wirklich. Weder Zane noch Kevin hätten mich jemals nach Killeen geschickt, wenn sie nicht davon überzeugt gewesen wären, dass Ghost mich beschützen würde.

»Aber ich bin es gewohnt, meinen Rucksack zu tragen. Und der andere gehört Myles und … nun ja … ich möchte ihn einfach bei mir haben.«

»In Ordnung.« Ghost hob kapitulierend die Hände.

»Aber das heißt nicht, dass ich dir misstraue«, fügte ich hastig hinzu.

»Du willst etwas von deinem Mann in deiner Nähe haben, das verstehe ich vollkommen. Gar kein Problem.«

Ghost trat durch die Tür und ging langsam die Treppe hinunter. Dafür war ich dankbar, denn als ich den Hünen auf dem Rollfeld erblickte, geriet ich ins Stolpern und Ghost musste mich auffangen.

Myles war groß. Wahrscheinlich überragte er mich um etwa zwanzig Zentimeter, was bedeutete, dass er etwa eins neunzig war. Ghost war ebenfalls ein hochgewachsener Kerl, aber der andere Mann war riesig.

»Meine Güte. Alles okay?«, fragte Ghost und stützte mich.

»Ich habe noch nie jemanden gesehen, der so groß ist.«

Der Mann lächelte, und in der warmen texanischen

Sonne konnte ich auch eine hässliche Narbe sehen, die von seiner Schläfe bis zum Mundwinkel verlief. Was auch immer ihm zugestoßen war, es musste verdammt schmerzhaft gewesen sein.

Mit einem Meter siebzig entsprach meine Körpergröße dem Durchschnitt. Aber noch nie im Leben hatte ich mich so klein gefühlt. Der Mann kam auf mich zu.

»Ich bin Truck.«

Truck.

Guter Name.

»Delilah«, stellte ich mich überflüssigerweise vor.

»Hier entlang«, sagte Truck und deutete auf einen großen schwarzen Geländewagen.

Da nun meine anfängliche Verlegenheit wegen des Feenstabs verflogen war, wurde ich unruhig.

Der dreistündige Flug hatte gefühlt eine Ewigkeit gedauert. Ich war noch nie mit einem Privatjet geflogen, und unter anderen Umständen hätte ich mich zurückgelehnt und den Luxus genossen. Aber ich hatte mir die ganze Zeit über Sorgen um Myles gemacht. Ich wollte niemanden vor den Kopf stoßen, immerhin erwies Ghost Zane einen Gefallen, indem er auf mich aufpasste. Aber in gewisser Weise scherte ich mich nicht darum.

»Entschuldigt bitte. Ich will nicht unhöflich sein, aber ich muss Zane anrufen.«

Truck neigte leicht den Kopf zur Seite und musterte mich, bevor er Ghosts Blick begegnete und dann wieder mich ansah.

Sie hat dich belogen. Alles, was sie dir erzählt hat, war absoluter Schwachsinn. Alles. Sie hat dich wie Dreck behandelt.

Nein, Delilah, es lag nicht an dir.

Ich verspreche dir, dass ich dir Flügel verleihen werde.

Tränen stiegen mir in die Augen und kullerten mir über die Wangen.

Dies war nicht der richtige Zeitpunkt, um in Erinnerungen an meine beschissene Kindheit und die Lügen meiner Mutter zu schwelgen. Hastig wischte ich mir die Tränen aus dem Gesicht und straffte die Schultern. Ich war nicht unhöflich. Niemand würde mich dafür tadeln, dass ich mit Zane sprechen wollte. Ich wollte wissen, ob Myles wohlauf war, und ich würde es herausfinden.

»Delilah …«, begann Truck.

Doch ich winkte ab. »Es geht mir gut.«

»Steig ein, du kannst ihn von unterwegs anrufen«, sagte Ghost und öffnete die hintere Tür.

Ich glitt auf den Rücksitz, ohne meinen Rucksack abzuziehen. Es war mir egal, ob es albern war, aber ich klammerte mich daran wie an eine Rettungsdecke. Ich musste sowohl meinen Rucksack als auch den von Myles in meiner Nähe spüren.

Ich zog mein Handy aus der Seitentasche von Myles' Rucksack und schaltete es ein. Während ich darauf wartete, dass es hochfuhr, beobachtete ich, wie Ghost sich hinter das Steuer setzte. Dann konzentrierte ich mich darauf, meine Emotionen unter Kontrolle zu halten. Als mir das jedoch nicht recht gelingen wollte und meine Atmung nach wie vor unregelmäßig war, beschloss ich, mir später darüber Gedanken zu machen. Ein Gutes hatte die Sache. Ich machte mir so große Sorgen um Myles, dass mein übersteigertes Bedürfnis zu duschen vollständig in den Hintergrund getreten war. Aber das war auch schon alles. Aviv hatte Myles entführt.

Mein Gott, ich hasste ihn.

Aviv, nicht Myles.

Mir schoss ein bösartiger Gedanke durch den Kopf und ich schämte mich nicht einmal dafür, doch ich hoffte, dass Kevin Aviv zu Tode geprügelt hatte. Der Kerl war ein krankes, tollwütiges Monster. Genau wie Tamir.

Ghost fuhr durch das Tor, als ich Zanes Nummer wählte.

Er nahm beim ersten Klingeln ab. »Bist du bei Ghost?«

Ich sprach mit dem liebenswerten Zane, der sich Sorgen um mich machte.

»Ja, und wenn ich nach Hause komme, trete ich dir in den Hintern, weil du mich dazu gebracht hast, ihn nach seinem Feenstab zu fragen. Ich war viel zu durcheinander, um mir der Doppeldeutigkeit bewusst zu sein. Wie geht es Myles? Hat Kevin ihn gefunden?«

»Myles geht es gut. Seit zehn Minuten sitzt er in einem Flugzeug und ist auf dem Weg nach Killeen. Er wird in ein paar Stunden bei dir sein.«

Ein gequältes Schluchzen entrang sich meiner Kehle. Meine Schultern bebten und ich ließ den Kopf nach vorn fallen.

»Kevin?«, krächzte ich.

»Es ist alles in Ordnung, Schätzchen. Den beiden geht es gut. Kevin ist auf dem Weg nach Maryland.«

»Delilah?«, rief Truck.

»Es geht ihm gut. Sie sind beide wohlauf«, weinte ich. »Soll ich am Flughafen bleiben und auf ihn warten?«, fragte ich.

»Nein. Ghost bringt dich zu Colins und Erins Haus. Dabei handelt es sich um ein Feriendomizil, also wird niemand dort sein. Ghost bleibt bei dir, bis Myles dich abholt.«

»Truck ist bei ihm«, sagte ich zu Zane.

»Gut. Ich dachte mir schon, dass er Verstärkung mitbringt.«

Verstärkung?

Oh nein!

»Was ist mit Aviv?«

»Myles wird dir alles erzählen. Du musst dir keine

Sorgen machen. Du bist in Sicherheit. Absolut sicher, versprochen. Es ist vorbei, Delilah.«

Ich stieß den Atem aus, den ich angehalten hatte. Zane machte nicht den Eindruck, als würde er etwas versprechen, was er nicht halten konnte.

»Danke«, flüsterte ich.

»Ruf mich an, wenn du mich brauchst. Aber Ghost und Truck werden sich gut um dich kümmern.«

»Danke«, wiederholte ich.

Ich ließ die Stirn auf Myles' Rucksack sinken, schlang meine Arme darum und drückte ihn fest an mich.

Myles war auf dem Weg zu mir.

Er war wohlauf.

Kevin ging es gut.

Es war vorbei.

* * *

ABER NICHT ALLES WAR IN BESTER ORDNUNG.

Als wir in die Einfahrt eines schönen Hauses in einem schönen Viertel einbogen, waren mehrere Fahrzeuge dort geparkt.

»Meine Frau Rayne ist hier«, erklärte Ghost, während er den Geländewagen um einige Pick-ups manövrierte und vor einer Doppelgarage parkte. »Außerdem Trucks Frau Mary, Fletch und Emily sowie Coach und Harley.«

Ich kam gar nicht dazu zu fragen, was all diese Leute hier zu suchen hatten, denn im nächsten Moment wurde die Haustür geöffnet und zwei Männer kamen auf uns zu. Beide strahlten so viel Selbstsicherheit aus wie Truck und Ghost. Zane hatte mir nicht erklärt, woher er die Männer kannte, aber ich nahm an, dass sie alle ehemalige oder vielleicht noch aktive Soldaten waren. Auch diese Frage konnte ich nicht stellen, denn die Wagentür wurde aufgezogen und Truck half mir beim Aussteigen.

»Delilah, das sind Coach und Fletch«, stellte Truck uns einander vor.

Meine Güte, was stand bei diesen texanischen Jungs auf dem Speiseplan? Der Mann, der mir zunickte, als der Name »Coach« fiel, war fast so groß wie Truck. Und der andere namens Fletch war zwar nicht ganz so hochgewachsen wie die anderen, aber dennoch kräftig und breitschultrig.

»Hallo. Schön, euch kennenzulernen.«

»Ich nehme deine Rucksäcke«, sagte Fletch und trat vor.

»Sie trägt sie lieber selbst«, erklärte Ghost. »Lass uns reingehen, dann kannst du sie abstellen.«

Als wir durch die Tür traten, drangen weibliche Stimmen an mein Ohr und Essensduft stieg mir in die Nase. Mein Magen nutzte die Gelegenheit, um mich daran zu erinnern, dass ich seit dem Abendessen nichts mehr zu mir genommen hatte … Wie lange lag das zurück? War das gestern Abend gewesen? Oder vor zwei Tagen? Wie viel Uhr war es überhaupt?

»Hallo, du musst Delilah sein. Ich bin Harley.« Eine große Frau kam mit einem breiten Lächeln auf mich zu. Mit ihrer schwarz gerahmten Brille und einem niedlichen Bobschnitt sah sie aus wie eine sexy Streberin. Sie war umwerfend. »Willkommen in Texas. Oh, und Coach ist mein Mann.«

Harley hielt inne, als drei weitere Frauen aus der Küche kamen.

»Dann will ich euch mal vorstellen«, fuhr sie fort. »Das ist Rayne, Ghosts Frau.« Harley zeigte auf eine hübsche Brünette. Mit ihrer Figur erinnerte sie mich an eine Sexbombe aus einem alten Hollywoodstreifen, und ich war sofort neidisch auf ihre fantastischen Kurven. Harley wandte sich der nächsten Frau zu. »Das ist Emily, Fletchs Frau. Dieses Haus gehörte ihnen, bevor es von einer Panzerfaust zerstört wurde. Aber keine Sorge, Fletch hat es wiederaufgebaut und renoviert, bevor er es an Colin und Erin verkauft hat. Wie auch immer, das hier ist Mary, Trucks Frau.«

Völlig verblüfft stand ich da. Ich war mir nicht sicher, ob ich imstande war, meine Reaktion zu verbergen, denn ich fühlte mich wie ein Reh im Scheinwerferlicht.

»Du siehst aus, als suchtest du nach einem Versteck«, bemerkte Mary.

Offensichtlich hatte ich gar nichts verborgen.

»Mary! Sei nett zu ihr«, seufzte Rayne.

»Bin ich das etwa nicht? Sieh sie dir doch an.«

»Tex hat Fletch angerufen und ihm erzählt, dass du eine turbulente Nacht hinter dir hast«, warf Emily ein. »Er hat keine Einzelheiten genannt, aber Tex wollte sich vergewissern, dass wir uns um dich kümmern. Wir Frauen wissen nicht, woher du kommst und wann du das letzte Mal eine ordentliche Mahlzeit zu dir genommen hast, also haben wir uns für einen Brunch entschieden. Das Essen steht in der Küche. Hast du Hunger? Wir wussten nicht, was du magst, also gibt es von allem etwas.«

Ich erwiderte nichts und starrte die Frauen nur an. Dann ließ ich den Blick durch den Raum schweifen. Vier Männer hatten sich die Zeit genommen, um mir zu helfen. Vier Frauen hießen eine Fremde willkommen und hatten sich die Mühe gemacht, eine Mahlzeit für sie vorzubereiten.

Einst hatte ich Freundinnen, doch ich hatte ihnen nicht wirklich nahegestanden. Keine von ihnen hätte sich jemals so für mich eingesetzt. Nicht dass ich ihnen das übel genommen hätte, schließlich hatte ich nie eine enge Bindung zu ihnen aufgebaut. Aber trotzdem hatte ich nie das gehabt, was diese vier Frauen ganz offensichtlich hatten, und ich war noch nie mit so viel Freundlichkeit bedacht worden. Nein, das stimmte nicht ganz. Von Anfang an hatte Myles mir alles gegeben.

Er hatte mir gezeigt, was wahre Freundschaft bedeutete, und hatte hinter mir gestanden, damit ich mich entfalten konnte. Er hatte mir die Sicherheit gegeben, mich von dem Müll zu befreien, den ich ein Leben lang mit mir herumgeschleppt hatte. Und in seiner Abwesenheit hatte er mir Zane, Kevin, Ghost, Truck, Coach, Fletch, Mary, Harley, Rayne und Emily geschenkt.

Und dieses Geschenk würde ich annehmen.

Allerdings musste ich erst noch lernen, meine Gefühle zum Ausdruck zu bringen und meine Emotionen angemessen zu dosieren. Da ich noch ganz am Anfang stand, brach alles aus mir heraus und ich plapperte drauflos.

Ich begegnete Marys Blick und sagte: »Die letzten Monate waren schrecklich. Alles begann, als ich herausfand, dass mein Chef ein psychotischer Wahnsinniger war, der eine eigene Armee von Supersoldaten erschaffen wollte. Um das zu erreichen, wollte er ihre Gehirne neu verdrahten.«

Mary riss die Augen auf und ich hörte, wie jemand nach Luft schnappte, doch ich fuhr fort: »Ich weiß, es ist verrückt, nicht wahr? Und als sei das nicht schlimm genug, entwickelte er zudem KI-Systeme, die in Kriegszeiten zum Einsatz kommen sollten. Wahrscheinlich hat er als Kind zu oft *Star Wars* gesehen. Wie dem auch sei, er hat herausgefunden, dass ich von seinen verrückten Forschungen wusste. Unter anderem beinhalteten diese Experimente an Schweinehirnen, die tatsächlich erfolgreich waren. Er hatte einen Arzt gefunden, der im Grunde genommen ein totes Schwein wieder zum Leben erwecken oder zumindest die Gehirnfunktion wiederherstellen konnte, nachdem das Tier vollständig hirntot gewesen war. Offensichtlich gefiel es ihm nicht, dass ich auf die Informationen gestoßen war und sie an eine Journalistin weitergeleitet hatte. Irgendjemand musste ihn schließlich aufhalten, denn der Kerl war verrückt. Aber er hat seinen Sicherheitschef auf mich angesetzt.«

Ich hielt inne, um tief durchzuatmen, dann wandte ich mich Harley zu. »Also, der Sicherheitschef findet mich, aber er tötet mich nicht, sondern entführt mich und nimmt mich mit auf eine zweimonatige Spritztour durch Kalifornien und Mexiko. Dann setzt er mich ab und sperrt mich in ein Haus *… ohne fließendes Wasser.*«

»Nein«, murmelte Harley.

»Doch! Ich dachte, ich würde sterben. Dann findet Myles mich. Allerdings wusste ich nicht, dass er gekommen war, um mich zu retten, also habe ich ihn angegriffen und ihm in den Arm gebissen, bis ich Blut schmeckte. Jetzt hat er für immer eine Narbe in Form meines Zahnabdrucks auf seinem Arm.«

Ich hörte ein tiefes Lachen und warf einen Blick auf die Männer.

»Es war widerlich. Ich hatte den Mund voller Blut.«

»Das glaube ich dir gern«, murmelte Coach.

»Gut gemacht«, fügte Truck hinzu.

»Und was ist dann passiert?«, wollte Rayne wissen.

»Warte!«, warf Harley ein. »Stell doch zuerst die Rucksäcke auf der Couch ab.«

Widerstrebend platzierte ich Myles' Tasche auf dem Sofa und zog meine von den Schultern. Dann beendete ich meine Geschichte.

»Also, Myles rettet mich, aber statt nach Hause zurückzukehren, versteckt er mich in Mazatlán. Eines Nachmittags essen wir am Strand zu Mittag und Myles sieht, wie jemand Fotos von uns schießt. Also ergreifen wir die Flucht.«

»Oh, Mazatlán«, warf Emily ein. »Ich war noch nie dort, aber ich habe gehört, dass es wunderschön ist.«

»Das ist es tatsächlich«, bestätigte ich. »Aber wir mussten so schnell von dort verschwinden, dass ich mein Shampoo zurücklassen musste. Oh, das habe ich noch gar nicht erwähnt. Bevor Myles mich fand, hatte ich in zwei Monaten nur etwa fünfmal geduscht. Ich war so schmutzig und zerzaust, dass ich eine halbe Flasche Shampoo und ein ganzes Stück Seife gebraucht habe, bis ich einigermaßen sauber war. Aber meine Haare waren so verfilzt, dass Myles sie mit seinem Feldmesser abschneiden musste.«

»Ich habe mich nicht getraut, dich auf deine Frisur anzusprechen, aber du brauchst dringend einen neuen Haarschnitt, Süße«, bemerkte Mary.

»Ja, Myles hat mich gewarnt, dass er noch nie jemandem die Haare geschnitten hat, und mir angeboten, mit mir zu einem Barbier zu gehen.«

»Zu einem *Barbier*?«, kicherte Harley.

»Wohin seid ihr dann gefahren?«, wollte Rayne wissen.

»Weiter südlich zu einem sicheren Unterschlupf. Dort verbrachten wir eine Nacht und erfuhren, dass mein ehemaliger Chef herausgefunden hatte, dass der Wissenschaftler, dem ich geholfen hatte, seinen Tod vorzutäuschen, noch lebte und sich in Guatemala aufhielt. Also machten wir uns aus dem Staub und fuhren nach Jalapa. Dort trafen wir den Wissenschaftler an, aber leider hat mein ehemaliger Chef auch uns aufgespürt.

Myles befahl mir, mich im Badezimmer zu verstecken und unter keinen Umständen herauszukommen. Also kauerte ich mich in der Dusche hinter einem dünnen Plastikvorhang zusammen, da dieser ja bekanntermaßen eine Kugel aufhalten kann.« Ich hielt inne und schüttelte den Kopf. »Und während ich dort wartete, kam der Sicherheitschef ins Badezimmer, sah mir direkt in die Augen und bedeutete mir mit einer Geste, still zu sein. Dann sagte er meinem ehemaligen Chef, dass er niemanden im Haus finden konnte. Ich weiß nicht, was ich davon halten soll. Schließlich hat der Mann mich entführt und mich zwei Monate lang gegen meinen Willen festgehalten, aber er hat gelogen, um mich zu schützen. Dann nahmen mein ehemaliger Chef und der Sicherheitschef Myles in Gewahrsam und verschwanden mit ihm. Laut Zane wurde Myles befreit und ist wohlauf. Er ist auf dem Weg hierher, um mich abzuholen. Und im Laufe dieser Ereignisse habe ich mich zum ersten Mal im Leben verliebt und erfahren, dass meine Schlampe von Mutter, die bereits den Preis für die schlechteste Mutter der Geschichte innehatte, mich obendrein belogen hat.«

»Heilige Scheiße«, keuchte Mary.

»Wie lange ist das her?«, fragte Rayne.

»Du meinst, wie lange ist es her, seit Myles mich gerettet hat?« Rayne nickte. »Äh … ein paar Tage.«

»Ein paar Tage?«

»Ach, komm schon, du weißt, wenn dir der Richtige über den Weg läuft«, entgegnete Mary. »Eine Stunde, ein Tag oder ein Monat. Du hast dich in Ghost schließlich nach einem One-Night-Stand verliebt.«

»Das stimmt nicht«, leugnete Rayne.

»Doch, es stimmt«, widersprach Ghost. »Wie wäre es, wenn wir jetzt etwas essen? Ich bin am Verhungern.«

Rayne machte eine ausladende Geste in Richtung Küche, und ein paar Minuten später hatten wir alle einen voll beladenen Teller. Die Männer zogen sich auf die hintere Terrasse zurück, während wir Frauen uns um den großen Esstisch versammelten.

»Colin und Erin haben sicher häufig Gäste, wenn sie einen so großen Tisch brauchen«, sinnierte ich.

»Kennst du Erin?«, fragte Harley.

»Nein.«

»Erin Anderson, die Tochter von Präsident Anderson. Sie ist mit Colin verheiratet. Die Andersons kommen ursprünglich aus Texas, und als der Präsident sein Amt niederlegte, zogen er und seine Frau hierher zurück. Aber nicht nach Killeen, sondern etwa eine Stunde von hier entfernt. Wenn Colin und Erin in der Stadt sind, kommen ihre Eltern zu

Besuch. Wir schauen auch gelegentlich vorbei. Dieser Tisch wird viel genutzt. Erin liebt es, Gäste zu bewirten, und Colin liebt es, Erin jeden Wunsch zu erfüllen«, erklärte Harley.

»Richtig, Myles hat mir von ihnen erzählt. Ich hatte es nur vergessen.«

»Das wundert mich nicht. Du hattest wichtigere Dinge zu tun, wie zum Beispiel dich zu verlieben«, scherzte Harley mit einem Lächeln.

»Du hast übrigens einen coolen Namen«, sagte ich.

»Danke, aber er ist nicht so cool wie der von Emily.«

Emily war ein hübscher Name, aber Harley war cool.

»Wir nennen sie Emily, aber ihr richtiger Name ist Miracle«, erklärte Rayne.

»Das ist ein toller Name!«, rief ich beifällig und wandte mich dann wieder Rayne zu. »Ich nehme an, dein Name wird mit *yne* am Ende geschrieben statt *Rain* wie der Regen.«

»Das ist richtig.«

»Harley, Miracle und Rayne«, murrte Mary. »Und dann ist da die altbackene Mary.«

»An dir ist nichts altbacken oder langweilig, Süße. Außerdem brauchst du einen gewöhnlichen Namen, um deinem frechen Temperament entgegenzuwirken.« Rayne stupste ihre Freundin an und schenkte ihr ein Lächeln.

»Warum hat eine starke und unabhängige Frau automatisch ein freches Temperament?«, blaffte Mary.

»Da ist sie ja«, murmelte Emily mit einem Kichern.

Mary verengte die Augen zu schmalen Schlitzen, während die anderen Frauen in schallendes Gelächter ausbrachen.

Es fühlte sich so gut an, dass ich unwillkürlich mit einstimmte.

Ich hatte vier Fremden mein Herz ausgeschüttet und mich ihnen geöffnet. Statt mich abzuweisen, hatten sie mich in ihren Kreis aufgenommen.

Wer hätte gedacht, dass das so einfach sein konnte?
Das Leben sollte nicht einsam sein.
Sondern genau wie jetzt.
Voller Verbundenheit. Freundschaft. Gelächter.
Und vor allem voller Liebe.

KAPITEL ZWEIUNDZWANZIG

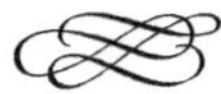

Aus dem Fenster des Flugzeugs erspähte ich Beatle. Er hatte sich an den Mietwagen gelehnt, den Tex für ihn organisiert hatte, um mich abzuholen. Seine Frau Casey war nirgendwo zu sehen. Das kleine Privatflugzeug kam zum Stehen und Beatle drückte sich von dem Fahrzeug ab. Als ich mich bei dem Piloten bedankt und meine Tür geöffnet hatte, stand Beatle bereits davor und wartete auf mich.

»Schön, dass du noch am Leben bist, Bruder«, begrüßte Beatle mich.

»Das sehe ich auch so.«

»Ich weiß, was passiert ist. Tex hat uns auf dem Laufenden gehalten.«

Das hatte ich mir schon gedacht.

»Wie geht es Delilah?«

»Ich habe sie noch nicht gesehen. Casey kümmert sich um die Kinder und ich musste deinen Wagen abholen. Aber Ghost hat vor ein paar Minuten angerufen. Rayne, Mary, Harley und Emily leisten ihr Gesellschaft.«

Verdammte Scheiße.

Ich verehrte diese Frauen genauso sehr wie die Frauen

meiner Kameraden. Sie alle waren wunderbar. Aber Delilah war es nicht gewohnt, dass andere sich in ihre Angelegenheiten einmischten. Diese Frauen würden so viel Zeit wie nötig aufwenden, um herauszufinden, was mit Delilah passiert war. Das taten sie jedoch nicht aus Neugierde, sondern weil sie ein Herz so groß wie Texas hatten und einer Schwester in Not helfen wollten.

»Sie ist ein wenig schüchtern.«

»Schüchtern? Ghost sagte, dass sie den Frauen zwei Minuten nach ihrer Ankunft ihre gesamte Leidensgeschichte erzählt hat. Dabei hat sich auch erwähnt, dass sie sich in dich verliebt hat. Momentan sitzt sie offenbar mit den anderen Frauen im Haus zusammen und lacht schallend.«

Herrgott.

Ich verzog die Lippen zu einem Lächeln. Gleichzeitig verstärkte sich das Pochen in meiner linken Brust, das ich zum ersten Mal gespürt hatte, als sie mir ihre Liebe gestanden hatte.

»Dann wollen wir dich mal zu deiner Frau bringen«, sagte Beatle.

Wenig später waren wir unterwegs. Beatle saß am Steuer und fragte: »Soll Truck dich untersuchen?«

Truck war der Sanitäter seines Teams und obendrein ein verdammt guter.

»Nein. Abrams hat mir eine Kapuze übergezogen und mich gefesselt, aber er hat mich nicht angerührt. Es war seltsam. Vielleicht hatte er es lediglich auf Arias und die Forschungsunterlagen abgesehen und wollte mich danach gehen lassen, um Zanes Zorn nicht auf sich zu ziehen.

Da er tot ist und Tamir nicht erzählt hat, was er vorhatte, werde ich es wohl nie erfahren. Allerdings wurde er ziemlich ungeduldig und hatte kein Problem damit, zwei hilflose, unbewaffnete Frauen zu töten. Also hätte er vielleicht auch mich erledigt. Im Moment ist mir das egal. Ich bin einfach froh, dass ich unversehrt zu meiner Frau zurückkehren kann. Sie hätte es sicher nicht gut verkraftet, wenn ich verprügelt worden wäre.«

»Das verstehe ich gut.«

Den Rest der Fahrt brachte Beatle mich auf den neuesten Stand bezüglich seiner Kameraden. Ich war nie mit ihm, Ghost, Truck, Fletch, Coach, Hollywood, Blade oder Fish in einem Team gewesen, aber die Delta Force war eine kleine Gemeinschaft. Im Laufe der Jahre hatte ich hin und wieder bei Einsätzen und Trainingsoperationen in den USA mit ihnen zu tun gehabt. Ich hatte sie auf Anhieb gemocht, und daran hatte sich über die Jahre nichts geändert. Sie waren alle verheiratet und hingebungsvolle Familienväter. Es war nicht zu überhören, wie stolz Beatle auf seine Freunde war, wenn er von ihren Familien erzählte.

Er hatte mir gerade von Fletch und Emilys Tochter Annie berichtet, als er in das Viertel fuhr, in dem Colins Haus sich befand.

»Ich wette, sie hält Fletch ziemlich auf Trab«, meinte ich.

»Das Mädchen ist ein Energiebündel und der Colonel der Kinderbrigade. Ich schwöre dir, sie bringt den anderen Kindern, die in der Lage sind, in Formation zu laufen, das Marschieren bei. Wir alle sind auf der Hut, seit Annie begonnen hat, Hollywoods Tochter Kate zu ihrer Stellvertreterin auszubilden. Ihr Bruder Ethan wäre die bessere Wahl gewesen. Der Kleine zeigt jetzt schon deutliche Züge eines geborenen Diplomaten. Kate ist das genaue Gegenteil. Sie ist die Erste, die zum Angriff bläst, wenn sie im Garten spielen.«

»Vielleicht solltet ihr Annies Armee auflösen, bevor ihr alle in einen Putsch verwickelt werdet. Dann gibt es zum Frühstück Dessert, und Gemüse gehört der Vergangenheit an.«

»Das ist wahr. Wir sind bereits in höchster Alarmbereitschaft und warten nur darauf, dass sie eine Rebellion anzetteln. Unser Problem ist, dass Annie möglicherweise in der Lage ist, uns zu überlisten.«

Beatle hatte recht. Annie war klug und einfallsreich. Zudem war sie liebevoll und gutherzig, also würde sie ihre Eltern bei der Machtübernahme möglicherweise verschonen. Aber nur vielleicht.

Wir bogen in Colins Einfahrt ein. Während Beatle noch um die Fahrzeuge in der Einfahrt herummanövrierte, wurde die Haustür aufgerissen und Delilah stürmte heraus.

Ohne dass ich ein Wort sagen musste, trat Beatle auf die Bremse. Kaum hatte ich einen Fuß auf den Asphalt gesetzt, sprang Delilah mir in die Arme. Sie schlang ihre Beine um meine Taille, ihre Arme um meine Schultern, schmiegte ihr Gesicht an meinen Hals und schluchzte hysterisch.

»Hey Baby«, flüsterte ich ihr ins Ohr.

Sie bebte am ganzen Leib, und ich drückte sie so fest ich konnte an mich.

»Du bist zu Hause«, weinte sie.

»Ja, *wir* sind zu Hause, Baby.«

Ein weiterer Schluchzer durchfuhr sie, und sie schmiegte sich noch dichter an mich.

»Haus«, murmelte Beatle.

Als ich mich umdrehte, sah ich es.

Delilah hatte nur ein paar Stunden mit diesen Frauen verbracht, doch in dieser kurzen Zeit hatte sie Freundschaft mit ihnen geschlossen. Sie alle sorgten sich um Delilah. Rayne und Harley wischten sich Tränen von den Wangen, Emily presste die Lippen zusammen und selbst die stets wachsame Mary, die normalerweise als Letzte zusammenbrach, aber die fürsorglichste unter den Frauen war, schmiegte sich eng an ihren Mann.

Es überraschte mich nicht im Geringsten, denn Delilah war reizend und liebenswert. Aber es verblüffte mich ungemein, dass Delilah sich den Frauen gegenüber geöffnet hatte. Und es machte mich stolz.

Die anderen traten aus dem Weg, als ich Delilah zur Tür trug. Im Vorbeigehen hörte ich Truck sagen: »Ich erinnere mich an eine Zeit, als du mich noch so begrüßt hast, wenn ich nach einem Einsatz nach Hause kam.«

»Ich habe dich nie auf diese Weise begrüßt«, erwiderte Mary.

»Ganz genau, Baby.«

Er wollte sie nur necken, um ihre Stimmung zu heben, bevor sie in Tränen ausbrach.

»Du bist so groß wie ein Baum, Trucker. Ich müsste eine olympische Hochspringerin sein, um meine Arme um deinen Hals schlingen zu können«, entgegnete sie schnippisch.

Das war typisch Mary.

Die Frau hatte jede Menge Temperament und außerdem ein gutes Herz.

Obwohl ich beim Betreten des Wohnzimmers meinen und ihren Rucksack auf dem Sofa liegen sah, blieb ich nicht stehen. Statt darüber nachzudenken, was sie bewogen hatte, meinen Rucksack den ganzen Weg nach Texas mitzuschleppen, brachte ich sie in Colins und Erins Schlafzimmer.

In nicht einmal einer Stunde würden wir in ein Flugzeug zurück nach Maryland steigen, aber bevor wir zum Flughafen aufbrechen mussten, wollte ich noch etwas Zeit allein mit Delilah verbringen.

Ich wusste, was uns zu Hause erwartete, und ich musste sie darauf vorbereiten.

Ich setzte mich mit ihr aufs Bett und ließ sie noch einen Moment durchatmen, bevor ich loslegte.

»Das Wichtigste zuerst. In Jalapa hast du mir ein wunderbares Geschenk gemacht, und ich hatte noch keine Gelegenheit, mich zu revanchieren. Ich liebe dich, Delilah.«

Ihr stockte der Atem, dann stieß sie ein ersticktes Stöhnen aus, das an meinem Hals vibrierte.

»Kevin hat mir erzählt, was passiert ist, nachdem ich entführt wurde. Ich bin stolz auf dich, Baby. So verdammt stolz.«

»Ich hatte solche Angst, dass Aviv und Tamir dir etwas antun könnten.«

Sie wusste nicht, dass Abrams und Tamir nicht allein gewesen waren, und es gab keinen Grund, es ihr zu erzählen. Es war vorbei.

»Du hast alles richtig gemacht. Kevin hat mir erzählt, wie mutig du warst.«

»Ich war nicht mutig. Am liebsten wäre ich im Badezimmer geblieben und hätte mich versteckt, wie du es mir aufgetragen hast. Aber ich wollte vermeiden, dass Kevin Zeit damit vergeudet, nach Jalapa zurückzukehren, wenn er doch nach dir suchen musste. Ich musste nur zum Flughafen fahren.«

Nein, sie hatte ihre Angst überwinden müssen und den Mut aufgebracht, sich ganz allein in eine ungewisse Situation zu stürzen. Das war nicht leicht für sie gewesen.

Und doch hatte sie es geschafft.

»Zane hat mir geholfen«, flüsterte sie.

»Wirklich?«

»Er ist am Telefon geblieben. Anfangs war Kevin auch noch in der Leitung, und als ich wieder Empfang hatte, hat Zane mit mir gesprochen. Er hat mir Geschichten über dich erzählt. Also war ich nicht allein. Ich hatte die ganze Zeit dich und Zane bei mir. Deshalb habe ich es geschafft.«

Ich wusste nicht, was sie mit »wieder Empfang hatte« meinte, aber es war mir egal.

Delilah war in Sicherheit und lag in meinen Armen.

Alles andere war nicht wichtig.

Auch wenn Zane mir widersprechen würde, war ich ihm

zu großem Dank verpflichtet. Es kam selten vor, aber hin und wieder legte er seine Rüstung ab und brachte eine weiche Seite von sich zum Vorschein, mit der er bewies, was wir alle längst wussten – er würde alles für seine Männer tun. Und das schloss auch unsere Frauen mit ein.

»Delilah, ich muss dir erklären, was passiert ist. Denkst du, du bist dafür gewappnet, oder willst du lieber warten, bis wir zu Hause sind?«

Delilah hob den Kopf, betrachtete mein Gesicht und brach erneut in Tränen aus.

»Zane hat gesagt, dass du unversehrt bist«, flüsterte sie. »Geht es dir gut?«

»Alles bestens. Ich habe nicht einen Kratzer abbekommen.«

»Ich habe dich vermisst.«

Ich zog sie auf das Bett, rollte sie auf den Rücken, stützte mich mit dem Ellbogen ab und blickte auf sie herab. Sie legte ihre Hände an meine Brust und ließ sie dann nach oben wandern und auf meinen Schultern ruhen. Ich wischte ihr mit einer Hand die Tränen von der Wange.

»Abrams ist tot«, sagte ich mit sanftem Tonfall und wartete auf ihre Reaktion.

Sie erwiderte nichts, also fuhr ich fort.

»Tamir Cohen hat ihn getötet und mir dadurch das Leben gerettet. Allerdings war Kevin ebenfalls vor Ort. Wenn Tamir nicht geschossen hätte, hätte Kevin ihn erledigt.«

»Wie bitte?«

»Tamirs Bruder Isaac war ebenfalls bei der israelischen Armee. Er hat in einer Einheit namens Jamam gedient. Nach Isaacs Tod bat Tamir um eine Versetzung von der Schajetet 13 in die Jamam. Beide Einheiten bestehen aus Elitesoldaten, aber Schajetet bildet die Speerspitze des Heeres. Die Versetzung kam einer Degradierung gleich. Trotzdem wollte Tamir wechseln, denn bei seiner letzten Begegnung mit seinem

Bruder fiel ihm auf, dass etwas nicht stimmte. Er hatte Gerüchte über ein Programm namens ›Fear‹ gehört, das angeblich Männer aus der Jamam rekrutiert. Erst nachdem Abrams die Armee verlassen und sein Unternehmen gegründet hatte, fand Tamir heraus, was mit seinem Bruder geschehen ist.«

»Was ist mit ihm geschehen?«

»Abrams hat Isaac getötet, um ihn daran zu hindern, sich an seine Vorgesetzten zu wenden und ihnen zu sagen, dass er die Seiten gewechselt hatte. Beide Männer waren am ›Fear‹-Programm beteiligt. Wie du weißt, haben die Männer alle unterschiedlich darauf reagiert. Die israelische Armee hat das Experiment als gescheitert eingestuft und es eingestellt. Aber einige der Männer litten unter den Folgen. Abrams hat Soldaten getötet, nachdem sie sich ergeben hatten. Für Aviv ging es nicht mehr darum, andere zu schützen. Für ihn zählte nur noch das Töten. Isaac hatte alles gesehen und wollte ihn melden.«

Delilah krallte sich in meine Schultern und runzelte die Stirn. »Warum hat Tamir dann angefangen, für ihn zu arbeiten?«

»Weil der Mann, der die Wahrheit ans Licht bringen wollte, ermordet wurde. Und Tamir brauchte Beweise. Also nahm er Avivs Angebot an, denn für ihn war es eine willkommene Gelegenheit, um Abrams näherzukommen und sich die Informationen zu beschaffen, die er brauchte, um ihn zu Fall zu bringen. Und Tamir hat bekommen, was er wollte. Dann hat Evette angefangen herumzuschnüffeln, und du hast ihr geholfen.«

»Also hat er mich entführt«, flüsterte sie. »Aber er hat mich nicht verletzt.«

»Genau. Er hat dich entführt und dir Angst eingejagt, dessen ist er sich bewusst. Aber er hätte dir nie wehgetan. Mir ist klar, dass es schwer zu verdauen ist, ich wollte es selbst nicht glauben, aber wir alle konnten von Anfang an nicht verstehen, wie ein so ehrenwerter Mann wie Tamir zu Abrams' persönlichem Killer werden konnte. Doch das war er nicht. Er hat sich an die Teile seiner selbst geklammert, die ihm noch geblieben waren, während er die nötigen Beweise sammelte.

Tamir wollte Abrams nicht töten – er wollte Gerechtigkeit. Und diese konnte er nur herbeiführen, indem er Aviv Abrams diskreditierte. Er wollte die Welt wissen lassen, was der Mann getan hatte, und wollte ihn in der Öffentlichkeit bloßstellen. Für Tamir wäre das eine angemessene Rache für den Tod seines Bruders gewesen. In Israel ist die Ehre der Familie das höchste Gut, also wollte er Schande über Abrams bringen.«

Delilah schloss die Augen.

»Ich weiß nicht, was ich davon halten soll. Ich bin mir über meine Gefühle nicht recht im Klaren.«

»Fühl, was du fühlen musst. Tamirs Beweggründe spielen keine Rolle. Er hat dich zwar nicht körperlich verletzt, aber er hat emotionale Narben hinterlassen. Er hatte dich monatelang in seiner Gewalt. Du hattest Angst ...«

»Ich hatte Angst«, fiel Delilah mir ins Wort, »aber er hat dir das Leben gerettet.«

»Baby ...«

»Er hat dir das Leben gerettet, Myles. Es tut nichts zur Sache, ob Kevin auch vor Ort war. Tamir hat dich gerettet, obwohl er den Tod seines Bruders dann nicht mehr wie geplant rächen konnte.«

»Das ist wahr«, bestätigte ich.

»Wo ist er jetzt?«

»Er ist mit Kevin auf dem Weg nach Maryland, um an der Nachbesprechung teilzunehmen.«

Delilah riss die Augen auf und wich mit dem Kopf zurück.

»Du wirst ihm nicht gegenübertreten müssen. Sobald wir in Maryland gelandet sind, fahren wir direkt nach Hause. Du wirst ihn nicht …«

»Ich will ihn sehen.«

»Delilah, das ist keine gute Idee.«

»Ich muss ihn sehen, Myles. Außerdem wirst du bei mir sein. Aber ich will ihm danken. Er wusste, dass ich im Badezimmer war. Er hat mir direkt in die Augen geblickt und mich zur Ruhe ermahnt. Anschließend hat er dich gerettet. Ich will mit ihm reden.«

Herrgott.

»Was immer du willst.«

Delilah verzog die Lippen zu einem Lächeln – einem verspielten Lächeln – und ich konnte nach Stunden lähmender Angst endlich aufatmen.

»Im Moment will ich, dass du mich …«

Ich wusste genau, was sie sich wünschte.

Also küsste ich meine Frau.

Sie schmeckte nach Tränen.

Es war der beste Kuss meines Lebens.

KAPITEL DREIUNDZWANZIG

Die nächsten fünf Tage vergingen wie im Flug.

Bevor wir Colins Haus verließen, verblüfften Rayne, Harley, Emily und sogar Mary mich, indem sie mich alle gemeinsam umarmten. Danach gaben sie mir ihre Telefonnummern. Da ich kein eigenes Handy hatte und immer noch das von Z Corps benutzte, schrieben sie die Nummern auf einen Zettel und nahmen mir das Versprechen ab, sie anzurufen, sobald ich mein eigenes Telefon hatte. Ich nickte und gelobte mir selbst, diese Freundschaften aufrechtzuerhalten. Ich wollte die Frauen besser kennenlernen, selbst wenn sie in Texas lebten und ich in Maryland wohnen würde.

Myles und ich flogen unter unserem richtigen Namen nach Hause. Tex bestätigte einmal mehr, dass er wirklich alles bewerkstelligen konnte, als er Ghost meinen Führerschein und meinen Reisepass schickte. Beide waren neu, da meine alten Papiere zusammen mit meiner Handtasche, meinem Portemonnaie und meinen Kreditkarten verschwunden waren.

Als wir auf dem Flughafen von Baltimore landeten, war ich völlig erledigt. Die ganze Zeit über war das Adrenalin durch meine Adern gerauscht, und als es nun nachließ, war ich emotional so ausgelaugt, dass Myles uns ein Taxi bestellte und wir direkt zu seinem Stadthaus fuhren. Statt mich durch mein neues Zuhause zu führen, brachte er mich direkt ins Bett. Ich ließ mich mit dem Gesicht nach unten auf die Matratze fallen und schlief ein.

Danach igelten wir uns vier Tage lang zu Hause ein. Das Handy schalteten wir aus.

Wir lebten in einer glücklichen Blase. Wir aßen, redeten, erzählten uns Geheimnisse und lustige Geschichten. Ich zog ihn damit auf, dass er versucht hatte, einen Berglöwen zu zähmen, und er lachte schallend, als ich ihm von meiner verrückten Faszination für Mumien erzählte. Wir lachten viel. Es fühlte sich so gut an, einfach mit Myles zusammen zu sein, ohne dass uns Aviv im Nacken saß.

Wir waren frei und konnten uns entspannen.

Ich liebte jede Sekunde. Genau wie er. Ich stellte fest, dass Myles zu Hause genauso aufmerksam war wie in Mexiko. Er sah mir in die Augen, wenn ich ihm etwas erzählte, und stellte mir Fragen. Dabei vermied er jedoch tunlichst jedes Thema, das etwas mit meiner Mutter zu tun hatte. Das war mir nur recht, denn ich hatte ihr ohnehin schon entschieden zu viel Zeit in meinem Leben gewidmet.

Wir sprachen jedoch über seine Eltern und einigten uns darauf, sie anzurufen, sobald wir aus unserem Versteck hervorkamen. In der Zwischenzeit wollten wir einfach nur unsere Zweisamkeit genießen.

Es war wie ein einziges zusammenhängendes sechsundneunzigstündiges Rendezvous.

Es war fantastisch.

Besser als fantastisch.

Zudem wurde der Sex immer besser. Ob liebevoll oder schmutzig, ich wurde süchtig danach. Das freute wiederum Myles, denn er nahm mich mehrmals am Tag und flüsterte mir zu, dass er nicht genug von mir bekommen könne. Also weihten wir das Bett, die Dusche, den Waschtisch, den Fußboden im Wohnzimmer, die Küchentheke, die Couch und den Tisch ein.

Aber alle guten Dinge kamen irgendwann zu einem Ende. Die Blase war geplatzt und wir waren auf dem Weg ins Zentrum von Annapolis. Tamir wollte zurück nach Israel und ich wollte ihn vor seiner Abreise noch sehen. Außerdem musste Myles wieder zur Arbeit. Und ich wusste, dass er mir seine Freunde vorstellen wollte.

Vor einiger Zeit hätte ich mich noch vor dem obligatorischen Small Talk gefürchtet, aber heute nicht mehr. Ich freute mich darauf, Kevin wiederzusehen und endlich Evette persönlich kennenzulernen. Und dann war da noch Zane. Ich konnte es kaum erwarten, ihm dafür zu danken, dass er mich stundenlang unterhalten hatte, damit ich nicht den Verstand verlor.

»Wenn ich dich nicht lieben würde, würde ich deinen Bronco klauen und mich damit aus dem Staub machen«, sagte ich im Wagen.

»Gut, dass ich dich liebe, denn wenn du versuchen würdest, meinen Bronco zu klauen, würde ich dich erschießen.«

Ich brach in schallendes Gelächter aus, doch Myles fuhr mit ernster Miene weiter. Er legte eine Hand auf meinen Oberschenkel und drehte die Handfläche nach oben. Ich platzierte meine Hand in seiner und verschränkte lächelnd unsere Finger.

Er hatte tolle Hände.

»Da wir uns jetzt wieder in der Öffentlichkeit blicken lassen, soll ich dich zu einem Friseur bringen?«

Ich hatte nicht mehr an meine Frisur gedacht, seit Mary meinen ungleichmäßigen Haarschnitt erwähnt hatte.

»Ich bin noch nicht bereit.«

Myles fuhr in ein Parkhaus und mein Magen flatterte.

»In Ordnung. Sobald du bereit bist, gehen wir zum Friseur.«

»Ich entschuldige mich schon im Voraus, falls ich dich in Verlegenheit bringe«, sagte ich.

»Wie meinst du das?«

»Scheinbar platze ich neuerdings einfach mit allem heraus. Das habe ich früher nie getan, daher bin ich mir nicht sicher, ob mein Ausbruch in Texas eine einmalige Sache war oder ob die Redseligkeit zu meinem neuen Ich gehört. Es war seltsam, kaum hatte ich die Frauen kennengelernt, schüttete ich ihnen mein Herz aus. Es war nicht schön, die Worte sprudelten nur so aus mir heraus und ich konnte sie nicht aufhalten.«

»Gut.«

»Gut? Hast du nicht gehört, was ich gesagt habe? Es hat geklungen wie ein einziger unzusammenhängender Satz. Ich habe kaum Luft geholt und einfach nur geredet.«

Myles parkte neben einem Lexus und stellte den Motor ab, und zwar auf althergebrachte Weise, indem er den Schlüssel drehte.

»Ja, gut. Ich möchte, dass du dich in der Gegenwart meiner Freunde wohlfühlst. Du solltest die Möglichkeit haben auszusprechen, was dir durch den Kopf geht. Wann immer du willst.«

Momentan ging mir durch den Kopf, dass ein Teil meines Lebens völlig durcheinander war. Doch ein anderer Teil war geradezu perfekt, daher war es mir im Grunde egal, dass ich mir einen neuen Wagen kaufen und Arbeit finden musste. Es spielte keine Rolle, dass meine gesamten Habseligkeiten in fünf Kartons passten. Ich hatte gelernt, dass man die schönen Dinge im Leben nicht in Kartons verpacken konnte. Fahrzeuge und Jobs kamen und gingen, aber Myles würde eine feste Konstante in meinem Leben sein.

»Ich bin froh, dass du nicht aufgegeben und mich nicht verlassen hast«, sagte ich.

»Ausgeschlossen.«

»Ich werde dich auch nicht verlassen. Im Moment ist alles eitel Sonnenschein, aber auch wenn wir einmal eine schwierige Phase durchmachen, verspreche ich dir, dass ich uns niemals aufgeben werde.«

»Das weiß ich«, antwortete er leise.

»Woher weißt du das?«

»Ich weiß es, weil in der heutigen Welt überall um uns herum Chaos herrscht. Die meisten Leute verschließen die Augen davor und gehen weiter ihren gewohnten Gang. Entweder ist es ihnen egal, sie wollen sich nicht einmischen, sie haben keine Zeit oder sie haben zu viel Angst. Aber du nicht. Du bist auf etwas Schreckliches gestoßen, was vielen Menschen hätte schaden können, und hast etwas dagegen unternommen. Statt eine Ausrede vorzuschieben, hast du deine Angst überwunden und warst mutig genug zu handeln. Wenn du also dein Leben riskierst, um Fremde vor Schaden zu bewahren, dabei alles verlierst und gestärkt daraus hervorgehst, was würdest du dann für mich tun? Für uns? Für unsere Familie?«

Es war wunderbar, dass er so über mich dachte.

Das hätte ich ihm gern gesagt, aber die Worte blieben mir im Hals stecken. Also beugte ich mich über die Mittelkonsole und küsste ihn.

Er schob seine Hände in mein Haar und ich stöhnte in seinen Mund. Daraufhin vertiefte er den Kuss und wurde dabei immer leidenschaftlicher.

Mein Mann war ein guter Küsser.

»Bist du bereit, nach oben zu gehen?«, fragte er, als er den Kopf zurückzog.

»Vor einer Minute war ich noch bereit, aber jetzt will ich

in deinem tollen Bronco sitzen bleiben und den ganzen Tag mit dir rumknutschen.«

»Leider ist die Tiefgarage kameraüberwacht. Wenn wir nicht in fünf Minuten oben sind, wird wahrscheinlich jemand kommen, um nach uns zu sehen. Aber ich bin bereit, meine Theorie zu testen, wenn du es bist. Oder wir verschieben den Kuss auf später, gehen nach oben, damit du die anderen kennenlernen und mit Tamir reden kannst, und dann verschwinden wir nach Hause, wo ich auch andere Stellen deines Körpers küssen kann.«

Mir lief ein erregender Schauer über den Rücken und Myles verzog die Lippen zu einem Lächeln.

»Ich warte, bis wir zu Hause sind.«

Myles hatte sich geirrt. Kevin wartete keine fünf Minuten, sondern kam uns in der Empfangshalle entgegen.

»Ihr könnt zu Hause rumknutschen. Du bist unersättlich, Delilah«, murrte Kevin und zog mich in seine Arme.

»Danke«, flüsterte ich.

»Du musst mir nicht danken, Schätzchen.«

Ich drückte ihn und sagte: »Du hast an mich geglaubt und darauf vertraut, dass ich stark genug bin, um auf mich selbst aufzupassen, damit du Myles helfen konntest. Dieser Glaube hat mir Kraft gegeben, also danke, Kevin.«

»Gern geschehen, Delilah«, erwiderte Kevin und löste sich von mir.

Myles legte seinen Arm um meine Schulter und zog mich an sich.

Wir machten uns auf den Weg zum Büro im Obergeschoss und passierten ein Labyrinth aus Sicherheitskontrollen, nur um zu den Aufzügen zu gelangen. Fingerabdruck-Scanner, Netzhautscanner und Schlüsselkarten. Es war abenteuerlich. Ich hatte immer geglaubt, dass Abrams über ein erstklassiges Sicherheitssystem verfügte, aber im Vergleich zu Z Corps war die Firma ein Witz.

»Was passiert, wenn der Strom ausfällt?«, fragte ich auf der Fahrt nach oben.

»Dann kommt das Kraftwerk zum Einsatz«, erklärte Myles.

»Zane macht immer Nägel mit Köpfen«, warf Kevin ein. »Wir haben einen Waffenraum im Keller, der jederzeit gesichert sein muss. Außerdem befinden sich im Büro eine Menge Informationen, die geschützt werden müssen. Zane hat keine einfachen Generatoren installiert, wie sie in Privathaushalten benutzt werden. Stattdessen hat er ein Kraftwerk gebaut, das die Innenstadt von Annapolis mit Strom versorgen könnte.«

Warum überraschte mich das nicht?

Zane war offenbar ein Mann, der stets über seine Grenzen hinausging, um seinen Job zu erledigen.

Als die Fahrstuhltüren sich öffneten, verschlug es mir die Sprache.

Oh ja, Zane machte keine halben Sachen. Der Raum war riesig. Nein, er war gigantisch. Graue Wände, Chromakzente, klare und moderne Linien. Überall waren Schreibtische, die jedoch so sauber waren, als hätte sie nie jemand benutzt. Entlang der Wände befanden sich mehrere Türen, die wahrscheinlich zu Büroräumen führten. Vor allem aber stach mir ein verglaster Raum ins Auge. Von meinem Standpunkt aus konnte ich sechs Monitore erkennen, auf denen Aufnahmen von Überwachungskameras zu sehen waren.

Wenn ich hätte raten müssen, hätte ich darauf getippt, dass das Garretts Reich war. Es war verdammt cool.

Weit und breit war niemand zu sehen.

»Ich zeige dir später alles«, sagte Myles und führte mich einen Flur entlang. »Die anderen warten im Konferenzraum.«

Ich wusste nicht, wer »die anderen« waren, aber ich

grübelte nicht weiter darüber nach, denn ich kam aus dem Staunen nicht mehr heraus.

Schließlich öffnete Kevin eine Tür und hielt sie für Myles und mich auf.

Ja. Zane Lewis machte keine halben Sachen. Mitten im Raum stand ein Tisch, der aussah, als stamme er aus dem Lagebesprechungsraum des Weißen Hauses. Ich kam nicht dazu nachzuzählen, aber auf den ersten Blick schienen mindestens zwanzig Personen daran Platz zu finden. Auch die anderen Möbelstücke im Raum waren hochwertig, einschließlich des riesigen Wandmonitors.

Als der erste Schock verflogen war, sah ich mich um.

Tamir Cohen stand in der hintersten Ecke.

Unsere Blicke trafen sich und ich wartete darauf, dass ich von Angst gepackt wurde. Der Mann hatte mich immerhin entführt.

Aber ich empfand keine Angst.

Erinnerungen stürmten auf mich ein. Ich dachte an die vielen Tage, in denen er geschwiegen und mir nur mit Gesten vermittelt hatte, wenn er etwas von mir wollte. Die wenigen Momente, in denen er mir erlaubt hatte zu duschen. Jedes Mal wenn ich aus dem Badezimmer gekommen war, hatte er an der Tür Wache gehalten. Das Essen, das er mir gegeben hatte, und die Toilettenstopps, die er eingelegt hatte, auch wenn ich ihn nicht darum gebeten hatte.

Er hatte nie Hand an mich gelegt.

Die Erfahrung war alles andere als angenehm gewesen, aber er hatte mir nie wehgetan.

Warum hatte ich nicht mit ihm gesprochen? Warum hatte ich ihm keine Fragen gestellt?

Dann erinnerte ich mich an unsere letzte Begegnung.

In seinen Augen hatten sich Schuld und Reue widergespiegelt.

Ich fürchtete mich nicht vor Tamir Cohen, sondern empfand Mitgefühl für einen Mann, der seinen Bruder verloren hatte und Gerechtigkeit wollte. Das konnte ich verstehen.

»Delilah. Willkommen zu Hause.«

Ich kannte diese Stimme.

Ich warf einen Blick auf den Mann, der mich in den Stunden, in denen Myles verschwunden war, bei Verstand gehalten hatte. Der Mann, der mir Trost und Kraft gegeben hatte. Der Mann, der meine Rettung finanziert hatte.

Ich entzog mich Myles' Umarmung und ging auf Zane zu, wobei ich die anderen fünf Männer im Raum gar nicht beachtete.

Ich baute mich vor Zane auf, der fast so groß war wie Truck – der übrigens laut Mary über zwei Meter groß war –, holte mit dem Bein aus und trat Zane so fest ich konnte gegen das Schienbein.

Die Männer im Raum schnappten nach Luft, was in ihrem Fall jedoch eher wie ein ersticktes Grunzen klang.

»Du hast mich getreten«, stellte Zane unnötigerweise fest.

»Ich habe dir gesagt, dass ich dir gegen das Schienbein treten werde«, erinnerte ich ihn. »Es ist nicht meine Schuld, dass du vergesslich bist. Du hättest darauf vorbereitet sein müssen.«

»Was soll …«

»Feenstab? Also wirklich, Zane. Du hast mich dazu gebracht, Ghost darum zu bitten, mir seinen Feenstab zu zeigen!«

Zane verzog die Lippen zu einem Lächeln und plötzlich schien sein ganzes Wesen sich zu verändern. Mir war nicht entgangen, wie gut aussehend er war, aber wenn er lächelte, kamen zwei Grübchen an seinen Wangen zum Vorschein und ein sanfter Ausdruck trat in seine wunderschönen blauen Augen. Ich konnte mir durchaus vorstellen, wie seine Frau Ivy diesem Blick erlag.

»Was meinst du damit?«, fragte Myles hinter mir.

»Eigentlich musst du Tex dafür danken. Ich hatte keine Ahnung, dass Ghost eine Tätowierung von einem Feenstab auf seinem Bein hat, aber jetzt weiß ich es und werde es so schnell nicht vergessen. Ich habe Ivy gebeten, ihm per FedEx einen glitzernden Prinzessinnenstab zu schicken.«

Der Gedanke war amüsant. Rayne und die anderen Frauen würden es genauso sehen. Ghost wäre sicher weniger glücklich darüber.

»Danke für alles«, flüsterte ich.

Zanes Lächeln verblasste zwar, aber seine Miene blieb freundlich, als er sagte: »Keine Ursache, Schätzchen.«

Seine Augen waren atemberaubend.

»Wow«, murmelte ich.

Zane lächelte erneut und seine Grübchen kamen wieder zum Vorschein.

»Da wären wir wieder«, bemerkte einer der Männer, die ich nicht kannte.

»Sei nicht neidisch, Bruder«, scherzte Zane.

»Das ist leichter gesagt als getan, wenn jede Frau, die du anlächelst, egal ob sie vergeben ist oder nicht, für einen Moment von deinen verdammten Grübchen wie verzaubert ist«, erwiderte der Kerl.

Ich betrachtete den Mann, den Zane »Bruder« genannt hatte, und vermutete, dass sie tatsächlich miteinander verwandt waren. Das musste Lincoln sein. Ähnliche Gesichtszüge, ähnliche blaue Augen, obwohl Zanes dunkel waren, genau wie sein Haar.

»Grübchen?«, fragte ich. »Ich habe von seinen Augen gesprochen. Das Blau ist faszinierend.«

Ich zuckte zusammen, als Lincoln in schallendes Gelächter ausbrach. Verwirrt ließ ich den Blick durch den

Raum schweifen und sah, dass alle Männer lachten. Bis auf Tamir und Zane. Letzterer runzelte die Stirn.

»Endlich eine Frau, die immun gegen die Grübchen ist.«

Ich kannte diese Stimme ebenfalls. Ich drehte mich um und stand Garrett gegenüber.

»Hey, Delilah, ich bin Garrett. Schön, dich endlich persönlich kennenzulernen.«

Wow.

Er war genauso sexy.

Wieder sah ich mich um und schenkte den Männern diesmal etwas mehr Beachtung. Ich musste feststellen, dass Myles' Kameraden alle fast genauso umwerfend aussahen wie er.

Aviv Abrams wollte eine Brigade von Supersoldaten aufbauen.

Zane Lewis hatte eine Einheit aus sowohl tödlichen als auch sexy Soldaten zusammengestellt.

Herrje.

»Es freut mich auch, dich kennenzulernen«, erwiderte ich.

Myles kam zu mir, legte seinen Arm um meine Schultern und zog mich an seine Seite. Er hatte mir bereits in Mexiko häufig seine Zuneigung gezeigt, doch hier in Maryland brachte er sie mir noch häufiger entgegen. Immer wenn ich in seiner Nähe war, berührte er mich auf die eine oder andere Weise. Ich liebte es.

Ich legte den Kopf in seinen Nacken und lächelte zu ihm auf, woraufhin er sich vorbeugte und mir einen Kuss auf die Lippen drückte.

»Dann will ich dich auch dem Rest vorstellen«, sagte er und zeigte auf einen Mann mit angegrauten Schläfen. »Das ist Owen.« Es folgte ein großer, schlanker Mann, der etwas jünger aussah als die anderen. »Das ist Cooper. Und das ist Gabe.« Myles deutete auf einen Mann mit ausdrucksvollen braunen Augen und breiten Schultern. »Und das ist Linc.«

»Es freut mich, euch endlich kennenzulernen.«

»Wunderbar«, blaffte Zane unzufrieden. »Nachdem ich nun angegriffen wurde, Delilah dem Team vorgestellt wurde und mein Selbstwertgefühl am Boden zerstört ist, können wir vielleicht anfangen.«

»Das nennt man Ego, Chef. Und deins ist so groß, das kann man gar nicht zerstören. Vielleicht hat es einen Kratzer abbekommen, aber mehr auch nicht«, sagte Gabe. »Aber ich stimme dir zu. Wir sollten es hinter uns bringen, damit wir die Frauen hereinlassen können. Wenn wir sie nicht bald holen, werden sie den Raum stürmen, ob wir bereit sind oder nicht.«

Vertrauten sie mir immer noch nicht?

Bei dem Gedanken verkrampfte sich mir der Magen und ich versteifte mich.

»Baby«, flüsterte Myles, »sie wollen dir nur etwas Privatsphäre geben, damit du dich mit Tamir unterhalten kannst. Es ist einzig und allein deine Entscheidung, was du den Frauen erzählst. Sie werden nichts erfahren, bis du bereit bist, es ihnen zu sagen.«

Es war gut zu wissen, dass Myles meine Gedanken lesen konnte. Allerdings war ich mir nicht sicher, ob er die Definition von Privatsphäre verstand, da der Raum voller Männer war.

Es war auch seltsam, dass Tamir die ganze Zeit über reglos dagestanden hatte. Aus irgendeinem Grund gefiel mir das nicht. Es war, als sei er wie ein ungezogenes Kind in eine Ecke verbannt worden und alle ignorierten ihn. Auch ich.

»Es tut mir leid, was mit Isaac passiert ist.«

Tamirs ohnehin ausdruckslose Miene war plötzlich völlig leer.

»Es tut mir leid, dass du so viel Zeit damit verbracht hast, die Teile des Puzzles zusammenzusetzen und alle nötigen Informationen zu sammeln, um deiner Familie Frieden zu geben, obwohl am Ende alles umsonst war. Ich verstehe, dass du dich rächen musstest, doch du hast deine Pläne fallen gelassen, um Myles zu retten. Dafür stehe ich für immer in deiner Schuld.«

Tamir blieb reglos stehen. Seine Arme hingen locker an seinen Seiten herab, die Füße hatte er schulterbreit aufgestellt. Ich dachte an die Zeiten zurück, in denen ich ihn im Büro in Virginia gesehen hatte.

Er hatte nie viel Zeit dort verbracht. Abrams' Zentrale befand sich in Haifa. Tamir war Aviv überall hin gefolgt, was bedeutete, dass er viel gereist war. Aber ich hatte ihn nie lächeln sehen. Kein einziges Mal. Ich hatte immer gedacht, eine unterkühlte Fassade sei in seiner Position als Sicherheitschef normal.

Aber jetzt wusste ich es.

Er hatte nie gelächelt, weil er gewusst hatte, dass er sich in Gesellschaft von Abschaum befunden hatte. Er hatte den Mann begleitet, der seinen Bruder ermordet hatte. Wie viel Selbstbeherrschung und Disziplin hatte er aufbringen müssen, um den Mund zu halten, während er dieselbe Luft geatmet hatte wie der Kerl, der seiner Familie etwas so Kostbares genommen hatte?

»Du hast mir nicht wehgetan und …«

»Doch, das habe ich«, widersprach Tamir. »Ich habe dir wehgetan, Delilah, und das weißt du.«

»Du hast mir Angst gemacht.«

»Angst bedeutet Schmerz.«

»Nein, Angst ist Angst. Ich hatte Angst, und wenn du mir gesagt hättest, warum du mich entführt hast, hätte ich es verstanden. Ich hätte dich begleitet und alles getan, was du von mir verlangt hättest. Ich hätte dein Geheimnis bewahrt. Aber ich verstehe auch, dass du mir etwas so Wichtiges nicht anvertrauen konntest. Ich wollte Aviv nur aufhalten. Dabei war es mir egal, wie er zur Strecke gebracht werden würde. Was geschehen ist, ist geschehen. Es gehört der Vergangenheit an. Am Ende hast du alles aufgegeben, damit ich es nicht tun musste. Dafür bin ich dir dankbar.«

Tamirs steinerne Fassade begann zu bröckeln. Er lächelte nicht direkt, aber ein Anflug von Belustigung huschte über sein Gesicht.

»Dein Mann brauchte meine Hilfe nicht. Aviv war arrogant und dumm, und das Programm, das er durchlaufen hat, hat ihn noch stupider gemacht. Ihm fehlten die Eigenschaften, die einen guten Soldaten ausmachen: Umsicht und Besonnenheit. Er ließ sich von seiner Eitelkeit und seinem Stolz leiten und unterschätzte seine Gegner. Wie man so schön sagt, ist er mit einem Messer bei einer Schießerei aufgetaucht. Und Myles, der ein würdiger Gegner ist, hat nur darauf gewartet, dass Avivs Ego zum Vorschein kam. Hätte ich Aviv nicht ausgeschaltet, hätte Myles es getan, und dann hätte er mich erledigt. Du hältst mich fälschlicherweise für einen guten Menschen, aber ich habe Aviv getötet, um mich selbst zu retten.«

Es war traurig, dass er sich selbst als einen schlechten Menschen erachtete, nachdem er ein so großes Opfer gebracht hatte, um Isaac Gerechtigkeit widerfahren zu lassen. Aber ich konnte nichts daran ändern.

»Was auch immer deine Gründe waren, ich weiß sie zu schätzen.«

Tamir nickte mir zu und beendete damit das Gespräch.

»Myles? Hast du noch etwas hinzuzufügen?«, fragte Zane.

»Nein. Ich habe in Guatemala alles gesagt, was ich zu sagen hatte.«

Moment mal. Wie bitte?

Ich legte den Kopf in den Nacken und blickte zu Myles auf. Gerade wollte ich ihn fragen, worüber sie gesprochen hatten, als ich sah, dass er die Zähne zusammenbiss. Dann überlegte ich es mir anders. Wenn Myles wollte, dass ich es wusste, hätte er es mir erzählt. Er hatte nichts erwähnt, also konnte ich davon ausgehen, dass er es mir nicht sagen wollte.

»Dann sind wir fertig«, verkündete Zane, und ich wandte mich ihm zu.

»Fertig? Was ist mit Dr. Gates?«

»Dr. Gates' Experimente an Schweinehirnen werden bereits von der Nationalen Gesundheitsbehörde und der Arzneimittelzulassungsbehörde untersucht. Gestern hat das Gesundheitsamt Beweise erhalten, dass Dr. Gates die Experimente nicht eingestellt hat und sie sogar an anderen Tieren weiterführt. Da Abrams tot ist, versiegen auch die Forschungsgelder.«

Das waren gute Neuigkeiten. Der Doktor war furchterregend und seine Forschung noch furchterregender, obwohl sie nicht illegal, sondern nur unethisch war.

»Und sein Labor in Kroatien?«

»Weg.«

»Bryan Zaslow hatte es auf die Forschungsergebnisse abgesehen«, erinnerte ich ihn.

»BZ Systems hat größere Probleme mit der Steuerbehörde und dem Amt für Alkohol, Tabak, Schusswaffen und Sprengstoffe. Sie haben die letzten fünf Verträge an Abrams verloren und standen kurz vor dem Bankrott, bevor sie mich ausbezahlt haben.« Zane hielt inne und lächelte. »Tamir wird dafür sorgen, dass Avivs Supersoldatenprogramm eingestellt wird und die Forschungsergebnisse vernichtet werden, sobald der neue Geschäftsführer Abrams' Posten übernimmt. Er wird außerdem darauf achten, dass alle zukünftigen Pläne zur Entwicklung von KI-Technologie verantwortungsvoll durchgeführt werden. Gibt es sonst noch Fragen?«

Ich hatte ungefähr tausend Fragen, entschied mich aber

für eine: »Wie kannst du so sicher sein, dass der neue Geschäftsführer das Programm einstellen wird?«

»Darf ich vorstellen, der neue Geschäftsführer«, sagte Zane und zeigte mit einem Nicken auf Tamir.

»Tamir?«

Statt meine Frage zu beantworten, sagte er: »Ich hoffe, es macht dir nichts aus, aber während du und Myles euch in euer Liebesnest zurückgezogen habt, habe ich deine Abfindung ausgehandelt.«

»Meine Abfindung?«, wiederholte ich.

Zane ignorierte meine Frage erneut und fuhr fort: »Das Angebot, deinen Job bei der *Abrams Corporation* zu behalten, habe ich jedoch abgelehnt, da sie das Büro in Virginia schließen und künftig ausschließlich von Israel aus arbeiten werden. Fernbeziehungen sind scheiße.«

Ich sah zu Myles auf und fragte: »Beantwortet er jemals eine Frage direkt?«

»Nur die, die er beantworten will.«

»Vielleicht hätte ich ihn härter treten sollen.«

»Da gibt es kein Vielleicht.«

»Ich habe eine Abfindung von zwei Millionen Dollar für die Frau ausgehandelt und sie droht mir mit körperlicher Gewalt«, schnaubte Zane.

Zwei Millionen?

Was zum Teufel?

»Du hast gar nichts ausgehandelt«, begann Tamir. »Du hast mir nur befohlen, Delilah einen Scheck über zwei Millionen Dollar auszustellen. Gehandelt hast du nicht.«

Zane verdrehte die Augen und winkte ab.

»Das ist dasselbe.«

Myles lachte leise. Ich fand es jedoch nicht amüsant, denn ich war viel zu verblüfft.

»Ich muss meinen Flug erwischen«, verkündete Tamir.

»Delilah, das Geld wird umgehend auf dein Konto überwiesen.«

»Ich melde mich«, sagte Zane zu Tamir.

»Ich kann es kaum erwarten«, erwiderte Tamir mit so viel Sarkasmus, dass ich mir ein Lächeln nicht verkneifen konnte. Er klang fast wie Zane.

Und dann geschah es.

Tamir lächelte.

»Mach's gut, Delilah.«

»Du auch, Tamir.«

Dann verließ Tamir, dicht gefolgt von Lincoln, den Konferenzraum. Plötzlich überkam mich ein Gefühl von Endgültigkeit.

Es war vorbei.

Alles.

Jetzt gab es nichts mehr außer Myles und mir und all dem Guten, das er mit sich brachte.

KAPITEL VIERUNDZWANZIG

Ich hörte sie, bevor ich sie sah.

Die Frauen würden gleich hier sein.

Ich hatte nur noch ein paar Sekunden Zeit.

»Alles okay, Baby?«, fragte ich.

»Ja.«

»Hat dir das Treffen mit Tamir die nötige Klarheit verschafft?«

Ich sah, wie ihre Miene sich erweichte und ein sanfter Ausdruck in ihre Augen trat, so wie immer, wenn ich etwas sagte oder tat, was ihr gefiel.

»Ja. Obwohl die zwei …«

»Die Summe ist nicht annähernd genug. Er schuldet dir mehr als das, und das weiß er. Es ändert nichts an dem, was du durchgemacht hast, aber er weiß auch, dass du alles verloren hast. Er gibt dir das Geld zum Teil, um sein schlechtes Gewissen zu beruhigen. Da du keinen Groll gegen ihn hegst, würdest du ihm einen Gefallen tun, wenn du es annimmst, denn nur so kann er das alles hinter sich lassen.«

»In Ordnung.«

Mehr sagte sie nicht.

Für sie war es einfach nur in Ordnung.

Aber so war Delilah eben.

Unkompliziert.

Wenn nötig konnte sie stark sein, ansonsten war sie gelassen.

Sie war mein Ein und Alles.

Plötzlich war der Raum von Stimmen erfüllt, und eine Frau, die ich kaum kannte, warf sich Delilah und mir um den Hals.

»Ich bin so froh, dass ihr beide wieder da seid«, rief Evette. »Ich habe mir solche Sorgen gemacht.«

»Ich bin so froh, dass du lebst«, erwiderte Delilah.

»Wir haben es geschafft«, flüsterte Evette.

»Wir haben es geschafft«, stimmte Delilah zu.

Evette löste sich von uns und betrachtete uns mit einem Funkeln in ihren hübschen braunen Augen.

»Zugegeben, wir hatten ein wenig Hilfe von den Jungs, aber hauptsächlich haben *wir* es geschafft.«

»Nur ein *wenig* Hilfe«, lachte Delilah.

Die beiden Frauen starrten einander an und schienen sich wortlos zu unterhalten.

Was auch immer sie sagten, war offenbar gut, denn beide strahlten über das ganze Gesicht.

Ich fragte mich vage, ob Delilah endlich akzeptiert hatte, dass die Lügen, die ihre Mutter ihr eingetrichtert hatte, und die Beschimpfungen, die sie über sich hatte ergehen lassen müssen, nichts mit der Realität zu tun hatten. Ausgehend von der Tatsache, dass sie sich Rayne und den anderen Frauen gegenüber geöffnet hatte, vermutete ich, dass sie auf dem besten Weg war. Und während ich miterleben durfte, wie sie Evette dasselbe Geschenk machte, wusste ich, dass sie es verstanden hatte. Venessa Hudson würde mit den Jahren immer mehr verblassen, bis sie nur noch eine entfernte Erinnerung war, die keinerlei Gehalt mehr haben würde.

»Meine Güte. Darf ich auch mal?«, trällerte Natascha fröhlich.

Was für eine Verwandlung.

Natasha Cullen.

Ein Unterschied wie Tag und Nacht.

»Hey, Myles«, begrüßte sie mich beiläufig.

Oh ja, sie hatte sich von einem verängstigten, wortkargen Mauerblümchen zu einer offenherzigen Frau entwickelt, die ihre Freunde liebte.

»Das ist gerade ein inniger Moment«, sagte Evette knapp.

»Tut mir leid, aber ich will mich vorstellen«, beschwerte Nat sich und reichte Delilah die Hand. »Ich bin Natasha, aber alle nennen mich Nat.«

Bevor die Frauen sich in ein Gespräch über irgendwelche Dinge vertieften, die ich nicht verstand, musste ich mich aus dem Staub machen.

»Baby? Kommst du zurecht?«

»Natürlich.«

Natürlich.

Fast hätte ich ein Schnauben ausgestoßen, als ich den verwirrten Ausdruck auf ihrem Gesicht sah.

Ich hatte mich geirrt. Es würde nicht Jahre dauern, bis Venessa verblasst sein würde. Sie war bereits verblasst.

»Wunderbar. Dann gehe ich zu den Jungs und überlasse euch Frauen euch selbst.«

»Mit anderen Worten, er langweilt sich«, warf Evette ein.

Sie hatte unrecht; es war ein Code für »Ich möchte, dass Delilah sich ohne mich mit den Frauen unterhält«. Es war auch ein Code für »Ich brauche einen kurzen Bericht darüber, was im Büro passiert ist, seit ich weg war«.

»Ich bin gleich …«

»Mir geht es gut, Myles.«

Verdammt ja, das tat es.

Ich beugte mich vor, drückte ihr einen Kuss auf die

Lippen und gesellte mich zu den Männern auf der anderen Seite des Raumes.

»Willkommen zu Hause«, begrüßte Coop mich.

»Ich bin wirklich enttäuscht«, sagte Owen. »Du bist glimpflich davongekommen.«

»Ja, weil er nicht hier war«, murmelte Gabe. »Das bedeutet, dass er sich ungestört vergnügen konnte.«

»Tut mir leid, Mann, es ist schwer, diese ganze Pracht unter Verschluss zu halten.« Cooper deutete auf seine Brust und seinen Bauch. »Ich wollte dir nicht die Show stehlen, als du deine Frau umworben hast.«

Ach du meine Güte.

»Deine Sprüche sind genauso schlecht wie die deines Bruders«, gab Gabe zurück.

Verdammt, war es gut, wieder zu Hause zu sein.

Es kam mir vor, als sei ich ewig weg gewesen. Ich hatte nicht einmal mitbekommen, wie Gabe mit Evette und Cooper in dem sicheren Unterschlupf zusammengelebt hatte. Wahrscheinlich hatte Cooper ihm das Leben zur Hölle gemacht.

»Nur weiter so, Coop. Wenn du dran bist, werden sie es dir zehnfach heimzahlen«, fügte Garrett hinzu.

Damit hatte er recht.

»Wenn Coop an der Reihe ist? Was ist mit dir, alter Mann? Wenn du nicht aufpasst, werden deine Eier verschrumpeln und du wirst Staub spucken, bevor du eine Frau findest, die sich mit dir abgibt«, mischte Kevin sich ein.

Ein Ausdruck von Reue huschte über Garretts Gesicht.

Die Art von Bedauern, die einen Mann innerlich auffraß, nachdem er Mist gebaut und viel verloren hatte.

Und Garrett hatte viel verloren. Er liebte eine Frau, mit der er keine Zukunft haben würde, weil er sich nicht darum bemühte.

»Ich habe Zanes Vertrag unterschrieben und ihn notariell

beglaubigen lassen«, bemerkte Coop. »Momentan bin ich rundum glücklich und genieße alles, was das Leben zu bieten hat.«

»Sicher«, erwiderte Owen mit einem leisen Lachen. »Deshalb hängst du fast jeden Abend bei Gabe oder bei mir rum und schnorrst etwas zu essen.«

»Wie ich schon sagte, ich bin rundum glücklich.«

Oh ja, es war schön, wieder zu Hause zu sein. Deshalb bedauerte ich umso mehr, das Geplänkel beenden zu müssen.

»Gibt es etwas Neues von den Steinen? Hat die Nachricht euch irgendwelche Hinweise geliefert?«

»Herrgott, allein die Tatsache, dass du nach diesen verdammten Steinen fragst, weckt in mir den Wunsch, meine Faust gegen die Wand zu rammen«, bellte Zane wütend. »Der Brief unterscheidet sich nicht von dem ersten. Poststempel aus Kanada und Fingerabdrücke von Bronson Williams. Da du und Kevin jetzt wieder hier seid, werde ich nach unserem Treffen mit Präsident Graham nächste Woche nach Kanada fliegen und mich mit dem Kerl unterhalten.«

Scheiße.

»Du fliegst selbst nach Kanada?«

»Entweder ist Williams selbst der Steinewerfer oder er weiß, wer der Kerl ist, denn er hat uns die Nachrichten geschickt. Also ja, ich werde ihn persönlich aufsuchen.«

Ich sah Kevin an, der meinen Blick erwiderte und den Kopf schüttelte.

Ja, wir konnten Zane nicht unbeaufsichtigt nach Kanada reisen lassen. Alles Mögliche konnte passieren. Wenn Zane ging, würden wir alle ihn begleiten. Denn wenn Zane in die Luft ging, würde das ganze Team nötig sein, um die Explosion einzudämmen.

»Wo findet das Treffen mit Graham statt, hier oder im Weißen Haus?«

»Im Weißen Haus«, murrte Zane.

»Hat Graham gesagt, worum es dabei geht?«

»Ich weiß nur, dass ein unabhängiger Dienstleister des Verteidigungsministeriums Graham irgendetwas berichtet hat, und was immer das war, hat ihn dazu veranlasst, mich zu kontaktieren. Es ist das erste Mal seit seinem Amtsantritt, dass er uns angerufen hat, also vermute ich, dass ihm wirklich nicht gefallen hat, was der Kerl zu sagen hatte.«

Das klang gar nicht gut. Aber im Moment wollte ich nicht darüber nachdenken. Der Montagmorgen würde noch früh genug kommen. Ich würde den Rest meines Urlaubs nehmen, bevor ich mich mit dem nächsten Trauma auseinandersetzen musste.

»Ich gehe«, verkündete ich.

»Das kann ich dir nicht verübeln«, sagte Kevin mit einem Lächeln.

Ich wandte mich Zane zu. »Am Montag bin ich zurück.«

»Würdest du morgen zur Arbeit kommen, um den Job zu erledigen, für den ich dich bezahle, wenn ich dir sagen würde, dass ich dich andernfalls feuern werde?«

»Nein.«

»Dachte ich mir.«

»Abendessen bei mir heute Abend?«, fragte Gabe.

»Ja.«

»Du bist aber mutig. Willst du nicht zuerst deine Frau fragen?«, wollte Owen mit einem Lachen wissen.

Scheiße. Was sollte das denn bedeuten?

»Sollte ich das etwa tun?«

Die sechs Arschlöcher lachten über mich.

Aber sie beantworteten nicht meine Frage.

Also korrigierte ich: »Ich frage Delilah und schicke dir eine Nachricht.«

»Kluge Entscheidung«, murmelte er.

* * *

WIR WÜRDEN ZU SPÄT ZUM ABENDESSEN BEI EVETTE UND Gabe kommen, aber ich brachte es nicht übers Herz, von Delilah zu verlangen, das Gespräch zu beenden. Sie telefonierte seit fast zwei Stunden mit meiner Mutter und davor hatte sie zwanzig Minuten lang mit meinem Vater geplaudert. Gleich nachdem ich ihnen von Delilah erzählt hatte. Ausgehend von der Reaktion meiner Mutter, die sich überschwänglich darüber gefreut hatte, dass ich mich »endlich niedergelassen« hatte, hätte man meinen können, ich sei ein sechzigjähriger überzeugter Junggeselle. Mein Vater wollte mit Delilah allein sprechen. Das überraschte mich nicht, denn ich hatte ihnen die ganze Geschichte erzählt, was auch ihre Entführung mit einschloss. Meinem Vater lagen die Familie und die Sicherheit derselben sehr am Herzen. Ich wusste, dass er sich nur vergewissern wollte, dass es ihr gut ging.

Ich nahm an, dass meine Mutter unsere Hochzeit plante, was mir mehr als recht war.

Gerade kam ich aus dem Schlafzimmer und blieb wie angewurzelt stehen, als ich Delilah leise sagen hörte: »In Ordnung, Mom, ich werde es ihm ausrichten. Und ich werde auch mit ihm über eine Reise nach Colorado sprechen.« Es folgte eine kurze Pause, dann flüsterte sie fast: »Ja, ich dich auch. Ich melde mich bald wieder.«

Mom?

Genau damit hatte ich gerechnet. Meine Mutter hatte Delilah unter ihre Fittiche genommen.

»Ich nehme an, wir fahren bald nach Colorado.«

Delilah reckte den Hals und spähte über die Rückenlehne des Sofas.

»Ich liebe deine Mutter. Und deinen Vater auch.«

»Gut.«

»Sie wünscht sich, dass wir sie bald besuchen.«

»Das können wir sicher einrichten.«

»Du hattest recht. Ich konnte deine Mutter gerade noch davon abgehalten, gleich heute Abend in ein Flugzeug zu steigen. Ich glaube, sie hat nur nachgegeben, weil sie am Montagmorgen einen Gerichtstermin hat und das Wochenende für die Vorbereitungen braucht.«

Meine Mutter musste sich nicht vorbereiten, sie hatte mir auch beigebracht, nichts aufzuschieben. Sie wollte Delilah nur etwas Zeit geben, damit sie sich an ihr neues Leben gewöhnen konnte.

»Bist du so weit?«

»Ja.«

Sie sprang vom Sofa auf und kam hüpfenden Schrittes auf mich zu.

Hüpfend.

Verdammt, ja.

Dann stellte sie sich auf die Zehenspitzen und küsste mich.

Perfekt.

* * *

»Daraufhin sagt Gabe: ›Sie hat mein Arschloch bedroht.‹« Evette lehnte sich auf dem Sofa zurück und brüllte vor Lachen.

Sie erzählte gerade die Geschichte mit dem Abführmittel.

Es bestand kein Zweifel daran, dass Evette sich gut in unsere Gruppe eingefügt hatte. Das Beste daran war jedoch, dass mein Freund überglücklich war. Er hatte eine schreckliche Kindheit gehabt und alles Glück der Welt verdient. Das große Haus am Flussufer, seine schicken Fahrzeuge, seine Spielzeuge, aber vor allem hatte er die Frau verdient, die auf ihrer Couch saß und schallend lachte.

Ich warf einen Blick auf Delilah und sah, wie sie und Nat einstimmten.

Zwischen Evette und Nat hatte sich in kürzester Zeit eine enge Freundschaft entwickelt, und heute Abend nahmen sie Delilah in ihren Kreis auf.

»Lacht nur«, stichelte Gabe.

Ich begegnete dem Blick meines Freundes, dessen Augen vor Glück strahlten.

»Alles klar, Bruder?«, fragte er.

»Alles bestens.«

* * *

»Das Haus von Gabe und Evette ist unglaublich«, schwärmte Delilah auf dem Heimweg.

Es war ein fantastisches Haus.

»Gefällt dir die Lage am Fluss?«, fragte ich.

»Die ist für mich nicht von Bedeutung.«

»Geht mir genauso.«

»Können wir morgen einkaufen fahren? Ich brauche ein neues Handy. Vielleicht muss ich mir Geld von dir leihen …«

»Ja, wir kaufen dir ein Handy. Nein, du leihst dir kein Geld.«

»Ich habe immer noch keine Kreditkarte und ich weiß nicht, ob die Abfindung …«

Sie spuckte das Wort »Abfindung« förmlich aus, als sei es ein Schimpfwort.

Außerdem hatte sie mich missverstanden, also unterbrach ich sie und fragte: »Sind wir ein Paar?«

Delilah verlagerte das Gewicht und sah mich an.

»Ja.«

»Planen wir eine gemeinsame Zukunft?«

»Ja.«

»Also leihst du dir kein Geld. Wenn du etwas brauchst,

kaufst du es. Und falls du dir über meine Finanzen Sorgen machst, ich habe Geld.«

»Darüber mache ich mir keine Sorgen«, sagte sie hastig, »aber du sollst nicht denken, ich sei eine Schmarotzerin.«

»In einer Beziehung geht es um Geben und Nehmen, aber nicht in finanzieller Hinsicht.«

»Ich würde mich aber gern an den Kosten beteiligen«, flüsterte sie.

Mit diesem Thema bewegte ich mich auf dünnem Eis, denn ihre Mutter war eine männerverschlingende Schmarotzerin.

»Du kannst einen Beitrag leisten oder es bleiben lassen. Tu, was dir guttut, solange du verstehst, dass ich keine Gegenleistung für das erwarte, was ich dir gebe.«

»Danke für dein Verständnis.«

Sie brachte mich noch um.

»Verstehst du, dass du nicht Venessa bist?«

Für einen Moment herrschte bedrückende Stille, dann antwortete sie: »Ja, ich verstehe, dass ich nichts mit ihr gemein habe.«

»Gut. Wir besorgen dir morgen ein Handy und alles andere, was du brauchst.«

»Okay.«

Herrgott.

Unkompliziert.

KAPITEL FÜNFUNDZWANZIG

Ich kniete auf dem Bett und der Druck wurde immer stärker. Myles stand hinter mir. Mit einer Hand umfasste er eine meiner Brüste und kniff in meine Knospe. Mit der anderen Hand massierte er abwechselnd meine Klitoris und stieß seine Finger in mich, während er mich in den Hintern fickte. Es fühlte sich unglaublich an.

»Mehr«, stöhnte ich.

»Herrgott«, grunzte er.

Er ließ seinen Daumen über meine Lustperle rollen und übte gleichzeitig Druck aus. Ich konnte den Kopf nicht länger aufrecht halten und ließ meine Stirn auf die Matratze fallen.

Ich trieb dem Höhepunkt schneller entgegen als er. Das wurde mir klar, als meine Oberschenkel zu zittern begannen und die Muskeln in meinem Unterleib sich anspannten.

»Ich komme gleich.«

»Warte auf mich, Baby.«

»Ich kann nicht.«

Ich war kurz davor zu explodieren. Jeder Teil meines

Körpers kribbelte. Eine unbändige Hitze durchflutete mich und ich konnte nichts tun, um es aufzuhalten.

Mit Wucht wurde ich auf den Gipfel der Ekstase katapultiert. Ich sank auf die Unterarme und begann zu schweben, während Myles noch härter in mich stieß.

»Mein Gott«, brüllte er und vergrub seinen Schwanz tief in mir.

Er bebte am ganzen Leib und sein tiefes Stöhnen hallte in meinem Ohr wider, während sein Atem über meinen Nacken strömte.

Verbunden.

Kurze Zeit später zog er sich zurück und tippte mir an die Hüfte.

»Auf die Seite, Delilah.«

Seine Stimme klang rauer als sonst, härter und herrischer. Sie ließ mich erschauern. Ich fiel auf die Seite und sah Myles ins Badezimmer gehen. Ein paar Minuten später kam er zurück und hob mich hoch. Ich war dankbar, denn ich wäre nicht imstande gewesen, einen Fuß vor den anderen zu setzen.

Er trug mich in die Badewanne, stellte mich ab und half mir, mich hinzusetzen. Dann ließ er sich hinter mich auf den Boden der Wanne gleiten und streckte seine Beine rechts und links von mir aus. Das warme Wasser fühlte sich an meiner empfindlichen Haut himmlisch an.

Ich spürte, wie Myles sich hinter mir bewegte und mir die Haare von der Schulter strich. Er führte seine Lippen dicht an mein Ohr und fragte: »Wie fühlst du dich?«

»In Besitz genommen.«

Er versteifte sich.

»Beansprucht.«

Ich hörte, wie er einatmete.

»Geliebt.«

Er atmete aus, schlang seine Arme um mich, und ich lehnte mich zurück und schmiegte mich an ihn.

Da saß ich nun in einer Badewanne in einem Stadthaus in Maryland, umschlungen von den Armen meines großen, starken Mannes, der monatelang nach mir gesucht hatte.

Ich hatte alles.

Ich hatte alles, was meine Mutter sich jemals gewünscht hatte, während sie nie begriffen hatte, dass sie ihr Leben lang nach den falschen Dingen gestrebt hatte.

Und plötzlich empfand ich Mitleid mit ihr. Sie würde nie geliebt werden. Sie würde nie eine enge Bindung zu jemandem aufbauen, nie genommen oder beansprucht werden. Sie würde nie dieses Gefühl der Vollkommenheit verspüren. Den Frieden und die Geborgenheit, die damit einhergingen. Sie würde nie die ewige Liebe eines Mannes erfahren, der rein und gütig und perfekt war.

»Vielleicht sollte ich mir einen Bronco kaufen. Dann könnten wir im Partnerlook fahren.«

»Baby, ein Bronco ist ein Fahrzeug für Männer.«

»Das stimmt nicht.«

»Nun, da hast du wohl recht. Aber es wäre nervtötend, wenn wir die Kindersitze ständig von A nach B schleppen und neu befestigen müssten.«

Plötzlich war der Gedanke an einen neuen Wagen verflogen.

»Kindersitze?«, flüsterte ich.

»Kindersitze«, bestätigte er.

»Wenn wir einen Jungen bekommen, will ich ihn Cornelis Archer nennen.«

Ich spürte, wie Myles hinter mir vor Lachen bebte.

»Auf keinen Fall.«

»Also schön, aber wenn wir ein Mädchen bekommen, können wir sie dann Irene Flora nennen?«

»Ausgeschlossen.«

»Werde ich überhaupt die Möglichkeit haben, unseren Kindern Namen zu geben?«, schnaubte ich.

»Natürlich, solange mir die Namen gefallen.«

Das klang, als hätte er ein Vetorecht.

»Darf *ich* die Namen denn mögen? Wenn du einen Namen vorschlägst und er mir nicht gefällt, darf ich ihn dann ablehnen?«

Es folgte ein Moment der Stille, dann erklärte Myles: »Elise Monroe, wenn wir zuerst ein Mädchen bekommen. Und wenn es zuerst ein Junge ist, wird er Deacon Monroe heißen. Je nachdem, wir können die Namen auch austauschen – Elise Skye oder Deacon Reid.«

Deacon war der Name seines Vaters und daher eine naheliegende Wahl. Er gefiel mir.

»Monroe?«

»Das ist Kevins Nachname.«

»Willow Monroe oder Willow Elise.«

»Abgemacht«, stimmte er zu.

Lächelnd starrte ich auf das Wasser, das aus dem Hahn rauschte.

Wir hatten uns gerade auf die Namen unserer Kinder geeinigt.

»Werden wir heiraten oder uneheliche Kinder bekommen?«

»Wir werden heiraten, sobald ich die Zeit finde, dir einen Ring zu kaufen.«

»Willst du dich nicht erst verloben?«

»Doch, wir verloben uns erst. Und wenn wir meine Eltern in Colorado besuchen, werden wir heiraten, es sei denn, du willst eine große Prunkhochzeit«, antwortete er.

»Ich will nur eine Hochzeit im kleinen Kreis. Aber was ist mit deinen Freunden?«

»Wir feiern eine Party, wenn wir zurück sind.«

Das klang gut.

»Okay.«

»Unkompliziert«, flüsterte er.

»Wie bitte?«

»Unkompliziert. Du wusstest, wie viel es mir bedeutet, meinen Sohn nach meinem Vater zu benennen, und hast deshalb, ohne zu zögern, zugestimmt. Als du erfahren hast, woher der Name Monroe stammt, hast du sofort verstanden, dass er mir ebenfalls wichtig ist. Als wir vorhin über Geld gesprochen haben, hast du schnell eingesehen, dass es sinnlos wäre, Buch zu führen, weil eine Beziehung immer ein Geben und Nehmen ist. Nachdem du im Büro von meiner Unterredung mit Tamir erfahren hattest, hast du mich nicht weiter gedrängt, weil du wusstest, dass ich dir, wenn nötig, davon erzählt hätte. Du bist unkompliziert.«

Ich hatte gegen die Namen nichts einzuwenden, weil sie mir beide gefielen. Dabei kam mir ein Gedanke.

»Wäre ich immer noch unkompliziert, wenn ich dir sagen würde, dass ich nicht einfach nur eingelenkt habe, sondern mir der Name Monroe tatsächlich gefällt? Vielleicht sogar als Vorname für ein Mädchen, Monroe Elise. Und dann suchst du einen neuen zweiten Vornamen für Deacon aus.«

»Ja, Baby, du wärst immer noch unkompliziert.«

»Und wäre ich immer noch unkompliziert, wenn ich dir sagen würde, dass ich dich nicht nach deiner Unterredung mit Tamir gefragt habe, weil ich wusste, dass du mir davon erzählt hättest, wenn es wichtig gewesen wäre? Zugleich war mir klar, dass du es mir verschwiegen hast, um mich zu schützen, weil es mich wahrscheinlich aus der Fassung gebracht hätte. Im Grunde bin ich dir dankbar, dass du nichts gesagt hast.«

»Auch dann wärst du immer noch unkompliziert«, bestätigte er mit einem belustigten Unterton in der Stimme.

»Gut.«

»Und jetzt verrate mir, wie du dich wirklich fühlst. Bist du wund?«

»Ein bisschen«, gab ich zu und beugte mich vor, um den Wasserhahn zuzudrehen.

Stille breitete sich im Raum aus. Ich lehnte mich zurück und legte meinen Kopf auf seine Brust, wobei ich den regelmäßigen Schlag seines Herzens hören konnte. Seit unserer Rückkehr hatte ich ihm jede Nacht gelauscht. Der Laut hatte mich jedes Mal in den Schlaf gewiegt. Lächelnd und glücklich, weil wir uns auf die Namen unserer zukünftigen Kinder geeinigt und unsere Hochzeit geplant hatten, driftete ich langsam in den Schlaf ab.

»Hast du vor, ein Nickerchen zu machen, oder bist du bereit für eine zweite Runde?«

Und wieder bewies mein Mann mir, dass er nicht genug von mir bekommen konnte.

Ich riss die Augen auf und lächelte immer noch, als ich fragte: »Willst du etwa mein Arschloch bedrohen?«

Es dauerte genau zwei Sekunden – das wusste ich, weil ich mitzählte –, bis Myles' Lachen das Badezimmer erfüllte. Es hallte von den Wänden wider und erwärmte mich von innen heraus.

Ja. Ich hatte alles.

Einen Mann, der seine Liebe zu mir immer wieder unter Beweis stellte.

In Rekordzeit stand er mit mir in seinen Armen auf und trug mich klatschnass ins Schlafzimmer.

Dann läutete er die zweite Runde ein.

KAPITEL SECHSUNDZWANZIG

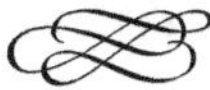

KEVIN MONROE

Ich konnte einen Lügner schon von Weitem erkennen.

Ein Lügner, der von der Regierung ausgebildet worden war, war sogar noch leichter auszumachen.

Und die Frau, die mir im Lagebesprechungsraum des Weißen Hauses gegenübersaß, war eine von der Regierung trainierte Lügnerin.

Noch dazu eine verdammt heiße mit faszinierenden Augen und vollen Lippen.

Ich war in der Lage, Lügner zu erkennen, aber mein Chef konnte sie förmlich riechen. Und genau das hatte Zane in dem Moment getan, in dem wir den Raum betreten hatten und er einen Hauch ihres teuren Parfüms gewittert hatte.

Präsident Graham saß am Kopfende des Tisches, Zane am anderen Ende. Owen, Gabe, Myles, Cooper und ich nahmen die Plätze dazwischen ein.

Und Layla – die professionelle Lügnerin – saß mir direkt gegenüber.

»Danke, dass Sie gekommen sind«, begann Präsident Graham.

»Bei allem Respekt, Mr. Präsident, aber ich arbeite nicht für die CIA«, erklärte Zane.

Layla zuckte nicht mit der Wimper. Tatsächlich zuckte nicht einmal ihre Nase. Sie zeigte keinerlei Regung.

»Ich verstehe nicht, die CIA ist an dieser Operation nicht beteiligt.«

»Ich dachte, Tom hätte Sie vor seinem Ausscheiden aus dem Amt über alles informiert«, fuhr Zane fort.

»Das hat er in der Tat.«

Immer noch kein Anzeichen von Unbehagen.

»Dann hat er Ihnen zweifellos auch gesagt, dass ich nicht mehr im Spionagegeschäft tätig bin und dass es mir ganz und gar nicht gefällt, wenn jemand versucht, mich zu belügen. Vor allem verschwende ich nicht gern meine kostbare Zeit.«

Die Frau verfolgte das Geschehen mit fast schon gelangweilter Miene.

»Und ich bin mir sicher, dass ich Sie nicht angelogen habe. Davon abgesehen gefällt mir Ihre Unterstellung ganz und gar nicht.«

»Was hat sie dann hier zu suchen?«

Layla wandte sich ruckartig Zane zu und ihr Blick verhärtete sich.

»Layla Cunnings ist eine unabhängige zivile Dienstleisterin, die Aufträge des Verteidigungsministeriums entgegennimmt. Sie ist in der Informationsbeschaffung tätig.«

»In welcher Region?«, fragte Zane.

»Südwestasien«, antwortete Layla.

»Türkei, Armenien, Georgien und Aserbaidschan«, zählte Zane die betreffenden Länder auf.

»Beeindruckend, Mr. Lewis, Sie kennen sich mit den Einsatzführungskommandos aus.«

Sie war eine dreiste Lügnerin.

»Viel beeindruckender ist, dass Sie Grahams Aufmerksamkeit erregt und dieses Treffen arrangiert haben.«

»Ich habe Verbindungen und …«

»Das glaube ich Ihnen gern«, fiel Zane ihr ins Wort.

»Ich arbeite nicht für die CIA.«

Laylas Wange zuckte – das erste Anzeichen, dass sie nervös wurde. Ihre verengten Augen und ihren unnachgiebigen Blick hingegen schrieb ich Zanes üblichem rüpelhaften Gebaren zu. Aber er hatte nicht gelogen, denn er hasste es wirklich, wenn jemand seine Zeit verschwendete. Und nach seiner letzten Begegnung mit der CIA hatte er sich geschworen, nie wieder mit ihnen zusammenzuarbeiten.

»Ich bin nicht bei der CIA«, fauchte Layla.

»Natürlich, Sie sind eine unabhängige zivile Dienstleisterin, die Aufträge für das Verteidigungsministerium ausführt. Und als ich für die CIA gearbeitet habe, war ich Rolltreppenmechaniker. Sie können sich nicht vorstellen, zu wie vielen Gebäudeteilen man mit dieser Tarnung Zugang hat. Ich war außerdem Chauffeur einer Limousine, und zwar ein sehr guter. Es ist erstaunlich, was Leute alles preisgeben, wenn sie glauben, dass die Trennwand schalldicht ist. Ich hatte viele verschiedene *Jobs*, als ich für die CIA gearbeitet habe. Aber ich hatte nur eine Aufgabe: mit allen Mitteln Informationen zu beschaffen. Wie gesagt bin ich nicht mehr in diesem Geschäft. Und meine Männer genauso wenig.«

»Theo Jackson«, sagte Layla nur.

Ich musste Zane nicht ansehen, um zu wissen, dass sie gerade eine Bombe hatte platzen lassen.

»Sie kennen diesen Namen, und ich soll Ihnen glauben, dass Sie nicht für die CIA arbeiten?«

»Er ist der Grund, warum ich den Geheimdienst verlassen habe. Ich war nicht einverstanden mit der Art und Weise, wie die Firma mit ihm umgehen wollte.«

»Mit ihm umgehen?«, fragte Zane schroff. In seiner Stimme schwang ein bedrohlicher Unterton mit.

Bei der CIA war »mit jemandem umgehen« gleichbedeutend mit einem Mordauftrag.

Als ich Zanes Tonfall hörte, war ich sofort in höchster Alarmbereitschaft. Ich warf einen Blick auf meine Kameraden, die sich ebenfalls bereithielten.

Layla reagierte jedoch nicht auf Zanes Frage.

Ich musterte ihre strahlend weiße Bluse, ihre Diamantohrringe und die Tag Heuer Uhr an ihrem Handgelenk und schätzte, dass allein ihr Schmuck ein Vermögen gekostet hatte. Dazu kamen noch das Designeroutfit, die hochhackigen Schuhe, die perfekt sitzende Frisur und das Make-up. Diese Frau hatte eindeutig einen gewissen Anspruch und war alles andere als pflegeleicht.

Sie betrachtete Zane mit professioneller Distanz, als sie sagte: »Nachdem er Sie und Ihre Einheit in Ägypten zurückgelassen hatte, folgte er den Informationen, bei deren Beschaffung Sie ihm geholfen hatten, und ging nach Spanien. Dort fand er seine Zielperson. Das Problem war, dass die CIA sich nicht gern blamiert und sich herausstellte, das besagte Zielperson ein Informant war, der seit Jahren auf der Gehaltsliste der Firma stand. Theo wurde angewiesen, die Informationen zu vernichten, und erhielt einen neuen Auftrag. Doch Theo wollte die Tatsache nicht vertuschen, dass die CIA einen hochrangigen Al-Qaida-Führer für falsche Informationen bezahlt hatte und dass das Geld, das er erhalten hatte, einer terroristischen Organisation zugutekam, die US-Soldaten tötete. Theo verlangte eine Untersuchung. Die CIA war dagegen. Theo gab nicht nach und wurde gefeuert. Ich war nicht damit einverstanden, wie mein Chef die Situation einschätzte, und fand, dass eine Untersuchung angebracht war, schon allein, um sicherzustellen, dass so etwas nie wieder passieren würde. Einige Wochen später wurde ich in den sechsten Stock gerufen, wo mir meine Entlassungspapiere ausgehändigt wurden. Natürlich handelte es sich dabei um ein sorgfältig formuliertes Kündigungsschreiben, das ich nicht verfasst hatte, aber unterschreiben sollte. Anschließend wurde ich an den von mir geleisteten Eid und die von mir unterzeichneten Geheimhaltungsvereinbarungen erinnert, die beide auf unbegrenzte Zeit gültig waren. Dann wurde ich gebeten zu gehen.«

Aus irgendeinem unerklärlichen Grund hatte ich das Bedürfnis, Layla aus der Fassung zu bringen. Ich wollte ihre professionelle Fassade bröckeln lassen und ihr perfektes Äußeres durcheinanderbringen, bis die echte Frau dahinter zum Vorschein kam. Ich wollte das Feuer sehen, das in ihrem Inneren loderte.

Es brodelte unter der Oberfläche. Die Frage war, wie weit ich sie würde drängen müssen, bevor es aufflammte.

»Offenbar hat die Erinnerung nicht viel gebracht«, ergriff ich das Wort, woraufhin sie sich mir zuwandte. »Es sei denn, das Ende der Welt naht und die Geheimhaltungsvereinbarung läuft damit bald aus.«

»Wollen Sie mich etwa ausliefern?«

Ich musste unwillkürlich lächeln. Die Frau war schlagfertig.

»Es wäre möglich«, erwiderte ich und zuckte mit den Schultern. »Allerdings haben Sie gerade Ihren Eid im Beisein des Präsidenten gebrochen, also muss ich mir wohl nicht die Mühe machen, die CIA-Hotline anzurufen, um einen Sicherheitsverstoß zu melden.«

Layla legte ruhig die Hände auf den Tisch und beugte sich vor.

»Der Eid, den ich geleistet habe, war derselbe, den Sie geleistet haben, Special Operator Monroe. *Ich werde treu und ergeben meinem Land dienen.* Meine Loyalität ist nie ins Wanken geraten, weder gegenüber meinem Land noch gegenüber meinen Brüdern und Schwestern an der Front. Mir wurde versichert, dass ich Ihrem Team vertrauen kann …«

Scheinbar hatte sie ihre Hausaufgaben gemacht und über uns recherchiert. Es war jedoch nicht schwer herauszufinden, dass ich in der Navy gedient und einem der SEAL-Teams angehört hatte.

»Können wir Ihnen denn vertrauen?«, unterbrach ich sie.

Sie verengte die Augen zu schmalen Schlitzen. In diesem Moment fiel mir auf, dass ihre Iriden nicht haselnussbraun waren, wie ich ursprünglich geglaubt hatte. Sie waren grün, und inzwischen loderte ein Feuer darin.

»Erzählen Sie mir von Theo«, verlangte Zane.

»Offiziell ist er vor zehn Jahren bei einem Flugzeugabsturz ums Leben gekommen.«

Bronson Williams' Halbbruder war vor zehn Jahren bei einem Flugzeugabsturz ums Leben gekommen, wenige Minuten nach dem Start in Zypern. Alle Insassen des Fluges wurden für tot erklärt.

Bronson Williams drohte Zane, indem er mit Steinen warf – oder besser gesagt mit Kieselsteinen.

Plötzlich herrschte absolute Stille im Raum.

Die Luft war zum Zerschneiden dick.

Die Lunte war gezündet.

»Aaron Cardon«, knurrte Zane.

»Theo Jacksons richtiger Name«, bestätigte Layla.

Da war sie, die Verbindung, die wir nicht finden konnten.

»Wir brauchen Ihre Hilfe, um ihn aufzuspüren«, warf Graham ein.

Zane warf dem Präsidenten einen wütenden Blick zu.

»Ich arbeite nicht für die CIA.«

Damit zerbröckelte Laylas beherrschte Fassade und sie schlug mit der Faust auf den Tisch.

»Zum letzten Mal, ich arbeite nicht für die verdammte

CIA«, zischte sie. »Theo vertraut mir. Lucas Grant hat mir versichert, ich könne Ihnen vertrauen. Als ich das letzte Mal von Theo gehört habe, verfolgte er gerade eine Spur in Armenien. Seit über zwei Monaten habe ich nichts mehr von ihm gehört. Wir hatten vereinbart, uns spätestens alle sechzig Tage zu melden, nicht mehr. Zehn Jahre lang hat er sich alle sechzig Tage gemeldet. Seit dem letzten Kontakt sind inzwischen siebzig Tage verstrichen. Lucas sagte, Ihre Teams seien die besten und dass Sie der einzige Mann seien, dem ich diese Informationen anvertrauen kann.«

Lucas Grant war ein ehemaliger SEAL und arbeitete heute als persönlicher Leibwächter des Präsidenten. Ein weiteres Puzzleteil fügte sich zusammen. So hatte Layla es geschafft, sich mit Graham unter vier Augen zu unterhalten.

»Myles?«, rief Zane. »Es ist dein Team. Du entscheidest.«

»Sie hat vierundzwanzig Stunden Zeit, um Kevin davon zu überzeugen, warum wir uns einmischen sollten«, antwortete Myles.

»Das Leben eines Mannes ist in Gefahr«, fauchte Layla. »Und Sie wollen, dass ich Sie überzeuge, mir zu helfen?«

»Nicht mich, Miss Cunnings, sondern Kevin«, erwiderte Myles.

»Sie machen sich Sorgen um das Leben eines Mannes, und ich sorge mich um vierzehn Männer und ihre Familien. Wenn wir uns an der Operation beteiligen, könnte uns das noch mehr in Gefahr bringen. Theos Bruder Bronson scheint eine persönliche Abneigung gegen Zane zu haben, und obwohl er im Moment nur ein Ärgernis ist, kann sich das in kürzester Zeit ändern. Bevor ich also mein Team nach Armenien schicke, um nach Theo zu suchen, müssen Sie Kevin davon überzeugen, dass es das Risiko wert ist.«

Layla schien mehr als wütend zu sein.

Ihre professionelle Fassade war mittlerweile gänzlich verschwunden und das Feuer in ihr brannte lichterloh.

Sie sah meine Kameraden einen nach dem anderen an, dann begegnete sie meinem Blick.

In ihren Iriden spiegelten sich Entschlossenheit, Intelligenz und Scharfsinn und ein fast kampferprobter Ausdruck wider. Plötzlich wollte ich wissen, wo sie gewesen war und was der Grund für das Misstrauen in ihren hübschen grünen Augen war. Wie war sie so stark geworden? Was hatte es mit ihrer Stärke auf sich? Hatte sie sie sich angeeignet oder war sie mit Stahl in den Adern geboren worden? Ich wollte wissen, ob noch mehr Feuer in ihr steckte und was nötig wäre, um es zur Explosion zu bringen.

Eine halbe Ewigkeit schien zu verstreichen, bis sie endlich sagte: »Lassen Sie uns gehen.«

Layla stand auf und bedeutete mir, ihrem Beispiel zu folgen.

»Beeilen Sie sich«, befahl sie. »Wir müssen Informationen durchgehen, die sich über zehn Jahre angesammelt haben.«

Verdammt, diese Frau war herrisch und temperamentvoll – eine tödliche Kombination.

Ich hoffte inständig, dass sie mich davon überzeugen konnte, das Risiko einzugehen.

* * *

Ooooh, da sprühen die FUNKEN zwischen Layla and Kevin. Und wir wissen, dass diese Funken sich zu einer lodernden Flamme entzünden werden! Lesen Sie auch *Kevin: Blue Team, Cooper: Blue Team* und *Garrett: Blue Team*, die nächsten drei Bände der Reihe »Blue Team – Stahlharte Beschützer«.

DANKSAGUNG

An Sie alle – meine Leserinnen und Leser. Danke, dass Sie dieses Buch gelesen und mir einige Stunden Ihrer Zeit geschenkt haben. Ob dies nun das erste Buch ist, das Sie von mir lesen, oder ob Sie schon von Anfang an dabei sind, danke für Ihre Unterstützung. Ihretwegen habe ich den tollsten Job der Welt.

BÜCHER VON RILEY EDWARDS

<u>Blue Team – Stahlharte Beschützer:</u>

Owen (5 Aug)

Gabe (2 Sept)

Myles (7 Okt)

Kevin (4 Nov)

Cooper (2 Dez)

Garrett (6 Jan)

<u>Gold Team – Stahlharte Beschützer:</u>

Brooks

Thaddeus

Kyle

Maximus

Declan

<u>Red Team – Stahlharte Beschützer:</u>

Jasmins Erinnerung

Schutz für Olivia

Vergebung für Violet

Erlösung für Ivy

Die Rettung von Erin

<u>Die Gemini-Gruppe:</u>

Nixons Versprechen

Jamesons Erlösung

Westons Schatz

Alecs Traum

Chasins Kapitulation

Holdens Erwachen

Jonnys Befreiung

<u>Eliteteam 707:</u>

Shanes Auferstehung

Jaspers Freiheit

Levis Erkenntnis

Nolans Zwiespalt

BIOGRAFIE

Riley Edwards ist eine USA Today und Wall Street Journal Bestsellerautorin, Ehefrau und Armee-Mom. Geboren und aufgewachsen ist sie in Los Angeles, lebt inzwischen jedoch mit ihrem fantastischen Ehemann und ihren Kindern an der Ostküste.

Riley schreibt herzerwärmende Liebesgeschichten mit sexy Alphahelden und noch stärkeren Heldinnen. Rileys Lieblingsgenres sind spannende Liebesromane und Militärromanzen.

Besuchen Sie Riley im Netz!
www.rileyedwardsromance.com
facebook.com/Novelist.Riley.Edwards
instagram.com/rileyedwardsromance
youtube.com/channel
tiktok.com/@rileyedwardsromance
twitter.com/rileyedwardsrom
E-Mail: riley@rileysrebels.com

facebook.com/Novelist.Riley.Edwards
x.com/rileyedwardsrom
instagram.com/rileyedwardsromance
bookbub.com/authors/riley-edwards
amazon.com/author/rileyedwards

BÜCHER VON SUSAN STOKER

<u>SEALs of Protection:</u>

Schutz für Caroline
Schutz für Alabama
Schutz für Fiona
Die Hochzeit von Caroline
Schutz für Summer
Schutz für Cheyenne
Schutz für Jessyka
Schutz für Julie
Schutz für Melody
Schutz für die Zukunft
Schutz für Kiera
Schutz für Alabamas Kinder
Schutz für Dakota

<u>SEALs of Protection: Legacy</u>

Ein Beschützer für Caite
Ein Beschützer für Brenae
Ein Beschützer für Sidney
Ein Beschützer für Piper

Ein Beschützer für Zoey
Ein Beschützer für Avery
Ein Beschützer für Kalee
Ein Beschützer für Jane

Die Zuflucht in den Bergen
Zuflucht für Alaska
Zuflucht für Henley
Zuflucht für Reese
Zuflucht für Cora
Zuflucht für Lara
Zuflucht für Maisy
Zuflucht für Ryleigh

SEALs of Protection: Alliance
Schutz für Remi
Schutz für Wren
Schutz für Josie
Schutz für Maggie
Schutz für Addison
Schutz für Kelli
Schutz für Bree (6 Jan)

Das Bergungsteam vom Eagle Point
Ein Retter für Lilly
Ein Retter für Elsie
Ein Retter für Bristol
Ein Retter für Caryn
Ein Retter für Finley
Ein Retter für Heather
Ein Retter für Khloe

Die SEALs von Hawaii:
Die Suche nach Elodie

Die Suche nach Lexie
Die Suche nach Kenna
Die Suche nach Monica
Die Suche nach Carly
Die Suche nach Ashlyn
Die Suche nach Jodelle

Delta Team Zwei
Ein Held für Gillian
Ein Held für Kinley
Ein Held für Aspen
Ein Held für Jayme
Ein Held für Riley
Ein Held für Devyn
Ein Held für Ember
Ein Held für Sierra

Die Delta Force Heroes:
Die Rettung von Rayne
Die Rettung von Emily
Die Rettung von Harley
Die Hochzeit von Emily
Die Rettung von Kassie
Die Rettung von Bryn
Die Rettung von Casey
Die Rettung von Wendy
Die Rettung von Sadie
Die Rettung von Mary
Die Rettung von Macie
Die Rettung von Annie

Mountain Mercenaries:
Die Befreiung von Allye
Die Befreiung von Chloe

Die Befreiung von Morgan
Die Befreiung von Harlow
Die Befreiung von Everly
Die Befreiung von Zara
Die Befreiung von Raven

Ace Security Reihe:
Anspruch auf Grace
Anspruch auf Alexis
Anspruch auf Bailey
Anspruch auf Felicity
Anspruch auf Sarah

Die Männer von Silverstone
Vertrauen in Skylar
Vertrauen in Taylor
Vertrauen in Molly
Vertrauen in Cassidy

Eine Sammlung von Kurzgeschichten
Ein langer kurzer Augenblick

BIOGRAFIE

Susan Stoker ist die New York Times, USA Today und Wall Street Journal Bestsellerautorin der Buchreihen »Badge of Honor: Texas Heroes«, »SEAL of Protection«, »Die Delta Force Heroes« und einigen mehr. Stoker ist mit einem pensionierten Unteroffizier der US-Armee verheiratet und hat in ihrem Leben schon überall in den Vereinigten Staaten gelebt – von Missouri über Kalifornien bis hin zu Colorado. Zurzeit nennt sie die Region unter dem großen Himmel von Tennessee ihr Zuhause. Sie glaubt ganz und gar an Happy Ends und hat großen Spaß daran, Geschichten zu schreiben, in denen Romantik zu Liebe wird.

Besuchen Sie Susan im Netz!
www.stokeraces.com
facebook.com/authorsusanstoker
twitter.com/Susan_Stoker
bookbub.com/authors/susan-stoker
instagram.com/authorsusanstoker
Email: Susan@StokerAces.com

www.ingramcontent.com/pod-product-compliance
Lightning Source LLC
Chambersburg PA
CBHW060223100726
47907CB00003B/483